KB233008

설국을 가다

펀트래블, 근대일본문학기행

설국을 가다

양기화 지음

이담북스

목차

6 • 추천사

10 • 들어가며

16 • 일본은?

24 • 일본근대문학은?

346 • 읽어본 책들

52 • **첫째 날** (2025년 1월 13일)

115 • **둘째 날** (2025년 1월 14일)

195 • **셋째 날** (2025년 1월 15일)

251 • **넷째 날** (2025년 1월 16일)

302 • **다섯째 날** (2025년 1월 17일)

설국을 가다

“여행을 다녀오면 꼭 여행기를 쓰고 있다.”

양기화 선생의 『설국을 가다』가 책으로 나오게 된 밑바탕이다. 5박6일 일정의 일본근대문학기행을 기획하고 문학 가이드로서 진행을 맡았던지라 저자의 이번 책은 내게도 각별하다. 보통은 여행 중에 찍은 사진이나 영상으로 여행 후기를 대신하는데 저자는 두께가 결코 얇지 않은 여행기를 통해서 함께했던 여행의 의미를 되새겨보고 있다. 덕분에 동행자들은 물론이고 동행하지 않았던 많은 독자들도 일본근대문학기행의 내용과 경험의 세목을 공유할 수 있게 되었다. 이 공들인 기록에 실제로 일조한 바는 적지만 나로선 그 계기는 마련해준 셈이어서 책을 내는 기쁨이 저자의 기쁨만은 아니다.

여행기를 읽다 보면, 단순히 ‘어디를 다녀왔다’는 기록을 넘어서 어떤 사유의 흔적을 만날 때가 있다. 『설국을 가다』는 바로 그런 책이다. 일본 근대문학의 현장 몇 곳을 직접 밟아본 기록인데, 한 개인의 경험담에 머무르지 않고, 독서와 여행을 어떻게 연결할 수 있는지를 보여준다(이제껏 저자가 써온 여행기들이 그렇다). 여행과 독서가 맞물리기에 여행의 기록이자 독서의 기록이다. 때문에 이 책은 단순한 기행문이 아니라 일종의 인문학적 독서법의 실험처럼도 느껴진다.

여행의 축을 이루는 것은 네 명의 작가다. 가와바타 야스나리, 하야시 후미코, 히구치 이치요, 그리고 나쓰메 소세키. 일본근대문학을 이야기할 때 빠질 수 없는 이름들이지만, 그들의 작품을 단순히 활자 속에서 만나는 것과, 작품의 공간을 직접 걸으며 만나는 것은 분명히 다르다. 저자는 그 차이를 기록으로 보여주고 있다. 사전에 작품을 읽고, 현장에서 강의와 해설을 듣고, 다시 그 장소를 눈으로 확인하는 경험. 이는 독서와 여행을 나란히 놓고 서로를 비춰보는 하나의 방식인데, 그 과정을 따라가다 보면 어느새 독자 자신도 그 '이중 독서'에 동참하게 된다. 이런 구조 속에서 여행은 텍스트의 연장이 되고, 텍스트는 여행의 안내자가 된다.

에치고 유자와의 설경은 가와바타의 문장과 겹쳐지고, 신주쿠에 있는 하야시 후미코 기념관은 그녀의 『뜬구름』을 새삼 다시 읽게 만든다. 도쿄의 오래된 골목과 교토의 금각사는, 문학 속 세계와 현실의 공간이 맞닿는 자리였다. 저자는 그 만남의 순간을 단순한 감상에 그치지 않고, 작품의 주제와 시대적 맥락까지 끌어내어 기록한다. 예컨대 '설국'의 설경은 단순히 아름다운 배경이 아니라, 전후 일본의 문학적 감수성이 형성된 장소로서 기능한다. 독자는 저자의 시선을 따라가며, 낯선 공간이 어떻게 친숙한 문장과 겹치는지를 경험한다. 공간이 문학을 새롭게 읽게 만들고, 문학이 공간을 다시 보게 만든다.

『설국을 가다』는 공유의 기록이기도 하다. 여행을 함께한 이들이 주고받은 자료, 현장에서 나눈 대화, 그리고 돌아와 정리한 글까지, 모두가 공동 작업의 성격을 띤다. 여행은 분명히 개인의 경험이지만, 그 경험이 텍스트로 옮겨질 때는 이미 타인과의 교류를 포함하게 된다. 저자는 이를 숨기지 않고 강조한다. 혼자서 본 풍경조차 결국은 함께한 사람들의 이야기와 겹쳐지고, 그것이 글로 남을 때는 공동의 기억으로 변한다. 이 책은 바로 그 과정을 담아내고 있다. '여행은 혼자 하지만, 기억은 여럿이 함께 만든다'는 말은 그래서 이 책의 부제처럼 읽힌다.

저자가 반복해서 말하듯, 여행은 돌아와 글로 정리할 때 비로소 완결된다. 이는 단순히 기록의 차원이 아니라, 자기 성찰의 차원이다. 글을 쓰면서 우리는 이미 여행을 다시 살고, 다른 의미로 재구성한다. 이 책이 단순한 기행문을 넘어서 성찰의 기록이 되는 것도 이 때문이다. 여행에서 돌아온 '나'는 출발 전의 '나'와 다르다. 글을 쓰는 과정은 그 차이를 확인하는 과정이다. 독자는 저자의 기록을 읽으며, 여행이란 결국 자기 자신을 새롭게 쓰는 과정이라는 사실을 다시 깨닫게 된다.

여행이 과거로만 향하지 않고, 현재와 미래로까지 이어질 수 있다는 점에서, 『설국을 가다』는 단순한 '일본근대문학 답사기' 이상의 의미를

가진다. 과거의 문학이 현재의 독서를 통해 다시 살아나는 자리, 그것이
바로 이 기행의 좌표다.『설국을 가다』에 동행하고 나면, 독자는 또한 가
와바타의『설국』이나 소세키의『마음』을 다시 펼쳐보고 싶어질지 모르겠
다. 보통은 책을 읽고 나서 여행을 떠나지만, 순서는 바뀌어도 무방하다.
『설국을 가다』는 이 전도(顚倒)의 경험도 가능하게 만든다. 문학기행의 기
록이 독서의 동력이 되는 것, 그것이『설국을 가다』가 갖는 특별한 효과
가 되리라고 나는 생각한다. 그런 의미에서 이 책은 일본근대문학기행의
세밀한 기록이면서, 그 너머로 확장되는 독서와 사유로의 초대장이다.

2025년 9월

이현우

호주 작가 코리 테일러는 『죽을 때 추억하는 것』에서 "내 인생의 가장 큰 행운은 내가 제일 좋아하는 것을 일찍 발견한 일이라고 확신한다. 바로 학창 시절부터 지속된, 나의 지복이자 행복인 '글쓰기'다. 그 일은 단순히 재미있는 생활 취미가 아니라 다른 모든 것을 희생해서라도 쟁취해야 하는 것이었다. 그만큼 내 마음을 온통 지배하는 일이었다."라고 적었다. 책을 읽고, 글쓰기를 좋아했던 필자가 마흔두 살이 되던 1996년에 첫 번째 책 『치매 바로 알면 잡는다』를 출간할 수 있었던 것은 큰 행운이었다. 그리고 그 행운이 그저 한 번의 행운으로 끝나지 않고 이어져, 한국학술정보에서 『양기화의 BOOK소리』 연작으로 발전하게 된 것은 행운이 행복으로 발전한 것이었다.

7개월여 작업했던 『양기화의 Book소리-유럽여행』을 지난해 말에 세상에 내놓았다. 기왕의 『양기화의 Book소리』 연작은 독후감만으로 꾸몄던 것인데, 이번에는 그동안 돌아보았던 유럽여행을 통하여 여행지와 관련된 책읽기를 연결한 다섯 번째의 인문학적 책읽기가 되었다. 『양기화의 Book소리-유럽여행』에서 소개한 대부분의 책들은 여행을 다녀와 여행기를 쓰는 과정에서 읽어보게 된 경우가 많았다. 하지만 스물네 번째 이야기의 여행지인 사라예보는 『사라예보의 첼리스트』를 읽고서 여행지를 고른 특별한 경우였다.

처음 기획할 때는 『양기화의 Book소리-해외여행』 편으로 시작했다. 그런데 글감을 모으다 보니 유럽 여행지만으로도 한 권의 분량이 넘치게 되어 유럽여행 편과 세계여행 편으로 나누기로 했다. 스무 차례의 해외여행 가운데 열두 번이 유럽에 편중되어 있었고, 소개할 만한 책들이 넘쳐났기 때문이다.

그런데 세계여행 편에 담을 이야기는 다양해질 필요가 있었다. 아내와 함께 남미, 아프리카, 중동, 오세아니아, 인도 등지를 구경하였지만, 가깝다는 이유만으로 가까운 중국이나 일본에는 혼자서 학회나 출장으로 몇 차례 가본 것 말고는 구경삼아 가본 적은 없었다. 일본의 경우도 다양한 책을 읽어왔지만, 책읽기와 관련된 여행을 해본 적이 없었다.

2025년 1월에 다녀온 펀트래블의 일본근대문학기행은 『양기화의 Book소리-세계여행』에 담을 이야기를 위한 특별한 여행이었다. 취재 여행이었던 셈이다. 책읽기를 연결하는 일본 여행지로 일본 최초의 노벨문학상을 수상한 가와바타 야스나리가 쓴 『설국』의 무대가 되었던 니가타를 떠올렸다. 니가타로 가는 여행상품들을 알아보던 중에 여행사 펀트래블에서 내놓은 '로쟈 선생님과 함께하는 일본근대문학기행'을 발견하였다. "일본근대문학의 태동지로 바라보는 도쿄 여행을 시작합니다. 도쿄는 단순한 배경이 아닌 문학적 상상력과 사회적 맥락을 제공하는 공간이었습니다. 작가들의 눈으로 바라보는 도쿄와 문학적 감수성을 자극한 에치고유자와를 직접 대면하는 시간을 가져봅니다"라는 여행안내가 인상적이었다. 여행하는 동안 로쟈 이현우 선생이 여행지와 관련한 내용을 강의해 준다는 설명도 눈길을 끌었다.

펀트래블의 이번 여행을 통하여 다루게 될 일본근대문학의 작가는 가와바타 야스나리, 하야시 후미코, 히구치 이치요, 나쓰메 소세키 등 네 명이었다. 펀트래블의 문학기행은 선정된 작가의 책을 미리 읽어보고 공부를 한 뒤에 여행지에서 그 작가의 흔적이나 책의 소재가 된 장소를 방문하여 책의 내용을 이해할 수 있도록 한다는 취지의 기획이다. 이번 일본근대문학기행에서 추천하는 작품들은 가와바타 야스나리의『설국』,『천마리 학』, 하야시 후미코의『뜬구름』, 히구치 이치요의『키재기』, 나쓰메 소세키의『나는 고양이로소이다』,『나의 개인주의』,『마음』 등이다. 동네 도서관에서 책을 빌리거나 도서관에 없는 책들을 구매하여 읽었다. 펀트래블에서 보내준 가쿠슈인(学習院) 대학의 토가와 신스케(十川 信介) 명예교수가 쓴『나쓰메 소세키 평전』은 나쓰메 소세키에 대한 이해를 더하는 책 읽기가 되었다. 여행하면서 포도주나 소품 등 여행사에서 마련한 선물을 받는 경우는 있었지만, 책을 선물로 받은 경우는 처음이다.

해외여행을 다녀오면 여행을 하면서 보고 듣고 공부한 것들을 정리하여 여행기로 써왔다. 일본근대문학기행 역시 출발하면서 여행기를 누리사랑방에 올리기 시작하여 100여 일 만에 마무리하였다. 펀트래블의 일본근대문학기행의 여정은 너무도 인상적이었을 뿐만 아니라, 많은 것을 배우는 기회였다. 여행을 함께한 분들이 공유해준 다양한 자료와 일본의 근대 문학작품들은 물론, 연관된 작품들을 읽고 얻은 생각들을 정리하여 작성한 일본 여행기를 누리 사랑방에 올려 함께 여행한 분들은 물론 책 읽기를 좋아하는 분들과 공유했다.

비장소(non-places) 개념으로 현대사회의 인간관계를 새롭게 해석해 세계적인 거장 반열에 오른 프랑스의 인류학자 마르크 오제(Marc Augé)는 노년에 쓴 수필집 『인류학자가 들려주는 일상 속의 행복』에서 소확행, 즉 소소하지만, 확실한 행복을 이야기한다. "행복이란 정의하기 어렵고, 언제나 손가락 사이로 빠져나가 손에 잡기도 어렵다."라고 했는데, 일상에서 얻을 수 있는 다양한 행복들 가운데는 만남과 글쓰기도 있다. 마들렌 조각이 녹아든 홍차 한 모금을 마시는 순간 기억의 심연에 가라앉아 있던 어릴 적 추억을 떠올려 『잃어버린 시간을 찾아서』에 담아낸 마르셀 푸르스트를 인용한 그는 '날것의 감정과 거리를 두며 그 감정을 타인에게 들려주려고 노력하는 글쓰기는 어느 시점에서 기적을 이뤄낸다.'라고 했다. '글쓰기의 기쁨'이 '독자의 행복'이 되는 순간에 감사하는 기적을 맞게 된다는 것이다. 일본 여행기가 필자의 글쓰기의 기쁨이 되었고, 읽는 독자들도 행복했을 것으로 믿는다.

펀트래블의 일본근대문학기행을 함께 한 일행들과의 만남에서도 찰나의 행복을 발견했고, 여행에서 돌아와 여행기를 쓰면서도 행복했다. 그리고 그 여행기를 읽어준 독자들이 행복해지는 기적이 있었기를 바란다. 그리고 끝으로 일본근대문학기행을 정리한 『설국을 가다』를 한국학술정보에서 출간해 주기로 한 것은 또 다른 기적이다. 그 결정을 듣는 기적의 순간에 큰 행복을 느꼈다. 『양기화의 Book소리-해외여행』 편의 취재로 시작한 일본여행이 한 권의 책으로 나오는 뜻하지 않은 소득을 얻게 된 것이다. 일본에 관한 책들이 넘쳐나는데도 불구하고 출간을 결정해 준 한국학술정보에 감사드린다. 그리고 여행을 기획한 로쟈 이현우 선생을 비롯한 펀트래블 관계자 여러분, 그리고 함께 여행하면서 많은 도움을 주신 분들께도 이 자리를 빌려 감사의 뜻을 전한다.

그동안 21개의 해외 여행기를 일간지, 전문지 혹은 누리사랑방에 발표해 왔지만, 책으로 묶어내는 것은 처음이다. 『설국을 가다』는 1996년에 첫 책을 발표한 이래 열네 번째로 발표하는 책이다. 최근 몇 해 동안에는 매년 한 권의 책을 발표하려고 노력하고 있다. 중국의 문화혁명 때 저항운동을 벌였던 몽롱시파의 대표 시인 베이다오(北島)의 "가진 생각을 말과 글로 표현하는 한, 우리는 육신과 함께 멸하지 않으며 또 다른 생을 얻는다."라는 말을 어느 책에선가 읽고서 크게 공감했다. 그리고 필자의 경험을, 책을 통해 후세에 전할 수 있을 것이라는 믿음이 굳어졌다.

모두에 소개한 호주 소설가 코리 테일러는 『죽을 때 후회하는 것』에서 "나는 내가 쓴 글로 기억되고 싶다. (…) 내가 자신의 이야기를 하지 않으면 다른 사람이 대신 할 거라고 예전에 누군가 말했다. 그러나 내가 어떻게 기억될 것인가에 대해서는 그 어느 말도 할 수 없다."라고 했다. 필자역시 살아오면서 생각한 것, 해온 것들도 글로 써 남겨놓고 싶다. 나 자신도 시간이 지나면 기억이 달라질 수도 있는데 하물며 다른 사람이 가지고 있는 나에 대한 기억이 얼마나 될 것이며, 얼마나 정확할 것인지도 의문이기 때문이다. 그저 분명치 않은 기억이라도 나 스스로 글로 써 남겨놓는 것이 최선이라는 생각이다. 꾸준하게 여행하고, 여행에서 보고 듣고 배운 것을 여행기로 남기는 일도 꾸준하게 할 생각이다.

『양기화의 Book소리-세계여행』에서는 니가타와 관련하여 가와바타 야스나리의 『설국』과 도쿄와 관련해서는 하야시 후미코의 『뜬구름』 혹은 나쓰메 소세키의 『나는 고양이로소이다』를 다루어 볼 생각이었다. 하지만 여행을 다녀와서 여행기를 정리하는 과정에서 가와바타 야스나리의 『설국』과 에치고유자와, 나쓰메 소세키의 『나는 고양이로소이다』와 도쿄, 그리고 미시마 유키오의 『금각사』와 교토를 연결하여 다루어 볼 생각이다.

이로써 『양기화의 Book소리-세계여행』의 일본 부분을 잘 마무리할 수 있어서 다행이다. 그런데 여러 차례 다녀오기도 했지만, 펀트래블의 일본근대문학기행을 통하여 결정적인 도움을 얻은 것과는 달리 중국은 그러지 못했다. 2006년에 출장 차 북경에 한 번 다녀온 것이 전부이고, 중국 작가들의 책은 많이 읽어보지 못했다. 펀트래블에서 금년 10월에 북경과 상해를 연결하는 중국근대문학기행을 내놓아, 다행이다. 『양기화의 Book소리-세계여행』에 화룡점정 하는 여행이 될 것으로 기대한다. 그리고 내년에는 『양기화의 Book소리-세계여행』이 세상에 나올 수 있도록 노력하겠다.

2025년 8월
책의 도시 군포에서
양기화

　일본에 대하여 많이 알고 있다고 생각하지만 의외로 모르는 구석이 많다. 일본이라고 줄여 말하는 일본국은 홋카이도, 혼슈, 시코쿠, 그리고 규슈 등 네 개의 주요 섬과 수천 개의 부속 도서를 영토로 하는 섬나라이다. 전체 면적은 377,973km^2이며 인구는 125,960,000명(2020년 어림)이다. 구매력평가 국내총생산[GDP(PPP)]은 6조 5,720달러(2024년 어림)로 1인당 GDP(PPP)는 53,059달러로 전 세계 국가들 가운데 34위에 올라 있다. 인간개발지수와 OECD 삶의 질 지수는 아시아에서 1위에 올라 있다.

　일본의 건국 신화는 주류 민족인 야마토(大和) 민족에 의해 구전되거나 글로 전해오는 것이다. 대부분이 『고사기(古事記)』, 『일본서기(日本書紀)』 그리고 각 지방의 신앙에 관해 서술한 풍토기에 기술된 것들이다. 『고사기』는 일본에서 가장 오래된 역사책으로 712년 겐메이(元明) 천황의 명에 따라 오호노아소미 야스마로(太朝臣安麻呂)가 바쳤다. 『일본서기』는 일본에서 가장 오래된 정사이다. 덴무(天武) 천황의 명에 따라 도네리(舍人) 친왕이 중심이 되어 681년에 편찬을 시작하여 720년에 완성했다. 일본의 신화시대로부터 지토(持統) 천황의 시대(645년~703년)까지 다루었다.

천지가 개벽하면서 다카마가하라(高天原)에서 고토아마쓰카미(別天津神), 카미노요 나나요(神世七代)라는 신들이 태어났고, 훗날 이자나기(伊弉諾)와 이자나미(伊弉冉)가 태어났다. 이자나기는 남자 신이자 창조신으로 일본 천황가의 황조신(皇祖神)이다. 이자나미는 이자나기의 아내로 혼슈(本州)를 말하는 아키쓰시마(秋津島) 등 일본열도를 구성하는 섬들과 삼라만상에 간여하는 여러 신들을 낳았다. 그러나 불의 신 가쿠즈치(軻遇突智)를 낳다가 화상을 입어 황천으로 가게 되었다. 이자나기는 아지나미를 살리기 위해 황천으로 내려갔다가 이자나미의 추해진 모습을 보고 놀라 도망쳤다고 전해진다. 황천에서 도망친 이자나기가 미소기(禊)라는 의식을 치르는 과정에서도 여러 신들이 태어났다. 미소기는 몸 전체를 씻어서 정화하는 신토(神道)의 관습이다. 미소기는 하라에(祓)라고 불리는 또 다른 신토 정화 의식과 관련이 있으며, 둘을 묶어 미소기하라에라고 하기도 한다. 왼쪽 눈을 씻으면서 태양의 신 아마테라스 오미카미(天照大御神), 오른쪽 눈을 씻으면서 달의 신 츠쿠요미(ツクヨミ), 코를 씻으면서 폭풍의 신 다케하야스사노오노미코토(建速須佐之男命)가 태어났다.

일본(日本)의 국호는 '닛폰'(にっぽん) 또는 '니혼'(にほん)이라고 한다. '태양이 떠오르는 땅'이라는 뜻이다. 중국의 수나라(581~619년) 시대로부터 사용된 이름이다. 그 이전까지 주변국들은 일본을 멸시하는 의미로 왜(倭) 혹은 왜국(倭國)이라고 불렀다. 3세기 초에서 중반까지 재위했던 히미코(卑彌呼) 여왕 때는 '동해희씨국'(東海姬氏國), '동해여국'(東海女國), '여자국'(女子國)이라고 호칭하기도 하였으며, '후소'(扶桑)라고도 하였다. 서양권에서 이르는 '저팬' 혹은 '재팬'(Japan)은 마르코 폴로로부터 유래하였다. 그는 고대 중국어의 한 갈래인 우어(吳語)로 일본을 이르는 '지팡구'(Gipangu)로 소개했다. 일본 사람들은 자신을 '니혼진'(日本人, にほんじん)이라고 호칭하며 그들이 사용하는 언어인 일본어는 '니혼고'(日本語, にほんご)라고 부른다.

일본 역사는 고고학 시대와 역사학 시대로 구분한다. 고고학 시대는 구석기 시대(선토기 시대), 조몬(繩文) 시대, 야요이(弥生) 시대, 고훈(古墳) 시대로 구분한다. 역사시대는 고대(아스카 시대 및 그 이전 ~ 헤이안 시대), 중세(가마쿠라 시대, 무로마치 시대, 센고쿠 시대) 근세(아즈치 모모야마 시대, 에도 시대), 그리고 근현대(메이지 시대·다이쇼 시대·쇼와 시대, 헤이세이 시대)로 구분한다.

구석기 시대는 인류가 일본열도로 이동한 때부터 1만 6,500년 전까지로 무토기(無土器) 혹은 이와주쿠(岩宿) 시대라고도 한다. 조몬 시대는 기원전 1만 5400년부터 기원전 300년까지의 시기이다. 홍적세 후기에 빙하가 녹으면서 해수면이 상승하였고, 1만 년 전 일본열도는 한반도로부터 완전히 분리되었다. 일본열도로 이주한 인류는 고립된 상태에서 독자적인 신석기 문화를 이루었는데 조몬, 즉 줄무늬 토기를 사용한 것이 대표적인 특징이다. 야요이 시대는 조몬 시대에 이어 기원후 3세기 무렵 시작하는 고훈 시대를 연결하는 시기이다. 야요이 시대의 시작은 기원전 22세기 설, 기원전 10세기 설, 기원전 3세기 설 등 다양하다. 금속기를 석기와 함께 쓰고 벼농사를 지었던 특징이 있다. 계급이 분화하였고, 제사장을 오오키미(オオキミ, 왕)로 한 소국가들이 성립하였다. 고훈 시대는 3세기 중반부터 7세기 말까지의 시기이다. 3세기 이후에 외래인의 이주가 드물

어지면서 3세기 후반 호족 연합정권인 야마토 정권이 일본의 통일을 시작하였다. 새로운 지배자들은 권위를 나타내기 위하여 각지에 전방후원형의 고분을 축조하였다.

일본열도 지역에서의 인류사는 약 10만 년 전에서 3만 년 전 사이에 시작되었다. 당시 일본열도는 동아시아대륙과 연결되어 있어서 시베리아나 화베이 일대의 몽골인종과 교류했다. 마지막 간빙기를 거치면서 약 1만 2천 년 전에 대한해협과 쓰가루 해협이 생기면서 일본열도는 섬나라가 됐다.

기원전 8세기 무렵 벼농사를 포함한 문화양식이 대륙으로부터 전해지면서 열도 각지에 촌락공동체인 '무라(村)', 율령국 형태의 '구니(國)'와 같은 정치조직이 형성되었다. 1~2세기 무렵에는 각 구니의 연합체로 '왜국'이라는 대규모 정치조직이 출현하였다. 이 조직은 3세기 무렵 야마토 왕권으로 발전했다. 663년 야마토가 백제 부흥 운동 지원에 나섰지만, 신라와 당나라 연합군에 패배하면서 백제의 지배계층이 대거 이주해 왔다. 그들과 함께 한자 문화가 유입되어 중국식 법체계와 사회제도를 받아들여 8세기 초에는 고대 율령국가체제가 완성되었다. 10세기에서 11세기 사이에 장원을 중심으로 한 봉건 체제가 구축되어 귀족문화를 형성했다. 귀족들이 세력 다툼을 하는 과정에서 등장한 사무라이 계층은 13세기 이후에 가마쿠라 바쿠후(幕府)를 세워 정치적 주도권을 잡았다.

15세기 후반에 등장한 센고쿠 다이묘 세력의 주도로 지방자치 체제가 만들어졌다. 15세기 후반 유럽 상인들이 들어오면서 상업이 발전하게 되고, 다이묘들은 봉건적인 지배권을 강화하려고 노력하였다. 16세기 중엽

오다 노부나가(織田 信長)가 등장하여 다수의 다이묘 세력을 굴복시키면서 전국 통일의 기운이 무르익어갔다. 1582년에는 오다 노부나가가 측근인 아케치 미쓰히데(明智光秀)에게 피살되는 혼노지의 변(本能寺の変)을 수습한 하시바 히데요시(羽柴 秀吉)가 오다 노부나가의 통일사업을 맡아 수행하게 되었다.

1585년에는 시코쿠(四国)의 조소카베(長宗我部) 세력을 굴복시킨 공으로 하시바 히데요시는 관백에 임명되었고, 1586년에는 태정 대신에 임명되면서 도요토미(豊臣)라는 성을 하사받았다. 1587년에는 사쓰마(薩摩)의 시마즈(島津) 세력을 정벌하였고, 1590년에는 오다와라(小田原)를 정벌하여 고호조(後北条) 일가를 무너뜨렸으며 도호쿠(東北) 지방의 다테(伊達) 세력을 복속시키면서 도요토미 히데요시는 통일 과업을 완수하였다.

센고쿠(戦国) 시대를 종식한 도요토미 히데요시는 타이코우(太閤)에 올랐고, 동아시아 정복의 야망을 드러내기 시작했다. 통일 과업을 수행하던 1585년에 대륙진출을 언급했고, 1587년에는 쓰시마 국주에게 조선 정벌을 준비하라고 명했다. 1591년에는 쓰시마 국주 소 요시토시(宗 義智)를 조선에 보내 '가도입명(假道入明)' 즉, 명을 치려 하니 길을 내달라고 요청했다. 조선의 조정에서는 명나라와의 관계를 고려하고 일본을 업신여겨 왔던 데다가 과거 삼포왜란 등 일본이 저지른 짓을 보면 단순히 길만 빌리는 것으로 끝나지 않을 것을 염려하여 거절하였다.

조선과의 교섭이 결렬되자 도요토미 히데요시는 1592년 5월 23일 20만 대군으로 조선을 침공하여 부산진과 동래성을 일거에 함락하고 10일 만에 경상도를 점령했다. 임진왜란이 시작되었다. 개전 20일 만에 일본의 제1군과 제2군은 한양을 점령하였다.

고니시 유키나가(小西行長)의 군대는 평안도로, 가토 기요마사(加藤淸正)의 군대는 함경도로 향했다. 7월 21일에는 평양이 함락되면서 선조는 의주로 천도했다. 전황이 전개되는 과정에서 의병이 궐기하고, 이순신 장군이 이끄는 수군은 제해권을 장악하였다. 이에 일본군은 보충 병력과 군수품 수송이 어려워져 곤경에 빠지게 되었다. 또한 명나라에서 온 원군이 합세하면서 일방적으로 밀어붙이던 전세가 소강상태에 들어갔다. 이에 명나라는 일본과 전쟁의 종식을 의논한 끝에 1593년 3년의 전쟁을 중단하고 일본군은 본국으로 물러났다.

1597년 정전회담이 결렬되자 일본은 다시 조선을 침공하였다. 정유왜란이 시작되었다. 이번에도 초반에는 일본군의 공세가 두드러졌지만, 명량해전과 노량해전에서 조선 해군이 승리하면서 전장은 다시 교착상태에 빠졌다. 일본군은 보급이 원활하지 않아 불리해진 전황을 타개하기 위하여, 명군은 벽제관 전투에서 패한 뒤에 자국의 이해를 고려하여 종전을 위한 화의 교섭을 시작하였다. 교섭이 진행되던 중에 도요토미 히데요시가 죽자, 일본군은 비밀리에 본국으로 철군하는 데 성공하였다.

도요토미 히데요시가 조선 정벌에 나선 것은 전국시대에 각 지역에 할거하던 다이묘들이 가지고 있던 막강한 군사력을 외부로 방출시킴으로써 국내 정세의 안정과 권력을 공고히 하고 신흥 상업 세력을 억제하려는 의도였다는 견해가 있다. 두 차례에 걸친 조선 정벌 과정에는 도요토미 히데요시에게 충성하던 다이묘들의 군사들이 동원되었다. 도요토미 히데요시와 거리를 두던 다이묘의 군사들은 나고야에 주둔하고 있었다. 조선에 출병한 다이묘들의 영지는 관료들이 관리하게 되었기 때문에 관료 집단의 힘이 커졌다.

결국 출병하지 않은 다이묘들 가운데 가장 유력했던 도쿠가와 이에야스가 정국의 주도권을 잡아, 에도 바쿠후를 열게 되었다.

도요토미 히데요시의 죽음 이후에 등장한 에도 바쿠후는 마쿠한(幕藩) 체제 아래에 사농공상(士農工商)의 신분을 고정하고, 기독교를 금지한다는 구실로 쇄국을 하면서 전국 지배를 강화했다. 평화가 지속되면서 교통 및 상공업이 발전하였고, 다수의 도시가 출현하게 되었다. 5대 쇼군 도쿠가와 이에쓰나 시절, 에도 바쿠후는 겐로쿠(元禄) 호황이라고 하는 최대의 전성기를 맞이했다. 하지만 겐로쿠와 쇼토쿠(正德) 호황이 지나면서 견고했던 바쿠후 체계에 모순이 드러냈고, 19세기 중엽 서양 제국주의 국가들이 침략해 와서 교류하면서 에도 바쿠후는 붕괴했고, 근현대로 이행하게 되었다.

메이지(明治) 시대에 들어서면서 마쿠한 체제를 해체하고 왕정복고를 통하여 통일 중앙 권력을 확립하였으며 광범위한 변혁을 꾀하는 메이지 유신이 시작되었다. 이후 일본은 근대국가의 건설이 빠르게 진행되었고, 국토 정비에 나서서 지금의 일본 영토 범위가 거의 확정되었다. 1885년 내각제도가 성립되었고, 1889년에는 일본제국 헌법이 제정되었다. 1890년에는 중의원 총선거를 하여 제국의회가 설치되면서 명목상으로 입헌군주국가가 되었다. 20세기 초반 제국주의적 국제 정세 속에서 청일전쟁과 러일전쟁을 승리로 이끌었던 것을 계기로, 조선(대한제국), 타이완, 마나미 카라후토(南樺太, 사할린섬 남부)를 강제 합병하고 상하이 등 중국의 주요 도시에 조차지를 설치하는 등 주변국 침략에 나섰다. 1930년대 군부가 정치무대의 전면에 나섰고 주변국 침략을 무리하게 확대하면서 시작한 태평양전쟁이 주변국의 저항과 미국 등 기존 열강과의 힘겨루기에 직면하면서 패배하고 말았다.

태평양전쟁의 패배로 주권을 상실한 일본은 연합군의 지배를 받는 동안 청일전쟁 이후에 강제 병합하거나 불법으로 획득한 대부분 영토를 주변 국가에 돌려주었다. 국가제도의 개혁이 이루어져 평화헌법이라고 하는 일본국 헌법이 제정되었고, 1952년 샌프란시스코 강화조약을 통해 주권을 회복하였다. 1970년대에 고도성장을 이루었으며 1980년대 들어 거품경제라고 부를 정도로 활황을 구가하였지만 1990년대 들어 부동산과 주식이 폭락하면서 많은 기업과 은행이 도산하였고 연간 경제성장률이 10년 이상 1%에 머무는 등 불황에 빠져 어려움을 겪어왔다.

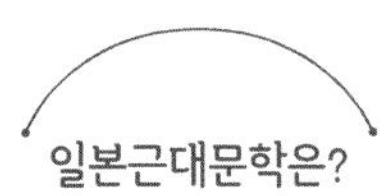

근대문학의 시대적 구분은 문화적 배경에 따라 다르다. 우리나라의 경우 서양 문화와 접촉하면서 시작되었다. 1906년 「만세보」에 연재된 이인직의 『혈의 누』가 신소설로 이해되면서부터 10년 동안 고전소설과 현대소설을 잇는 시기였다. 자주독립, 자유연애, 신교육의 권장, 인습과 미신의 타파 등 개화, 계몽사상의 실천에 관련된 주제들이 다루어졌다. 형식적인 면에서는 평면적 구성 방식을 탈피하고 역전적 구성을 시도했으며, 문장이 언문일치에 근접하고, 묘사 중심의 서술이 시도되었다. 우리나라 근대소설의 효시는 1917년 발표된 이광수의 『무정』이다.

일본은 17세기부터 19세기 중엽까지 약 250년의 에도 시대가 근세로 이해된다. 충효와 도덕이 강요되고 신분제도와 가족제도에 따라 개인의 가치와 존엄성보다는 사회질서를 앞세우던 시기이다. 하지만 이 시기에 도래한 평화는 상업의 발전을 가져와 경제적 실권을 쥐게 된 상인들이 이 시대의 문화 담당자로 부상하게 되었다. 그러니까 일본의 근대화는 에도 시대를 마감하는 메이지(明治) 유신(1868년)으로부터 본격적으로 시작했다. 일본의 근대화 과정은 서양의 제도와 기술이 먼저 들어오고, 사상과 철학이 들어온 후에 문학이 소개되었다. 근세를 대표하는 문학인 소설은 조닌(町人) 계급을 대표하는 서민의 문학이었다. 포르투갈 선교사를 통해 인쇄기가 수입되어 책이 대량으로 출판되었고, 데라코야(寺小屋)라는 사숙 형태의 교육기관이 전국적으로 보급되어 읽기·쓰기·주산을 가르치면서 문맹에서 해방된 민중이 책읽기에 나선 것도 문학이 대중화된 것에 일조하였다.

일본이 받아들인 유럽 중심의 근대문학은 19세기 후반에 시작되었다. 시와 산문 소설 쓰기에서 전통적인 글쓰기 방식과의 자의식적 분리가 특징이다. 이 문학 운동은 전통적인 표현 방식을 버리고 시대의 새로운 감성을 표현하려는 의식적인 욕구에 따라 주도되었다. 이러한 움직임은 윌리엄 버틀러 예이츠(William Butler Yeats)의 "모든 것이 무너진다. 중심은 지탱할 수 없다."라는 말로 요약될 수 있다. 근대문학운동은 주로 스페인어권에서 시작하였다. 아르투로 토레스 리오세코(Arturo Torres-Ríoseco)는 "모더니즘은 단어 뒤에 숨겨진 의미와 시가 문화에 영향을 미칩니다. 가장 단순한 형태의 모더니즘은 문학 작품의 언어와 리듬 속에서 아름다움과 진보를 찾는 것입니다."라고 하였다.

근대문학운동의 특징으로는 1. 우리가 살고 있는 문화와 시간, 문화적 성숙에 관한 생각을 제공한다. 2. 국적에 대한 자부심, 특히 라틴 아메리카 정체성에 대한 자부심을 가진다. 3. 수사학 안에서 아름다움과 예술에 대한 더 깊은 이해를 추구하고, 감각에 관련된 색상과 이미지를 통해 의미에 관한 생각을 제공한다. 4. 다양한 메트릭과 리듬을 포함한다. 프랑스어의 알렉산드리아 구절과 같은 중세 구절을 사용한다. 5. 라틴어와 그리스 신화를 인용한다. 6. 많은 근대적 시가 이국적이거나 먼 곳에 있는 일상적 현실을 상실한다. 7. 시 안에서 완벽함을 함양한다. 등을 들 수 있다.

일본에 문학이라는 개념을 처음 소개한 이는 쓰보우치 쇼요(坪内 逍遙)이다. 펀트래블의 일본근대문학기행의 이번 여정에서는 와세다 대학에 있는 쓰보우치 박사 기념 연극박물관에서 만났다. 메이지 시대(1868년~1912년)에 소설가이자 비평가, 번역가이자 극작가로 활동하였으며, 대표작으로는 『쇼우세츠 신주이(小説神髄)』, 『도세이 쇼세이 카타기(当世書生気質)』를 비롯하여 셰익스피어 전집의 번역이 있다.

『쇼우세츠 신주이』는 쓰보우치 쇼요의 소설론으로 1885년 9월부터 1886년 4월까지 쇼게츠도(松月堂)에서 9권의 잡지형식으로 발행되었다. 일본에서 처음으로 정리된 신소설에 대한 이론이다. 2권으로 합본된 『쇼우세츠 신주이』는 2007년 고려대학교 출판부에서 우리말로 옮겨 『소설신수』라는 제목으로 소개하였다. 제1권에서는 소설의 정의, 전이, 주요 목적, 유형, 이점 등을 기술하고, 제2권에서는 문체론, 극화 방법, 서사 법칙 등 소설의 법칙을 설명하였다.

일본 문학은 메이지 시대에 들어서면서 서양의 사상과 관습을 전하고 계발하는 데 중점을 두었다. 18세기 후반에 등장한 게사쿠(戯作)라고 하는 연극 형식의 소설류와 세이지 쇼세츠(政治小説)라고 하는, 사람들을 계몽하고 민권운동과 민족주의를 고취하기 위한 소설이 주류를 이루었다. 쓰보우치 쇼요는 에도시대부터의 이와 같은 흐름을 거부하고, '소설의 본질'은 문학에서 도덕과 공리주의를 제거하고 객관적인 묘사를 해야 한다고 주장하였다. 즉, 소설은 먼저 인간의 감정 묘사가 우선이고 세속적인 풍습의 묘사는 그다음이라는 것이었다. 이와 같은 심리적 사실주의는 일본근대문학의 탄생에 크게 기여했다.

『쇼우세츠 신주이』가 탄생하게 된 뒷이야기가 흥미롭다. 1881년 6월 도쿄대학 문학부 3학년에 재학 중이던 쓰보우치 쇼요는 윌리엄 A 호튼 교수의 '작문과 비평'이라는 영문학 강좌에서 윌리엄 셰익스피어의 『햄릿』을 읽고 시험을 치렀다. 시험에서는 거트루드 여왕의 성격에 관하여 물었다. 쓰보우치는 동양적인 도덕 기준으로 그녀의 성격을 논하여 나쁜 점수를 받았다. 쓰보우치 쇼요는 이를 계기로 서양 문학을 공부하게 되었고, '소설의 본질'이라는 기본 개념으로 정리된 새로운 문학관을 정리해 냈다. 그는 자신의 주장을 반영한 소설 『도세이 쇼세이 카타기』를 발표했지만, 사실주의 문학관과는 거리가 있다는 비판을 받았다.

메이지 시대의 사실주의 문학을 대표하는 작품으로는 후타바테이 시메이(二葉亭 四迷)의 『쇼우세츠 소론(小説総論)』과 『우키구모(浮雲)』가 있다. 러시아문학의 영향을 많이 받은 후타바테이 시메이는 당대의 러시아 작가 이반 곤차로프(Ivan Goncharov)의 작품에서 영감을 얻었다고 한다.

『쇼우세츠 소론』은 후타바테이 시메이의 문예평론으로 1886년 주오가쿠주츠자시(中央学術雑誌)에 게재되었다. 쓰보우치 쇼요의 『쇼우세츠 신주이』의 단점을 보강하여 현대일본소설의 형성에 대한 비판을 심화하였다. 그는 형식(形)과 의미(意)라는 두 가지 용어를 사용하여 소설의 본질을 정리했다. 덧없는 세상(浮世)의 다양한 행태를 묘사함으로써 그 의미를 직접 표현해야 한다는 사실주의를 내세워, 인위적으로 선과 악으로 양극화

하는 서사를 비판했다. 또한 형식만 묘사하고 의미를 놓친 소설이나 의미를 형식보다 우위에 둔 소설을 좋지 않은 작품이라고 했다.

『우키구모(浮雲)』는 1887년부터 1890년까지 킨코도(金港堂)에서 해마다 한 편씩 발표된 것을 1891년에 합본한 소설이다. 어문일치의 문체로 쓰여 일본근대소설의 시작을 알린 작품으로 후타바테이 시메이의 대표작이다. 쓰보우치 쇼요의 『쇼우세츠 신주이』를 읽고 만족할 수 없었던 그는 쇼요의 『도세이 쇼세이 카타기(当世書生気質)』에 맞서는 작품을 쓴 것이다. 이 작품은 쇼요의 본명 쓰보우치 유조(坪内雄蔵)의 이름으로 발표되었는데, 쓰보우치 쇼요가 인세를 절반밖에 주지 않았다고 한다. 그래서 후타바테이 시메이는 20년 동안 소설을 쓰지 않았다고 한다.

등장인물은 주인공 우츠미 분조(内海文三), 그의 사촌 오세이(お勢) 그리고 친구 혼다 노보루(本田昇) 사이에 벌어지는 삼각관계를 중심으로 이야기가 전개된다. 우츠미 분조는 융통성이 없는 젊은이이다. 특히 잘못한 것도 없는데 직장에서 면직이 되지만, 자존심 탓에 상사에게 복귀를 부탁하지 못하고 속만 끓인다. 반면 요령이 좋은 혼다 노보루는 승승장구하는데… 처음에는 분조에게 관심을 주던 사촌 오세이의 마음도 노보루에게 향하는 모양이다. 우리말로 옮긴 『뜬구름』이라는 번역서가 나와 있다.

사실주의에 대한 반동으로 일어난 사조가 의고전주의(疑古典主義)이다. 에도 시대의 문학을 선호했던 작가들의 복고주의로 에도 시대의 양식을 되살렸다. 의고전주의 대표 작가로 꼽는 오자키 고요(尾崎 紅葉)는 야마다 비묘(山田美妙), 이시바시 시안(石橋思案) 등과 함께 겐유샤(硯友社)를 결성하여 잡지 「가라쿠타 분코(我楽多文庫)」를 발간했다. 대표작으로는 성격 묘사와 심리 묘사에 새로운 경지를 개척한 『다조타콘(多情多恨)』과 『곤지키야샤(金色夜叉)』가 있다. 『곤지키야샤』는 우리나라 소설가 조중환에 의하여 『장한몽』으로 번안되었다. 『장한몽』은 여러 차례 영화로 만들어지기도 했다.

『곤지키야샤』는 1897년 1월 1일부터 1902년 5월 11일까지 요미우리 신문에 연재되다가 오자키 고요가 위암으로 사망하면서 미완성으로 남은 소설이다. 전편(前編), 중편(中編), 후편(後編), 속편(續編), 속속편(續續編), 새 속편(新 續編) 총 6편으로 구성되어 있다. 영국 소설가 버사 클레이(Bertha M. Clay)와 샬럿 메리 브레임(Charlotte Mary Brame)의 소설 『여자보다 약한(Weaker than a Woman)』을 번안한 작품이다.

하자마 카니치(間貫一)와 기쿠사키(寄寓先)의 딸 오미야(お宮)는 약혼한 사이로 주변 사람들의 선망을 받고 있었다. 하지만 두 사람이 가루다 모임의 만찬에 참석한 날, 오미야는 은행장의 아들 도미야마 다다쓰구(富山唯継)를 보고 반한다. 결국 카니치와의 약혼을 파기하고 다다쓰구와 결혼한다. 분노한 카니치는 아타미(熱海) 바닷가에서 오미야를 만나 "1월 17일은 언제나 내 눈물로 달을 흐리게 할 것이고, 달이 흐리면 카니치가 어딘가에서 너에게 원한을 품고 오늘 밤처럼 울고 있다고 생각해 줘"라고 말하면서 이별을 통보한다.

오미야와 결별한 카니치는 학업도 포기하고 죽음까지 생각하다가 악덕 고리대금업자인 와니부치(鰐淵)의 수하가 되어 돈벌이에 몰입한다. 오미야는 다다쓰구와 결혼하지만, 마음 한구석이 허전하다. 4년의 세월이 지난 뒤 두 사람은 다시 만나게 된다. 오미야는 카니치와 결합을 생각하지만 와니부치가 죽으면서 사업을 물려받은 카니치는 냉정하게 거절한다. 카니치의 친구 아라오 죠스케(荒尾讓介)가 오미야의 진심을 전하면서 카니치의 마음도 조금을 풀어진다.

조중환의 『장한몽』에서는 주인공 이수일이 일찍이 부모를 여의고, 아버지의 친구 집에서 자라며 고등학교를 마친 뒤, 심순애와 혼인을 약속한다. 어느 해 정월 보름날, 심순애는 김 소사의 집에 놀러 갔다가 동경 유학생 김중배를 만난다. 갑부의 아들 김중배는 심순애에게 매혹되어 다이아몬드 반지를 선물하는 등 심순애를 유혹하면서 심순애의 마음은 점점 김중배에게로 기운다. 이러한 사실을 알게 된 이수일은 대동강 변의 부벽루로 심순애를 불러내 달래기도 하고 꾸짖기도 했지만, 황금에 눈이 먼 심순애의 마음을 돌리지 못한다. 심순애를 버리고 떠난 이수일은 고리대금업자 김정연의 서기가 되고, 김정연의 죽음과 함께 많은 유산을 물려받게 된다. 심순애는 김중배의 몹쓸 짓을 겪다가 자기 잘못을 뉘우치게 된다. 결국 이수일에게 사과하지만, 이수일이 냉정하게 거절하고 돌아서자, 대동강에 뛰어들었다가 이수일의 친구 백낙관에게 구출된다. 백낙관이 들어서 설득한 끝에 이수일과 심순애는 재결합하여 새 출발을 한다.

조중환의 『장한몽』은 읽어보지 못했지만, 이수일과 심순애의 이야기는 1960년대에 친척 누님이 한국방송공사의 성우였던 자형과 결혼할 적에 뒤풀이 자리에서 이수일과 심순애가 헤어지는 장면을 변사풍으로 읊어 좌중을 감동시키면서 알게 되었다. "(수일) 순애야 김중배의 다이아몬드가 그렇게도 탐이 나더냐? 에이! 악마! 매춘부! (순애) 그게 아니에요, 수일 씨. (수일) 놔라, 만일에 내년, 이 밤, 내명년, 이 밤, 만일에 저 달이 오늘같이 흐리거든 이수일이가 어디에선가 심순애 너를 원망하고 오늘같이 우는 줄이나 알아라." 이런 내용이었던 것 같다.

또 다른 의고전주의 대표작가로 고다 로한(幸田露伴)이 있다. 『후류부추(風流仏)』로 평가를 얻었고, 『고주노토(五重塔)』, 『운메(運命)』 등의 문어체 작품을 발표하여 문단의 지위를 확립했다. 오자키 고요와 함께 고우로(紅露) 시대를 구축했다. 일본에서는 나쓰메 소세키, 모리 오가이와 함께 일본근대문학을 대표하는 작가로 꼽힌다. 우리나라에는 『오층탑』, 『연환기』 등의 문어체 작품과 수필집 『도료쿠론(努力論)』을 번역한 『고다 로한의 격차』 등이 소개되어 있다.

『고주노토(五重塔)』는 불상 조각가의 애달픈 사랑을 다룬 『후류부츠(風流佛)』와 검을 만드는 대장장이의 장인정신을 다룬 『히토구치잰(一口劍)』에 이은 기예 소설의 궁극을 이루어 낸 작품이다. 도쿄 야나카(谷中) 간노지(感應寺)의 오층탑 건립에 얽힌 이야기이다. 솜씨는 확실한데, 세상살이에 어둡고 고집불통인 데다가 행동마저 굼떠서 별명도 '굼벵이'인 목수 주베(十兵衛)가 주인공이다. 간노지의 건축 관련 업무는 주베의 스승인 가와고에(川越)의 겐타(源太)가 주로 맡아 하고 있어 오층탑 역시 겐타가 건립할 것이라는 풍문이 돌았다. 일생에 한 번쯤 만날 기회라고 생각한 주베는 오층탑을 짓고자 하는 열망에 싸여 간노지의 주지 스님을 만나러 갔다.

우여곡절 끝에 주베가 오층탑을 짓기로 되었다. 겐타는 주베에게 자신이 그린 밑그림을 보여주지만 주베는 그마저도 받지 않는다. 그리고 주베는 탑을 건립하는 일에 매달린다. 주베가 겐타의 도움을 거절한 것에 화가 난 세이키치가 현장에 나타나 휘두른 도끼에 귀가 잘리지만 주베는 탑을 건설하는 일을 놓지 않는다. 우여곡절 끝에 탑이 완성될 무렵 폭풍우가 들이치고, 주베는 탑이 무너지지 않을 것이라고 믿지만, 탑이 무너지면 살아남지 않겠다는 각오로 끌을 입에 물고 난간을 밟고서 비바람 속에서도 태연하게 버텼다고 한다. 주위의 건물들이 부서지는 속에서도 탑은 건재했다.

의고전주의의 대표적 여성 작가로 히구치 이치요(樋口一葉)를 꼽는다. 어려운 가정형편으로 생계를 위해 소설을 썼다. 1892년 동인지 「무사시노(武蔵野)」 창간호에 첫 소설 「야미 사쿠라(闇桜)」를 발표했다. 소꿉친구 소노다 료노스케(園田良之助)와 나카무라 치요(中村千代)의 첫사랑을 다룬 작품이다. 치요는 료노스케의 끊임없는 사랑에 괴로워하면서 투병한다. 1893년에는 고다 로한의 『후류부추(風流仏)』의 영향을 받은 소설 「우모레기(うもれ木)」를 발표하여 재능을 인정받았다. 이후 「오츠고모리(大つごもり, 섣달그믐날, 1894년)」, 「다케쿠라베(たけくらべ, 키재기, 1895년)」, 「니고리에(にごりえ, 탁류, 1895년)」 등 서정성이 넘치는 복고풍 소설을 발표하여 주목받았다.

히구치 이치요는 메이지유신이 시작된 직후에 태어났다. 에도 시대가 메이지유신으로 넘어가는 격변기였다. 생소한 서구 문명이 밀려들어 오던 시기였지만 에도 시대의 사회적 풍조가 남아있었다. 당시의 여류소설가들이 주로 상류 사교계의 결혼을 다루었던 것과는 달리 히구치 이치요는 다양한 계층의 여성들 삶을 다루었다. 특히 「키재기」의 경우 지금의 도쿄 중심 지역이 된, 에도에 있던 요시와라(吉原) 유곽을 무대로 한다. 당시 유곽은 도쿠가와 바쿠후가 공인하고 관리하는 공간이었다. 에도의 요시와라는 교토의 시마바라(島原), 오사카의 신마치(新町)와 함께 3대 유곽으로 꼽혔다.

메이지 말기에는 사실주의에서 발전한 자연주의문학이 일본에도 영향을 미쳤다. 에밀 졸라가 이론을 체계적으로 발전시킨 자연주의문학은 "자연의 사실을 관찰하고 '진실'을 묘사하기 위해 모든 미화를 거부하라"라는 입장이었다. 이상이나 관념을 버리고 철저하게 객관적 입장을 견지하면서 인간의 본질을 탐구하려 했다. 자연과 자연의 법칙, 유전과 사회 환경의 인과 법칙의 영향 아래 있는 인간을 뻔뻔하게 묘사하고 찾으려고 노력했다. 시마자키 도손(島崎 藤村)의 「하카이(破戒, 파계, 1906년)」와 다야마 가타이(田山花袋)의 「후톤(蒲団, 이불, 1907년)」이 대표적인 자연주의문학의 일본 문인과 작품이다.

시마자키 도손의 「하카이」는 도손의 첫 단편소설로 메이지유신으로 신분제도가 폐지되었던 시절의 이야기이다. 메이지유신을 통하여 신평민이라는 새로운 신분을 얻게 된 백정[워낙에 부락쿠민(部落民)이나 우리말로 옮기면서 우리나라에도 존재했던 백정으로 옮긴 듯하다]은 에도 시대 때부터 최하층 대접을 받으며 특별지역에 거주하던 천민 계층이다.

메이지 정부는 세수 확대를 위해 신분제도를 폐지하고 부락쿠민에게 일반 국민의 지위를 부여하였다. 하지만 부라쿠민에 대한 일본사회의 차별의식은 뿌리가 깊었다. 따라서 일반 국민은 이들이 평민과 동등한 지위라는 사실을 인정하기를 거부하여 해방령 반대 운동이 곳곳에서 벌어졌고, 이들에게 신평민(新平民)이란 호칭을 붙여 배척하였다.

소설 「하카이」에서는 신평민에 대한 일본사회의 인식이 어떻게 변화하고 있는가를 보여준다. 주인공 세가와 우시마쓰의 아버지는 부락쿠를 떠나 목장에서 목부로 일하면서 신분을 감추는 데 성공했다. 그리고 아들로 하여금 어려서부터 공부에 매진하여 사범대학에서 고등교육을 받은 끝에 보통학교 교사가 될 수 있도록 이끌었다. 세가와 우시마쓰는 '절대 신분을 밝히지 마라'라는 아버지의 계명을 지키기 위하여 각별하게 노력을 기울인다. 하숙집에 부락쿠민이 들었다가 쫓겨나는 일이 있자 곧바로 하숙을 옮긴다거나 하는, 주변에서 보면 오해를 살 만한 일도 서슴지 않았다.

그러면서도 신평민으로 지목을 받으면서도 자신의 신분을 밝히고 사회활동을 하는 이노코 렌타로를 흠모한다. 그리고 그에게만은 자신도 부락쿠민이라는 사실을 고백할까? 고민한다. 하지만 세상에 비밀은 없는 법. 목부로 일하던 아버지가 씨소에 받혀 돌아가시자 장례를 치르러 고향에 가면서 일이 꼬인다.

선거에서 이노코 렌타로가 지지하는 이치무라 변호사와 맞붙게 된 다카야기 리사부로는 고향이 같은 부락쿠민의 딸과 결혼을 해서 처가의 지원을 받을 속셈이었다. 바로 그 부인이 우시마쓰의 신분을 남편에게 알리고 다카야기는 이를 우시마쓰가 근무하는 학교의 가쓰노 분페이라는 신참 선생에게 알려준 것이다. 그렇지 않아도 장학관의 조카라는 이유로 교장이 각별하게 챙기면서 우시마쓰를 제거하려 획책하는 교장과 분페이는 은밀하게 이 사실을 확대하면서 우시마쓰를 퇴출시키기로 한다.

우시마쓰는 고향에서 만난 렌타로에게 자신 역시 부락쿠민이라는 신분을 밝히려다가 아버지의 계명이 마음에 걸려 결행하지 못한다. 그런데 다카야기의 사주를 받은 폭력배가 렌타로를 습격하여 살해하는 사건이 발생한다. 이를 계기로 우시마쓰는 자신이 지금까지 신분을 속여 왔음을 주위 사람들은 물론, 자신이 지도하던 학생들에게도 알리면서 사죄하고 학교에 사직서를 제출한다. 마을 사람들은 우시마쓰의 신분을 알게 되면서 흥분하는 쪽이 많은 데 반하여 학생들은 평소 존경하던 우시마쓰가 부라쿠민이라는 사실을 알고 나서도 그에 대한 존경심을 여전히 가지고 있는 것을 볼 수 있다. 메이지 정부가 주도한 신분제도 폐지 문제는 결국은 세대교체가 되어서야 이루어질 수 있을 것임을 암시하는 것 같다.

우시마쓰의 처지를 생각해 보면 자신이 부라쿠민임을 스스로 알릴 기회가 있었음에도 불구하고 아버지의 계명을 지키는 쪽을 선택했다가, 세상 사람들이 모두 알게 된 뒤에 사실을 인정하고 사죄했다는 것이다. 따라서 이야기의 제목처럼 아버지의 계명을 파기한 것은 아니라는 생각이 들었다. 소설 「하카이」는 도스토옙스키의 『죄와 벌』의 영향을 크게 받은 작품으로, 작가는 주인공에게 자신의 문제를 투영시켜 자아에 눈뜨는 인간의 마음을 그려내 일본 자연주의문학의 첫걸음을 떼었다.

사미자키 도손의 「하카이」가 부라쿠민에 대한 일본사회의 차별을 재인식하는 계기가 되었을 것이다. 어느 사회나 다양한 이유로 차별받는 집단이 있었다. 과거 유럽사회에서는 집시와 유대인이, 인도에서는 카스트 제도의 4계층에도 포함되지 않는 불가촉천민 하리잔(Harijan)이 있었던 것처럼 일본에는 부라쿠민이 있었다. 오랜 세월을 지나오면서 고착된 인식 때문에 차별이 관행으로 자리 잡고 있었을 것이나, 차별집단이나 피차별집단의 충돌은 극단적인 성향의 구성원이 나타났을 때 일어났을 것이다. 즉 차별집단에서도 피차별집단의 구성원을 인간적으로 대하는 사람도 있었을 것이고, 피차별집단에서도 자신이 차별받았다고 인식하지 못하는 사람도 있었을 것이다.

피차별부락의 구조와 변형을 연구하는 일본의 사회학자 기사 마사히코의 『망고와 수류탄』을 보면 평생 차별받은 경험이 없다고 주장하는 여성이 있는가 하면 '차별 같은 것은 없어요. 당신들이 차별, 차별 하면서 시끄럽게 하니까 문제가 생기는 것'이라고 피차별부락의 해방운동에 대하여 부정적인 의견을 말하는 남자도 소개한다. 시마자키 도손의 「하카이」역시 차별을 겪어보지 못한 제3자가 전해들은 차별의 사례를 통하여 차별을 주제로 삼은 것은 아니었을까?

다야마 가타이는 『나마(生, 삶, 1908년)』, 『추마(妻, 1909년)』, 『유안(緣, 1910년)』 등의 장편 3부작과 장편소설 『이나카교시(田舍教師)』를 발표하여 시마자키 도손과 함께 대표적인 자연주의 작가로 인정받았다. 그의 작품 가운데 『소녀병』, 『이불』, 『삶』, 『시골 선생』 등이 우리말로 번역되어 소개되었다. 우리나라에는 『이불』로 소개된 다야마 가타이의 「후톤」은 1907년 9월 「신쇼우세츠(新小說)」에 발표된 중편소설로, 여제자에 대한 중년 작가의 복잡한 감정을 그려냈다.

아내와 세 아이를 둔 작가 타케나카 도키오(竹中時雄)가 34살이 되었을 때 요코야마 요시코(橫山芳子)라는 여학생이 도키오의 견습생을 자원했다. 처음에는 탐탁지 않았던 도키오도 요시코와 편지를 교환하면서 그녀의 미래를 고려하여 사제관계를 맺기로 하여 그녀가 상경하게 되었다. 그런데 요시코의 연인 다나카 히데오(田中秀夫)가 요시코를 따라 도쿄에 올라온 것이다. 도키오는 요시코를 감시하기 위해 자기 집 2층에 살게 하였다. 하지만 요시코와 히데오의 관계가 생각보다 깊다는 것을 알고 분노하여 요시코와의 사제관계를 깨트리고 요시코의 아버지를 불러 집으로 돌려보냈다.

그녀가 떠나간 뒤에 도키오는 요시코가 머물던 2층방에 올라가 책상서랍을 열어 기름기가 찌든 띠를 집어 들어 냄새를 맡고, 잠옷의 옷깃에 얼굴을 묻고 그녀의 체취를 맡자, 성욕이 일면서 슬픔과 절망에 휩싸인다. 특히 '그녀의 잠옷을 입고는 요시코가 사용하던 이불을 내려놓고 들어가 더러운 이불깃에 얼굴을 묻고 울음을 터트린다.'라고 묘사한 장면은 독자는 물론 문단에도 적지 않은 충격을 주었다고 한다. 작품이 출간된 직후, 와세다 문학 10월호에서는 9명의 평론가가 '후톤 공동 평론'이라는 서평을 기고했는데, 시마무라 모즈키(島村抱月)는 '육체적 욕망에 충실한 인간을 벌거벗긴 대담한 고백'이라고 묘사했다.

메이지 말기에 문단의 주류가 되었던 자연주의문학에 비판적인 입장을 보인 것은 모리 오가이(森鷗外)와 나쓰메 소세키였다. 이들은 다이쇼(大正) 시대(1912년~1926년)에 들어서 각각 원숙한 작풍을 완성했다. 이와미(岩見) 지방의 쓰와노(津和野) 번에서 태어난 모리 오가이는 번주의 시의를 지내던 아버지를 따라 도쿄대학 의학부를 졸업하여 의사가 되었다. 대학을 졸업하고 육군 군의관이 되어 육군성 파견 유학생으로 독일에서 4년 공부했다. 귀국한 뒤에 번역시 「오모카게(於母影)」, 소설 「마이히메(舞姬, 1890년)」, 번역시집 『소교우시진(即興詩人, 1895년)』을 발표하면서 문필 활동을 했고, 훗날 군의 총감을 지냈다. 모리 오가이의 작품을 낭만주의 문학으로 보는 견해도 있다.

모리 오가이의 대표작으로 꼽히는 「무희」는 아마도 자기 독일유학의 경험을 바탕으로 한 듯하다. 꿈꾸던 독일 유학에 나선 오타 도요타로는 베를린에서 만난 유학생들과 쉽게 어울리지 못하고 겉돌게 된다. 그러던 가운데 가난한 무희 엘리스를 만나 도움을 준 인연으로 동거를 시작하고 임신까지 시키게 된다. 이런 사정이 유학생들 사이에 알려지면서 본국에서의 지원이 끊어지고 말았다. 다행히 친구의 도움으로 신문사의 베를린 주재 특파원으로 일하면서 생계를 이어간다. 그러던 중에 친구가 상관을 모시고 베를린에 오면서 통번역을 그에게 맡기도록 주선한다. 이렇게 만난 상관은 그의 능력과 성실함에 매료되어 함께 일본으로 돌아가기를 권하였다. 오타 도요타로는 결국 엘리스를 버리고 귀국길에 오르는 선택을 했고, 엘리스는 실성하여 정신병원에 입원하게 된다는 비극적인 결말이다.

모리 오가이는 「무희」를 통하여 일본 전통의 가문과 공명심을 쫓는 자아를 버리고 서구 방식의 자유를 즐기면서 깨닫게 된 개인이 결국은 자아를 추구하게 되었다는 것을 이야기하려 한 것으로 보인다. 모리 오가이 역시 유학을 마치고 귀국하였을 때 독일에서 찾아온 엘리제를 돌려보냈고, 해군 중장 야카마쓰 노리요시 남작의 장녀 도시코와 결혼했는데,「무희」를 발표하면서 이혼했다고 한다.

모리 오가이와 나쓰메 소세키의 영향을 받은 젊은 세대의 반자연주의 문학가들은 예술 지상적인 분위기를 문단에 조성하여 탐미파(眈美派), 여유파(余裕派), 고답파(高踏派), 백화파(白樺派), 신현실주의(新現實主義) 등으로 다채롭게 발전해 갔다.

　탐미파는 도덕적 공리주의를 버리고 미적 즐거움에 최고의 가치를 두는 경향으로 19세기 후반 프랑스와 영국을 중심으로 발전했다. 삶을 예술로 승화시켜 관능미를 즐기고자 했다. 일본에서는 나가이 가후(永井 荷風), 다니자키 준이치로(谷崎 潤一郎), 이즈미 쿄카(泉鏡花), 에도가와 란포(江戸川乱歩) 그리고 미시마 유키오 등이 탐미파의 범주에 들어간다. 일본의 탐미주의자들은 새로운 낭만주의를 찾아 이국적 취미나 에도의 정서를 동경하는 관능적 탐미주의를 심화시켜 향락적, 퇴폐적인 경향을 보였다.

　유미주의 혹은 심미주의와 같은 맥락의 탐미주의는 에피쿠로스에서 유래하는 철학적 개념으로, 미적 향수 및 형성에 최고의 가치를 둔 세계관 혹은 인생관을 추구한다. 문학에서의 탐미주의는 19세기 프랑스와 영국을 중심으로 시작되었다. 예술을 위한 예술, 즉 예술지상주의를 따른 문학에서의 탐미주의는 교훈적 · 공리적 의미를 배제한 순수화 경향을 존중하는 문예사조를 이룬다.

　일본의 탐미주의 문학은 시마자키 도손의 『파계』에서 시작한 자연주의가 정점에 달했던 1909년 무렵 시작했다. 일본 탐미주의 문학의 이론적 기초를 다진 것은 우에다 빈(上田敏)과 나가이 가후(永井 荷風)였다. 탐미파의 등장을 두드러지게 한 것은 다니자키 준이치로(谷崎潤一郎)였으며 아쿠타가와 류노스케(芥川 龍之介), 가와바타 야스나리(川端 康成), 다자이 오사무(太宰 治), 미시마 유키오(三島由紀夫) 등이 그 흐름을 이어받았다. 1909년 모리 오가이, 우에다 빈 등이 주도한 잡지 스바루(スバル)가, 1910년에는 나가이 가후를 중심으로 미타분가쿠(三田文学)와 다니자키 준이치로와 와

쓰지 데스로(和辻 哲郎) 등이 신시조(新思潮) 등의 잡지를 창간하여 탐미파 작가들의 활동 거점이 되었다. 탐미주의 대표 작가들의 작품들은 2022년에 번역되어 소개된 『일본 탐미주의 단편소설 선집』에서 읽어볼 수 있다.

나가이 가후는 15살이 되던 해 질병으로 학업을 중단하면서 통속소설을 탐독하다가 글을 쓰기 시작했다. 18살에 히로쓰 류로(津 柳浪)의 문하생이 되었고, 이듬해에는 이와야 사자나미(巖谷小波)의 가르침을 받으며 에밀 졸라에 심취했다. 프랑스어를 공부했고, 24살에서 28살까지는 미국에서 살았으며 이어서 프랑스로 건너가 10개월 정도 머물렀다. 귀국하고서 2년 뒤에 모리 오가이와 우에다 사토시(上田敏)의 추천으로 기주쿠 대학 문학부의 주임교수가 되었다. 화려한 경력에도 불구하고 게이샤와의 불륜, 주변 사람들과의 갈등으로 사생활은 복잡했다. 대학을 그만두고 신주쿠의 요초마치(余丁町)로 이사한 그는 자기 집을 단초테이(斷腸亭)라고 했다. 1917년 9월부터 '단초테이 일기'를 쓰기 시작하여 1959년까지 40년 이상 이어가, 가후의 개인사뿐만 아니라 당시 시대상을 반영하는 사료로서 가치가 크다.

그의 단편소설 「오솔길」은 치바현 이치카와(市川) 시의 한적한 오솔길에 관련된 이야기인데, 화자의 친구가 겪은 이야기를 빌려오는 형식이다. '솔숲에 덮인 한 줄기 언덕이 이어져 있다. 언덕을 따라서는 널따란 평야가 혹은 높게, 혹은 낮게, 완만한 기복을 이루어 단조로운 조망 곳곳에 화폭 같은 느낌을 주기에 충분한 변화를 보이고 있다.'라고 적은 것을 보면 명소라 할 것도 없다고 했다지만 평화로운 오솔길 풍경을 잘 그려낸 느낌이다. 화자가 이 오솔길을 산책하는 맛을 지인에게 알리자, 그도 이 오솔길을 잘 알고 있다면서 오솔길 부근에 있는 경마장에서 겪은 일을 알려왔다. 경마를 좋아하고 도쿄를 좋아하는 아내와 함께 경마장에 갔던 지인은 아내가 다른 이와 이야기를 하는 사이에 경마장을 빠져나왔는데, 같은 사정으로 경마장을 빠져나온 젊은 여성과 하룻밤을 보낸 것이 인연이 되어 아내와 헤어지고 그녀와 살게 되었다는 이야기이다.

다니자키 준이치로는 니혼바시(日本橋) 인근에서 상점을 하는 집안에서 출생한 소위 도쿄 토박이이다. 중학교에 다닐 무렵 아버지의 사업이 기울어 서생을 하면서 고등학교에 다녔다. 도쿄제국대학교 국문과에 입학하였지만, 학비를 댈 길이 없어 중퇴하고 말았다. 나가이 가후의 작풍을 받아 심화시켰다는 평가를 받았다. 가후의 작품에서 볼 수 있던 인격적인 면을 줄이고, 전적으로 예술 중심의 탐미적 요소를 천착한 점이 특징이다.

다니자키 준이치로의 「소년」은 일종의 성장소설이다. 화자인 하기하라 에이(萩原栄)가 동급생인 하나와 신이치(塙信一)와 그의 누나 미쓰코(光子), 그리고 센키치(仙吉) 등, 넷이서 부자인 신이치의 집에서 놀이를 즐기는 과정이 소개된다. 학교에서도 하녀의 돌봄을 받는 신이치는 소극적인 편이지만, 자기 집에서는 만사를 마음대로 정하는 이중적인 모습을 보인다. 학교에서는 골목대장 노릇을 하는 센키치도 신이치에게는 꼼짝을 못한다. 네 사람은 도둑 놀이나, 늑대와 나그네 놀이 등 소년들이 흔히 생각해 낼 수 있는 역할극을 즐긴다. 처음에는 신이치가 주인공 노릇을 하다가 어느새 주도권이 미쓰코로 넘어간다. 그 부분에 대하여 작가는 "미쓰코는 점차 거만해져서 세 사람을 노예처럼 부렸는데, 목욕을 마치고 나와서 손발톱을 깎게 하기도 하고, 콧구멍 청소를 시키기도 하고, 오줌을 마시게 하기도 하는 등 우리를 늘 옆에 두고 오래도록 그 나라의 여왕이 되었다."라고 했다. 아무래도 나이도 많고, 여자아이라서 남자아이들이 당해내기가 어려웠을 것 같다.

아쿠타가와 류노스케는 도쿄에서 우유 판매업을 하던 가정에서 태어났다. 어머니가 손위 누이의 죽음으로 정신병을 앓고 있어 양육이 어려워 외가에 맡겨졌다가 11살이 되던 해 어머니가 죽으면서 외삼촌 아쿠카타와 미치아키(芥川道章)에게 양자로 입양되었다. 에도 시대의 사족이었던 외가 덕에 학업을 이어 도쿄제국대학 영문과를 졸업했다. 대학을 졸업하고 오사카 마이니치 신문사에 취직하여 본격적인 작품활동을 시작했다. 그는 왕조 시대, 근대 초기의 기독교 문학, 에도 시대의 인물과 사건, 메이지 시대의 개화기 등 여러 시대의 문헌에서 소재를 얻었고, 양식과 문체를 달리하여 재기 넘치는 단편소설로 구성하였다. 만년에는 자전적 소재가 많아지면서 작품의 분위기가 무거워졌다.

아쿠타가와 류노스케(芥川龍之介)의 「게사와 모리토오(袈裟と盛遠)」는 한때 사랑했다가 헤어진 게사와 모리토오가 다시 만나 정을 통한 뒤에 생기는 상황을 각자의 시각에서 조명한다. 두 사람의 사랑이 진정한 것이었는지 의문이다. 어떻든 다시 만난 게사를 유혹하여 정을 통한 모리토오는 분명치 않은 이유로 게사의 남편 와타루 사에몬노조(渡左衛門尉)를 살해하기로 정하고 게사의 승낙까지 받아낸다. 게사는 자신에게 헌신적인 남편을 살해하겠다는 모리토오의 생각에 동조했지만, 한편으로는 모리토오와 정을 통한 자신이 부정하다는 생각으로 남편 대신 자신이 죽기로 한다. 남자와 여자가 서로를 바라보는 시각의 차이를 극명하게 대비시키고,

각각의 심리상태를 세심하게 그려내고 있다는 느낌이 남는다.

에도가와 란포는 1894년 미에(三重)현의 군청 서기 히라이 시게오(平井 繁男)의 장남으로 태어났다. 히라이 가문은 사무라이 가문으로 조상은 이토(伊東) 이즈(伊豆)의 사무라이였다. 초등학생 때 어머니가 읽어준 기쿠치 유요시(地市子市) 번역의 『히츄노히(秘中の秘)』가 처음 접한 탐정소설이었다. 이 소설은 영국과 프랑스에서 기자로 활동한 윌리엄 르 큐(William Le Queux)가 1903년에 발표한 『티켄코트의 보물: 침묵의 남자, 봉인된 스크립트 및 단 하나의 비밀 이야기(The Tickencote Treasure: Being the Story of A Silent Man, A Sealed Script and A Singular Secret)』가 원전이다.

와세다대학 정치경제학과를 졸업하고 상사, 중고 서점, 소바 가게, 도바 조선소 등을 전전하다가 29살이 되던 해 『니센도우카(二錢銅貨, 2전짜리 동전)』로 등단하게 되었다. 필명을 에드거 앨런 포의 이름을 차용할 정도로 추리 탐정소설을 탐닉하던 그는 기발한 속임수를 적용하여 사건을 구성하거나 대물애욕증(fetishism), 기괴하고 잔인한 이야기의 전개 등으로 대중의 사랑을 받았다. 일본탐정작가클럽(일본추리작가협회로 변경)을 창설해 초대 이사장을 지냈다. 추리 작가의 등용문으로 자신의 이름을 붙인 에도가와 란포상을 제정하는 등 탐정, 추리소설의 발전과 대중화에 힘써 일본 추리소설의 아버지로 존경을 받고 있다.

그의 단편 「인간 의자」는 소재가 독특하다. 여류작가 요시코(佳子)가 우편으로 받은 편지에서 시작한다. 용모가 추하고 가난한 의자 장인이 외국인 호텔에서 주문받은 커다란 안락의자를 만들게 되었는데, 의자에 사람이 들어앉을 수 있는 공간을 만들어낸 것이다. 잘 만든 의자를 남에게 보내는 것이 안타까워 함께 가고 싶다는 생각에서 벌인 일이다. 밖에서는 전혀 눈치챌 수 없는 공간에는 몸을 감출 수 있을 뿐 아니라 조그만 선반을 넣어 무언가를 보관할 수도 있게 하였다. 바닥에 만들어 놓은 출입구의 뚜껑을 열고 의자 안으로 몸을 감추면, 숨 막힐 정도로 새카만 어둠이 마치 무덤 속에 들어앉은 느낌이 든다고 했다. 동시에 투명망토라도 두른 것처럼 인간 세상에서 모습을 감춰버린 셈이라고도 했다.

처음에는 안락의자에서 나와 호텔 안에서 도둑질이나 할 생각이었는데, 시간이 지나면서 의자에 앉는 다양한 사람들로부터 다양한 감정들을 느끼게 되었다. 특히 여성들이 앉는 경우 가죽 너머로 안는 시늉을 한다거나, 날카로운 칼로 심장을 찌르는 상상도 하게 되었다. 시간이 지나면서 호텔이 타인에게 양도되면서 안락의자도 경매를 통하여 개인의 손으로 넘어가게 되었는데, 새 주인이 바로 관리의 아내이자 여류소설가인 요시코였다. 화자는 요시코를 연모하게 되었고, 한번 만나 달라는 청과 함께 그동안의 긴 사연을 보내온 것이다. 물론 개연성이 있을까 싶으면서도 착상은 대단히 기발하다는 생각이 든다. 과연 요시코는 화자를 만나게 될까?

다이쇼(大正) 시대(1912년~1926년) 들어 메이지(明治) 시대(1868년~1912년) 말 유행하던 자연주의문학이 쇠퇴하고 탐미주의 문학이 대두되면서 다니자키 준이치로(谷崎潤一郎), 아쿠타가와 류노스케(芥川 龍之介), 사토 하루오(佐藤春夫), 사토미 돈(里見惇), 기쿠치 칸(菊池寬) 등 순수문학 작가들이 주도하여 예술적 경향의 탐정소설이 창작되었다. 일본에서 추리소설이 활발하게 창작된 것은 탐정소설전문잡지 「신세넨(新青年)」이 창간되고 에도가와 란포(江戸川 乱歩) 등이 등장하면서부터이다. 다니자키 준이치로, 아쿠타가와 류노스케, 기쿠치 간, 히라바야시 하쓰노스케(平林初之輔) 등의 추리소설 작품들은 2019년에 번역하여 소개된 『살인의 방』에서 읽어볼 수 있다.

다니자키 준이치로는 에드거 앨런 포나 코난 도일의 작품들을 읽고 괴기, 환상, 신비적 분위기의 작품들을 발표했는데, 훗날 추리소설의 대표 작가 에도가와 란포, 요코미조 세이지(橫溝 正史) 등에게 영향을 끼쳤다. 「살인의 방」은 오늘 밤 모처에서 살인이 일어날 것이라는 정보를 입수했다는 친구 소노무라에 이끌려 현장에 가게 된 화자가 에이코라는 미인이 살인을 저지르고 화학약품으로 사체를 녹여 증거를 인멸하는 장면을 목격한다. 문제는 소노무라가 에이코에 반하여 그녀와 교제를 시작하고 결국은 그녀의 손에 살해당하기로 결심했다면서 자기 죽음을 지켜봐 달라고 청한다. 친구의 죽음을 목격하게 된 화자는 범인들로부터 살해 위협을 받게 되는데, 범인들은 화자에게 소노무라의 유서를 전한다. 다니자키 준이치로는 이 작품에서 에드거 앨런 포, 코난 도일, 오스카 와일드 등 서구작가들의 작품에 등장하는 다양한 탐정소설의 기법을 차용하고 있다.

아쿠타가와 류노스케는 일본에서 처음으로 추리소설이라는 용어를 사용한 기념비적 작품집 『봄날의 밤』을 냈다. 아쿠타가와 류노스케는 자기 작품 속에 에드거 앨런 포, 코난 도일, 오스카 와일드 등 서구작가의 기법을 다양하게 녹여냈다. 「덤불 속」은 「라쇼몬」과 함께 구로사와 아키라(黑澤明) 감독이 영화 『라쇼몬(羅生門)』의 원작으로 사용되었다. 내용은 헤이안 시대에 무사 부부가 산길을 가다 도적을 만나 남편이 덤불 속에서 살해당한다. 이 사건을 두고 나무꾼, 스님, 포졸, 노파, 도적 다조마루, 아내 마사코, 그리고 죽은 무사의 영혼이 서로 엇갈리는 진술을 내놓는다. 결국 사건의 실체가 밝혀지지 않고 범인이 누구인지 미궁에 빠지고 만다.

기쿠치 칸은 문예 춘추사를 설립하였고, 아쿠타가와상과 나오키상을 제정하기도 했다. 당시의 시대적 상황에 부응하여 탐정소설을 번역하여 소개하거나 창작하였다. 「어떤 항의서」에서는 강도가 들어 누나 부부가 살해당하는 사건이 겪은 화자의 이야기이다. 딸 부부가 살해당한 충격으로 어머니가 뒤따라 죽음을 맞게 된다. 사건이 발생하고 1년이 지난 뒤에서야 범인 사카시타 쓰루키치가 다른 사건에 연루되어 체포된다. 경찰의 추적 끝에 잡힌 것이 아니라 자신이 저지른 범행 가운데 부부 살해 사건도 저질렀다고 실토하는 바람에 드러난 것이었다. 그런데 범인은 옥중에서 기독교에 귀의하여 자신이 저지른 죄에 대한 응분의 대가로 사형을 당하는 것이라면서 담담하게 죽음을 맞았다. 이 사실을 알게 된 화자가 법무부 장관에게 항의서를 보내 유족의 고통을 생각하면 범인이 육체적으로나 정신적으로나 고통을 받아 마땅하다고 주장했다. 범죄자의 인권은 부각되면서 피해자 가족들이 겪고 있는 고통이 가볍게 여겨지는 분위기로 나아가는 오늘날의 현실에서도 공감되는 바가 있는 점이 있다고 하겠다.

히라바야시 하쓰노스케는 프롤레타리아 문학 운동의 이론가로 알려졌지만 실은 「신세넨(新靑年)」에 참여하여 많은 추리소설을 발표했다. 「예심조서」에는 과실에 의한 살인을 저질렀다고 자수한 아들을 구하려고 예심판사를 찾아간 노교수의 이야기이다. 노교수는 처음에 아들의 정신이상을 주장하다가 받아들이지 않자 사실은 자신이 살인을 저질렀다고 고백하는 반전이 일어난다. 결국은 노교수와 그의 아들이 범인이 아니라는 반전이 거듭되는 본격 추리소설의 형식을 볼 수 있다. 「예심조서」에서는 도스토옙스키의 『죄와 벌』과 고리키의 『세 명』 등이 인용되는 것을 보면 당시 일본의 추리소설 작가들은 해외작가들의 영향을 많이 받고 있었음을 알 수 있겠다.

여유파 문학은 세속의 일상에서 벗어나 여유 있는 태도로 삶을 객관적으로 관찰하고 즐긴다는 관점을 담은 경향으로 소세키는 이를 테이카이슈미테기(低徊趣味的)라는 조어를 만들었다. 여유파라는 이름은 나쓰메 소세키가 다카하마 쿄시(高浜 虛子)의 소설 『케이토(鷄頭)』의 서문에 '여유 있는 소설'이라고 적은 데서 유래했다. 마사오카 시키(正岡 子規)의 제자들이 시작하였으며 나쓰메 소세키와 문하생들을 중심으로 이어갔다. 문학잡지 『스바루(スバル)』나 『미타분가쿠(三田文學)』에 작품을 발표하던 모리 오가이 등의 작가들이 이 무리에 포함되지만, 점차 경계가 모호해졌다. 나쓰메 소세키, 마사오카 시키, 다카하마 이마코(高浜 虛子), 스즈키 마에요시(鈴木 三重吉), 테라다 토라히코(寺田 寅彦) 등이 여유파에 속한다.

고답파 문학은 프랑스어로 빠르나세(Parnasse)라고 하는 19세기 실증주의 시대에 낭만주의와 상징주의 사이에 일어난 프랑스 문학 양식이다. 그리스 신화에 나오는 뮤즈의 고향 몽 파르나스의 이름을 따서 명명되었다. 테오필 고티에(Pierre Jules Théophile Gautier)의 예술을 위한 예술(l'art pour l'art)의 영향을 받았다. 낭만주의 문학이 자유로운 형식과 과도한 감상주의, 그리고 사회적, 정치적 행동주의로 인식되는 것에 대한 반작용으로 엄격한 형식과 감정의 초월성을 지닌 이국적이고 고전적인 주제를 선택하여 엄격하고 흠잡을 데 없는 작품을 완성하기 위해 노력했다. 초월적 요소는 아르투르 쇼펜하우어의 철학적 저술에서 비롯된다. 일본 문학에서는 모리 오가이 등이 여기 속한다.

백화파 문학은 1910년 창간된 「백화(白樺, しらかばは)」를 중심으로 한 문학파이다. 다이쇼(大正) 초기에 톨스토이, 오이켄, 베르그송 등이 소개되면서 보편적인 인간성을 추구하는 이상주의 경향이 강해졌다. 그리하여 탐미파와는 대조적으로 인도주의를 표방하는 문학 운동으로 발전하게 되었다. 여기 속한 작가들은 귀족이나 부자들의 자제가 다니던 학습원 출신이 많다. 그럼에도 불구하고 자신들이 가진 특권을 당연한 것으로 여기지 않고 삶에 대한 의구심과 사회 부조리에 대한 분노를 나타내는 정의파였다. 이들은 개성을 존중하고 신장시킴으로써 인류의 행복에 공헌하겠다는 낙천적이고 긍정적인 인생관과 정의와 사랑의 정신을 강조하면서 자아를 발전시키고자 했다. 백화파의 대표적 작가로는 무샤노코지 사네아스(武者小路實篤), 시가 나오야(志賀直哉), 아리시마 다케오(有島武郎) 등이 있다.

백화파에 이어 문단에 새바람을 일으킨 문인들은 「신시죠(新思潮)」의 동인이던 아쿠타가와 류노스케, 기쿠치칸(菊池寬), 구메 마사오(久米正雄), 야마모토 유조(山本有三), 도요시마 요시오(豊島與志雄) 등의 신현실주의(新現實主義)파다. 백화파 이상주의의 낙천적이고 긍정적인 관점에 회의를 품은 문인들이 자연주의적 사실주의와는 다른 관점에서 현실을 파악하려고 했다. 즉 인생과 현실을 이지적으로 판단하고 주관적 해석을 더하여 현실을 다시 구성하려 했고, 주제에 따라 심리분석의 수법을 사용했다.

다이쇼 시대의 중기에는 인본주의와 민주주의적 시대사조의 영향을 받아 민중 예술론이 대두되었다. 특히 제1차 세계대전 이후에 사회적 불안이 반영되어 무정부주의와 사회주의 사상이 확산하면서 미야지마 스게오(宮嶋資夫), 미야지 가로쿠(宮地嘉六) 등 노동자 작가에 의한 노동 문학이 일어났고 1920년대에는 무산계급의 해방을 추구하는 프롤레타리아 문학으로 발전하였다. 이 문학사조의 작가들은 주로 노동자들의 비참한 현실을 써냈다. 1923년 관동대지진 이후에 프롤레타리아 문학은 일시 퇴조했다가 이듬해 「분게이센센(文藝戰線)」이 창간되면서 다시 활동에 나섰지만, 군국주의 성향이 강화된 정치권력의 탄압으로 붕괴하고 말았다.

프롤레타리아 문학의 대표작으로는 고바야시 다키지(小林 多喜二)의 『카니 코센(蟹工船, 게잡이 공선)』이 있다. 1929년 「센키(戰旗)」에 발표된 이 작품은 1926년 홋카이도의 게잡이 공선에서 발생한 사건을 다룬 작품이다. 카니 코센은 캄차카반도 앞에 있는 오호츠크해에서 이루어지던 북해어업에 사용되던 어획물 가공 장비를 갖춘 대형 선박이다. 게는 선단을 이루는 작은 배에서 잡아서 바로 모선인 카니 코센으로 옮겨 통조림으로 가공한다. 카니 코센은 항해용 선박이 아니라 건설용 선박으로 취급되어 항해법이 적용되지 않았기 때문에 낡은 선박을 개조하여 조업에 나섰다. 또한 공장도 아니라서 노동법도 적용되지 않는 허점이 있었다. 도호쿠 지방의 가난한 사람들이 주로 조업에 투입되었는데 이들에 대한 비인간적인 학대가 만연해 있었다. 카니 코센이 전복되는 사고가 일어났고, 근처에 있던 러시아군의 함선이 이들을 구조하는 과정에서 도스토옙스키의

『죽음의 집의 기록』에 나오는 시베리아의 유형지가 카니 코센의 현실보다 낫다는 이야기가 나오면서 어부들은 자신들의 권리를 깨닫게 되면서 파업을 시작한다. 회사에서는 해군이 연락하여 파업 진압을 요청하여 해군이 급파되어 파업 노동자들을 체포하게 된다.

신현실주의 문학에 자극받은 예술파 가운데 혁신적인 움직임이 등장하여 「분케이지다이(文藝時代)」를 중심으로 요코미스 리이치(横光利一), 가와바타 야스나리 등의 신감각파 운동이 시작되어 쇼와 시대의 근대주의로 발전하였다. 이들은 자연주의적 기법을 배척하고 혁신적 문체를 추구하였다. 또한 근대사회가 고도화되어 가면서 해체되어 가는 자아와 현실을 감각적으로 표현하기 위하여 노력했다.

자연주의의 영향을 받았으면서도 감각적인 작품을 발표한 작가로 카지이 모토지로(梶井 基次郎)가 있다. 관능과 지성이 융합된 간결한 묘사와 시정이 풍부하며 명확한 문체로 쓴 20여 편의 단편소설을 발표하였다. 문학계의 인정을 받은 지 얼마 되지 않아 31세의 젊은 나이에 폐결핵으로 요절했다. 개인의 경험을 바탕으로 쓴 사소설(私小說) 형식의 작품들도 적지 않다. 일본의 자연주의 문학에서 발전한 사소설을 심경소설(心境小說)이라고도 하지만 두 형식은 차이가 있다. 대상을 객관적으로 묘사하는 사소설과는 달리 심경소설은 대상을 본 작가의 내면을 묘사하는데 초점을 맞춘 소설형식이다.

다야마 가타이(田山 花袋)가 1907년에 발표한 「후톤」이 사소설의 효시라는 설이 있지만, 1913년에 치카마스 슈코(近松 秋江)의 「기와쿠(疑惑)」와 기무라 소타(木村 荘太)의 「케닌(牽引)」이 사소설을 확립한 작품이라고 평가된다. 그런가 하면 시가 나오야(志賀 直哉)의 「와카이(和解)」는 심경소설이라고 한다. 카지이 모토지로의 단편소설 12편을 담은 「벚꽃나무 아래 시체가 묻혀있다」가 우리말로 번역되어 소개되어 있다.

쇼와 시대에는 이들의 영향을 받아 예술의 자주성을 확립하고자 하는 반 프롤레타리아 작가의 근대주의 운동이 일어났다. 소비생활이나 퇴폐적인 도시문화를 그려내려는 신흥 예술파로는 가무라 이소타(嘉村礒多), 이부세 마스지(井伏鱒二) 등이 있고, 유럽의 20세기 문학의 수법을 익힌 이토 세이(伊藤整), 호리다 스오(掘辰雄) 등의 신심리주의파가 있다. 이들은 인간의 심리를 심층 분석하여 분열된 자아의식을 미세하게 표현하고자 했다.

1937년 중일전쟁의 발발을 기점으로 제2차 세계대전으로 넘어가면서 언론통제가 심해졌다. 일본 정부가 국책 순응을 내세우면서 문학도 활기를 잃어 종군작가들에 의한 전쟁 기록 외에는 별다른 작품활동이 없었다. 패전 후에는 종합잡지와 문예잡지가 창간되거나 복간되면서 문학계도 새롭고 다채로운 방향으로 새 출발을 하게 되었다. 전후 문학계의 활동은 현대문학의 범주로 구분된다.

(2025년 1월 13일)
여행
첫째 날

설국을 가다

출발

생각해 보니 일본에는 학회 및 출장으로 도쿄를 네 차례, 오사카와 고베를 각각 한 차례 방문한 적이 있다. 학회나 출장 기간에 도쿄의 볼거리를 즐기기도 했지만, 책에 관련된 장소를 구경한 적은 없다. 이번 여행이 기대되는 이유이다. 오사카는 1995년 무렵 국제 치매 학회에 참석하느라 한 번 가보았다. 그리고 고베는 2007년 무렵 국제독성병리학회 참석하느라 다녀왔다. 도쿄는 국립독성연구원에서 근무하던 2003년 무렵 자매기관이던 일본생물안전성연구소와의 정기교류 행사와 소해면양뇌병증 관련 국제학술대회에서 우리나라의 관리 현황을 발표하기 위해서 처음 갔었다. 의사협회에서 근무하던 2005년에는 일본의 전통 의학인 동양의학의 실태조사차 두 번째 방문했다. 그리고 2006년 질병관리청의 연구용역 사업을 수행하면서 일본의 전염병 관리체계를 조사하기 위하여 각각 방문했다. 2010년에는 일본독성병리학회에, 그리고 2011년에는 도쿄 인근의 작은 도시에서 열린 한일 신경병리학회에 참석한 적이 있다. 대부분의 도쿄 방문이 행사가 있는 2~3일 정도의 짧은 체류였기 때문에, 황궁과 야스쿠니 신사, 우에노 공원 등 대표적인 장소를 겨우 구경할 수 있었다.

　오래 전의 일이라서 가물거리지만, 첫 번째 방문이 가장 남아있는 기억이 많다. 사학회관 건물에 묵었는데, 일본에 유학한 한범석 박사가 동행하여 도움을 많이 받았다. 그해는 벚꽃이 필 무렵이었는데도 추운 탓에 개화가 늦었다. 일행들과 숙소 근처의 이자카야에서 술자리가 있었는데, 시중드는 이가 사케를 잔이 넘치도록 따라서 놀랐다. 한 박사가 잔 받침에 넘쳐흐른 사케는 주인의 후의라고 했다. 다음날 센터방문의 공식 행사에서는 센터장의 환영사에 일본어로 답사를 했다. 전날 한 박사가 번역해 준 인사말을 밤늦게까지 반복해서 읽고 외운 덕이다. 센터에 있는 생물학적 안전성 수준 4(BSL 4)의 생물학 실험실에 직접 들어가 보고는 놀랐다. 당시 우리나라에는 그런 수준의 생물학 실험실이 없었기 때문이다. 저녁에는 이노우에 연구소장이 초대한 교토식 식당에서 열린 만찬에서는 주최 측의 환영사에 이번에는 영어로 답사를 해야 했다. 사전에 예고되지 않은 순서라서 미처 준비할 수 없었기 때문에 많이 당황했다. 다음날 열린 소해면양뇌병증(BSE) 관련 국제학술대회에서는 한국에서의 BSE 관리 현황을 발표했다. 3일 차에는 후지산을 비롯하여 닛코(日光)를 관광했다.

　두 번째 의사협회의 출장은 한약의 안전성을 조사하기 위하여 중국과 일본의 현황을 조사하는 일이었다. 도쿄의 전통 의학인 동양의학 진료를 하는 병원을 방문하였고, 일본 의사협회를 방문하여 전통 의학에 대한 일본의사회의 공식적인 입장을 들었다. 이때도 색다른 음주문화를 경험했다. 전통 일식으로 된 가이세키식으로 저녁을 먹은 뒤에 사케를 마시러 갔는데 대여섯 명이던 일행이 사케를 한 되짜리 큰 병으로 주문해서 마시는 것을 보던 일본 사람들이 놀라던 기억도 있고, 달걀주를 마시는 일행을 보고 지배인이 독특한 술잔을 가져왔다. 다양한 크기의 술잔에 구멍이 나 있어 손가락으로 막은 채 술을 받아야 하고 술잔을 내려놓을 수 없으니 금세 마셔야 한다. 술잔은 주사위를 굴려서 나오는 대로 받아야 했다. 참고로 달걀주는 필자가 대학에 다닐 때 하숙방에서 배운 주법으로 궁금하신 분에게는 알려드릴 수도 있다.

세 번째 방문은 그래도 수월했다. 정부 용역과제를 수행하기 위하여 전염병관리센터를 방문하는 출장으로 도쿄에 사는 누리사랑방 친구의 도움을 받아 1박2일의 출장을 무사히 마칠 수 있었다. 네 번째 방문이었던 일본독성병리학회에서는 학회 일정은 무난하게 마쳤지만, 일본에서 공부하고 있는 분들과 뒤풀이하다가 만취하여 들고 간 노트북을 잃어버리고 말았다. 해외여행에서 저지른 가장 큰 사고였다. 그러고는 아직 일본 여행은 없었다.

학회나 출장이 아닌 일로 도쿄를 방문한 것은 이번이 처음이다. 여행에서 입을 옷을 비롯하여 필요한 물품들을 챙겨 여행 가방을 꾸렸다. 위탁 수하물은 23kg까지 부칠 수 있다는데 챙긴 짐들을 모두 가방에 넣고도 16kg에 불과했다. 4박5일의 일정이라서 필요한 물품이 그리 많지 않았기 때문이다. 챙겨 넣은 물건들 가운데 책이 가장 무거웠을 것이다. 읽고 있던 소세키의 『나는 고양이로소이다』를 비롯하여 여행하는 동안 읽을 책으로는 루이지 피란델로의 희곡 『작가를 찾는 6인의 등장인물』, 메트 헤이그의 『미드나잇 라이브러리』, 이병욱이 쓴 『암을 이겨내는 당신에게 보내는 편지』, 사뮈엘 베케트의 『프루스트』 등 5권의 책을 담았다. 그리고 이미 읽었지만 여행하는 동안 참고가 될『도쿄 미술관 산책』과 펀트 래블에서 보내주었던『나쓰메 소세키 평전』도 챙겼다. 그래도 여행 가방 은 홀쭉했다.

펀트래블의 일본근대문학기행의 일정은 오전 9시에 인천공항을 출발 하는 비행기를 타는 것으로 시작했다. 오전 6시에 펀트래블 관계자와 만 나기로 했기 때문에 집 근처 정류장에서 4시 무렵에 공항으로 가는 차를 타야 했다. 월요일 새벽 3시 15분에 휴대전화의 깨움 알림을 맞추고 일 요일 저녁 9시 반에, 잠자리에 들었지만, 머리가 베개에 닿으면 잠들던 평소와는 달리 쉬이 잠들지 못했다. 초등학생 때 소풍 가기 전날 들떠서 잠을 이루지 못했던 것처럼, 몇 차례 잠자리에서 일어나 이것저것 확인을 거듭하다가 10시 넘어서야 잠들었다.

3시 15분에 휴대전화의 깨움 알림 소리에 깨어, 세수하고 옷을 챙겨 입고 집을 나섰다. 집을 나서면서 보니 둥근 달이 하늘에 걸려 있다. 음력 으로는 섣달 열나흘이니 다음날이 보름이다. 휘영청 뜬 달도 추위에 떠는 듯했다. 며칠 전부터 시작된 한파가 남아있어 이날 아침 서울의 최저기온 은 영하 9도였다. 오랜만에 하는 혼자서의 해외여행인지라 아내가 쪽문 까지 배웅나왔다. 아내를 안아주고 정류장으로 향했다. 재활치료에다 침 까지 맞느라 여러 병원을 오가는 아내를 두고 혼자서 여행을 떠나게 돼 서 미안했다. 그래도 지난해에 내놓은『양기화의 BOOK소리-유럽여행』 편에 이어 금년 말까지 내려고 기획하고 있는『양기화의 BOOK소리-세 계여행』편을 준비하는 데 필요한 일본과 일본 작가에 관한 이야기를 준 비하기 위한 일종의 취재 여행이라는 핑계를 삼았다. 펀트래블의 일본근대문학기행은 여행의 주제에 걸맞게 단톡방을 통해 엄청난 양의 정보를 제공해 주었다. 관련 기사는 물론 관련 작가들의 작품 파일들 그리고 소설들을 원작으로 나온 영화들까지.

3시 40분에 정류장에 도착했다. 4시 10분에 첫차가 정류장에 도착하는 줄 알았는데 벌써 두 대가 지나갔다. 정류장에 서서 한참을 떨어야 했다. 이따금 몇 대의 승용차가 지나갈 뿐 텅 빈 거리가 을씨년스러웠다. 늘 그렇지만 이 시간에 집을 나서면 꼭 야반도주하는 듯한 느낌이 든다. 4시 10분에 도착한 공항버스에는 벌써 몇 사람의 승객들이 타고 있었다. 이른 시간에 공항에 가는 사람들이 적지 않다. 양재역을 몇 정거장 앞두고서부터 예약 승객을 가려서 태웠다. 강남역에서 만석이 됐다. 시간이 이른 까닭에 거리에 사람이 없다. 신사역에서부터는 정류장에 서 있는 승객들에게 좌석이 없으니 다음 차를 타라고 했다. 런던에서 공항으로 가는 차를 타지 못해 당황했다는 어떤 여행자의 이야기가 실감 났다. 4시 35분에 올림픽 도로에 들어섰다. 강변도로의 가로등 불빛이 쏟아져 내리고 있는 한강이 고즈넉해 보였다. 실내등이 꺼지고 차 안이 어둠 속에 가라앉아 눈을 감아보지만 잠은 오지 않았다. 5시간여의 잠이 부족할 텐데도 말이다.

5시 20분에 인천공항의 1청사에 도착했다. 공항은 엄청난 인파로 붐비고 있었다. 5시 30분에 펀트래블의 최난경 해설사로부터 문자가 왔다. 일찍 도착한 사람들을 부르고 있었다. 지금까지 해외여행을 적지 않게 해왔지만, 대부분의 여행에서는 약속 시간이 되어서야 인솔자가 나타나거나, 심지어는 약속 시간보다 늦게 나타나는 경우도 있었다. 펀트래블처럼 약속 시간보다 30분이나 일찍 나와 여행을 안내하는 경우는 없었다. 감동이었다. 5시 40분에 최난경 해설사를 만나 탑승서류를 받고 위탁 수하물을 부치러 갔다. 이곳도 탑승객들이 길게 줄을 짓고 있었다. 전지훈련을 가는 것으로 보이는 대덕대학교의 학생들이 무리 지어 있었다. 미국에서 신경병리를 사사한 성주호 선생님께서 이사장을 맡아 하셨던 대학이라서 반가웠다. 누리망을 뒤져보니 이사장직은 내려놓으신 것 같았다. 길게 늘어선 대덕대학생들은 아시아나 직원들이 위탁 수하물을 취급하는 창구를 이용하게 되어 개인이 직접 짐을 부치는 창구로 가서 직원의 도움을 받아 6시 5분에 짐을 부쳤다. 그리고 전화회사 창구로 가서 해외에서 휴대전화를 사용하여 누리망에 접속할 수 있는 어울 통신(roaming, 통화권 위치등록)을 신청했다. 이 창구도 당연히 줄을 서야 했지만 기다리는 사람이 많지 않아 6시 22분에는 출국심사장으로 가는 줄을 섰다.

처음 공항에 도착했을 때는 가운데 출국심사장 한 곳만 열었기 때문에 길게 줄을 서고 있었다. '6·25 때 난리는 난리도 아니다'라는 소리가 절로 나왔다. 6시에 두 곳의 출국심사장이 문을 열면서 길게 늘어선 줄이 분산된 덕분에 6시 55분에 출국심사를 마쳤다. 10분 뒤에는 17번 탑승구 인근 식당가의 손수헌에서 육개장으로 아침을 먹었다. 식당도 좌석이 마땅치 않았다. 그래도 7시 반에 식사를 마치고 탑승구로 이동한다. 우리가 탈 아시아나 항공의 OZ102편은 17번 탑승구에서 타게 되었다. 17번 탑승구에 도착하여 미리 준비한 독후감을 누리사랑방에 올렸다. 8시 20분 탑승 시작. OZ102편은 A380-800기종으로 좌석배열은 3-4-3이다. 토요일 아침 열린 좌석지정 시간에 조금 늦었을 뿐인데도 거의 대부분 좌석이 정해져 있었고 필자의 좌석은 2층의 가운데 좌석이었던 것을 1층의 앞쪽으로 바꾸어 38B 좌석이었다. 좌석 사전지정의 수수께끼는 여전히 풀리지 않고 있다.

9시에 탑승이 완료됐으나 위탁 수하물을 싣는 작업이 늦어져 9시 23분에 탑승구를 물러났다. 나리타공항은 인천공항에서 983마일(1528 km) 떨어져 있어 1시간 50분 비행할 예정이었다. 9시 45분 이륙했다. 탑승 안내 절차가 끝나자마자 영화 『트위스터스(Twissters)』를 보기 시작했다. 이 영화는 정이삭 감독의 재난영화로 1996년에 제작된 『트위스터스』의 속편 영화로 28년 만에 제작된 것이다.

'쫓아라! 막아라! 살아 남아라!(Chase! Ride! Survive!)'라는 부제가 달린 이 영화의 여주인공인 케이트(데이지 에드가존스 扮)는 대학 시절 다섯 명의 친구와 용오름(tornado)을 소멸시키는 방법을 시험하기 위해 도전했다가 세 친구를 잃고 죄책감을 안고 살아왔다. 5년의 세월이 흐른 뒤 케이트는 뉴욕에 있는 기상 관계 회사에서 용오름의 흐름에 따라 경계수위를 결정하는 일을 하고 있다. 그런 케이트에게 사고 당시 외곽에서 용오름의 흐름을 레이더로 관측하던 일을 하던 하비(안소니 라모스 扮)가 찾아왔다. 용오름의 발생과 진로를 예측하는 레이더 장비를 개발하였고 투자자를 얻었다면서 함께 일하자고 제안한다.

케이트는 오클라호마의 현장에 도착하여 용오름을 추적하는 하비의 스톰 파(Storm Par)에 합류하는데 현장에서는 용오름을 뒤쫓는 유튜버 집단, 토네이도 랭글러(Tornado Wrangler)를 이끄는 테일러 오언스(글렌 파월 扮)와 조우한다. 이들은 용오름의 안쪽에 들어가 대지에 차량을 고착시킨 뒤에 폭죽을 터트리는 장면을 실시간으로 중계한다. 폭죽을 터트려 용오름을 소멸시킨다는 생각이다. 우여곡절 끝에 케이트와 테일러가 손을 잡고 용오름을 무력화시키는 실험에 착수한다. 과거에 시도했던 폴리아크릴산나트륨이 용오름 속의 물방울은 흡수하지만 대기의 수분은 흡수하지 못하는 한계를 극복하기 위하여 테일러의 폭죽 기술을 응용하여 용오름 속에 요오드화은을 뿌려 용오름 속의 수분을 빗방울로 전환시킨 뒤에 폴리아크릴산나트륨을 비산시켜 용오름을 무력화시킨다는 새로운 전략을 세운 것이다. 전편에서는 용오름을 관측하여 진로를 사전에 예측하여 재난을 피하도록 하는 전략이었다면 속편에서는 용오름을 무력화시키는 적극적인 개입 전략을 내세우고 있다. 1991년에 미국 미네소타에 신경병리를 공부하러 갔을 때 생각이 났다. 먼저 와있던 선배들이 용오름 경계경보가 발령되면 목욕탕의 욕조 속에 몸을 숨기라는 조언을 들었었다. 우리나라의 용오름은 그저 구경거리에 불과하지만, 미국에서는 엄청난 규모로 커질 수 있어 치명적일 수도 있다고 했다.

10시에 식사가 나왔다. 종이 도시락 안에 닭볶음을 얹은 볶음밥이 조금, 쁘티 마들렌 하나, 젤오 하나 그리고 물 한 컵이 끝이었다. 점심으로는 지나치게 서운한 양이다. 비행시간이 짧은 탓일까? 그래도 옛날에는 제대로 된 기내식을 즐겼던 것 같다. 11시 8분부터 착륙 준비로 기내가 어수선해진다. 고도가 높은 까닭인지 비행기 하강 속도가 그리 빠르지 않은데도 귀가 몹시 아파진다. 비행기가 고도가 많이 낮아진 뒤에서야 통증이 사라진다. 어떻든 서울과 시차가 없어 편하다. 11시 43분 활주로에 착륙했다. 당시 도쿄의 기온은 영상 9도. 탑승구에는 11시 51분에 도착했고, 입국심사는 12시 15분에 마쳤으며, 짐은 35분에 찾았다. 그것도 일찍 짐을 부쳤기 때문에 늦게 나온 것이다. 일본 출입국관리 절차가 많이 간소화된 느낌이었다. 바람이 조금 있어서 쌀쌀했다. 그 무렵 일본은 평년보다 따뜻한 편이라고 했다. 니가타도 최근까지 비가 내렸는데 15일부터 눈이 예고돼 있다고 했다. 다행이다. 설국을 보러 갔는데 눈이라고는 구경도 못 한다면 여행의 묘미가 없다고 할 것이다.

나리타공항은?

나리타(成田) 국제공항은 2011년에 한일신경병리학회 참석차 일본에 왔을 때가 마지막이었다. 혼자서 입국수속을 하고 학회가 열리는 도시로 가기 위한 차를 수배하기 위해 헤맸기 때문인지, 그때는 나리타공항이 꽤 번잡하다고 생각했던 것 같다. 하지만 이번에는 입국 수속도 빠르게 진행이 되었고 최난경 해설사와 곽은순 인솔자가 매끄럽게 일행을 안내하고 있어서인지 공항이 꽤 단출하다는 느낌이 들었다. 정신없이 인천공항을 떠나와서 그랬을까? 여행 초반이라선지 나리타공항 안 풍경을 사진으로 남길 생각을 미처 하지 못했다.

오랜만에 도착한 나리타공항에 대한 필자의 느낌은 그랬지만 나리타 국제공항은 2019년 1,137헥타르의 면적을 차지하였으며 2,300헥타르로 확장하기 위한 공사가 진행 중이다. 전일본공수(ANA)와 자회사 에어 재팬, 유나이티드항공 그리고 아시아나 등 스타얼라이언스가 사용하는 남쪽 탑승동과 대한항공 등 스카이팀이 사용하는 북쪽 탑승동이 있는 제1청사가 있고, 일본항공(JAL)을 비롯한 원월드 소속 항공사가 이용하는 제

2청사, 저가 항공사들이 들어있는 제3청사가 있다. 제3청사는 국내선 이용객이 대부분이라서 국제선 이용객은 입국심사를 빨리 받을 수 있다고 한다. 다만 편의시설이 아주 취약한 것이 단점이라고 한다.

필자가 단출하다고 느꼈던 것은 나리타공항 제1청사의 일부만을 보았기 때문이었나 보다. 나리타공항은 2023년 기준으로 국내선 승객 9,495,920명, 국제선 승객 23,210,075명, 도합 32,705,995명이 이용하였으며, 일본 내의 항공화물수송 물량의 70%를 담당하고 있을 정도로 일본 최대의 항공 물류 중심공항이다. 하네다의 도쿄 국제공항과 함께 도쿄의 양대 관문인 나리타공항은 1978년 개항 당시 정식 명칭은 신도쿄 국제공항이었지만, 2004년부터 나리타 국제공항으로 변경되었다. 우리나라의 인천공항을 서울-인천공항이라고 하듯이 나리타공항도 도쿄-나리타공항이라고도 부른다. 하지만 2018년에 42,601,130명의 승객이 이용하여 승객수 기준 아시아 공항 순위에서 22위에 올랐던 나리타공항은 2023년에는 30위 밖으로 밀렸다. 하네다 공항이 3위에서 2위로 올라섰고, 인천공항 역시 8위에서 6위로 올라선 것과는 비교된다.

펀트래블의 일본근대문학기행은 열다섯 사람이 신청했고, 펀트래블 쪽에서는 최난경 해설사와 곽은순 인솔자 그리고 로쟈 이현우 교수를 더해서 모두 열여덟 명이 4박5일의 일정을 함께하게 되었다. 입국 신고를 마치고 위탁 수하물을 찾는 장소에서 일행들을 처음 만났다. 주차장에서 만난 차는 무려 45인승이었다. 한 사람이 두 좌석을 차지하고도 남는 여행이니 좌석을 두고 갈등을 빚을 일은 없겠다.

나리타공항에서 도쿄 시내까지는 62km 정도인데 차로는 1시간 반 정도 걸린다. 몇 차례 찾아온 때문인지 도쿄 시내로 들어가는 고속도로가 낯익다. 도쿄 시내로 가는 동안 최난경 해설사가 막 도착한 나리타공항의 개발에 관한 비사와 이번 여행에서 주로 머물게 될 도쿄의 역사를 요약해 주었다. 나리타공항의 건설에 관한 비사는 정부의 정책수립 과정에서 반드시 지켜야 할 중요한 점을 시사한다고 보았다.

앞서 말한 것처럼 1978년 나리타공항이 개항하기 전까지 도쿄로 가는 사람들은 하네다에 있는 도쿄국제공항을 이용했다. 도쿄만에 있던 하네다 공항이라고도 하는 도쿄국제공항은 인구밀도가 높은 주거 및 산업 지역 안에 있었다. 1960년대 들어 제트항공기의 취항이 늘어나게 되면서 주민들이 항공기 소음으로 고통을 겪게 되었고, 하네다 공항의 수용 능력이 포화상태에 이름에 따라 하네다 공항을 대체할 신공항의 건설이 시급하게 되었다.

일본 교통성은 1963년에 발주한 대체공항의 위치 등에 관한 연구용역의 결과를 바탕으로 1965년에는 치바현의 도미사토(富里) 마을에 5개의 활주로를 가진 2,300헥타르 규모의 신공항을 건설하는 계획을 수립했다. 신공항의 규모는 도미사토 시 전체 면적의 절반에 이르렀고, 공항 주변의 개발을 고려하면 도시가 소멸할 운명이었다. 그뿐만 아니라 개발계획이 해당 지역주민들에게 설명도 없이 발표되었기 때문에 지역주민들이 격렬하게 반발했다. 일본 정부는 수용해야 할 사유지를 최소화할 수 있는 대체 후보지 찾기에 나섰고, 현재의 나리타공항이 위치한 산리즈카(三里塚)와 시바야마(芝山) 마을로 변경하였다. 신공항의 규모도 활주로 3개를 가진 1,065헥타르 규모로 축소되었다. 이곳에는 황실 소유의 목장이 있어 토지보상이 쉬울 거라는 정부의 설명과는 달리 황실 목장을 포함한 국공유지는 전체 공항 부지의 40%에 불과했고, 사유지의 용지협상대상자는 천수백 명에 달했다. 그럼에도 불구하고 일본 정부는 변경된 신공항 계획 역시 계획단계에서 주민들과 협의하지 않았다. 정부 발표로 공항계획을 알게 된 주민들은 격렬하게 반대에 나섰다.

사태를 악화시킨 결정적인 요인은 신공항 후보지에 거주하는 주민들의 대부분이 히키아게샤(引揚者) 출신의 농민들이었다는 점이다. 히키아게샤는 1868년 메이지 유신 이후 일본제국이 제2차 세계대전에서 패망한 1945년까지 일본의 식민지였던 조선, 만주, 대만 등지에서 살다가 귀국한 일본인을 이른다. 일본 정부는 식민지에서 무일푼으로 쫓겨나듯 귀국한 이들을 이곳에 수용했던 것이고 이 무렵 주민들은 겨우 자리를 잡아가고 있었다. 그렇게 겨우 마련한 삶의 터전을 사전 설명 없이 신공항 부지로 선정되었다면서 쥐꼬리만큼 보상해 주면서 강제로 땅을 내놓으라고 하니 이들도 반발할 수밖에 없었을 것이다. 이들은 공식경로를 통한 항의가 묵살되자, 신공항 건설공사를 방해하는 행동에 나섰다.

당시 일본은 사회주의 운동이 활발하게 전개되고 있었다. 일본어로 주카쿠하(中核派)라고 하는 극좌 혁명단체인 혁명적 공산주의자 동맹 전국위원회가 나리타공항의 건설을 반대하고 나섰다. 신공항을 건설하는 목적은 자본주의를 촉진하고 소련과의 전쟁이 일어나면 미군의 항공기가 사용할 수 있게 할 것이라는 이유였다. 1966년에는 일단의 지역주민들이 학생 운동가 및 좌익 정당과 연합하여 산리즈카-시바야마 공항 반대연합(三里塚芝山連合空港反対同盟)을 결성하고 산리즈카 투쟁(三里塚闘争)에 나섰다.

1972년 신공항의 청사가 건설되었지만, 연합과 동조자들이 활주로의 주행 경로에 알박기하듯 땅을 차지하고 있었다. 그 땅에 커다란 탑을 세우는 등의 극렬한 반대에 부딪혀 활주로 건설은 지지부진하기만 했다. 1977년 정부는 이들이 세워놓은 탑을 강제로 철거할 수 있었지만, 이 과정에서 활동가와 경찰관이 각각 한 명씩 희생되었다. 활주로가 완공되고도 1978년 3월 26일 일단의 시위대가 관제탑을 점령하여 약 50만 달러 규모의 장비를 파괴하는 일도 있었다. 5월 20일 계속되는 반대에도 불구하고 신도쿄 국제공항이 완공되었다. 하지만 미완성이던 2단계 토지에는 17가구가 남아있었다. 막후협상이 진행되는 1978년에서 2017년 사이에도 511건 이상의 공항에 대한 파괴적인 행동이 이어졌다.

호주 작가 코리 테일러는 1982년 일본을 방문할 때 나리타공항의 건설에 반대하던 농민들의 시위 모습을 『죽을 때 추억하는 것』에 적었다. "한밤중에 나리타 공항에 도착한 날 인근 농민들이 공항 확장 개발을 반대하는 시위를 벌이고 있었다. 물론 그때는 사무라이 갑옷 차림을 한 기동 경찰대가 철책을 치고 공항 터미널 주변을 지키는 이유를 전혀 알지 못했다. 버스 창문 밖으로 공포에 가까운 이 얼어붙은 광경을 하나라도 놓칠세라 주의 깊게 지켜보았다." 외국을 찾았을 때 우연히 만나게 되는 시위 현장을 이렇듯 관심을 가지고 지켜보기보다는 시위로 인해 겪어야 하는 불편함이 못마땅했던 필자와는 다른 외국인들도 있구나 싶었다. 나리타공항에 알박기로 남아있던 마지막 농가는 2013년에 이르러서야 쫓겨났다. 사유지를 수용하기 위하여 막대한 규모의 보상비를 들여야 했다.

협상의 기본 원칙을 공부할 때 실패한 정책협상의 대표사례로 인용할 만하다.

이야기를 듣는 동안 샌드위치를 먹었다. 점심이라고 나온 기내식이 너무 부실할 것을 알고 미리 준비했던 모양이다. 펀트래블 여행사의 마음 씀이 엽엽하다. 사실 '엽엽하다'라는 표준말의 의미는 '기상이 뛰어나고 성하다'라고 되어 있다. 그런데 전라남도 진도에서는 '세세하고 자상하다'라는 의미로 쓴다. 처가가 해남이라서 들어본 단어인데 맘에 든다. 먹고, 이야기를 들으면서, 창밖을 구경하고. 다중작업(multitasking)을 하고 있는 셈이었나? 다중작업은 '동시에 두 가지 이상의 작업을 처리하는 능력'이라고 이해하고 있다. 다중작업이라는 용어는 전산기(computer)에서 하나의 중앙처리장치(CPU, Central Processing Unit)로 여러 가지 일을 처리하는 것을 나타내기 위한 용어이다. 여러 가지 일을 아주 빠른 속도로 전환하여 처리하기 때문에 사람들이 보기에 동시에 처리하는 것처럼 보였던 것이다. 전광석화처럼 처리하기는 하지만 하나의 중앙처리장치는 하나의 과업만을 수행할 수 있다. 잘못 이해한 현상을 사람들에게까지 적용하게 된 것이 다중작업이라는 개념인데, 전산기와 마찬가지로 사람 역시 동시에 두 가지 과업을 수행할 수 없다.

에도(江戸)에서 출발한 도쿄

고층 건물이 많아지더니 도쿄타워가 나타난다. 도쿄도 미나토구(港区)에 있는 도쿄타워는 프랑스 파리의 에펠탑을 모방하여 만들었다. 높이는 에펠탑보다 33m 높은 333m이며 정식 명칭은 일본 전파탑(日本電波塔)이다. 일본과 도쿄를 상징하는 건축물이다. 철탑에 들어간 철강 구조물은 4,000톤으로 7,000톤이 들어간 에펠탑보다 적은 것은 에펠탑을 건설하던 1889년과 비교하여 발달한 기술을 사용했기 때문이다. 건설 이후에도 여러 차례 보수공사를 했다. 전망대 상부를 증축할 때 들어간 철강의 상당량이 6·25 전쟁에서 쓰인 폐전차 90여 대분의 고철이었다고 한다.

도쿄타워는 방송송신탑을 일원화하기 위해서 세웠는데, 오사카의 신문왕이자 산케이 신문의 사장이던 마에다 히사키치(前田久吉)가 자금을 댔다. 2011년 7월 지상파 전자식 TV가 전면 시행되면서 전파 수신 범위가 부족해지자 스미다구에 도쿄 스카이트리라는 이름의 새로운 전파탑을 세웠다. 지금은 일부 방송국의 FM 전파를 도쿄타워에서 송출하고 있다. 지상 150m 위치에 전망대가 설치되어 있다. 전망대에 오르면 도쿄 시내를 한눈에 내려다볼 수 있다. 날씨가 좋으면 서쪽의 후지산과 북쪽의 쓰쿠바산, 남쪽의 요코하마 항구까지 바라볼 수 있다. 타워 아랫부분을 구성하는 5층 건물 풋타운(foot town)에는 도쿄 원피스 타워, 수족관, 근대 과학관, 쇼핑 아케이드 등이 들어있다.

그 사이 최난경 해설사는 16세기에 일본을 통일하는 과업을 수행한 오다 노부나가(織田 信長), 도요토미 히데요시(豊臣秀吉), 그리고 도쿠가와 이에야스(德川家康)의 지도력을 나타내는 '울지 않는 두견새를 울게 하는 방법'의 고사를 소개했다. 울지 않는 두견새는 '죽여라' 하는 것이 오다 노부나가의 지론이고, '울게 하라'라는 것이 도요토미 히데요시의 지론이며 '울 때까지 기다려라'라는 것이 도쿠가와 이에야스의 지론이다. 결국 참을 인(忍)을 곱씹어가면 세월을 참아냈던 도쿠가와 이에야스가 최종 승자가 되었던 셈이다.

1970년 무렵 동서문화사에서 출간한 소설 『대망』에서는 전국시대로부터 아즈치 모모시대, 에도 시대의 초기에 이르기까지 이들 세 사람이 날마다 싸움으로 지새던 난세를 끝내고 평화로운 세상을 이루는 과정을 소개한다. 일본을 통일하는 과정에서 이들이 맡은 역할을 '노부나가가 떡을 치고, 히데요시가 떡을 먹음직스럽게 빚어내고, 이에야스가 그 떡을 먹었다.'라고 비유하기도 한다. 소설 『대망』의 제1부(1권~12권)는 야마오카 소하치(山岡莊八)의 대하소설 『도쿠가와 이에야스』를 우리말로 옮긴 것이다. 필자가 고등학교에 다닐 무렵 선친께서 일본어로 된 책을 구매하시고 탐독하셨던 책이다. 우리나라에서는 임진왜란을 일으킨 도요토미 히데요시에 가려 인지도가 낮았던 도쿠가와 이에야스의 존재를 알리는 계기가 되었다. 일본에서도 오다 노부나가, 도요토미 히데요시, 도쿠가와 이에야스가 유명해지는 데 일조했다. 야마오카 소하치의 『도쿠가와 이에야스』는 26권으로 된 대하소설이다. 제1부의 제목이 대망, 제2부는 승자와 패자, 제3부는 천하통일이다. 동서문화사에서는 이 책의 제1부 제목을 가져와 『대망』을 제목으로 삼았다.

그런데 동서문화사에서 내놓은 『대망』은 모두 36권으로, 도쿠가와 이에야스(1~12권), 도요토미 히데요시(13~18권), 미야모토 무사시(19~21권), 나루토 비첩(22권), 나라를 훔치다(23~24권), 료마가 간다(25~28권 236p), 사무라이(28권 237p~29권 426p), 불타라 검(29권 427p~30권 442p), 나는 듯이(30권 443p~33권), 언덕 위의 구름(34~36권) 등 10개 작품으로 구성되어 있다. 1권에서 12권까지는 야마오카 소하치(山岡莊八)의 작품이며, 13권에서 24

권까지는 요시카와 에이지(吉川英治), 그리고 25권으로부터 36권까지는 사바 료타로(司馬遼太郎)의 작품이다.

동서문화사에서는 『대망』 2세트에 이르러, "『대망』은 제1부 야마오카 소하치의 「도쿠가와 이에야스 천하 통일기」, 『대망』 제2부는 요시카와 에이지의 「도요토미 히데요시 천하 쟁취기」, 『대망』 제3부는 시바 료타로의 「사카모토 료마 메이지유신 성공기」. 러일전쟁 승리, 화혼정신(和魂精神)으로 정치, 경제, 군사, 문화의 강력한 국가 형성 과정이 긴박감 있게 장장 대하 36편으로 펼쳐진다."라는 설명을 내놓았다. 그리고는 "삶과 죽음은 모두에게 똑같이 주어진 엄숙한 환희이며 가혹한 형벌임을 과연 사람들은 알고 있는 것일까."라는 구절을 인용하면서, 누구나 자신의 인생을 이끌어가는 경영자라는 점을 일깨우면서 '무엇으로서 어떻게 살아갈 것인가?' 하는 점을 이 책을 통하여 깨우치라고 권한다. 즉, 도쿠가와 이에야스의 삶을 통하여 현실의 세상과 인간의 본성을 깨우치고 냉혹한 세상에서 살아가는 법을 배울 수가 있다는 것이었다.

최난경 해설사의 설명은 도쿄가 성립되기까지의 과정으로 이어졌다. 1868년, 에도 바쿠후가 전복되면서 동년 9월 3일 그때까지 에도(江戸)라고 부르던 곳은 동쪽의 수도라는 뜻의 도쿄(東京)로 개칭되었다. 10월 12일 교토에서 황위에 오른 메이지(明治) 천황은 23일부터는 메이지를 연호로 사용하였으며, 12월 10일에는 도쿄로 거처를 옮겼다. 이에 따라 에도성은 고쿄(皇居)가 되었다.

'강어귀'라는 의미의 에도는 10세기 이전의 역사기록에는 흔적을 찾아볼 수 없다. 1300년 무렵 가마쿠라 바쿠후가 편찬한 역사책 『아즈마

카카미(吾妻鏡)』에서 처음으로, 헤이안(平安) 시대(794~1185년)의 말기에 이르러 등장한 것으로 추정된다. 11세기 후반 간무 타이라(桓武平) 가문의 분파인 치치부(秩父) 가문이 지금의 아라카와(荒川)강 상류인 이루마(入間)강 유역에 정착하였다. 그 후손 가운데 한 명이 에도 시게츠구(江戸重継)라는 이름으로 에도 가문을 열면서 에도가 유래된 것으로 보인다.

센고쿠(戦国) 시대이던 1456년 간토 지방의 우에스기 가문에 속하는 오기타니 우에스기(扇谷上杉)의 가신 오타 도칸(太田道灌)이 에도 가문의 옛 터에 성을 지으면서 에도성이 시작되었다. 센고쿠(戦国) 시대는 무로마치(室町) 바쿠후 시절이던 1467년 쇼군의 후계를 둘러싸고 지방의 다이묘(大名)들이 교토(京都)에서 항쟁을 벌인 오닌(応仁)의 난으로부터, 1573년 노부나가가 제15대 쇼군 아시카가 요시아키(足利義昭)를 교토에서 추방하면서 무로마치 바쿠후가 무너질 때까지의 기간을 말한다.

오다 노부나가 사후에 일본의 통일을 완성한 도요토미 히데요시는 노부나가의 차남 오다 노부카스(織田 信雄)와 손을 잡은 도쿠가와 이에야스의 회유에 나섰다. 이에야스는 히데요시의 여동생 아사히 히메(朝日姫)와 정략결혼을 하고, 차남 유키 히데야스(結城 秀康)를 교토에 보내 히데요시와 강화를 맺었다. 그럼에도 히데요시는 이에야스를 교토에서 멀리 떨어트리기 위해 이세쿠니(伊勢国)부터 히타치쿠니(常陸国)까지 15개의 율령국이 속한 도카이도(東海道)의 5개국을 거두어들이는 대신 간토 지역에 있는 간핫슈와 이즈(伊豆)를 이에야스에게 주었다. 1590년 이에야스는 간토의 중앙에 있는 호조의 일개 출장소였던 에도에 입성했다. 이에야스는 이 지역을 차지하고 있던 호조(北条)와 다케다(武田), 우에스기(上杉)의 세력들을 끌어안았고, 이들에게 다이칸(代官)이란 지방관직을 주어 행정을 관리하도록 하였다.

이에야스는 간토(關東)의 지리적 특성과 함께 제도를 효율적으로 운용하여 세력을 확장할 수 있었다. 이에야스는 히데요시와 갈등을 빚던 다른 지방 다이묘들의 중간에 서서 중재자 역할을 했다. 이를 두고 '이에야스는 후퇴하여 제국을 건설했다'라거나 '모든 길은 에도로 통한다'라는 말이 생겨났다.

1592년 명나라를 친다는 명분을 내세워 조선 정벌에 나선 히데요시가 각지의 다이묘들에게 군사를 이끌고 나고야성으로 집결하라는 명을 내렸다. 이에야스 역시 동원령에 따라 병력을 이끌고 나고야성으로 출진하였지만, 히데요시는 이에야스에게는 출병하라는 명령을 내리지 않았다. 두 차례에 걸친 히데요시의 조선 출병은 초반의 압도적인 기세가 꺾이면서 갈수록 고전을 면치 못하면서 지리멸렬한 상태에 빠졌다. 따라서 출병했던 다이묘들은 많은 군사를 잃었을 뿐만 아니라, 엄청난 비용을 써야 했다. 출병하지 않은 이에야스는 감당했어야 할 엄청난 부담을 피한 셈이다. 결과적으로 히데요시 사후에 벌어진 권력 쟁탈 과정에서 압도적인 우위를 차지할 수 있었다.

1598년 히데요시가 이에야스를 비롯한 다섯 다이묘에게 유일한 혈육인 도요토미 히데요리(豊臣秀賴)를 부탁한다는 유지를 남기고 죽었다. 그리고 히데요시의 가신들은 이에야스를 따르는 무리와 마에다 도시이에(前田利家)를 따르는 무리로 나뉘었다. 도시이에가 죽은 뒤에는 이시다 미쓰나리(石田光成)가 뒤를 이었고, 1600년에는 이에야스에 반대하는 파벌을 결집하여 거병하였다. 이들을 서군(西軍)이라고 했다. 10만 4천의 병력을 확보한 서군은 모리 데루모토(毛利輝元)를 총대장으로 하여 이에야스의 근거지인 교토의 후시미(伏見)성을 함락하고 미노국의 오가키(大垣)성을 점령하였다. 그전에 미쓰나리의 거병 소식을 접한 이에야스는 후쿠시마 마사노리(福島正則) 등과 함께 동군(東軍)을 결성하여 오가키성 북쪽의 가쓰야마(勝山)에 포진하였다.

서군은 이에 대응하여 오가키성을 빠져나와 서쪽의 세키가하라(関ヶ原)에 포진하였다. 비좁은 분지로 동군을 유인하여 포위 섬멸하려는 작전을 세운 것이다. 하지만 이에야스를 중심으로 일사불란하게 움직이는 동군과 달리 서군 연합은 통합된 지휘체계를 갖추지 못하고 장수들이 모두 따로 움직이고 있었다. 이에야스는 미쓰나리에 반감을 품은 서군의 장수들을 포섭하여 내통할 수 있었고, 이들의 지원으로 서군을 궤멸시키면서 이에야스의 동군이 세키가하라 전투에서 압승을 거두었다.

1603년 이에야스는 고요제이(後陽成) 천황의 선지(宣旨)를 받아 후시미성에서 세이이타이쇼군(征夷大將軍)에 임명되었다. 이에야스는 무로마치(室町) 바쿠후 이래 권력자들이 교토에 본거지를 둔 것과는 달리 자신의 본거지인 에도에 바쿠후를 열었다. 그리고 1604년 에도성을 대대적으로 증축하였다. 센고쿠의 무장으로 축성 전문가인 도도 다카토라(藤堂 高虎)에게 설계를 맡겼다. 이에야스는 후쿠시마 마사노리 등 28개 가문의 다이묘에게 공사를 지원토록 명령하였다. 홍수 위험을 줄이기 위하여 에도성을 마주한 히비야(日比谷) 만은 메워졌고, 이에 따라 히라카와(平川) 강은 우회하게 되었다. 도시의 동쪽에는 스미다(隅田)강으로 연결되는 거대한

운하망이 건설되었다.

　무사시노 고원(武蔵野台地)의 끝에 있는 에도성은 3대 쇼군 도쿠가와 이에미쓰(德川 家光) 시절인 1636년까지 20여 차례에 걸쳐 축성이 진행되었다. 에도성은 260년에 걸친 도쿠가와 바쿠후의 중심으로 자리매김하였다. 1457년까지 세상에 알려지지 않은 작은 어촌에 불과했던 에도는 급격하게 성장하여 1721년 무렵에는 인구가 100만이 넘는 대도시가 되었다. 에도는 에도성을 중심으로 한 성촌이었다. 성의 인근 지역을 야마노테(山手)라고 했고 산킨코타이(參勤交代) 제도에 따라 에도에 일정 기간 머물러야 했던 다이묘와 식솔들이 거주하는 저택이 들어있었다. 야마노테는 황거에 출입하기에 편리한 장소로 사무라이나 다이묘의 지위에 따라 저택의 크기가 정해졌다. 에도에는 교토나 오사카와 달리 사무라이들이 많이 살았다. 교토는 황실과 구게(公家)를 중심으로 수많은 불교사찰과 전통적인 유산을 바탕으로 한 정체성이 두드러진 도시이고, 상업이 중심인 오사카는 조닌(町人)이라고 하는 상인계층이 지배하는 도시였다.

　에도성 북동쪽에 있는 아랫마을이라는 뜻의 시타마치(下町)에는 평민과 상인들이 살았다. 역시 도시문화의 중심 가운데 하나였다. 이들이 거주하는 마을(町, 마치)은 나가야(長屋)라고 하는 여러 개의 방을 가진 목조의 기다란 집들이 밀폐된 형태로 모여 있었다. 마을에는 우물과 연결되어 담수를 분배하는 수도 체계와 쓰레기 수거 구역, 공동욕실과 같은 공동시설이 갖추어져 있었다. 전형적인 마치는 직사각형의 형태였고 수백 명이 거주하였다. 야간에는 마을의 통행을 금하는 시간을 두었고 간선도로에는 기도몬(木戸門)을 세워 경비를 두었다.

전통문화의 중심이던 아사쿠사(淺草)에는 도쿠가와 가문의 수호사원인 센소지(淺草寺)가 있다. 센소지로 가는 거리에 있는 가게들은 에도 시대로부터 있던 것들이다. 에도의 동쪽 가장자리를 흐르는 스미다강(墨田川)을 따라 바쿠후의 미곡 창고를 비롯한 공공건물 그리고 유명한 식당들이 들어서 있었다. 에도바시(江戶橋) 부근은 도시의 상업 중심지로 구라마에(藏前)라고 했다. 창고의 앞이라는 뜻이다. 북동쪽 너머에는 부락쿠민(部落民)이라고 하는 하층민들이 거주했는데, 도시에서 부정한 일을 맡았던 사람들이다. 부라쿠민의 삶에 관한 이야기는 시마자키 도손의 소설 「파계」에서 읽을 수 있다.

도시의 북쪽 가장자리에는 요시와라(吉原) 유곽이 있었다. 교토의 시마바라(嶋原), 오사카의 신마치(新町)와 함께 3대 유곽으로 꼽히는 에도의 요시와라는 면적만 해도 2만 8천 평에 달했다. 일본에서 가장 유명한 유곽촌으로 1893년에는 무려 9천 명이 넘는 유녀들이 있었다. 원래는 니혼바시(日本橋) 부근에 있던 것을 에도 말기에는 니혼츠미(日本堤)로 옮겼다. 지금은 요시와라 신사를 제외하고는 어디에도 요시와라라는 이름이 남아 있지 않지만 지금도 이 지역에는 고급 사창가가 존재한다.

요시와라는 '갈대밭'을 의미하는데 갈대가 유곽 주변을 뒤덮고 있던 데서 왔을 것이다. 요시와라를 무대로 한 이야기에서는 나이가 많거나 병을 얻어 요시와라에서 퇴역한 유녀들이 갈대밭이 우거진 강가의 나룻배에 살면서 몸을 판다고 묘사되어 있다. 우리의 고담에 등장하는 들병이와 닮은 인생이었을 것이다. 요시와라의 유녀들은 미모와 자질에 따라 여러 계층으로 구분되었다. 요시와라의 유녀는 팔려 오거나, 요시와라에서 태어난 여자아이가 유녀가 된 경우로 구분되었다. 유녀는 도제식으로 훈련을 받는데 10세 전후에 가무로(禿)를 거쳐 10~15세 무렵에는 신조(新造)라는 견습 유녀로 활동하면서 일을 배우다가 16세가 넘으면 정식 유녀가 되었다.

유녀 가운데 상위에 속하는 오이란(花魁)은 조선시대 일패 기생처럼 학문과 예능을 고루 갖추었으며 상류층의 후원을 받으면서 모든 형태의 유흥을 펼쳤다. 오이란 중에서도 최상급 유녀를 타유(太夫)라 하였는데 1751년에 1명이 있었고 그 뒤에는 사라졌다고 한다. 오이란 아래로도 여러 계층의 상급 유녀가 있었다. 적어도 개인 침실과 응접실을 가진 중급 유녀 역시 가장 높은 급의 자시키모치(座敷持ち)로부터 여러 층으로 구분되었다. 하급의 유곽에서 몇 푼의 화대에 팔리는 유녀는 가시조로(河岸女郎)라고 했으며 요타카(夜鷹)라 불리는 최하층은 유곽에서 쫓겨난 길거리 유녀였다.

오늘날의 집창촌은 우선 음습한 느낌이 들지만 에도의 유곽 요시와라는 번화가로서 유곽 말고도 찻집과 음식점을 비롯하여 가부키 극장, 춘화를 담은 우키요에(浮世絵, 에도 시대 중기와 후기에 유행한 판화), 기모노 가게 등이 즐비한 상류층의 사교 장소였다.

요시와라 유곽은 오토나시(音無) 천으로 들어온 물이 스미다강으로 흐르는 인공 수로로 둘러싸여 있었다. 스미다강에서 멀지 않은 산야보리(山谷堀) 공원에서 그 흔적을 볼 수 있다. 북서쪽의 니혼츠미에서 스미다강까지 700m의 길고 좁은 해자를 메워 조성된 것이다. 이 수로는 스미다강의 범람을 막고 요시와라 유곽을 외부로부터 분리하기 위하여 만들었다. 유

곽의 유녀나 유곽을 찾은 손님이 도망치지 못하도록 할 목적이었다. 또한 유곽에 신비함을 더하게 하려는 이유도 있었다고 한다. 유곽을 찾는 손님은 멧돼지의 엄니를 닮은 쪽배를 타고 유곽으로 들어갔다고 하는데, 현실 세계와는 다른 세계로 들어간다는 느낌이 들었다는 것이다. 산야보리 공원에는 야마타니 호리(山谷堀)라는 인공 수로의 흔적과 이마도하시(いまど はし)라는 글자를 새긴 수문이 서 있다.

1987년에 개봉된 영화『요시와라 엔쇼우(吉原炎上)』는 요시와라 유곽에 사는 유녀들의 삶을 그려낸 최초의 영화이다. 사이토 신이치(斎藤 真一)의 소설『요시와라 엔쇼우(吉原炎上)』와『메이지 요시와라 호소미키(明治吉原細見記)』를 나카지마 사다오(中島 貞夫)가 각색하고 고샤 히데오(五社英雄) 감독이 연출했다. 우에다 히사노(上田久乃)에서 유녀 와카시오(若汐) 그리고 시타로(紫太夫)로 변신해 가는 여주인공 역은 나토리 유코(名取 裕子) 배우가 맡았고, 와카시오가 첫 손님을 받았다가 도망칠 때 우연히 만나 인연을 이어가는 부잣집 청년 후루시마 신스케(古島信輔) 역은 네즈 진파치(根津 甚八)가 맡았다.

시대적 배경은 메이지 연간의 1907년으로 여주인공 우에다 히사노는 19살의 나이에 고향 오카야마에서 요시와라의 나카우메루(中梅楼)에 들어온다. 사업에 실패한 아버지가 800엔에 딸을 요시와라에 팔아넘긴 것이다. 계약기간은 6년. 히사노는 요시와라에서 유녀로 생활해야 했다. 나카우메루에는 쿠에(九重), 요시사토(吉里), 샤오하나(小花) 등 세 명의 오이란이 있는데, 히사노는 쿠에의 지도 아래 유녀 견습 과정을 밟는다. 견습이 끝나고 와카시오라는 예명으로 첫 손님을 받으러 가던 히사노는 나카우메루에서 도망친다. 이때 구세군 활동을 하던 신스케의 도움을 받지만 결국 추격꾼에게 붙잡혀 유곽으로 돌아간다. 히사노는 시타로라는 예명으로 본격적인 유녀 생활을 시작하고 쿠에가 은퇴한 뒤에 오이란으로 승격할 정도로 주목받는다. 하지만 히사노를 찾는 신스케는 그녀를 안지 않는다. 신스케는 그녀에게 빚을 갚아주겠다고 제안하지만, 그녀는 대신에 요시하라의 전통이던 오이란도추(花魁道中) 행렬을 열어달라고 한다. 오이란은 20*kg*이 넘는 기모노를 입고 굽이 20*cm*나 되는 일본식 나막신 게다(下駄)를 신고 발을 꼬아가며 요염하게 요시하라의 중심가를 걷는다. 오이란의 상품가치를 높이는 행사였을 것이다.

화려한 오이란도추 행렬을 끝낸 시타로가 신스케를 찾는데 그는 오하루(お春)라는 유녀와 인연을 만들고 있었다. 이듬해 계약이 끝난 시타로가 요시하라를 떠난 뒤에 신스케가 머물던 오하루의 방에서 불이 나 요시하라를 불태우고 말았다. 영화에서처럼 요시하라에는 불이 자주 났다. 에도 시대 200년 동안 에도에서 일어난 화재의 80%는 요시하라에서 일어난 것이었다. 화재는 요시하라를 모두 불태우는 것에서 그치지 않고 에도 전역에 심각한 피해를 주는 대화재로 발전하기도 했다. 화재의 원인은 대부분 밝혀진 바 없지만, 유녀 생활에 자포자기하거나 주인의 횡포에 저항하는 유녀가 불을 지른 것으로 추정된다. 유녀들은 요시와라에서 탈출하는 것이 불가능했기 때문이다.

메이지 시대를 대표하는 여성 작가 히구치 이키요

요시와라는 펀트래블의 일본근대문학기행의 기획 단계에서 포함되었던 히구치 이키요(樋口—葉)의 「키재기」의 무대가 된 장소이다. 출발에 즈음하여 그녀의 기념관을 찾는 일정이 취소되었다. 기념관의 설비를 개수하고 있어 1월 31일까지 휴관 중이었다. 일본 화폐 5000엔 권에 그려질 정도로 기억되는 히구치 이키요는 메이지 시대를 대표하는 여성 작가로 호적상의 이름은 히구치 나츠(樋口奈津)이다.

그녀를 기념하는 다이토 구립 히구치 기념관은 아사쿠사의 북쪽 지역인 다이토(台東)구 류센(竜泉)에 있다. 다이토구는 히구치 이치요의 명작 단편소설 「키재기(たけくらべ, 다케쿠라베)」에서 류센을 무대로 하고 있는 점을 기념하기 위하여 그녀의 기념관을 만들었다. 1961년에 개관하였으며 그녀의 시와 소설의 육필 초고를 비롯하여 편지 등 귀중한 자료를 소장하여 전시하고 있다. 개관 당시만 해도 일본 최초의 여성 예술가를 위한 독립 기념관이었다.

히구치 이치요는 1872년 히구치 노리요시(樋口則義)의 2남 3녀 중 둘째 딸로 태어났다. 세이카이 소학교(私立靑海学校)를 수석으로 졸업했지만, 여자로서 더 이상의 교육은 필요 없다는 어머니의 반대로 학업을 잇지는 못했다. 하지만 이치요의 재능과 문학에 대한 열정을 인정한 아버지가 15살 되던 해 와카를 배우는 하기노야(萩の舎)에 다니게 해주었다. 이듬해 오빠가 결핵으로 사망하면서 호주가 되었다. 2년 뒤에는 사업에 실패한 아버지가 돌아가시고서는 생계를 이어가기 위하여 글을 쓰기 시작했다. 20살이 되던 해에 작가 나카라이 도스이(半井桃水)의 문학 수업을 받았고, 이듬해 니카라이가 발간한 잡지 「무사시노(武蔵野)」 창간호에 첫 작품 「야미 사쿠라(闇桜, 어둠 속의 벚꽃)」를 이치요라는 필명으로 발표했다. 1893년

에는 잡지 「츠노하나(都之花)」에 「우모레기(うもれ木)」를 발표하여 재능을 인정받았다. 고다 로한(幸田露伴)의 「후류부츠(風流仏)」의 영향을 받아 예술에 대한 도공의 정열을 사실적 문체로 묘사한 소설이다. 같은 해 요시와라 유곽 근처로 이사하여 가게를 열었지만, 장사가 되지 않아 이듬해 문을 닫았다. 이후 이치요는 「섣달 그믐날(大つごもり, 1894)」, 「키재기(たけくらべ, 1895~96)」, 「탁류(1895)」 같은 서정성 넘치는 수작을 발표하여 복고적 시대 풍조 속에서 주목받았다. 특히 「키재기」는 모리 오가이 등의 호평을 받았는데 같은 해 폐결핵으로 진단을 받고 24살의 나이에 요절하였다.

「키재기」는 1895년 1월부터 1896년 1월까지 「분가쿠카이(文學界)」에 간헐적으로 연재되었다. 「분가쿠카이」는 1893년 1월부터 1898년 1월까지 58권이 발행된 메이지 시대의 낭만주의 월간 문학잡지였다. 작가는 「키재기」에서 요시와라의 유녀들을 중심으로 한 남녀관계를 거침없이 서술했다. 특히 유곽촌에 살던 소년 소녀들 사이에 벌어진 사건과 풋풋한 사랑을 다루었다. 8월의 축제부터 11월의 축제까지 이어지는 이야기는 요시와라의 최고 유녀를 언니로 둔 미도리(14세)를 중심으로 서술된다. 그녀는 전당포 아들 쇼타로, 인력거꾼 아들 산고로 등의 '큰길파'와 토목 기술자의 아들 초키치를 중심으로 한 '골목파' 아이들의 관심을 한 몸에 받는다.

골목파 아이들은 큰길파 아이들에게 맞대응하기 위해 절의 주지 아들인 신료를 끌어들여 8월 축제 때 큰길파의 행사장에서 난동을 부렸다. 이때 초키치는 그들의 행패를 말리는 미도리에게 몹쓸 소리를 해서 충격을 안긴다. 그 이후 미도리는 학교에도 가지 않고 집에 틀어박혀 있다가 11

월 축제 때는 유녀들의 머리 형태로 꾸미고 나타난다. 그리고 신료는 승
려 공부를 하기 위해 동네를 떠나는 것으로 이야기가 마무리된다. 「키재
기」는 요시와라 유곽촌 아이들의 성장소설이라고 할 수 있겠다.

이야기가 마무리되는 단계에서 미토리의 갑작스러운 변화에 대한 해
석도 세월이 흐르면서 변화가 생겼다. 그동안 일본 문학자들은 초경을 겪
게 된 미도리가 갑작스럽게 성인이 되었음을 인지하였고, 유녀가 될 수밖
에 없는 운명을 알게 되면서 지금까지 지내온 동심의 세계를 떠나야 하
는 슬픔을 표현한 것으로 해석해 왔다. 그런데 1985년 작가 사타 이네코
(佐多稲子)가 '유곽의 첫 손님이 머리를 얹어 주었을 것'이라는 새로운 해
석을 내놓으면서 논란이 일기 시작했다.

타이먼 스크리치의 『에도의 몸을 열다』, 이종각의 『일본 난학의 개척
자 스키타 겐파쿠』 등 에도와 관련된 책들을 읽어보았지만, 에도에 살던
사람들의 삶에 관한 이야기는 「키재기」가 처음이었다. 히구치 이키요의
작품은 국내에 많이 소개되지 않았지만 에도 말기의 사회적 분위기를 잘
담아내고 있는 것 같다.

이 글을 누리사랑방에 올린 뒤에 누리사랑방 벗인 cubus 님이 댓글을
달아주었다. 댓글 가운데 우리나라의 근대 여성 작가 김일엽(金—葉)의 필
명은 일본 유학 시절 만난 이광수가 '히구치 이치요(樋口—葉)처럼 한국의
이치요가 되라'라면서 붙여준 필명이었다고 한다. 그런 사연을 마음에 새
겼는지 김일엽은 귀국해서 1920년 3월 최초의 여성 주간잡지 「신여자」
를 창간했다. 김일엽은 1934년 수덕사 견성암에서 만공스님으로부터 비
구니계를 받았고, 법명을 일엽으로 했다. 일엽이라는 이름이 중국의 달마

대사와도 연관이 있다. 남인도 향지국의 왕자였다는 달마대사는 중국 육조시대에 불교 선종을 창시했다. 나뭇잎으로 만든 배를 타고 중국으로 건너갔다는 설화에서 일엽이라는 이름이 유래했다는 것이다.

코마바 공원에 있는 일본근대문학관

3시 무렵 일행이 탄 차는 메구로 구립 코마바(駒場) 공원에 도착했다. 일본근대문학관(日本近代文学館)이 있는 곳이다. 면적이 40,396㎡에 달하여 메구로구의 공원 가운데 가장 큰 코마바 공원은 과거 마에다 토시오(前田利為) 후작의 저택이 남아있기 때문에 통칭 마에다 저택이라고도 한다. 쇼와 초기에 지은 서양식 건물과 일본식 건물이 잘 보존되어 있고, 2013년 마에다 가문의 본가(旧前田家本邸)라는 명칭의 국가 중요 문화재로 지정되었다.

메이지 시대에는 이곳에 코마바 농업대학이 있었다. 이 학교는 훗날 도쿄제국대학의 농학부가 되었다가 분쿄(文京)구 야요이(弥生)에 있는 혼고(本郷)로 이전하였다. 혼고에 자택을 가지고 있던 가가번(加賀藩)의 귀족 마에다 가문과 토지를 교환한 것이다. 혼고에 있던 마에다 가문의 옛 저택은 한동안 도쿄대학이 「가이토쿠칸(懐徳館)」이라는 영빈관으로 사용하였는데, 1945년 미군의 도쿄 대공습으로 완전히 파괴되었다. 다만 마에다 가문의 정원사 이토 히코에몬이 1910년에 조성한 가이토쿠칸 정원은 지금까지도 남아있어 2015년에 국가 명승으로 지정되었다. 가문의 16대 당주 마에다 토시오 후작은 1929년 코마바에 서양식 건물을 지었고, 1930년에는 일본식 건물을 지었다.

마에다 토시오 후작은 가나가와(神奈川)현 가마쿠라(鎌倉)와 나가노(長野)현 가루이자와(軽井沢)에 별장을 가지고 있었다. 가마쿠라 별장은 사토 에이사쿠(佐藤榮作) 전 총리에 대여되었다가 1983년 가마쿠라 시에 기증되어 가마쿠라 문학관으로 사용되고 있다. 이 저택은 미시마 유키오의 소설 『봄눈(春の雪)』에 등장한다. 한편 가루이자와의 별장은 1938년 고노에 후미마로(近衛 文麿)가 일본을 방문한 히틀러 청년단의 환영 행사를 열었다. 전후에 미 육군이 징발하여 8군 사령관 로버트 아이첼버거(Robert Lawrence Eichelberger) 중장의 별장으로 사용됐다. 지금은 화학섬유 회사의 소유이다. 가와바타 야스나리의 소설 『고겐(高原)』에 등장한다.

마에다 토시오 후작은 육사 17기, 육군 전쟁대학 23기 출신으로 육군 대장에 올랐다. 작위는 정 2위 훈1등 후작을 받았다. 제2차 세계대전 기간에 40대 총리와 참모장을 겸했던 도조 히데키(東條英機)와 육사 동기였다. 1923년 황실근위보병연대의 대대장을 지냈으며, 1927년부터 1939년까지 영국 주재 일본대사관의 무관으로 근무했다. 1933년에 소장, 1936년에 중장으로 진급하였으며 1939년 예편했다가 1942년에 소집되어 보르네오 수비대의 사령관에 부임했다.

같은 해 9월 5일 그가 탄 비행기가 보르네오 해안에서 추락하여 죽음을 맞았다. 처음에는 사고로 인한 순직으로 처리되었다가 전사로 변경되었다. 일본의 상속세법 제7조에 따르면 '전투 중 혹은 전쟁 중 상병으로 사망하는 경우 상속세를 부과하지 않는다'라고 규정되어 있었다. 막대한 재산을 가진 후작의 죽음이 순직이냐 전사냐에 따라 마에다 가문에게는 중대한 문제였다. 일부에서는 후작과 사이가 나빴던 도조 히데키가 순직으로 처리했던 것을 육군에서 전사로 번복함에 따라 마에다 가문은 막대한 상속세를 면제받았다.

그럼에도 1942년 후작이 사고로 사망한 뒤에 마에다 가문의 본가는 다른 사람의 소유가 되었고, 이곳에는 나카지마(中島) 항공기 본사가 있었다. 패전 후에는 미군에 징발되어 1957년까지 연합군 극동 사령부 사령관이 관저로 사용했다. 1964년에는 도쿄도의 재산이 되었고, 저택은 공원으로 개발되어 1967년에 코마바 공원으로 개장되었다가 1975년에 메구로구로 이전되었다. 1967년 공원이 개장했을 때 양관에 일본근대문학박물관이 문을 열었다가, 2002년 공원의 경내에 별도의 건물을 지어 일본근대문학관으로 개관함에 따라 마에다 가문의 양관(서양식 건물)과 화관(일본식 건물)은 무료로 일반에 공개하고 있다.

코마바 공원에 있는 일본근대문학관

공원에 도착하여 일본근대문학관을 먼저 관람했다. 일본근대문학관은 일본의 공익재단법인이 운영하는 박물관으로 자매박물관으로는 1984년에 개관한 가나자와 근대문학박물관(神奈川近代文学館)이 있다. 1962년 5월 일본이 패전의 후유증에서 벗어나 경제가 상승세를 타면서 문학자료가 분산되는 것을 우려한 타카미 준(高見 順), 이토 타다시, 가와바타 야스나리 등 작가와 오다기리 스스무(小期津二), 다카미 준(高谷神) 등의 연구자들이 발 벗고 나서 근대박물관 설립 준비위원회를 구성하였다.

이와 같은 움직임에 호응한 15,000명이 자재와 건축비를 기부하여 현 위치에 건물을 착공하고, 1967년 4월 13일 개관하게 되었다. 1995년에는 일본근대문학관이 주도하여 각지에 흩어져 있는 문학박물관과 기념박물관이 상호협력을 모색하기 위한 전국 문학박물관 협의회가 구성되었다. 2007년에는 지바현의 나리타시 코마이노에 분관을 개설하였다. 2016년에는 시가(志賀) 가문이 시가 나오야(志賀 直哉)와 관련된 11,886개의 자료를 기증하였고, 2017년에는 출판사인 신초우샤(新潮社)의 사토 토시오(佐藤 俊夫) 회장이 다자이 오사무(太宰 治), 나쓰메 소세키, 다니자키 준이치로(谷崎 潤一郎), 시마자키 후지무라(島崎 藤村) 등의 육필 원고를 기증했다. 이 박물관은 현재 120만 점의 자료를 소장하고 있다. 주로 책과 잡지를 소장하고 있으며, 많은 걸작의 필사본이 포함되어 있다. 이들 자료는 열람실과 전시실, 서적, 전자 매체 등을 통하여 일반에 공개되고 있다. 그 밖에도 다양한 강연회를 개최하고 있다. 자료들은 1층에 보존되어 있고 열람실도 있다. 입장료는 300엔을 따로 받고 있는데 육필 원고를 보려면 사전에 예약해야 한다. 문학관의 연간 일정은 일본근대문학관의 누리방을 통하여 확인할 수 있다.

우리 일행이 찾아갔을 때는 2024년 11월 39일부터 2025년 2월 8일까지 이어지는 「미시마 유키오(三島由紀夫) 탄생 100주년 축하」 전시회가 열리고 있었다. 협력전시회의 형태였는데 300엔의 입장료를 따로 받았다. 문학관 입장에 앞서 로쟈 이현우 교수님은 일행을 모아 미시마 유키오의 삶과 작품세계를 설명해 주었다. 가와바타 야스나리와는 달리 강건한 문체의 소설로 독자들의 주목을 받았는데 그 무렵 노벨문학상 후보로 꼽혔다고 했다. 이현우 교수는 여행기에서 일본 극우의 간판 작가로 소개돼 우리에게는 부정적인 인상이 강하지만(그러나 극우라는 인상도 '연기'로 본다고 했다), 매우 강렬하고 도발적인 그의 작품세계는 여전히 독자들을 자극하는 면이 있다고 했다.

전시된 자료는 물론 전시를 안내하는 소책자 역시 일본어로만 되어 있었다. 우리말은커녕 영어 자료도 볼 수 없어 전시된 내용을 자세히 알 수 없었다. 그저 사진 등으로 분위기만 느껴볼 수 있었는데, 반면 일본인 관람객들은 전시자료를 꼼꼼히 읽고 있었다. 그뿐만 아니라 사진촬영도 금하고 있어서 기억에 남는 자료가 별로 없다. 일행 가운데 자료를 많이 공유해주셨던 이영혜 님은 전시 내용을 '점자로 읽어내는 기분이었다.'라고 하면서 "전시회 기획자(일본)가 '이런 작가의 전시는 전 세계에서 보러 올 테니 영어 표기는 당연한 거 아니야.'라고 잘난 척이라도 했으면 좋았을 텐데."라는 아쉬움을 적었다.

전시관 앞에 걸린 안내표지에 인쇄된 미시마 유키오 모습에 대한 재미있는 평도 곁들였다. "전시회 포스터는 참 미시마 유키오다웠다. 웨이트로 다져진 근육질 가슴을 보란 듯이 내보이며 활짝 웃는 미시마 유키오. 광고 속 스타 연예인 같은 포즈다. 의자에 걸친 다리의 각도마저 계산된 것처럼 보였다. 세상 어디에도 이런 사진을 찍은 작가는 없지 않을까. 나쓰메 소세키도 나름 의젓하게 찍은 사진이 있지만 이 정도는 아니다." 필자는 전시장 초입에서 사진을 몇 장 찍을 수 있어서 전시회 분위기를 남길 수 있었다. 전시물 전체를 구경하는데 10여 분으로 그만이었다. 주마간산도 이렇게는 아닐 듯 싶다. 1층 열람실의 분위기는 직원의 허락을 받고서 몇 장 찍을 수 있었다.

필자는 학생 시절이던 1970년 미시마 유키오가 젊은 나이에 할복자살했다는 소식을, 신문을 통하여 들었다. 극우로 비친 그의 행위가 부정적으로 인식되었던 것으로 기억한다. 미시마 유키오는 소설가, 극작가, 수필가 비평가이자 정치활동을 하던 작가 히라오카 키미타케(平岡公威)의 필명이다. 전후 일본 문학계를 대표하는 작가군의 한 명이다. 1960년대에 다섯 차례나 노벨문학상 후보에 올라 일본은 물론 국외에서도 널리 인정받았다. 1968년에도 후보에 올랐지만 그해 노벨문학상은 가와바타 야스나리에게 돌아갔다. 그는 잡지 「에스콰이어」가 선정하는 세계 100인에 최초로 선정된 일본인이었다. 작가 앤드류 랭킨(Andrew Rankin)은 미시마의 필치가 "전통적인 일본 문학과 현대 서양 문학의 양식을 융합하여 고급스러운 어휘와 퇴폐적인 은유를 통하여 미와 성애와 죽음을 통일하는 강박적 주장이 특징"이라고 하였다.

미시마의 정치활동은 오늘날까지도 그를 논란의 여지가 있는 인물로 만들었다. 미시마의 극우 이념과 반동적 신념은 30대 중반부터 분명해지기 시작했다. 그는 일본의 전통문화와 정신을 찬양하면서 일본의 전후 민주주의, 세계주의, 공산주의는 물론 서구식 물질주의에 반대했다. 이런 풍조가 일본 사람들이 지켜온 국가적 본질(國體)과 문화유산을 잃고 '뿌리 없는 민족'이 될 것을 우려했다. 1946년 히로히토 천황이 자신의 신성을 포기한 것을 비난하기도 했다.

그는 1968년에 일본의 국가 정체성의 상징이라 할 천황의 존엄성을 지키겠다는 명분을 내세운 민병대 다테노카이(防牌協會)를 결성했다. 그리고 1970년 동료 민병대 4명과 함께 도쿄 중심부에 있는 자위대 본부(현 방위성)에 난입하여 감찰관을 억류했다. 그리고 노대에 서서 헌법 제9조를 개정하여 천황의 신성을 지키고 자율적 국방을 이룩하자면서 자위대원들에게 거병을 촉구했다. 하지만 별 반응이 없자 동료 1명과 함께 할복자살하여 충격을 던졌다. 그의 만 나이가 쇼와(昭和) 연호와 일치하고, 삶의 분기점과 활동이 쇼와 시대 일본의 흥망성쇠와 관련된 사건과 연결되었기 때문에 '쇼와'와 인생을 공유하고 쇼와 시대의 문제를 날카롭게 조명한 사람으로 회자된다.

미시마의 장례는 거사 이튿날인 11월 26일 가족들에 의하여 비밀리에 치러졌다. 그리고 유해는 이듬해 1월 14일, 미시마의 생일이자 49재인 날 도쿄 후추(府中)시에 있는 타마에이렌(多摩靈園)의 가문 묘역에 안장되었다. 열흘 뒤에 가와바타 야스나리가 장례위원장을 맡은 고별식이 츠키지혼간지(築地本願寺)에서 거행되었다. 장례식에는 8천 명 이상의 조문객이 참석하여 문인 장례식으로는 역대 최대 규모였다. 그럼에도 불구하고 많은 고인의 지인들은 우익으로 간주되는 것을 우려하여 송별식에 참석하지 않았다. 계명(戒名, 불교에 귀의한 사람에게 주는 이름)으로 쇼부인분간코이코지(彰武院文鑑公威居士)가 주어졌다. 고인이 "반드시 타케(武)가 들어가야 하며 분(文) 자는 필요 없다."라고 유언에 남겼지만, 그의 부친 히라오카 아즈사(平岡梓)는 문인으로 살아온 아들의 업적을 고려하여 타케(武) 대신 분(文)을 넣기로 했다.

일본의 대문호는 대부분 대지주이거나 부자를 부모로 둔 중산층 이상의 배경을 가지고 있는데, 미시마는 친가와 외가 모두 부, 명예, 권력 등 세 가지 요소를 모두 가진 최고 수준의 집안에서 금수저를 물고 태어난 경우이다. 게다가 문학적 재능이 뛰어난 어머니 히라오카 시즈에(平岡倭文重)의 문재(文才)까지 이어받아 일찍부터 두각을 나타냈다. 12살에 일본의 고사기(古事記)와 그리스 신화 등 신화를 비롯하여 국내외 고전작가의 작품들에서 영감을 받아 첫 소설을 쓰기 시작했다. 16세에 쓴 소설『꽃이 만개한 숲(花ざかりの森)』을 스승인 시미즈 후미오(清水文雄)의 추천으로「분게이 분카(文藝文化)」에 게재하였다. 이때 미시마 유키오라는 필명이 만들어졌다. 당시 편집위원들이 시즈오카의 이즈에서 열린 편집회의에 참석하러 갔는데 미시마 역에서 열차를 탔다고 해서 미시마를 가져왔고, 기차를 타고 가면서 후지산에 쌓인 눈을 보고 유키(雪)를 가져왔다.

가와바타 야스나리가 종전에 앞서 그의 작품을 칭찬했다는 말을 전해 들은 미시마는 전쟁이 끝난 1946년 가마쿠라에 있는 가와바타에게『주세이(中世)』와『타바코(煙草)』의 원고를 들고 가 조언과 도움을 청했다. 가와바타 야스나리는 두 원고에 깊은 인상을 받아 잡지「닝겐(人間)」에 추천하여 실리게 되었다. 이로써 미시마는 가와바타와 사제지간의 연을 맺은 셈이 되었다.

미시마는 1960년 마스무라 야스조 감독 영화 『가라카제 야로(夏華光郎)』에서 주연을 맡고 주제가를 불러 영화계에도 진출했다. 사랑에 빠진 여자의 일편단심 순수함을 지켜주는 야쿠자 역이었다. 이후 여러 편의 영화에서 주연을 맡았고, 『유코쿠(憂國)』의 경우 극본을 직접 쓰고 제작 및 감독까지 맡았다. 이 영화는 1966년 투르 국제 단편 영화제에서 2등상을 수상했다. 그뿐만 아니라 사진작가의 모델을 서기도 했다. 이는 1955년부터 어렸을 적부터의 허약체질을 개선하기 위하여 근력운동을 시작하면서 체형이 좋아졌고 검도 5단, 바토주츠(拔刀術)라고 하는 발검술 2단, 그리고 가라테 초단이 되었다.

워낙 유명하고 다양한 삶을 살아왔기 때문인지 미시마 유키오와 관련된 사항을 요약하는 일이 쉽지 않다. 일본근대문학기행을 마치고 『금각사(金閣寺)』와 『부도덕 교육강좌(不道德教育講座)』 등, 미시마 유키오의 작품을 두 편 찾아 읽었다. 그의 대표작 가운데 하나인 『금각사』는 1950년 교토에 있는 킨가쿠지(金閣寺)를 불태운 승려 하야시 쇼켄(林 承賢)에 초점을 맞추어 범행 과정의 심리상태를 그린 작품이다.

필자도 오사카에서 열린 치매 관련 국제학회에 참석하였을 때 교토에 가서 킨가쿠지를 구경할 기회가 있었다. 벽을 온통 금빛으로 칠한 사찰 건물이 연못에 비쳐 보이는 특이한 풍광이 기억에 남아있다. 펀트래블의 일본근대문학기행 첫날 코마바 공원에 있는 일본근대문학관을 찾았을 때 열리고 있던 「미시마 유키오(三島由紀夫) 탄생 100주년 축하」 전시회를 계기로 『금각사』를 읽어본 인연과 과거 교토를 여행하면서 킨가쿠지를 구경한 일을 엮어서 『양기화의 Book소리-세계여행』에서 한 꼭지 더할 생각이다.

무로마치 바쿠후의 쇼군 아시카가 요시미츠(足利義滿)가 부처의 진신 사리를 모시기 위해 건립한 로쿠온지(鹿園寺)인데 벽을 금빛으로 칠하였기 때문에 킨가쿠지라고 알려졌다. 1950년의 화재로 불탔던 것을 1955년에 복원했다. 방화범 하야시 쇼켄은 조그만 절간 주지의 아들로 태어났다. 어려서부터 병약하고 말을 더듬어 주위로부터 놀림을 당하였지만 무심했다. 아버지가 돌아가신 뒤에 금각사 주지의 도제로 들어갔다. 하지만 외톨이로 지내면서 성격이 괴팍해져 다른 도제들과 다툼이 잦았다. 경찰 조서에 따르면 '장로는 친절한 듯하면서도, 솔직하지 못한 데가 있고, 나만을 따돌렸다.'라고 했다. 방화 사건 이후의 정신감정에는 '가볍기는 하지만 정신이상 증세가 있기에, 분열병질로 진단하여야 할 상태에 있었다고 추정된다. 따라서 본 범행은 동증 병질의 부분 현상인 병적 우월 관념에 의한 것'이라는 결론이 내려졌다.

미시마 유키오의 『금각사』는 주인공 미조구치의 고백으로 일관되는 1인칭 소설이다. 어려서부터 아버지로부터 들어온 금각사에 유별난 관심과 애정이 생기고 결과적으로 일체감마저 들게 된다. 금각사에 대한 이런 감정들은 성장하면서 불가피하게 마주하는 현실에서 자연스럽게 일어나는 감정을 방해하게 되고, 이를 극복하기 위하여 금각사를 불태우게 된다는 내용이다. 금각사에 대한 미조구치의 집착은 어릴 적 같은 동네에 살던 소녀 우이코로부터 무시를 당한 뒤에 끔찍한 죽임을 당한 우이코를 목격하면서 받은 정신적 충격에서 비롯된 것이 아닐까 싶었다.

미조구치가 금각사를 처음 본 인상을, "아무런 감동도 일지 않았다. 그 것은 낡고 거무튀튀하며 초라한 3층 건물에 지나지 않았다. 꼭대기의 봉황도, 까마귀가 앉아 있는 것처럼 보일 뿐이었다. 아름답기는커녕 부조화하고 불안정한 느낌마저 들었다. 미라는 것은 이토록 아름답지 않은 것일까, 하고 나는 생각했다."라고 적었다. 그토록 실망을 주었던 금각사가 미조구치의 마음속에서 다시 아름다움을 되살렸다고 하는 설명은 쉽게 이해되지 않는다. 아마도 복원된 금각사 사리전의 번쩍이는 금칠이 뇌리에 남아있는 탓일까? 불타기 전의 금각사 사리전은 금칠이 퇴색하여 우중충하게 보였을 수도 있겠다. 그렇다면 미조구치, 아니 미시마 유키오가 금각사를 보았을 때 느낌을 미조구치를 통하여 기록한 것일 수도 있겠다. 어떻든 미조구치가 그토록 사랑하던 금각사를 불태우겠다는 결심을 하고 실행에 옮기기까지의 심리상태를 작가가 치밀하게 그려내고 있어 미조구치의 행동이 이해되는 반면, 그렇다 해도 엄청난 생각을 행동에 옮길 수 있을까? 하는 의구심은 여전히 남는다.

『부도덕 교육강좌(不道德敎育講座)』에는 '모르는 남자와도 술집에 갈 수 있다'라는 글로 시작해서 '끝이 나쁘면 모든 게 나쁘다'까지 모두 67꼭지의 글이 담겨 있다. 작가가 34세이던 1958년에 연재되었고, 이듬해 중앙공론사에서 단행본으로 나왔으니, 지금으로부터 67년 전에 쓰인 글이다. 화학자이자 문학평론가 오쿠노 다케오(奧野 健男)는 "도리에서 벗어나지 않고, 현대(당시)를 향한 날카로운 풍자와 함께 예술에 대한 동경이 녹아들어 있다."라고 평했다. 필자가 보기에는 요즈음의 세태를 예견한 느낌도 들지만, 여전히 충격적인 주장도 없지 않다. 그런 점은 먼 훗날 현실화

할 수도 있겠다는 생각을 해본다.

미시마 유키오의 전시를 보고 나와서 로쟈 선생님과 최난경 해설사를 만났는데 일본에서 이런 장소를 찾는 한국 사람은 거의 없다고 했다. 그 이야기를 듣고 보니 우리 일행을 바라보는 일본 사람들의 속내가 이렇지 않을까 싶었다. "이제는 한국 사람들이 이곳까지 찾아오게 되었단 말이지? 입장료를 더 내라 해야겠네."

최근에 일본을 찾는 관광객이 많아져 일상이 불편해지자 내국인과 외국인을 차별하는 경향이 생겼다고 한다. 실제로 숙박이나 식당에서 외국인의 경우 내국인보다 비싼 가격을 적용하는 경우가 늘고 있다고 한다. 공공(公共)의 목적으로 시행해 온 이중가격제를 외국인 관광객을 대상으로 한 상품과 봉사 부문으로 확대하겠다는 것이다. 관광지에서의 이중가격제는 대체로 개발도상국이나 신흥국에서 많이 볼 수 있었다. 그렇다면 일본은 더 이상 선진국이 아니라고 선언하는 셈이다.

일본정부관광국(日本國家旅遊局, JNTO, Japanese National Tourism Organization)의 자료에 따르면 2024년 일본을 찾은 외국 관광객은 36,869,900명으로 전년 대비 47.1% 증가한 것으로, 이들이 일본에서 소비한 금액은 8조 엔을 넘어설 것이라고 했다. 이는 자동차 수출액 17조 7천 엔에 이어 두 번째로 높은 외화 수입이다. 일본을 찾은 외국 관광객 가운데 한국인이 881만 7,800명으로 가장 많았다고 하며, 9,632억 엔을 사용하여 중국, 대만에 이어 세 번째로 많았다.

손자병법의 모공편(謀攻篇)에 나오는 '지피지기 백전불태(知彼知己 百戰不殆)'의 전략에 따라 일본을 살피러 가는 사람들일까? 아니면 별생각 없이 그저 구경하러 가는 사람일까? 사실 손자병법에는 '적을 알고 나를 알면 백번 싸워도 백번 다 이긴다'라고, 우리가 흔히 알고 있는 '지피지기 백전백승(知彼知己 百戰百勝)'이라는 전략은 없다. '지피지기 백전불태'만 있을 뿐이다. 이는 '적을 알고 나를 알면 백번 싸워도 위태롭지 않다'라는 말이다. 전쟁에서의 승리와 관련하여 '백번 싸워 백번 이기는 것은 최선이 아니고, 싸우지 않고 적을 굴복시키는 것이 최선이다(是故百戰百勝 非善之善者也 不戰而屈人之兵 善之善者也)'라고 말했다.

각설하고, 관광지에서의 비용을 차별화하는 사례 가운데 대표적인 경우로 파리의 루브르 박물관을 들 수 있다. 루브르 박물관은 유럽연합(EU) 국가 국민 가운데 25세 미만인 사람은 무료로 입장한다. 젊은이에게 문화교육의 기회를 제공한다는 취지이다. 이중가격제의 공공성을 극명하게 보여주는 사례이다. 싱가포르의 국립미술관이나 캄보디아의 앙코르와트 역시 자국민에게는 입장료가 무료이다. 인도의 타지마할이 외국인에게는 내국인보다 비싼 입장료를 받는다거나 관광지로 유명한 이탈리아의 베네치아가 외국인에게 입국세를 부과하는 방식은 지나치게 많이 들어오는 외국인들로 인하여 피해를 보고 있는 주민들을 보호하기 위한 조치라고 한다. 하지만 관광지에서의 이중가격제에 대한 정책효과가 아직 입증된 바가 없다고 한다.

일본 정부는 외국인 관광객을 더 유치하겠다는 입장을 견지하고 있다는데, 장기적으로는 일본의 관광산업이 위축될 가능성이 제기된다. 내국인은 저렴하게 관광을 즐길 수 있고, 외국 관광객으로부터의 수익이 증가하는 장점이 있겠지만, 이중가격에 대한 외국 관광객의 반발을 유발하여 관광 일본의 인식 저하, 추가적인 물가 상승 등의 위험 요소가 지적된다.

우리나라의 경우 서울의 북촌이 몰려드는 관광객 때문에 주민들의 삶이 피해를 보자 이중가격제 대신 2024년 11월 1일부터 관광객들의 출입 시간에 제한을 두는 방안을 도입했다. 북촌 주민의 정주권을 보호하고 올바른 관광문화를 정착시킨다는 목적으로 서울 종로구는 북촌에 '레드존(북촌로11길 일대 34,000㎡ 구역)'이라는 특별관리지역을 설정하고 오전 10시부터 오후 5시까지만 관광객의 출입을 허용키로 하였다. 이 지역에 살고 있는 주민과 지인 및 친척, 상인, 이 지역에 머무는 투숙객이나 상점을 이용하는 사람들의 출입은 허용된다. 2026년 1월부터는 관광목적의 전세 차량의 통행 제한 구역을 운영할 예정이다. 전세 차량의 출입제한은 가능할 듯하지만, 출입이 가능한 사람은 어떻게 식별할 수 있는지는 의문으로 남는다. 북촌에 한 번 가봐야 하겠다.

일본근대문학관의 찻집, 분단(文壇)

다시 일본근대문학관 이야기로 돌아가서, 문학관의 1층 모서리에는 2012년 9월에 문을 열었다는 찻집 분단(文壇)이 있다. 찻집 분단의 누리집에 소개된 개업의 취지가 흥미롭다. "옛것에 미련을 두지 마세요. 마치 도루(泥舟)에서 도망치듯 말이죠. 오늘날 사람들은 새로운 것에 몰려들고 있습니다. 본질을 분별하는 힘으로 여겨왔던 「문학」도 이젠 과거와는 달라져 우리는 "아무것도 볼 수 없는 시대"에 살고 있습니다. 하지만 본질은 시대가 지나도 변하지 않는 중요한 감정입니다. 인간의 「마음」은 변하지 않기 때문입니다. 그런 마음에 울림을 주는 것들을 많이 남겨 새로

운 문학의 등대가 될 장소가 되는 것을 목표로 'BUNDAN COFFEE &
BEER'가 시작되었습니다." 참고로 덧붙이면 도루(泥舟)란 「카치카치야마
(かちかち山)」라는 일본 전래동화에 나오는 진흙으로 만든 배로 침몰할 운
명이다. 곧 망할 것 같은 조직이나 계획을 비유한다.

일본의 전래동화 「카치카치야마」는 할머니의 죽음을 착한 토끼가 복
수해 준다는 이야기이다. 노부부가 일구는 밭에 어느 날 성질 사나운 너
구리가 찾아와 망쳐 놓았다. 할아버지는 덫을 놓아 너구리를 잡아 할머니
에게 국을 끓이라고 했다. 하지만 너구리는 할머니를 속여 풀려났고 이어
할머니를 살해했다. 할아버지는 착한 토끼와 복수를 의논했다.

토끼는 너구리를 속여 화상을 입히고, 물고기를 낚으러 가자고 유인했
다. 토끼는 나무배와 더 큰 진흙배를 준비해서 욕심 많은 너구리를 진흙
배에 태웠다. '나무배 스이스이, 진흙배 부쿠부쿠(木の船すいすい´泥船ぶくぶ
く)'라는 노래를 가르치면서 바다에 나가 배를 두드리며 이 노래를 부르
면 물고기가 몰려올 것이라고 속였다. 스이스이는 매우 가볍고 빠르게 움
직이는 모습을 말하고, 부쿠부쿠는 거품을 내며 물에 가라앉는 소리를 말
한다. 고기를 많이 잡을 욕심이 가득한 너구리는 노랫말이 무슨 뜻인지
알아차리지 못한다. 바다에 나간 너구리가 노래를 부르면서 배의 옆구리
를 힘껏 두드리자 진흙배가 깨져 가라앉는다. 구해달라고 소리치는 너구
리에게 '아줌마의 복수라고 생각해!'라고 대답한다. 결국 너구리는 바다
에 빠져 죽었고, 토끼는 할머니의 복수를 훌륭하게 해줄 수 있었다.

찻집 파울리스타, 일본의 모든 찻집(喫茶店 きっさてん)의 기원

찻집 분단의 분위기를 직접 즐기셨다는 이혜영 님의 여행기를 옮겨본다. "근대문학관 안에는 메뉴 때문에 유명해진 카페 '분단(BUNDAN 文壇 문단)'이 있다. 공간은 그리 크지 않았다. 바닥부터 천장까지 짜 넣은 나무 책장에는 책이 빼곡히 꽂혀있었다. 메뉴판을 펼치니 왜 메뉴 때문에 유명해졌는지 알 수 있었다. 음료와 식사, 디저트 모두 문학작품 속에서 영감을 받은 것들이었다. 메뉴 소개 글이 깨알같이 적혀있었다. 물론, 일어로만. 메뉴 이름은 영문 표기가 되어 있어서 아쿠타가와 커피, 오가이 커피, 테라야마(극작가이자 영화감독) 커피를 주문해 조금씩 맛보았다. 아쿠타가와 커피와 오가이 커피가 우리가 아는 아메리카노 커피 맛이라면, 테라야마 커피는 에티오피아 커피인데 꽃향기가 났다. 처음 맛보는 커피였다. 커피에 대해 잘 아는 샘께서 '이 집 커피 잘하네.'라고 하셨다. 내가 주문한 것은 아쿠타가와 커피다. 아쿠타가와 류노스케의 「그 제2(彼 第二)」에 등장하는 카페 파울리스타(PAULISTA)의 브라질 커피를 재현한 것이라고 한다.

우리는 돈을 마련해 카페나 찻집에 드나들었다.
그는 나보다도 30퍼센트나 더 용감한 성격을 지니고 있었고,
어느 눈보라가 몰아치는 날 밤, 우리는 카페 파울리스타의
구석에 있는 테이블에 앉아 있었다.

「그 제2(彼 第二)」

'그'는 아쿠타가와가 스물두 살 때 만난 아일랜드인 신문기자이다. 작품 속 그와 나는 스물다섯 살이다. 1915년쯤이다. 이때 이광수, 나혜석, 최승구(나혜석의 첫사랑) 등도 동경에 있었다. 이광수는 아쿠타가와와 동갑이기도 하다. 신기하다. 이들이 아쿠타가와와 동경에 함께 있었다는 것이. 당시 유명한 카페였다는데 이광수는 가난한 유학생이라 못 가봤을까?

주문 마감 시간에 쫓겨 메뉴판도 꼼꼼히 못 읽고 커피도 급하게 마시고 나왔지만, 그냥 지나쳤더라면 두고두고 아쉬웠을 것이다. 지금은 없어진 메뉴인데 하루키의 『세계의 끝과 하드 보일드 원더랜드』의 조식을 먹으러 일본근대문학에 관심이 없는 사람들도 이 카페를 찾았다고 한다. 카페 와이파이 비밀번호가 'wagahaiha-nekodearu(나는 고양이로소이다)'이다. 그야말로 문학의, 문학에 의한, 문학을 위한 카페이다." 이혜영 님의 글솜씨는 요즈음의 여행기 독자들이 좋아하는 형식이다. 참고로 『나는 고양이로소이다』의 일본어 제목은 『吾輩は猫である(わがはいはねこである)』이다.

찻집 파울리스타(Café Paulista)는 긴자 역에서 걸어서 7분 정도 떨어진 나가사키센터 건물에 있다. 옛 도쿄 탐험(Exploring Old Tokyo)이라는 누리집에 있는 일본 수도의 심장부라 할 시타마치(下町) 인근 지역 부분에서 잘 소개되어 있다. 시타마치는 크게 두 가지 의미가 있다. 하나는 언덕 위의 야마테(山手) 지역에서 떨어진 바다에 가까운 저지대 마을을 의미하는 지리적 특성을 의미하며, 다른 하나는 주민의 사회계급 특성에 따른 마을 분류로 야마테가 사무라이 저택과 사원이 있는 마을이라면 시타마치는 상인이나 장인이 사는 집이 모여 있는 마을이었다. 현대에도 서민의 집이 늘어선 거리를 의미한다.

'브라질에 관련된 역사를 가진 도쿄에서 가장 오래된 찻집'이라는 찻집 파울리스타는 1911년 문을 열어 일본의 모든 찻집(喫茶店 きっさてん)의 기원으로 꼽는다. 그러나 현대적 의미의 첫 번째 찻집은 1888년 우에노에 문을 연 가히사칸(可否茶館)이라고 한다. 외무성에 근무하던 테에케(鄭永寧)가 문화교류의 장으로 키워보려 했지만, 경영난으로 많은 빚을 지고 말았다고 한다.

파울리스타라는 찻집 이름은 '상파울루의 아이'를 의미한다. 브라질로 이주한 미즈노 료(水野龍)는 일본에서도 커피가 대중의 호응을 받을 수 있을 것으로 보았다. 그는 커피문화의 확산에 적극적이던 브라질 정부로부터 12년간 원두를 무상으로 공급받기로 약정하고 긴자에 찻집을 열었다. 원두를 무료로 제공받았기 때문에 커피값을 싸게 정할 수 있었다. 따라서 주머니 사정이 넉넉지 못한 대학생은 물론, 젊은 식자층의 전폭적인 사랑을 받게 되었다. 미즈노 료는 중국의 상하이를 포함하여 일본 전역에 23개의 찻집을 열어 세계 최초로 커피 연쇄점을 경영한 인물이다.

찻집 파울리스타는 처음에 흰색이 아름다운 영주의 주택에 문을 열었다. 1970년에 지금의 장소로 이전하였는데, 재건축을 거치면서 새롭지만, 매력 없는 현대식 건물이 되고 말았다. 그래도 내부는 가죽을 씌운 의자, 그림, 장식등, 꽃과 나무 등으로 고풍스러운 분위기를 살렸다. 1층과 2층으로 되어 있어 각각 50석이 마련되어 있다. 1층은 가죽을 씌운 낮은 좌석이 있다. 주말에는 금연이지만 평일에는 흡연이 가능하다. 반면 2층은 항상 금연해야 한다. 대형의 대리석 탁자에 앉거나, 연인을 위한 작은 탁자도 있다. 상파울루의 고급 유기농 원두로 만든 약간 단맛의 카페 플로레스탈(일본어로는 mori no kōhī라고 한다)이 이곳에서 가장 인기가 있다. 쓰고 진한 맛을 즐기려는 사람은 파울리스타 올드를 마신다.

1970년대 비틀스의 존 레넌이 부인 오노 요코와 함께 3일 연속해서 이곳을 찾았다는 일화가 있다. 일본의 근대 작가 아쿠타가와 류노스케와 미나카미 타키타로(水上滝太郎), 시인 요시이 이사무(吉井勇) 등이 이 찻집을 자주 찾았다고 알려져 있다.

마에다 후작 저택, 근대 일본과 영국의 전형적인 저택

일본근대문학관 구경을 마치고는 최난경 해설사는 일행을 마에다 후

코마바 공원에 있는 마에다 저택 양관

작의 저택으로 안내했다. 먼저 지었다는 서양식 저택 양관으로 향했다, 최난경 해설사는 마에다 후작의 양관은 영국의 튜더양식으로 지은 것이라고 했다. 필자가 여행했던 셰익스피어의 고향 스트랫퍼드어폰에이번에서 본 튜더양식의 건물들과는 사뭇 다른 모습이었다. 누리망에서 찾아본 튜더양식의 건축에 대한 설명을 요약해 본다. 튜더 건축양식은 헨리 7세로부터 엘리자베스 1세에 이르는 영국의 튜더왕조(1485년~1603년) 시기에 영국과 웨일스에서 지어졌던 중세 후기의 건축양식으로 르네상스 건축 요소가 반영된 것이다. 수직적 요소를 중시한 고딕양식에 화려한 르네상스의 장식 요소를 더한 후기 고딕양식의 건축이다.

초기에는 전통 건축을 기반으로 한 반목조의 주택양식으로 발전했다. 헨리 8세가 주도한 수도원 해체는 당시의 건축양식에도 변화를 불러왔다. 헨리 8세는 잉글랜드, 웨일스 그리고 아일랜드의 가톨릭 수도원과 수녀원을 해산하고 그들의 재산을 탈취했다. 1536년에서 1541년 사이에 벌어진 수도원 해체를 통해 얻은 많은 양의 토지를 부유층에 재분배함에 따라 건축 열기가 일었고, 수도원 건물을 해체하여 얻은 많은 양의 석재가 건축에 이용되었다. 왕족, 귀족 그리고 부유한 사람들은 수도원에서 나온 벽돌과 돌덩이를 E 혹은 H 구조로 쌓아 건물을 지었다.

상류층의 튜더양식 건물은 네덜란드 건축의 영향을 받아 곡선형의 박공이 특징이며, 대연회장의 외팔 들보는 기하학적 형태로 장식되었고, 거대한 석조 벽난로를 설치했다. 커다란 창문에는 당시로서는 비싼 유리창 혹은 채색창을 달았다. 문은 활꼴의 장식과 함께 난간이 있었다. 실내의 벽에는 커다란 벽걸이 융단(tapestry)을 걸었는데 부자들은 금실이나 은실이 섞인 것을 사용했다. 이는 추위를 막고, 내부를 장식하여 부를 과시하기 위해서였다. 같은 이유로 집 안팎에서 금박을 입힌 장식물을 볼 수 있다. 안뜰과 뒤뜰에는 기하학적으로 조경된 넓은 정원을 가꾸었다. 영국식 정원에 관해서는 마에다 후작의 화관에서 설명하기로 한다.

서민들의 주택은 일반적으로 목재 골조였다. 직사각형 혹은 정사각형의 평면에 초벽(wattle and daub)을 세웠는데, 이는 물기가 집 안으로 들어가지 않도록 하는 구조였다. 초가 혹은 석판 쪽매, 드물게는 점토로 이은 지붕은 가파른 경사를 이루었다. 문과 창문은 좁고 높았다. 내부 공간을 넓히기 위하여 위층으로 갈수록 넓어진다. 방에는 굴뚝으로 연결되는 벽난로가 있었다. 집 뒤에 별채를 두었고 작은 엽채류의 정원이 있었다.

그러니까 마에다 후작의 양관은 튜더양식의 영국건물 가운데 상류층의 저택을 본떠 지은 것이다. 마에다 후작의 양관은 건축면적이 978.25 m^2에 연면적이 2,992.23 m^2에 이르는 철근 콘크리트 구조의 지상 3층, 지하 1층의 건물이다. 철근 콘크리트로 지은 것은 1923년의 관동대지진을 겪은 뒤였기 때문이다. 도쿄제국대학의 츠카모토 야스시(塚本 靖) 교수와 황실 내무성의 다카하시 테이타로(高橋 貞太郎)가 튜더양식으로 설계하여 1929년에 완공하였다. 입구 현관에서 볼 수 있는 활모양의 구조가 튜더양식의 특징을 잘 보인다. 건물의 외벽은 긁힌 벽돌을 쌓아 올렸다. 건물의 내부에는 이탈리아에서 가져온 대리석으로 만든 벽난로와 기둥, 프랑스제 비단 직물, 그리고 영국식 가구로 장식되어 있다. 완공 당시에는 동서양의 예술작품들로 장식되어 동양에서 가장 좋은 개인주택으로 알려졌다.

양관의 1층은 외교단과 왕실을 초대한 연회가 열리는 사교모임의 장소였다. 양관의 남쪽에는 넓은 잔디정원이 조성되어 있다. 가족들은 2층에서 생활하였다. 부부의 침실과 가족들이 모이는 방, 아이 방이 있다. 후작의 서재에는 책장이 있고, 전화기와 초인종이 걸려 있었다. 서재의 벽에 걸려 있는 초상화는 후작의 부인이다. 2층의 동쪽에 있는 방에는 마에다 가문의 혼고 저택과 가족들에 관한 자료가 전시되어 있다, 창밖을 내다보았더니 화관으로 연결되는 낭하가 보였다.

양관을 구경하고 나오며 보니 입구 앞에 둥근 정원이 조성되어 있다. 아마도 외빈들이 타고 온 마차나 차량이 돌아서 저택의 현관에 세울 수 있도록 한 환상도로를 구성한 것으로 보인다. 양관 앞에 조성된 환상도로를 둘러싼 정원이나 양관의 1층 연회장에서 창문을 통하여 내다본 잔디정원은 후작이 주영 일본대사관의 무관으로 근무한 경험을 살려 조성한 것이리라.

양관(洋館)에서 나와 화관(和館)으로 이동했다. 마에다 후작은 처음에 양관만 지을 생각이었지만, 해외에서 온 손님을 모시기 위해 화관을 짓기로 했다. 일본의 전통 주택을 보여주고 싶었을 것이다. 화관은 황실 기사인 이와지로 사사키(国崎岩岩郎)가 설계하여 1930년에 완공하였다. 화관은 일본의 전통 주택 양식인 쇼인즈쿠리(書院造) 양식으로 지었다. 헤이안 시대 중세까지의 신덴즈쿠리(寝殿造)가 침실 중심이었던 것과는 달리 쇼인즈쿠리에서는 서재가 중심이 된다.

신덴즈쿠리는 10세기경 교토(京都)에서 성립된 귀족 주택 양식으로 중국에서 도입된 궁전 건축을 바탕으로 한 일본 특유의 저택 건축양식이

코마바 공원에 있는 마에다 저택 화관

다. 물론 현존하는 건축물이 없어 사료만으로 추정하고 있을 따름이다. 신덴즈쿠리의 기본 구조는 토담과 외측 담장으로 둘러싸인 내부 정원 주위에 ㄷ자 형태로 건물이 배치되고, 남쪽 경계에는 뱃놀이나 자연 감상을 위한 연못이 설치된다. 건물들의 공간배치는 신덴(寝殿)을 중심으로 동쪽과 서쪽에 타이노야(対屋)가 자리하고 각 방은 긴 복도로 연결된다.

신덴즈쿠리는 슈덴즈쿠리(主殿造)로 발전했다. 슈덴을 중심으로 부엌, 마구간, 신변 호위를 하는 무사들이 머무는 도오자무라이(遠侍) 등을 배치한 중세의 무사 주택으로 보이는 주택 양식으로, 신덴즈쿠리가 무가의 의례와 중세의 생활에 따라 변화한 주택 양식이다. 당시 쇼군이 무장의 주택을 방문하고 무장들은 다시 휘하의 무사들 주택을 방문하는 의례가 있었다. 그래서 이들을 위한 의례적 공간을 마련하게 되었다. 따라서 고대의 신덴이 일상에서 차지하는 의미가 줄어들게 된 것이다. 결국 신덴의 남쪽 부분이 의례를 위한 공간으로 사용되면서 이곳을 슈덴이라고 부르게 되었으며 건물의 중심이 되었다. 상류층 주택에서는 슈덴의 안쪽에 가족의 생활을 위한 건물이, 또 슈덴의 북측에는 부엌이 있었다.

모모야마 시대에 이르러 신덴즈쿠리 양식의 건물에 일본의 독특한 분위기를 더해진 쇼인즈쿠리(書院造) 양식이 완성되었다. 무로마치 시대에 들어서면서 장군이나 귀족, 그리고 상류계급 무사들의 저택은 쇼인즈쿠리 양식으로 짓게 되었다.

저택의 부지는 담으로 둘러싸이고 여러 채의 건물들이 복합적으로 배치된다. 담의 한 곳에 있는 문을 들어서면 저택의 출입구에 해당하는 현관이 있다. 저택은 손님을 맞는 공간과 침실과 부엌 등 일상의 공간이 명확하게 분리되어 있다. 건물의 내부는 미닫이문(障子, しょうじ)과 미닫이창(襖, ふすま)으로 나뉜다. 미닫이로 된 문과 창은 나무를 엮어 만든 살의 양쪽에 종이나 천을 바르고 테두리에는 손잡이를 달았다. 바닥은 다다미를 깔았고 반자를 댄 방으로 구분된다.

객실 공간의 중심은 정원을 접하고 있는 건물에 있는 자시키(座敷)이다. 불단과 도코노마(床間)가 있는 다다미방이다. 도코노마는 서화를 걸거나 화병 혹은 장식을 놓기 위해 자시키의 바닥보다 한 단 높인 곳이다. 좌식인 일본의 가옥에서 필수적인 구조였다. 전통의 다도, 꽃꽂이, 노, 하이샤 등이 확립되던 시기에 생겨났다. 특히 다도에서는 손님을 맞는 공간으로 문학적 의미를 지녀야 했다. 도코노마와 다다미방으로 상징되는 오늘날 일본의 전통적인 주택은 쇼인즈쿠리를 기본으로 한다. 중·하급 무사들의 주택은 메이지 시대 이후 직장인들이 거주하는 주택의 원형이 되었다.

마에다 후작의 화관이 있는 저택의 문에 들어서면 건물의 현관까지 디딤돌이 놓여 있다. 현관에서 좁은 통로를 지나면 일본식 정원이 내다보이는 남쪽의 객실에 이른다. 객실의 양쪽으로 다실과 자시키가 있다. 다실 쪽에서는 낭하를 통하여 양관으로 갈 수 있다. 사전에 예약을 하면 오전과 오후로 구분하여 각각 1,800엔과 3,200엔의 비용으로 다실과 자시키를 이용할 수 있다. 다만 술은 반입할 수 없고 부엌에서 조리할 수 없으며 상품판매나 노래 부르기와 같은 행위는 금지되어 있다. 주전자와 풍로 주전자와 같은 다기와 온수는 제공된다.

객실에서는 오밀조밀하게 조성된 전통적인 일본 정원을 볼 수 있다. 일본 정원은 자연을 축소하여 추상적이고 양식화된 풍경을 조성하는 것이 특징이다. 인공적 장식 요소를 피하고 자연경관을 강조하는 일본의 미학과 철학이 반영되어 있다. 일반적으로 식물과 낡고 오래된 재료를 사용하여 자연경관을 재현하여 존재의 취약성과 멈출 수 없는 시간의 흐름을 표현한다. 물과 바위 그리고 자갈이 중요한 요소이다. 일본에는 매력적인 꽃들이 많이 있지만, 일본 정원에서는 초본꽃을 별로 중요시하지 않는다. 상록식물이 일본 정원의 뼈대라 할 만하다. 자연스럽게 보이는 것이 중요하지만 일본의 정원사들은 나무를 포함한 식물의 형태를 엄격하게 다듬는 경우가 많다.

화관의 정원이 일본 전통의 정원을 구현하고 있는 데 반하여 양관의 잔디공원은 18세기 초에 풍경식으로 변화된 새로운 영국 정원을 구현해

냈다. 이전까지의 영국 정원은 자수화단으로 대표되는 정형화된 방식이었다. 풍경식 정원은 주로 직선적으로 구성되어 위압감을 느끼게 하던 정형식 정원과는 달리 자연을 닮은 곡선으로 구성하여 편안함을 느낄 수 있다. 정형식 정원에서 보던 높은 생울타리나 담으로 완벽하게 닫혀 있던 공간도 열린 공간으로 바뀌었다. 수직적인 담장 대신에 깊은 배수로를 만들어 외부와의 경계를 만들고, 멀리 있는 경관도 정원의 일부로 끌어들였다. 자연을 닮은 정원에 자연을 정원으로 끌어들이는 차경(借景)의 개념이 자리 잡게 된 것이다. 마에다 후작의 저택은 2007년 1월부터 3월까지 TBS의 「일요극장」에서 방영된 『화려한 일족(華麗なる一族)』에 등장한다. 이 연속극은 야마자키 토요코(山崎 豊子)의 동명 소설을 원작으로 한다.

『화려한 일족』은 야먀자키 토요코의 장편 경제소설로,『지지 않는 태양(沈まぬ太陽)』,『하얀 거탑(白い巨塔)』과 함께 그녀의 대표작으로 꼽힌다. 1970년 3월부터 1972년 10월까지 「슈칸신초(週刊新潮)」에 연재되었고 1973년 신초샤(新潮社)에서 3권으로 출판되었다. 간사이 지역 유수의 도시은행인 한신(阪神)의 총재이며 만표우 재벌의 총수인 만표우 다이스케(万俵 大介)를 중심으로 정치계와 재계를 넘나들면서 부와 권력을 추구하는 사람들의 야망과 애증을 그렸다.

만표우 가문의 14대 당주 다이스케는 아내와 첩과 한집에서 동거하면서도 그 사실이 외부에 알려지지 않을 정도로 치밀하다. 가족들을 엄격하게 다스리면서도 장남 테페이(鉄平)가 아버지 케이스케(敬介)와 아내 사이에서 태어났을 것이라는 의혹을 품고 있다. 그리하여 차남 긴페이(銀平)를 후계자로 생각하면서 장남 테페이를 모질게 대한다. 테페이가 실질적으로 경영을 맡고 있던 한신 특수강이 파산하면서 기업 회생법의 적용을 받게 된다. 이로 인해 경영 불안 상태에 빠진 다이도(大同) 은행의 전무이사 와타누키(綿貫)가 실권을 장악하면서 한신 은행과의 합병을 주도하여 도시은행으로는 다섯 번째 규모의 도요(東洋) 은행을 출범시키고 부회장에 오른다. 일이 이렇게 되자 테페이는 절망에 빠져 자살하고 만다. 테페이를 부검한 결과 다이스케의 친아들임이 밝혀진다.

야마자키 토요코의 본명은 스기모토 토요코(杉本 豊子)이다. 1924년 오사카(大阪)시 미나미(南) 구 센바(船場)에서 태어났다. 태평양전쟁 중이던 1944년 교토여자대학의 일본 문학과를 졸업하고 마이니치(每日) 신문에 입사했다. 학예부에서 이노우에 야스시(井上靖) 부장으로부터 기자 훈련을 받았으며, 작가였던 그의 영향을 받아 소설을 쓰게 되었다. 1957년 본가인 다시마가게를 무대로 한 상인 부자의 성공담을 담은 소설『노렌(暖簾)』을 발표하면서 등단했다. 그녀의 대표작인『하얀 거탑』은 2007년 문화방송에서 대학병원을 배경으로 권력에 대한 야망을 품은 천재 의사 장준혁의 끝없는 질주와 종말을 그린 연속극으로 방영되어 인기를 끌었다.

이노우에 야스시는 아쿠타가와상 등 일본의 유수한 문학상을 대부분 수상하였고, 노벨문학상의 후보에도 여러 차례 오른 일본을 대표하는 소설가이다. 44살에 마이니치 신문사에서 퇴사한 뒤에는 여행을 하는 한편 여행에서 취재한 것들을 바탕으로『둔황』,『오로시야국 취몽담』,『공자』등의 작품을 썼다. 야기사와 사토시의『비 그친 오후의 헌책방』에서『검푸른 해협』이 소개되어 읽어보았다.

놀랍게도 이노우에 야스시의『검푸른 해협』은 고려 충렬왕 때인 1274

년과 1281년 여몽 연합군이 두 차례에 걸쳐 일본 정벌에 나서는 과정을 다루었다. 일본이 어떻게 대응했는가는 포함하지 않았고, 오직 원과 몽골의 사이에 있었던 역사적 사실을 『고려사(高麗史)』와 『원사(元史)』를 토대로 재구성했다. 일본이 원나라와 고려 조정에서 보낸 사신을 어떻게 대하였는지, 여몽 연합군이 내습하였을 때 어떻게 대응했는지는 전혀 언급이 없다. 원구(元寇) 혹은 몽골습래(蒙古襲來)라고 하는 국가적인 재난은 태평양전쟁을 제외하고는 일본 본토에서 전투가 치러진 유일한 외란이었다. 가마쿠라 막부의 존립을 위태롭게 할 수도 있었던 전쟁이었다. 작가는 이 사건을 당사국이 아닌 조정국으로서, 일본 정벌에 나선 몽골의 전진기지로서 가혹한 수탈을 당해야 했던 고려의 사정에 초점을 맞추었다고 했다.

1231년 살례탑이 이끄는 몽골군의 1차 침략을 시작으로 1259년까지 이어진 6차 침입까지 무려 29년에 이르는 기간 간헐적으로 고려를 침입하여 반도를 쑥대밭으로 만든 몽골의 침입이 있었다는 사실, 강화도로 천도한 조정을 지키던 삼별초군이 원에 굴종한 조정의 결정에 대항하여 진도와 탐라 등을 전전하면서 저항했다는 사실, 여몽 연합군이 두 차례에 걸쳐 일본 정벌에 나섰다가 태풍을 만나 패전하였고 고려는 원의 부마국으로 전락했다는 정도로 알고 있었다. 당시의 사정을 삼자의 시각, 조금은 고려의 처지를 안타까워하는 시각에서 쓰인 역사서에 가까운 역사소설이라는 느낌이 남았다. 이노우에 야스시는 『검푸른 해협』이 오랜 저항 끝에 원나라에 복속하여 원나라의 압제에 놓인 고려의 비극을 태평양전쟁에서 패하여 미군에게 점령된 일본의 사정에 비유한 우의(寓意) 소설이라고 했다.

최난경 해설사가 일행을 안내하여 화관까지 설명을 마친 뒤의 잠깐의 자유 시간을 이용하여 코마바 공원을 한 바퀴 돌아보았다. 기념관과 후작관을 구경하는 몇몇 사람을 제외하곤 한산했다. 그리 넓지는 않지만, 커다란 나무들이 적지 않게 서 있었다. 도쿄 같은 대도시의 도심에서 하늘 높이 솟구친 거목을 볼 수 있는 것이 신기하다. 『나는 고양이로소이다』의 한 대목에 공감한다. "(우에노 공원에서) 최대한 숲이 울창한, 낮에도 사람들이 잘 다니지 않는 곳을 골라 걷다 보면, 번잡한 도시에서 벗어나 깊은 산속으로 들어간 기분이 들겠지요." 물론 코마바 공원이 주택가에 있어서 한적한 까닭에 번잡하다는 느낌은 없고, 공원이 그리 크지 않아 깊은 산속에 있다는 느낌까지는 들지 않았다.

커다란 나무를 바라보면서 감상에 젖었던 필자와는 달리 이혜영 씨는 코마바 공원에서 나뭇가지를 지나는 바람 소리를 들었다고 했다. "문학관 밖으로 나오니 바람이 불었다. 나무에서 나는 소리가 듣기 좋았다. 나무의 종류와 나이에 따라 바람에 흔들리는 소리도 달라지는 것일까. 처음 듣는 소리였다." 서울의 생활공간에서는 쉽게 느낄 수 없어서 더욱 인상적이었나 보다.

아니면 로쟈 선생이 소개해 준 무라카미 하루키의 등단작품인 『바람의 노래를 들어라』를 읽었나 보다. 이 책을 읽은 독자는 "스쳐 지나가는 바람의 소리를, 노래를 들어라. 붙잡을 수는 없지만, 막을 순 없지만, 들을 순 있고 담아 둘 순 있다. 우린 그렇게 같은 바람을 맞고 살아가고 있다."라는 독후감을 남겼다. 하지만 필자는 바람 소리보다는 이야기가 시작되는 첫 문장 "완벽한 문장 같은 건 존재하지 않아. 완벽한 절망이 존재하지 않는 것처럼……."의 울림이 컸다. 글쓰기를 두려워할 것까지는 없다는 긍정적인 생각이 읽혔기 때문이다.

공원의 정문은 우리가 들어온 뒷골목을 따라 들어온 후문과는 달리 비교적 널찍한 공간이었다. 웅장한 맛은 없었지만, 공원이 주택가에 있어서인지 한적한 느낌이 들었다. 쪽문에 매여 있는 강아지도 인적이 별로 없는 탓인지 꼬리를 흔들며 반겨주었다.

일본근대문학관과 마에다 저택이 있는 코마바 공원 구경을 마치고 뒷문을 빠져나오면 고즈넉한 주택가 골목이다. 만화『우연한 산보』를 쓴 쿠스미 마사유키(久住昌之)는 이렇게 스산할 정도로 조용한 주택가에서 쇼와(昭和) 시대의 모습이 연상된다고 했다.『우연한 산보』를 쓴 쿠스미 마사유키(久住昌之)와 만화를 그린 타니구치 지로(谷口 ジロー)는 만화『고독한 미식가(孤独のグルメ)』를 쓰고 그렸다. 두 작품은 은근히 닮은 점이 있다. 만화를 제작하기에 앞서 원칙을 정했다. "이런 골목길은 가이드북 같은 것에 의지하지 말고 그냥 걷는 게 재미있는 거 아닌가요? 조금 불안할 정도가 재미있는 것 아닌가요? 걷다 보면 반드시 재미있는 가게나 물건이 나오는, 자기 스스로 재미를 발견할 수 있는 골목이거든요. 그리고 산책은 관광과는 다르죠. 목적 같은 거 없이 자기 마음대로 느긋하게 걷는 데서 오는 기쁨이거든요."라는 만화 대사에 담겨 있다. 이리하여『우연한 산보』의 주인공은 '의미 없이 걷는 즐거움'을 즐기고 있다. 만화에서도 그렇고 실제로 찾아간 주택가의 골목길이 예스럽다는 느낌이 드는데, 도쿄보다 늦게 개발이 된 서울에서는 과연 예스러운 분위기가 남아있는 주택가가 남아있기나 할까 싶다.

시부야의 저녁 풍경

4시 15분에 모여 시부야에 있는 카츠키치(かつ吉)라는 식당으로 향했다. 이날 저녁 식사는 돈가스였다. 식당에 가까워질 무렵, 최난경 해설사가 차 앞에 있는 교차로를 가리키며 이곳이 유명한 시부야의 스크램블 교차로(渋谷スクランブル交差点)라고 했다. 막 보행자 신호가 떨어진 듯 도로 한복판이 순식간에 사람들로 채워졌다가 금세 비워졌다. 이 교차로의 공식 명칭은 시부야역 교차점(渋谷駅前交差点)이다. 미야마사카(宮益坂)에서 도겐자카(道玄坂)로 연결되는 동서 거리와 시부야역 서쪽 출구 역에서 시부야 공원을 잇는 남북 거리가 교차하는 데다가 북서쪽으로 뻗어있는 시부야 센터 거리까지 5개 방향의 도로가 만나는 장소이다.

2014년 조사에 따르면 평일 26만 명, 공휴일 39만 명의 보행자가 이용한다고 하는데, 하루 최대 50만 명이 이용한 적도 있다는 것이다. 2016년 조사에 따르면 한 번에 교차로를 건너는 보행자 수는 3,000명이라고 했는데, 최난경 해설사는 3,900명이라고 했다. 아마도 최근의 기록일 듯싶다. 하지만 자동차 통행이 멈추거나 사람들이 부딪히는 사고는 거의 발생하지 않는다고 한다. 그래서 이곳을 "세계에서 가장 붐비는 교차로"라고 한다. 이 교차로는 각 도로를 가로지르는 보행자 통로만 있는 것이 아니라 대각선으로도 건널 수 있어 녹색 신호등이 떨어지면 교차로는 순식간에 사람들로 가득 채워진다. 그럼에도 불구하고 사람들이 질서정연하게 흘러간다. 질서를 잘 지키는 일본 사람들의 성격처럼 말이다. 최근에는 그 속에서 동영상을 찍는 사람들이 등장했다고 한다. 이 교차로를 보기 위해 찾아오는 외국인들이 사진과 동영상을 찍는 모습을 심심치 않게 볼 수 있다.

이 교차로가 해외에서도 널리 알려지게 된 것은 소피아 코폴라 감독의 『사랑도 통역이 되나요(Lost in Translation)』에 등장하면서이다. 그녀는 유명한 영화감독 프랜시스 포드 코폴라 감독의 딸이다. 이 영화가 흥행을 하게 되면서 시부야역 교차점은 다양한 영화와 TV 연속극을 비롯하여 홍보영상의 촬영 장소로 떠올랐다. 『사랑도 통역이 되나요』는 2004년 아카데미 시상식에서 작품상, 감독상, 남우주연상 및 각본상 등 4개 부문에서 후보에 올랐고, 각본상을 받았다.

나이가 든 할리우드 배우 밥 해리스(빌 머레이 扮)는 200만 달러짜리 산토리 위스키 광고를 찍기 위해 도쿄에 도착한다. 25년에 이른 그의 결혼 생활이 위기를 겪고 있는 참이다. 그런가 하면 같은 호텔에 묵고 있는 샬롯(스칼렛 요한슨 扮)은 대학을 졸업하고 유명 사진작가와 결혼한 지 2년 된 젊은 여성으로 결혼에 대한 확신이 없다. 두 사람은 각자 일정을 소화하면서 도쿄의 거리를 산책하고 신사도 구경한다. 하지만 마음이 움직이지 않고 공허한 느낌에 사로잡힌다. 우연히 만나게 된 두 사람은 몇 차례의 만남을 통하여 각자의 불안한 결혼생활에 관하여 이야기를 나누면서 서로의 처지를 공감하게 된다. 결국 두 사람 사이에도 갈등이 생기지만 귀국하는 날 진심이 담긴 작별을 하게 된다는 이야기다.

그런가 하면, 교차로의 남동쪽에 있는, 하치코 광장은 시부야의 상징인 충견 하치코의 동상이 있어 만남의 장소가 되고 있다. 하치(ハチ)로도 알려진, 하치코(ハチ公)는 아키타(秋田) 품종의 수컷 개였다. 도쿄제국대학의 우에노 에이사부로(上野 英三郎) 교수가 하치의 주인이었다. 교수는 외

출할 때 하치와 함께 시부야역까지 갔다. 하치는 주인이 돌아올 때까지 시부야역에서 기다렸다. 하치를 기르기 시작한 이듬해 1925년 우에노 교수가 뇌졸중으로 갑자기 죽었다. 그런데 하치는 우에노 교수가 죽은 뒤에도 시부야역에 나가 주인을 기다리더라는 것이다. 이와 같은 하치의 행동은 사람들의 관심을 끌게 되었고 도쿄 아사히 신문이 기사를 내면서 '충견 하치코'라고 불리게 되었다.

1934년에는 하치코의 동상이 시부야역 광장에 세워졌다. 동상 제막식에는 하치코도 참석했다. 같은 해 하치코의 이야기가 히로쓰네(尋常) 소학교 2학년의 수신(修身) 교과서에 실리게 되었다. 하치의 동상은 제2차 세계대전 기간 전쟁물자로 공출되었다가 전후에 복원하여 지금의 장소에 세워졌다. 한편 하치코는 1935년에 노상에서 죽음을 맞았다. 부검에서는 심장과 간에서 다량의 사상충이 발견되었고, 위에서는 닭꼬치 꼬챙이가 서너 개 발견되었다. 사상충 혹은 꼬챙이 때문에 죽었을 것으로 의심되었다.

한편 1987년에는 하치코의 삶을 담은 카미야마 세이지로(神山 征二郎) 감독의 『하치코 이야기(ハチ公物語)』가 개봉되었다. 2009년에는 할리우드의 라세 할스트룀(Lasse Hallström) 감독이 1987년 영화를 개작한 『하치 이야기(Hachi: A Dog's Tale)』를 개봉하였고, 2023년에도 중국에서 쉬앙(徐昂)이 개작하여 『충견 하치코(忠犬八公)』를 만들기도 했다.

4시 45분 카츠키치(かつ吉) 식당에 도착했다. 벌써 어둑어둑하다. 시간상으로는 아직 해가 남았다고 생각하지만, 도쿄는 해 지는 시간이 빠르다. 그날 서울 강남구의 해 지는 시각은 오후 5시 35분이었지만 도쿄

의 해 지는 시각은 오후 4시 50분이었다. 도쿄가 서울보다 동쪽에 있어서 같은 시간대에 있지만 실제 해 지는 시간에 차이가 있는 것이다. 늦게서야 식당에 들어서고 보니 아내 없이 혼자 하는 여행인지라 좌석을 정하기가 애매했다. 결국 로쟈 선생 자리에 합석했다. 나리타공항에서 도쿄 시내로 들어올 때 주문했던 등심 돈가스를 먹었다. 식사를 하면서 이번 여행에 참여하게 된 이야기들을 나누면서 식사했다. 돈가스는 정말 겉바속촉이었다. 천하제일관이라 써 붙일 만했다.

식사를 마친 6시 반에 도쿄에 머무는 동안 숙소가 될 몬토레 호텔로 향했다. 숙소로 가는 길에 보니 야스쿠니 신사를 지나간다. 카츠키치 식당에서 숙소까지는 30분쯤 걸려 7시에 도착했다. 투숙 수속도 빨리 진행되어 7시 15분에 숙소에 들었다. 화장실 먼저. 숙소 인심이 좋다. 세면도구 일습이 구비되어 있고, 생수도 네 병씩이나 비치되어 있다. 현관에 준비된 녹차를 그냥 가져와 객실에서 마셔도 된다. 다음 날 아침 목욕하면서 사용해 본 목욕수건의 질로 보아, 필자가 나름대로 정한 바로 별 4개 수준이었으나, 널찍한 방의 규모, 비치 물품과 봉사 수준을 종합하면 별 반 개를 더해서 숙소의 수준은 별 4.5개를 줄 수 있겠다.

(2025년 1월 14일)

여행

둘째 날

지진 소식으로 하루를 시작하다

1월 14일 일본여행 2일째. 이날 도쿄의 아침 최저기온은 5도, 낮 최고 기온은 11도였다. 한파 속에 얼어붙었을 서울에서 따뜻한 남쪽 나라로 피한(避寒)을 제대로 한 셈이다. 늦게 잠들었지만 3시 반에 깨어 다시 잠들지 못했다. 전날 일찍 출발하는 비행기를 타기 위해 새벽같이 일어나는 바람에 시차가 생긴 모양이다.

휴대전화에는 전날 밤 10시 23분 외교부에서 발신한 문자가 도착해 있었다. "[Web 발신] [외교부] 일본 미야자키현 인근 해역에서 규모 6.9 지진 발생(1.13.) / 쓰나미 주의보 발령, 피해 발생 시 관할 공관 또는 영사 콜센터로 신고." 출발 전에는 잠깐 걱정했지만 정작 일본에 도착해서는 잊어버렸나 보다. '일본이 지진 다발국가'라는 사실. 여행 기간에 큰일이 없기를 빌었다.

일본 대부분의 영토는 화산활동이 왕성하고 지진이 잦은 환태평양조산대에 걸쳐있다. 최대 폭 $500km$에 달하는 환태평양조산대는 태평양의 경계 대부분에 걸쳐있어, 그 길이가 무려 4만km에 달한다. 그래서 환태평양조산대, 환태평양지진대, 혹은 '불의 고리'라고도 한다. 여기에는 전 세계 화산의 3분의 2에 해당하는 750개에서 915개의 활화산 또는 휴화산이 있다. 지진 역시 전 세계에서 발생하는 지진의 약 90%가 발생한다. 불의 고리라는 이름은 알렉산더 리빙스턴(Alexander P. Livingstone)이 1906년에 출간된 저서 『샌프란시스코의 끔찍한 지진과 화재 재난의 전모(Complete Story of San Francisco's Terrible Calamity of Earthquake and Fire)』에서 "태평양을 둥글게 감싼 거대한 불의 고리이다."라고 서술한 데서 유래한다. 아마도 1878년 7월 13일 자 사이언티픽 아메리칸(Scientific American)에 실린 '불의 고리, 그리고 미국 서부 해안의 화산봉우리(The Ring of Fire, and the Volcanic Peaks of the West Coast of the United States)'라는 기사를 인용한 것일 수 있겠다.

불의 고리에서 화산활동과 지진이 자주 발생하는 이유는 20세기 초반 제기된 대륙이동설에 기반하여 1960년대 들어 정립된 판구조론으로 설명한다. 지구를 둘러싸고 있는 지각과 그 아래의 두꺼운 암석층(mantle)은 16개의 주요 지각판으로 나뉜다. 지각판의 경계에서 일어나는 현상에 따라 발산, 수렴, 변환의 경계로 나눈다. 지각판은 그 아래로 암석이 녹아있는 마그마에 떠 있는 행태이며 마그마가 지각판으로 밀고 올라오면서 측면으로 밀려나는 힘을 받게 된다. 이런 현상이 발산이다. 이에 따라 지각판의 변두리에서는 만나는 다른 지각판의 아래로 밀려 들어가는 섭입이 발생하게 된다. 이런 현상이 수렴이다. 변환은 지각판이 부딪히면서 측면으로 미끄러지는 현상을 말한다. 태평양의 해저를 이루는 지각판의 두께는 100km이며 대륙 지각판의 두께는 200km에 달한다. 지각판의 경계면에서는 섭입이 일어나며 이로 인하여 잃어버리는 면적은 태평양 해저 화산에서 용암이 분출되면서 채워 균형을 맞춘다. 환태평양조산대는 약 1억 1,500만 년 전에 남아메리카, 북미 및 아시아에서 섭입대가 만들어지면서 시작하여 약 7천만 년 전에는 인도네시아와 뉴기니의 섭입대가 만들어졌고, 약 3,500만 년 전에는 뉴질랜드 섭입대가 만들어지면서 현재의 구조가 완성되었다.

전 세계 활화산의 약 10%가 일본에 위치한다. 매년 1,500건에 달하는 지진이 발생하며 진도 4에서 6에 달하는 지진도 드물지 않다. 일본에서는 매일 경미한 지진이 일어난다고 보면 된다. 일본이 위치한 지각이 극도로 불안정하다는 증거이다. 태평양판과 필리핀해 판이 대륙판 아래로 섭입되는 과정에서 일어나는 것이다. 20세기의 가장 유명한 일본의 대지진으로는 1923년의 간토 대지진으로 13만 명이 사망했으며, 1995년의 한신 대지진으로는 6,434명이 사망했다. 2011년에는 도호쿠에서 발생한 규모 9.0의 지진으로 대규모의 쓰나미가 발생하여 후쿠오카 원전의 노심이 용융되는 사고를 일으키기도 했다.

필자는 대학에 입학하던 1973년에 코마츠 사쿄(小松左京)의 『일본 침몰』을 읽고 충격을 받았었다. 197X년 여름 토리시마(鳥島)와 오가사와라(小笠原) 제도 사이에 있는 무인도가 갑자기 사라진다. 일본 기상청, 수산청, 과학기술청의 공동 조사가 이루어지는데 해기사 오노데라가 조종하는 심해잠수정 와다츠미호를 타고 침강한 섬과 오가사와라 해구를 탐사하면서 지각이 침강하는 현상을 목격하게 된다. 이어서 이즈반도의 아마기(天城)산이 지진과 분화를 시작하는 등 화산과 지진 활동이 왕성해진다.

일본 내각의 대책회의에 참석한 지구 물리학자인 타도코로 박사는 총리에게 "일본이 사라지는 경우까지도 각오를 해두어야 할 것"이라고 말한다. 내각은 암암리에 D 계획을 수립하는데, 8월 16일 교토에서 대지진이 발생하면서 지질 조사를 위한 D1과 일본 국민의 피난 계획인 D2가 실행단계에 돌입한다. 일본 사회의 분위기가 어수선해지면서 총리는 '세계 웅비'를 앞세우고 경제 각료들을 통해 해외 자본투자를 독려하면서 암암리에 일본 국민과 재산의 국외 피난을 서두른다. 10월경 도쿄만에서 1923년의 관동대지진을 상회하는 강력한 지진이 발생하여 250만 명 이상이 사망하거나 실종되는 엄청난 피해를 봤다. D1 계획에서는 정밀 조사를 바탕으로 일본열도의 침몰까지의 시한이 불과 2년 정도로 예측한다.

이듬해 3월 12일 후지산이 대분화를 시작하고 열도의 동쪽과 서쪽이 서로 반대쪽으로 움직이는 지각변동이 일어난다. 홋카이도에서 규슈까지 열도 전체에서 화산이 분화되면서 지진이 발생하고 서부지역의 침강이 강화된다. 국제연합에서는 당시 세계 인구 40억 명의 2.8%에 달하는 1억 1천만 명의 일본 사람들을 각국에 나누어 소개하는 문제로 난상토론을 벌인다. 특히 한국과 중국 등은 일본 난민의 수용을 강력하게 거부하는데, 이를 두고 내각의 대책회의 석상에서 한 각료가 "전후에 일본이 한국 등 동아시아 제국에 제대로 된 사죄나 관계를 개선하기 위한 노력이라도 했나? 이것은 인과응보다."라고 자조적인 발언을 쏟아내기도 한다.

침몰이 진행되는 7월 말까지 일본 국민 중 약 1천5백만 명이 죽거나 행방불명되고, 7천만 명은 대피할 수 있었다. 그리고 구조대는 나머지 2천만 명을 구조하기 위한 노력을 이어간다. 이들 중에는 국내에 머물며 일본열도와 운명을 같이하겠다는 사람도 있었다는 설명이다. 침몰하는 배를 지키는 선장처럼. 9월 하순 일본열도의 대부분은 섬이 된 활화산과 높은 산의 꼭대기만 남기고 바닷속으로 사라진다.

1964년부터 1973년에 걸쳐 집필된 공상과학소설로 당시까지의 최신 지구물리학 이론을 적용한 공상과학소설이었지만, 집필 중에 새로이 대두된 이론에 따라 작품 전체를 고쳐 쓸 수밖에 없었다고 한다. 하지만 실제로 일본열도는 침강하는 구조라기보다는 상승하는 구조이기 때문에 침몰할 가능성은 없다고 한다. 저자는 일본 민족이 유대인처럼 영토를 잃고 세계를 방랑하는 신세가 된다는 뒷이야기를 썼지만 발표하지 않고 폐기했다고도 한다.

잠에서 깨어 책을 읽다가 6시 반에 씻고는 식당에 내려갔다. 식당을 넓고 깔끔했으며 양식과 화식이 차림 음식으로 준비되어 있었다. 첫날에는 양식으로 식단을 챙겼다. 양식 식단은 대체로 무난했는데 에스프레소 커피는 아주 일품이었다. 식사를 마칠 무렵 로쟈 선생이 내려와 합석해서 말동무를 했다. 출발하면서 누리사랑방에 올린 일본 여행기가 화제가 되었다. 식사를 마칠 때까지 글쓰기를 비롯하여 인문 기행에 관한 여러 이야기를 나누었다.

한일 관계 개선의 걸림돌, 야스쿠니 신사

이날은 9시에 숙소를 나서기로 해서 아침 시간이 여유로웠다. 도쿄에서 3박을 하는 일정이라서 짐을 꾸려야 하는 부담도 없었다. 약속한 시각에 일행이 모두 모여 출발했다. 첫 번째 일정은 도쿄대학교를 방문하여 산시로 연못을 구경하는 일이다. 도쿄대학으로 가는 길에 야스쿠니(靖国) 신사를 지난다. 전날 밤 숙소로 올 때 담벼락을 따라 커다란 등이 걸려 있어 눈길을 끌었던 곳이다.

야스쿠니 신사는 1868~1869년간에 벌어진 보신(戊辰) 전쟁으로부터 제2차 세계대전, 그리고 제1차 인도차이나 전쟁의 전몰자까지 남녀 246만 6,532위의 이름과 본관, 생일, 사망 장소 등을 적은 문서를 보관하고 있는 영묘 역할을 하고 있다. 제1차 인도차이나 전쟁은 제2차 세계대전이 끝난 1945년 9월 2일 호찌민의 주도로 하노이에서 출범한 베트남 민주공화국이 프랑스에 대항한 독립전쟁이다. 제2차 세계대전 후 베트남에 잔류했던 일본군 600여 명이 베트남 민주공화국을 지원하였다.

야스쿠니 신사가 설치된 것은 보신 전쟁에 밀접한 관계가 있다. 1867년, 에도 바쿠후의 제15대 쇼군 도쿠가와 요시노부(德川慶喜)가 국가 통치권을 메이지 천황에게 반납하는 대정봉환(大政奉還)을 계기로 메이지유신이 시작되었다. 하지만 국정의 실권은 여전히 바쿠후의 세력이 쥐고 있어 바쿠후 세력과 반 바쿠후 세력의 갈등이 커지게 되었다. 결국 1868년 1월 바쿠후 세력과 도막파(존황파) 사이에 내전이 시작되어 1869년 6월에 바쿠후 세력의 패배로 끝났다. 바쿠후 세력의 소멸로 구시대의 유물, 바쿠후가 끝나고 일본의 근현대사가 개막된 것이다.

보신 전쟁이 끝난 뒤에 메이지 천황은 나라를 위해 싸운(존황파) 전사자를 위한 위령 시설을 세우라는 명을 내렸다. 지금의 야스쿠니 신사 자리에 임시 시설을 만들고 군무관지사 고마쓰노미야 아키히토(小松宮彰仁) 친왕이 신관이 되어 보신 전쟁의 관군 전사자 3,588위를 위한 위령제를 지냈다. 당시 이곳을 도쿄쇼콘사(東京招魂社)라고 했다. 이 이름에는 전래해 온 일본 종교시설과는 차별하겠다는 의도가 숨어있었다. 도쿄쇼콘사의 본전 건물은 1872년에 완공되었다. 1870년에는 대교선포(大教宣布) 칙령을 내려 국가 신토를 일본의 국교로 삼게 되었다. 1871년에는 도쿄쇼콘사가 일본 황실의 문장인 국화 문양을 사용할 수 있게 하였다. 1879년에는 도쿄쇼콘사로부터 야스쿠니진자(靖國神社)로 이름을 바꾸었다.

일본은 그때까지 '나라를 평안하게 한다'라는 의미의 야스쿠니(安國)를 사용해 왔던 것을 '나라를 평화롭게 한다는 의미'의 야스쿠니(靖國)로 바꾼 것이다. 사찰 이름으로 많이 쓰이는 야스쿠니(安國)라는 이름이 불교스럽다는 이유로 춘추좌씨전(春秋左氏傳)에 나오는 야스쿠니(靖國)로 바꾼 것이다. 신사스럽다는 뜻이다. 춘추좌씨전의 노나라 희공 27년 조(기원전 633년) 기사를 보면 "子之傳政於子玉 曰以靖國也(자지전정어자옥 왈이정국야)"라는 대목이 나온다. '당신이 자옥을 영윤으로 삼아 국정을 맡긴 것은 나라를 편안하게 하기 위함이오"라고 해석할 수 있겠다.

일본의 우익들은 야스쿠니 신사를 일본제국주의와 신토(神道)를 상징하는 성지로 추앙한다. 하지만 야스쿠니 신사에는 제2차 세계대전의 전쟁범죄자들이 합사되어 있을 뿐만 아니라, 일제에 의한 강제 징용의 피해자들처럼 합사를 원치 않은 사람들도 포함하고 있어 논란을 빚고 있다. 일본 정부는 '야스쿠니 신사가 종교시설이며 합사 문제는 종교의 자유와 연관된 것으로 정부가 간여하기 어렵다.'라는 입장이다. 하지만 총리를 비롯한 각료 등 정부 주요 인사들이 주기적으로 공물을 바치고 참배하는 등 사실상의 국가시설이라 할 것이다. 야스쿠니 신사에 대하여 불편한 심

기를 표현한 버락 오바마 미국 대통령과 후진타오 중국 주석 등 외국 정상과 정치인들도 일본 정부가 공식적으로 관리하는 제2차 세계대전 희생자 추모시설인 치도리가후치(千鳥ヶ淵) 전몰자 묘원을 방문하기도 한다. 이곳에는 주로 하사관, 병사, 무명용사 및 일반인들의 유골이 안치되어 있다.

야스쿠니 신사의 혼덴(本殿)은 오와리(尾張)국의 이토헤이자에몬(伊藤平左衛門)의 설계로 1872년 완공되었다. 3x6칸의 대규모 건물로 그 앞에 하이덴(拜殿)이 있다. 지붕은 동판을 얹었다. 혼덴의 양측에서 회랑이 나와 하이덴의 양쪽으로 연결된다. 혼덴의 뒤편에는 일본 종이로 만든 위패를 보관하는 장소가 있다. 하이덴은 1901년에 완성된 7x5칸 건물로 지붕은 동판을 평평하게 얹었다. 그 앞에는 처마에 당나라 박공이 있는 방 3개짜리 본채가 있다.

하이덴 앞에 나카몬 도리이(中門鳥居)가 있고 그 앞에 진먼(神門)이 있다. 나카몬 도리이는 1975년에 봉납된 대만산 노송으로 지었던 것을 2006년에 사이타마(埼玉)현의 편백나무로 재건하였다. 이토 추타(伊東 忠太)가 설계하여 1934년에 완공된 진먼에는 방 3개에 문이 3개 있으며 박공이 있고 동판 지붕을 올렸다. 가운데 문에는 16개의 꽃잎으로 구성된 지름 1.5미터 크기의 국화꽃으로 장식되어 있다.

혼덴과 하이덴을 연결하는 왼쪽 회랑 밖으로는 모토미야(元宮)와 친레이샤(鎭靈社)가 있다. 모토미야는 에도 말기에 교토에 지어졌던 작은 신사로 1931년에 이곳으로 이전된 것이다. 야스쿠니 신사의 전신이라는 의미로 모토미야라고 한다.

나카몬 도리이에서 진면으로 가는 길의 왼쪽에 있는 건물은 유슈칸(遊就館)이다. 중국 고전『순자(荀子)』의「권학(勸學)」편에서 이름을 가져왔다. "故君子居必擇鄉, 遊必就士, 以防邪僻而近中正也(고군자거필택향, 유필취사, 소이방사벽이근중정야)"라는 대목에서 '유(遊)'와 '취(就)'를 골랐다. '군자는 거처함에 있어 반드시 마을을 가리고, 교유에서 반드시 사인에 접근하니, 사악한 길에 빠짐을 막고 중정한 덕에 접근하기 때문이다.'라고 해석할 수 있겠다. '교유에서 반드시 사인에 접근한다'라는 대목에서 어떻게 "박물관의 이름은 국가를 위해 소중한 목숨을 바친 영웅적인 영혼의 미덕을 접하고 배울 수 있기를 바라는 희망을 표현"했다고 이해할 수 있는지 의문이다.

유슈칸은 1877년 세이난센소(西南戦争) 말기에 건립을 구상하였고, 1879년에 육군상 야마켄 아리토모(山県有朋)를 중심으로 '신사에 모신 고사이신(御祭神)의 덕을 기리고 고대 무기를 전시하는 시설'을 짓기로 하였다. 1881년에 이탈리아 교사 카펠레티의 설계로 옛 성곽 양식의 건물을 착공하고 이듬해 완공하여 개관을 보았다. 그 후 청일전쟁, 러일전쟁, 제1차 세계대전을 거치면서 증축과 개축, 별관 건설 등으로 확장되었다가 1923년 관동대지진으로 벽돌 건물이 파괴되어 철거했다. 그 후 13년간 임시 박물관을 건립하여 축소된 규모로 전시가 이루어지다가 쇼와 천황 즉위 후에 복원 건축위원회를 구성하고 복원을 서둘렀다. 1930년 본관을 황실 양식으로 재건하기로 착공하고 1932년에 복원 완료하여 개관하였다. 1934년에는 국방관(현 야스쿠니 회관)을 건립하였다.

태평양전쟁 중에 공습으로 본당 주변의 전시실이 파괴되고 별관이 불에 타면서 에도 말기의 장서와 귀중한 그림이 소실되었다. 전후에 유슈칸을 폐쇄하고 건물은 1980년까지 후코쿠(富國) 생명보험주식회사의 본사로 사용되었다. 1980년부터 재개관이 추진되어 1985년에 유슈칸 개축 공사가 완료되면서 40여 년 만에 다시 개관할 수 있었다.

진먼 앞에는 청동으로 된 두 번째 도리이가 있다. 두 번째 도리이는 1887년 오사카 포병 공창에서 청동으로 주조한 것이다. 일본에서 가장 큰 청동 도리이이며 야스쿠니 신사에 있는 4개의 도리이 가운데 가장 오래된 것이다. 두 번째 도리이에서 나오면 원형 공간이 있고 오무라 마스지로(大村 益次郞)의 동상이 서 있다. 19세기 중반에 활동한 군사 이론가로 근대 일본군의 아버지로 불린다. 동상이 있는 장소의 왼쪽에는 이시도리이(石鳥居)가 있다. 이시도리이는 1933년에 봉헌된 것으로 교토의 야사카(八坂) 신사에 있는 돌 도리이와 함께 가장 큰 돌 도리이이다.

동쪽을 향해 앉은 야스쿠니 신사의 입구를 표시하는 첫 번째 도리이는 오도리이(大鳥居)라고 하는데 1921년에 일본 최대의 도리이로 지어졌다. 이시마쓰 아키지(石松秋二)가 작사한 군국가요 『쿠단노하(九段の母)』에서는 '하늘을 짓는 큰 도리이(空をつくよな大鳥居)'라고 표현됐다. 비바람으로 손상되어 1943년에 철거되었다가 1974년에 니혼고칸(日本鋼管)이 제작한 내후성 철강으로 보강한 청동으로 재건하였다. 기둥의 높이는 약 25m에 이르고 기둥 위에 걸린 가로목인 카사기(笠木)의 길이는 34m에 무게는 100톤이다. 도리이의 표면은 칠을 한 것이 아니라 세월이 흐르면서 올라온 녹의 색이다.

필자는 일본의 동양의학의 실태를 조사하기 위하여 도쿄를 방문했던 2005년에 야스쿠니 신사를 구경했다. 입구에 있는 입구의 첫 번째 도리이에서 참배로를 따라 한참을 걸어 들어가 하이덴을 구경하고는 경내를 돌아보았다. 마당에 있는 약수터에서 흘러내리는 약수를 떠 마셨는데, 아주 시원해서 갈증이 단번에 가시는 느낌이었다. 경내에는 신사를 찾아온 사람들이 조그만 나무판을 사서 소원을 적어 걸어놓은 곳이 있었다. 대부분 일본 사람들이 적은 소원들이었는데 그 가운데 한국어로 된 소원판도 걸려 있어서 충격을 받은 기억이 있다. 전범들을 모시고 있는 야스쿠니 신사에 적어낼 만큼 절실한 소원을 가진 한국 사람은 과연 누구였을까 싶었다.

도쿄대학 야스다 강당

9시에 숙소를 출발한 차는 30분 만에 도쿄대학의 정문에 도착했다. 도쿄대학의 상징이라고 하는 아카몬(赤門)은 정문의 남쪽에 있다. 아카몬은 도쿄대학의 별칭이기도 하다. 1827년에 지은 이 건물은 과거에 가가(加賀) 번주였던 마에다 가문 저택 고모리덴(御守殿)의 문으로 붉은색으로 칠해져 있어서 아카몬이라고 부른다. 도쿄대학의 아카몬은 1931년 국보(지금은 국가 지정 중요 문화재)로 지정되었다.

고모리덴 혹은 고슈덴은 에도 시대에 도쿠가와 쇼군 가문의 딸이 3급 이상 다이묘의 처첩이 되어 살던 내궁을 말한다. 안방의 경칭이기도 하다. 궁전의 문을 고모리덴몬 혹은 고슈덴몬이라고 하는데 황갈색으로 칠해져 있어서 일반적으로 아카몬이라고 부른다. 고모리덴몬은 불에 탔을 때 재건하지 않는 것이 관례였다. 도쿄대학 혼고 교정의 경내에 있는 마에다 저택의 고모리덴몬은 현존하는 유일한 아카몬이다. 20세기 초반 일본의 대학들은 아카몬의 영향을 받아 OO몬이라는 별명을 가지는 경우가 많았다. 도쿄대학 의과대학의 테츠몬(鉄門)이라는 별명도 아카몬의 영향을 받았을 것이라고 한다.

도쿄대학은 분쿄(文京)구에 있는 혼고(本郷) 교정, 메구로(目黒)구에 있는 코마바(駒場) 교정 그리고 지바(千葉)현 가시와(柏) 시와 도쿄도 미나토(港)구의 시로카네(白金), 나카노(中野)구에 걸쳐있는 카시와(柏) 교정 등 세 개의 교정을 가지고 있다. 교정마다 맡고 있는 교육과 연구의 내용이 다르다. 교양과목은 코마바 교정이, 전문교육은 혼고 교정이, 대학원 교육은 카시와 교정이 담당한다. 연구의 내용도 코마바 교정에서는 학제 간 연구를, 혼고 교정에서는 전통적인 학문 분야에서의 연구, 카시와 교정은 새로운 학문 분야의 연구를 하고 있다.

메이지 유신 직후 일본 정부는 바쿠후 직할이던 쇼헤이자카 가쿠몬쇼(昌平坂学問所), 카이세이쇼(開成所), 이가쿠쇼(医学所)를 통합하여 대학교를 세웠다. 1871년에는 본교라 할 쇼헤이자카 가쿠몬쇼를 폐지하고, 카이세이쇼는 난코(南校), 이가쿠쇼는 아주마코(東校)로 개칭하였다가 각각 도쿄 카이세이 학교와 도쿄 의과대학으로 개편되었다. 1877년 4월 12일 두 학교를 합병하여 문부성 관할의 도쿄 공립대학이 설립되었다. 당시 법학, 과학, 의학, 인문학 등 4개의 학부가 있는 전문교육 및 일반교육 기관으로 1,600명의 학생이 재학하는 일본 최초의 근대적 대학이었다.

1866년에는 제국대학 조례에 따라 도쿄 테이코쿠 다이가쿠(東京 帝國大學)로 개칭되었고, 고베(工部) 대학교를 흡수합병하여 법학, 과학, 의학, 문학, 공학 등 5개 부문의 학부를 가지게 되었다. 그리고 예비교를 제1고등학교로 분리하였다. 1890년에는 도쿄노린각코(東京農林学校)를 흡수합병하여 농과대학을 설치했다. 1897년에는 대학 조례에 따라 경제학부를 신설하였다. 전쟁이 끝난 1947년에 도쿄대학으로 개칭하여 새로운 국립대학으로 전환되었다. 이때 다이이치(第一) 고등학교와 도쿄 고등학교를 흡수합병하여 각각 교양학부와 교육학부를 설치했다. 1958년에는 약학부를 신설했다.

도쿄대학의 정문을 들어서면 유명한 은행나무 가로수길이다. 은행잎은 도쿄대학의 상징이기도 하다. 노란색과 옅은 파란색, 두 개의 은행잎을 조합하여 만든 도쿄대학의 상징은 국립대학 설립 당시 만들어졌다. 한겨울이라서 잎을 모두 떨군 채 앙상한 가지가 추워 보이는 은행나무 가로수를 따라 야스다(安田) 강당으로 향했다.

도쿄대학 야스다 강당

야스다 강당은 연면적 7천m^2에 이르며 수용인원은 1,144명이다. 야스다(安田) 재벌을 창설한 야스다 젠지로(山田善次郎) 회장이 익명으로 기부하여 지었는데, 그의 사후에 기부 사실이 알려지면서 야스다를 기리기 위하여 야스다 강당이라고 부르게 되었다. 도쿄대학 건축학과의 건축가 우치다 쇼조(內志正三)가 기본 설계를 맡았고 그의 제자 기시다 히데토(岸田秀都)가 설계를 완성했다. 고딕양식을 기반으로 수직성을 강조한 외관으로 당시를 대표하는 건축이다. 우치다는 영국의 케임브리지 킹스칼리지의 올드 게이트 타워에서 영감을 받은 듯하다.

1921년 착공하였지만 간토대지진으로 공사가 중단되었고, 이듬해 공사가 재개되어 1925년에 완공되었다. 지진 후에 지은 건물은 갈색의 거친 벽돌을 사용하였으나 3층과 4층의 대강당은 뒤편에 있는 이학부 1호관과 같은 붉은 벽돌을 사용했다.

기시다는 우치다의 기본 설계를 바탕으로 대대적인 변화를 주었다. 야스다 강당 부지가 경사가 급한 절개지를 포함하고 있어 부지의 고저 차를 이용하여 1층과 2층은 낮은 부지에 자리 잡고 3층과 4층은 높은 부지에 배치했다. 1층과 2층에는 반원형의 강의실을 배치하고 주변에는 일정한 높이의 벽을 쌓았다. 벽 상단의 처마 장식에서 첨탑을 돌출시켰으며 오름차순으로 된 부벽을 덧붙였다. 이와 같은 구조로 우치다는 네오고딕 양식의 선구자로 꼽힌다. 전면의 중앙에 있는 고딕양식의 탑은 높이가 약 30m로, 네 모서리에는 닫힌 팔각형의 기둥을 각각 세웠다.

3층과 4층에는 대강당 이외에도 사무실이 많고 도쿄대학 분쟁 이전에는 대학의 본부 건물로 사용되었고 총장실도 이 건물에 있었다. 정면과 후면의 지상 높이가 다르고 정문은 건물 3층에 있다. 1968년 시작된 도쿄대학 야스다 강당 사건의 중심이었다. 베트남 전쟁이 한창이던 1960년대 후반 일본의 좌익 진영에서는 1970년 만료되는 미일안보조약의 자동 연장을 폐지하려는 움직임이 있었다. 이렇게 시작된 제2차 반안보 투쟁과 베트남 전쟁 반대 운동에 더하여 전국의 대학생들은 등록금 인상 반대와 학교 민주화를 요구하면서 젠가쿠교토카이기(全学共闘会議, 전공투)를 결성하여 무력투쟁에 나섰다. 학교 분쟁은 전국 규모로 확산하였고, 절정에 이르렀을 때는 도쿄도 내의 55개 대학에서 방책을 치고 저항하였다.

전공투의 가장 큰 특징은 중국의 문화대혁명의 영향을 받았다고 생각되는 폭력 찬미에 있다. 두 번째 특징으로는 기존의 학생자치회와 전학련을 기반으로 하는 학생운동과는 달리, 자의적으로 활동에 참여하였다는 점이다. 세 번째 특징은 1968년에 세계 곳곳에서 벌어진 군부독재 정부나 권위주의적 정권에 맞선 68운동에서 등장한 학생과 교수와의 관계를 계급투쟁의 관점에서 바라본다는 점이었다.

야스다 강당 사건은 1968년 1월 하순 의학부 학생들과 청년의사연합이 연대하여 정기의사제도에 반대하는 이른바 '인턴 투쟁'에서 출발하였다. 3월 12일 의학부 중앙동을 잠시 점거하였던 이들이 3월 27일에는 야스다 강당을 점거하면서 다음 날 예정되었던 졸업식이 중단되었다. 수업 거부를 이어가던 의학부 학생들은 6월 15일 야스다 강당을 점거하였고 오코치 가즈오(大地八夫夫) 총장은 이틀 후 경찰을 투입하여 강제 해산시켰다.

대학의 개별적 문제로 출발한 전공투의 투쟁은 대학 당국의 경직된 대응과 기동대를 투입한 정부의 강경 대응에 반발한 대학생들의 움직임이 전국적으로 확산하면서 "대학과 학생·연구자 본연의 자세를 검토하는 대학의 이념과 학문의 주체를 둘러싼 운동"으로 비화했다. 11월 22일에는 야스다 강당 앞에서 「동대, 일대 투쟁 승리 전국 학생 총궐기 집회」가 열리고, 2만 명의 학생들이 모였다. 이들은 대학의 주요 건물에 방책을 치고 저항에 들어갔다. 해를 넘긴 1969년 1월 18일에서 19일로 넘어가는 밤 시간에 정부는 전공투가 봉쇄하고 있는 야스다 강당에 8,500명의 기동대를 투입하여 학생들 검거 및 해산에 들어갔다. 강력한 방책을 세우고 있던 학생들은 위층에서 화염병과 커다란 포석을 던지고 황산 등 위험물질을 뿌리는 등 강력하게 저항하였다. 72시간에 걸친 공방전 끝에 633명의 학생이 체포되면서 상황이 종료되었다. 하지만 이 사건으로 도쿄대학은 1969년의 신입생 모집이 중단되었다. 야스다 강당의 대강당은 1989년까지 법학부와 문학부의 창고로 사용되다가 보수작업을 거친 끝에 스티븐 호킹의 강연회를 시작으로 졸업식 및 공개 강연회가 열리고 있다. 강당 앞 광장에는 중정을 만들고 지하에는 식당을 열어 예전처럼 집회를 열 수 있는 상황이 아니다.

코마바 공원에 있는 일본근대문학관에서 만났던 미시마 유키오가 야스다 강당에서 도쿄대학 학생들과 단독 토론을 했다고 들었다. 미시마 유키오와 도쿄대학 전공투(東大全共鬪)와의 토론은 1969년 5월 13일 도쿄대학의 인문대학 900호실에서 열렸다. 천여 명의 학생들이 모인 가운데 2시간 30분에 걸쳐 진행되었다. 미시마 유키오 혼자서 모든 참가자를 대상으로 난상토론을 진행한 것이 아니라 통상적인 토론회처럼 전공투에서 나온 여러 명의 토론자와 함께 토론을 진행했다. 이날 논의된 주제들은 '우리는 미친 것이 아니다, 자아와 신체, 타인의 존재는 무엇인가? 자연 대 인간, 계급투쟁과 자연으로의 회귀 투쟁, 게임이나 게임 속의 시간과 공간, 끈질김과 관계의 논리, 천황과 인민을 잇는 정신, 과거-현재-미래, 관념과 현실의 아름다움, 천황과 자유성, 그리고 신의 분리 사상, 사물과 말과 예술의 한계, 천황과 미시마와 모든 공산주의 투쟁이라는 이름에 대하여, 우리는 여전히 적이어야 한다.' 등이었다. 토론 내용은 6월 25일 신초샤(新會社)에서『토론 미시마 유키오 대 동대 전공투-미와 공동체와 동대투쟁(討論 三島由紀夫vs.東大全共鬪-美と共同体と東大鬪争)』이라는 제목으로 출간되어 대중적 인기를 끌었고, 2000년에는 코다카와분코(角川文庫)에서 출간되었다.

토론회 당일 방패회와 경시청에서 신변 보호를 제안했다고 한다. 공산주의자들이 "(토론에서) 미시마를 꺾고 옷을 벗겨 할복하게 만들 것"이라고 했다는 소문이 돌았기 때문이다. 하지만 미시마는 이를 거절하고 단검한 자루와 철제 부채를 배에 넣고 토론회에 단신 참가했다고 한다. 결국 방패회 회원 10명이 토론장 2열에 숨어 미시마를 보호했고, 경시청에서도 사복형사를 보내 토론장을 감시했다.

야스다 강당 왼쪽으로 경사로를 내려가면 작은 연못이 있다. 마에다 번주가 만든 정원 이쿠도쿠엔(育德園)에 있던 연못으로 공식 명칭은 이쿠토쿠엔 신지이케(育德園心字池)이다. 그런데 메이지 시대의 대문호로 일본의 많은 근현대 작가에게 영향을 끼친 나쓰메 소세키의 초기작『산시로(三四郎)』에 이곳이 등장하면서 산시로노이케(三四郎池)라고 부르고 있다.

도쿄대학 산시로 연못

소설『산시로』의 주인공 산시로는 이 연못에서 우연히 미네코를 만나게 된다. 간호사와 함께 하얀 꽃의 냄새를 맡던 미네코는 언덕을 내려오면서 산시로 앞에 하얀 메밀잣밤나무 꽃을 떨어트린다. 화려한 옷차림의 그녀를 보면서 산시로는 조그만 목소리로 "모순이다"라고 중얼거린다. 모순이라고 말했지만, 그 모순이 무엇을 의미하는지는 산시로도 분명히 알지 못한다. "시골 출신의 청년에게는 이 모든 것이 이해되지 않았다. 그저 왠지 모순된 것만 같았다."라고 했다. 그리고 그녀가 떨어트린 하얀 꽃을 주워들어 향기를 맡아보지만 이렇다 할 향기가 나지 않는다. 산시로는 그 꽃을 연못에 던져 넣는다.

우리나라에서는 메밀잣밤나무라고 하는 것은 이 나무의 열매가 잣과는 무관하게 작은 메밀처럼 생긴 밤나무라고 설명하는 모양이다. 꽃차례는 가느다란 줄기에 하얀 솜털이 달려 있는데 암꽃은 새 가지의 위쪽에 수꽃은 아래쪽에 달린다. 메밀잣밤나무는 바람에 꽃가루가 날리는 풍매화가 아니라 벌레가 꽃가루를 옮기는 충매화이며 수술에서 비릿한 밤꽃 같은 냄새가 난다.

20세기 초에 하이쿠 작가로 활동한 하시모토 다카코(橋本多佳子)는 1950년에 발표한 수필 「메밀잣밤나무」에서 가을 숲에서 메밀잣밤나무 열매를 따는 이야기를 이렇게 적었다. "대나무 장대를 들고 메밀잣밤나무 수풀을 톡톡 치며 돌아다녔다. 메밀잣밤나무 열매는 얼핏 봐서는 눈에 잘 띄지 않지만, 여기다 싶은 곳을 때리면 톡톡 떨어져 땅에 부딪혀 튀어오른다." 그리고 하이쿠 한 수도 지었다. "조그만 잣밤 눈에 띄지 않아도 치면 후두둑."

하얀 장미꽃 한 송이를 머리에 꽂은 미네코가 화려하지도 않은 메밀잣밤나무 꽃을 꺾어 든 까닭이 궁금하다. 향기도 없는데… 그리고 그 꽃을 산시로의 발밑에 던져놓은 까닭도 궁금하다. 연못가에 있던 산시로에게 눈길이 끌렸기 때문이었을까? 아니면 떨어트린 꽃을 산시로가 집어주기를 기대했던 것이었을까? 시골에서 갓 상경하여 세상 돌아가는 눈치가 없는 산시로였을지라도 꽃을 집어 그녀에게 돌려주는 적극적인 자세를 가져야 했던 것은 아닌가 싶다. 사실은 필자 역시 만나기 쉽지 않은 순간을 놓친 과거사가 있다. 어떻든 인연은 없지 않았던 듯 스치듯 지나쳤던 미네코와는 다시 만나고 상당히 가까운 사이가 되지만 결정적인 순간에 그녀는 산시로나 이날 산시로가 만나러 왔던 노노미야 선생이 아닌

다른 남자와 결혼하는 것으로 마무리된다. 미네코를 둘러싸고 산시로와 노노미야 선생이 삼각관계를 이루는 것은 진부하다고 작가는 생각했던 모양이다.

도쿄제국대학 문과에 합격한 산시로가 기차를 타고 고향 구마모토를 떠나 도쿄로 출발하면서 이야기가 시작된다. 기차에서 만난 여자가 나고야에서는 여관에 묵으려는 산시로를 따라와 한방을 쓰게 되었다거나 산시로가 씻는데 등을 밀어주겠다고 말하는 것도 묘한 상황이다. 무심한 산시로는 담요를 말아 경계를 만들고 잠든다. 무심하게 밤을 보내고 다음 날 헤어질 때 그녀는 산시로에게 "당신은 참 배짱이 없는 분이로군요."라고 말한다. 산시로는 이렇듯 순수하다는 이야기였던가 보다. 그런 산시로도 다시 만나 친하게 된 미네코에게 끌리는 마음을 가지게 되지만 속마음을 털어놓지 못한다. 그래서 성장통 없는 성장소설이라는 이야기도 나오는 모양이다.

강상중 교수의 『도쿄 산책자』에는 나쓰메 소세키에 관한 이야기도 있다. 강상중 교수는 고등학생 무렵부터 나쓰메 소세키의 작품을 애독했다고 한다. 특히 고등학교를 졸업하고 구마모토에서 상경하였을 때는 『산시로』의 주인공에 자신을 투영해 보기도 했다는 것이다. 그 무렵의 도쿄는 러일전쟁의 승리로 '일등국'으로 부상했다는 분위기였다고 했다. 활기가 넘치던 도쿄를 목격한 산시로가 자신이 왜소하다고 생각하고 위축되었을 것이라면서 구마모토 촌놈인 자신이 산시로와 닮았다고 생각했다는 것이다. 필자 역시 군산에서 고등학교를 마치고 대학에 진학하면서 서울에 올라왔을 때의 모습이 산시로와 닮았다는 생각을 했다.

　로쟈 선생은 일행과 함께 산시로 못을 돌면서 소세키의 소설 『산시로』의 주제와 문제성에 대하여 설명해 주었다. 『산시로』는 소세키의 전기 3부작의 출발점인데 『그 후』의 무거움과 『문』의 소심함과 비교해 보면 풋풋함이 느껴진다고 했다. 산시로에서도 주제의 무거움과 주인공의 소심함이 느껴지는데 산시로는 아직 젊은 탓에 어수룩하다고 하더라도 그의 미래는 열려 있다고 하였다. 그래서 로쟈 선생은 소세키의 『산시로』는 근대일본소설의 표준이 될 만하다고 했다. 특히 소세키는 일본근대문학의 변천 과정을, 작품을 통하여 반영하고 있다고 했다. 작가가 사조의 변화에 따라 자신의 작품세계를 바꾸어가기가 쉽지만은 않은 일일 터.

　필자는 『산시로』를 읽어내면서 작가가 이야기를 풍성하게 만들기 위하여 다양한 화젯거리를 인용한다고 보았다. 노노미야 선생이 하는 광선이 압력을 가지고 있다는 실험은 양자역학의 개념을 설명하는 것으로 보았다. 20세기 초반에 말이다. 그리고 미네코를 통하여 입센의 작품에 등장하는 주인공을 이야기하는 것을 보면 근대 일본이 서구 문물을 빠르게 받아들이고 있었음을 알 수 있었다. 그런 분위기는 '메이지의 사상은 서양의 역사에 나타난 300년의 활동을 고작 40년이라는 기간에 되풀이하는 것이다.'라고 설명된다. 문예협회의 연극공연에서는 그리스연극에 대한 설명이 나오고 화가 하라구치가 미네코를 화폭에 옮겨 『숲속의 여인』을 완성하는 과정은 서양미술이 일본에 도입되었음을 알겠다.

　일행 가운데 이혜영 씨는 "연못이 생각보다 크고 아기자기했다. 이곳에 있으면 없던 연애 감정도 생길 것 같았다. 이성 앞을 스치며 꽃이든 손수건이든 무엇이라도 떨어뜨리고 싶은."이라고 했다. 그리고 이 연못을 산시로 연못이라고 부른다면 적어도 언덕 위 어디쯤 미네코의 동상을 세워줘야 할 것이라고도 했다. 적어도 일본근대문학사에 길이 남을 여주인공인데 그 정도는 대접받을 만하다는 생각이겠다.

필자 역시 산시로가 서 있던 연못 아래에서 언덕 위를 두리번거리며 미네코가 서 있었음 직한 장소를 찾아보았다. 세월이 많이 흘러 숲이 우거진 탓인지 연못 아래에서는 언덕 위에 서 있는 사람을 구분할 수 없을 지경이었다. 다음으로는 미네코와 간호사가 언덕 위에 나타났다면 언덕 위 어딘가에 있었을 병원과 산시로가 다녀온 이학부 건물이 어디에 있었는지에 관심이 쏠렸다. 연못에서 멀지 않은 야스다 강당의 뒤쪽 건물이 이학부 건물이라고 하니 산시로의 행보와 잘 어울리는 듯하다. 다만 언덕 위의 건물은 현재 의과대학 건물일 뿐 병원 건물은 연못의 동쪽으로 한참 떨어져 있어 미네코와 간호사의 행보에 어울리지 않는다는 생각을 하면서도 산시로의 배경이 되었던 시절에는 병원이 언덕 위에 있었음 직하다는 생각이 들었다.

도쿄대학병원의 역사를 살펴보면 1858년 5월에 간다 오타마가이케(神田お玉ヶ池) 종두소의 설립으로 시작되었다. 1861년에는 세이요이가쿠쇼(西洋医学所)로 개칭하였다가 1863년에는 이가쿠쇼(医学所)로 개칭하였다. 1868년 요코하마 군진 병원을 간다(神田) 이즈미바시(和泉橋)에 있는 구 도도(藤堂) 저택으로 이전하고 다이뵤잉(大病院)이라 했다. 이듬해 이가쿠쇼와 다이뵤잉을 합병하여 다이가쿠도코(大学東校)라 했다. 1871년에는 아주마코(東校), 1872년에는 다이이치다이가쿠쿠이가코(第一大学区医学校), 1874년에는 도쿄이가코(東京医学校) 등으로 개칭하였다. 1876년 혼고 혼

후지초(本郷 本富土町)에 있던 옛 가가(加賀) 번주의 저택에 의과대학 건물, 기숙사, 병원을 신축하여 이사했다. 1877년에는 도쿄 가이세이가코(東京開成学校)와 도쿄이가코(東京医学校)를 합병하여 도쿄다이가쿠(東京大学)가 되었고, 병원은 도쿄다이가쿠 의학부 부속병원으로 개명하였다. 현재의 병원 건물은 2001년과 2018년에 각각 신축한 것으로 보인다.

모리 오가이는 1873년 다이이치다이가쿠쿠이가코(第一大学区医学校)의 예과에 입학하여 1876년 도쿄이가코(東京医学校) 본과에 진학하였고 1881년에 졸업했다. 모리 오가이가 1911년에 발표한 단편소설 「기러기(雁)」에서는 도쿄이가코에 다니는 오카다라는 대학생이 등장한다. 시대적 배경이 오가이가 졸업하기 전해인 1880년으로 의과대학과 부속병원이 혼고 교정으로 옮겨온 뒤이다. 오가이는 이 무렵 늑막염을 앓아 대학 기숙사를 나와 가미조에서 하숙했다. 오카다는 화자인 모리 오가이보다 한 학년이 아래고, 도쿄대학의 철문 앞에 있는 가미조라는 하숙집에서 같이 살았다. 가미조의 모범적인 하숙생 오카다는 매일 정해진 경로를 따라서 산책한다. "인적이 드문 무엔자카 비탈길을 내려가 아이소메 강의 시커먼 물이 흘러드는 시노바즈 연못의 북쪽을 돌아 우에노 언덕길을 거닌다. 그러고는 마쓰겐이나 간나베가 있는 히로코지 거리와 좁고 번화한 나카초를 지나 유시마텐진 신사 경내로 들어가 음침한 가라타치 절의 모퉁이를 돌아서 집으로 온다."

모리 오가이는 도쿄대학 구내에 있는 산시로노이케(三四郎池)보다 규모가 큰 우에노 공원에 있는 시노바즈노이케(不忍池辨天堂)를 이야기 속에 끌어들인 셈이다. 「기러기」의 후반부에 시노바즈노이케에서 쉬고 있던 기러기가 오카다가 던진 돌에 맞아 죽고 함께 산책하던 이시하라를 포함하여 셋이 죽은 기러기를 요리해 먹는다. 고리대금업자의 첩이 되었던 오타마는 자아에 눈을 뜨면서 오카다를 연모하게 되지만 오카다가 이미 독일 유학을 꿈꾸고 있어서 고백해 볼 기회도 없었다. 모리 오가이는 이런 오타마의 신세를 생각지도 못한 돌팔매에 맞아 죽은 기러기에 대비해 놓았다.

산시로 연못을 한 바퀴 돌면서 로쟈 선생으로부터 나쓰메 소세키가 일본근대문학에 미친 영향을 비롯하여 소설『산시로』의 등장인물의 성격에 관한 이야기를 들었다. 소설을 읽으면서 궁금했던 것들을 직접 물어볼 수 있어 좋았다.

산시로 연못에서 은행나무길로 다시 돌아 나오면서 최난경 해설사와 함께 걸었는데, 자녀와 함께 도쿄대학을 찾는 한국 어머니들이 있다는 이야기를 들었다. 한국 어머니들은 자녀들에게 '이곳이 너의 미래다.'라고 이야기해 준다는 것이다. 자녀들을 도쿄대학에 유학시킬 꿈을 가진 어머니들이다.

하지만 일본대학으로의 유학을 전문적으로 안내하는 유학원의 자료에 따르면 도쿄대학의 외국인 유학생 선발기준은 일본 내 다른 대학과 비교하여 상당히 까다롭다고 한다. 고등학교 성적도 중요하고 대학의 입학시험도 잘 치러야 한다는 것이다. 헤이세이(平成) 17년(2005년)부터 늘기 시작한 도쿄대학의 외국인 유학생 수는 2024년 5,104명에 달했는데 한국인 유학생이 369명으로 중국 유학생 3,396명에 이어 두 번째로 많은 7.2%를 차지한다. 하지만 응시자 가운데 20% 내외만 합격할 수 있다니 좁은 문이 아닐 수 없다.

생각해 보니 자녀와 함께 도쿄대학을 방문한다는 한국 어머니를 이해할 수 있을 것 같다. 필자 역시 미국에서 공부할 때 동부를 여행하면서 아이들과 함께 매사추세츠주 케임브리지에 있는 하버드 대학교와 코네티컷주의 뉴헤이븐에 있는 예일 대학교를 찾아간 적이 있었다. '이곳이 너의 미래다'라고까지는 말하지 않았지만, 유명대학교의 분위기를 느끼게 해주고 싶었다. 아이들이 장성해서 물었더니 하버드나 예일 대학에 찾아간 것을 기억하지도 못했다. 큰아이는 초등학교 2학년, 작은 아이는 유치원도 가기 전이었으니 말이다. 아이들은 모두 국내 대학을 졸업했는데 대학에 갈 무렵 하버드 대학교나 예일 대학교는커녕 외국대학을 지원하겠다는 이야기는 나오지도 않았다.

학문의 독립을 이념으로 하는 와세다 대학

10시에 차를 타고 신주쿠에 있는 와세다(早稲田) 대학으로 향했다. 30여 분이 걸렸다. 정문에서 차를 내려 오쿠마(大隈) 기념 강당에서부터 와세다 대학 구경을 시작했다. 와세다 대학 7호관과 8호관 건물 사이에 있는 와세다 대학을 건립한 오쿠마 시게노부(大隈重信)의 동상과 함께 와세다 대학을 상징하는 건물이다. 강당은 오쿠마 시게노부가 사망한 이듬해인 1923년에 발족한 고 '오쿠마 후작 기념 사업'에서 모금한 기금을 바탕으로 건설이 시작되었다.

1926년에 착공하여 이듬해 완공된 건물은 와세다 대학 건축학과 설립에 참여한 사토 코이치(佐藤功一) 등 건축학과의 교수진이 설계를 맡았다. 이들은 스톡홀름 시청에서 영감을 얻어 튜더 고딕양식으로 설계하였으며, 시계탑은 덴마크의 크론보르(Kronborg) 성, 영국 옥스퍼드 시내 중심에 있는 카팩스 타워(Carfax Tower), 옥스퍼드대학교 모들린 칼리지의 모들린 타워(Magdalen tower)를 닮았다.

3층으로 된 대강당은 1,123석의 규모이며, 지하 1층에는 301석의 작은 강당이 있다. 외벽에는 19만 개의 쪽매를 붙였는데 모두 시가라키(信楽) 양식의 수제 도자기이다. 건물 안으로 들어가면 천장에 우주를 상징하는 타원형의 창문을 볼 수 있다. 태양과 달 그리고 아홉 개의 별이 표현되어 있어 태양계를 상징하며 강당 안팎 세상의 조화를 상징한다.

7층짜리 시계탑이 강당의 상징으로 높이가 125자(약 37.8m)이다. 탑의 높이는 오쿠마 시게노부가 주창한 '125세 생명론'을 상징한다. 탑에 걸려 있는 종은 미국 볼티모어에 있는 맥린사에서 제작하여 파나마운하를 통해 운반해 왔다. 네 개의 종이 내는 종소리가 멋진 화성을 이루는데 하루 여섯 차례 타종 된다.

'125세 생명론'은 "생리학자들의 이론에 따르면, 모든 동물은 성숙기에 이르는 기간의 5배의 생존력을 가지고 있다. 인간이 성숙기에 이르는 연령은 25세이므로 125세까지 살 수 있는 것으로 추정된다."라는 설명에 기반한 이론이다. 오쿠마는 육체적 수명보다 정신력에 초점을 맞추었는데, "몸을 다스리는 정신, 예를 들어 몸이 건강해도 용기가 없는 사람은 병에 걸린다 - 의지력의 불꽃이 끊임없이 오체를 지배하고 자아의 정신이 살아난다면, 몸은 반드시 그것에 의해 지배될 것이다. 용기, 도전, 활동, 그리고 이 세 가지 점을 보충할 수 있는 적절한 양의 활력이 반드시 50년밖에 살지 못한다는 것을 의미하지는 않는다."라고 설명했다.

그는 평소 '나는 125세까지 살 것이다'라고 했다는데, 실제로는 83세에 사망했다. 그는 생전에 '내가 30년만 일찍 125세 이론을 이해했더라면' 하고 후회했다고 한다. 하지만 그는 밤 9시에 잠들고 아침 5시에 일어나는 규칙적인 생활을 지키고, 말년에는 좋아하던 술과 담배를 끊는 등 매일 수련에 매진하여 당시 일본인의 평균수명보다는 더 오래 살았다.

인간의 수명에 관한 예측의 근거는 창세기 6장 3절 "여호와께서 이르시되 나의 영이 영원히 사람과 함께 하지 아니하리니 이는 그들이 육신이 됨이라 그러나 그들의 날은 백이십 년이 되리라 하시니라"에서 시작되었다. 이 구절을 "여호와께 이렇게 말씀하셨다. '사람은 죽어야 할 육체이므로 내 영이 영원히 사람에게 머무르지 않을 것이다. 그러나 내가 그들에게 120년의 여유를 주겠다."라고 해석한 것이다. 하지만 여기에서 이야기하는 120년은 하나님이 홍수를 통하여 인류를 멸절시키는 심판을 남겨둔 시간이라는 해석도 있다. 창세기 6장과 7장의 내용을 전반적으로 살펴보면 하나님이 홍수로 인간을 심판하기로 작정하게 된 이유를 설명하고, 심판 후의 세상을 준비한 다음에 홍수를 일으켜 인간을 절멸시킨 다음에 노아와의 언약을 맺어 노아의 자손이 새로운 인간의 역사를 시작하기까지를 설명하고 있기 때문이다.

2016년 미국의 알버트 아인슈타인 의과대학의 유전학자 잔 비즈(Jan Vijg) 연구진이 전 세계 38개국에서의 지난 100년 동안의 사망률에 관한 자료를 분석한 결과, 인간의 평균 기대수명이 최대 115세에 달하며, 개인별 최대 기대수명은 125세라고 발표했다. 실제로 신뢰할 수 있는 연령 기록이 있는 사람 가운데 지금까지 가장 장수한 사람은 1997년에 122세

164일의 나이로 사망한 프랑스의 장 칼망(Jeanne Calment)이다.

유대교, 기독교, 이슬람교의 성서에 등장하는 므두셀라(히브리어 מְתוּשֶׁלַח)는 아담과 노아를 잇는 계보의 인물로 969살에 사망하여 가장 오래 산 인물로 알려져 있다. 창세기 5장 21~27절에는 "에녹은 육십오 세에 므두셀라를 낳았다. 에녹은 므두셀라를 낳은 다음 삼백 년 동안 하느님과 함께 살면서 아들딸을 더 낳았다. 에녹은 모두 삼백육십오 년을 살았다. 에녹은 하느님과 함께 살다가 사라졌다. 하느님께서 데려가신 것이다. 므두셀라는 백팔십칠 세에 라멕을 낳았다. 므두셀라는 라멕을 낳은 다음 칠백팔십이 년 동안 살면서 아들딸을 더 낳았다. 므두셀라는 모두 구백육십구 년을 살고 죽었다."라고 기록되었다. 성서 해설가들은 므두셀라의 나이에 관하여 오역의 결과이거나, 창세기가 매우 먼 과거에 일어났다는 인상을 주기 위해서였을 것이라고 설명한다. 이유야 어떻든 므두셀라가 천 년을 살지 못한 것과는 달리 장수 인물의 동양 대표인 동방삭과는 비교 불가이다. 동방삭은 별명이 삼천갑자인 것처럼 18만 년을 살았다고 전하기 때문이다.

기왕에 인간의 수명에 관한 이야기나 나왔으니, 인간의 수명을 연구하는 두 과학자가 인간이 얼마나 오래 살 것인가를 두고 벌이고 있는 세기적인 내기를 소개한다. 내기의 주인공은 미국 앨라배마 대학교의 스티븐 어스태드(Steven Austad) 교수와 일리노이 대학교의 제이 올샨스키(Jay Olshansky) 교수이다. 2000년 어스태드 교수가 과학잡지 사이언티픽 아메리칸(Scientific American)에서 "아마도 첫 번째 150세가 될 사람이 살아있을 것 같다"라는 도발적인 내용을 적었다. 그러자 올샨스키 교수가 반대의

견을 제시하면서 두 사람은 내기를 하기로 했다.

2000년 9월 15일 두 사람은 각각 150달러를 투자회사에 넣었다. 내기의 승부는 만기가 되는 2150년에 과연 150세가 되는 사람이 있는가에 달려 있다. 어스태드나 올샨스키가 내기의 승부를 직접 볼 가능성은 없으므로 두 사람의 후손 가운데 한쪽이 내기의 결과에 따라서 두 사람의 투자금을 차지하게 될 것이다. 초기 투자금의 시장 수익률이 높아서 2016년까지 연 9.5%의 이율이 붙어 1,275달러가 되어 만기 때는 2억에서 5억에 달할 것으로 추정되었다. 그런데 이후에 투자액을 두 배로 늘렸기 때문에 만기 때는 10억 달러에 이를 것이라고 한다. 150세를 살 수 있는 인간이 나타날 수 있는가에 대한 두 사람의 생각이 궁금하면 스티븐 어스태드 『인간은 왜 늙는가』와 스튜어트 올샨스키와 브루스 칸스의 『인간은 얼마나 오래 살 수 있는가』를 읽어보기를 권한다.

최근에 우리 주변에서도 100세 넘은 어르신들을 흔히 볼 수 있다. 누구나 100세까지 살 수 있는 100세 시대가 열린 것이다. 당연히 '얼마나 살 수 있을까?' 하는 의문이 들고, 특히 건강하게 오래 살고 싶다는 소망을 곁들이게 된다. 장수는 타고나는 것으로는 달성할 수 없는 목표이다. 타고나는 것에 더하여 노력을 더 해야 건강한 장수를 누릴 수 있다.

오쿠마 기념 강당에서 서쪽으로 난 길을 따라가다 보면 7호관과 8호관 사이에 있는 조그만 광장에 와세다 대학을 설립한 오쿠마 시게노부의 동상이 서 있다. 메이지 14년(1882년)의 정변으로 재무장관에서 하야한 오쿠마 시게노부가 설립한 도쿄전문학교를 전신으로 한다. 일본의 사립대학 가운데 게이오 기주쿠(慶應義塾) 대학과 함께 가장 오래된 역사를 가

진다. '학문의 독립'(学問の独立), '학문의 활용'(学問の活用), '모범 국민의 조취'(模範国民の造就)를 이념으로 한다. 오쿠마 시게노부의 별저가 와세다(早稲田) 촌에 있어 도쿄전문학교를 와세다학교라는 별명으로 부르게 되었다. 1902년 대학으로 승격할 때 와세다 대학으로 개칭했다.

10개의 학술원 아래 13개 학부와 21개 연구과(대학원)가 설치되어 있다. 오쿠마 시게노부가 메이지 시대를 대표하는 정치가였으며, 정치 · 경제학을 중심으로 하는 영국식 대학을 본 따왔기 때문에 정치 · 경제 학술원이 간판이다. 정치경제학부를 중심으로 정치권에서는 '와세다 동문회'라고 불리는 학벌을 형성하고 있고 출판, 신문, TV · 라디오 방송국 등 언론계에도 인재를 배출하고 있다. 국제 교류도 활발해서 아시아를 비롯하여 구미 각국에서 온 유학생들이 많다. 문학학술원 역시 와세다의 간판 학부이다. 아쿠타가와 류노스케 상과 나오키 상의 수상자를 많이 배출하는 등 많은 소설가, 작가, 문예평론가 등을 배출해 왔다.

와세다대학의 졸업생들은 한 · 중 · 일 3국에서 정치, 문학, 경영, 언론 등 각 분야에서 활약해 왔다. 일본에서는 2024년 기준 전후 8명의 내각 총리대신을 배출하여 도쿄대학 다음으로 많고, 국회의원, 상장 대기업의 대표이사, 회장 등 기업인, 사법시험 합격자 수 등에서도 도쿄대학 다음으로 많다. 2023년 기준으로 약 1만 명의 한국인 유학생이 와세다 대학을 졸업하였다. 김영삼 전 대통령을 비롯하여 신익희 국회의장, 최두선, 장택상, 박태준 등 3명의 총리, 삼성의 이병철 이건희 회장 부자, 롯데의 신격호 회장, 효성의 조성래 회장, 고려대학과 동아일보사를 창립한 김성수 선생 등이 와세다 출신이다. 와세다를 졸업한 우리나라 문인으로는 이

광수, 최남선, 황순원, 채만식, 이회성, 김우진, 김영수, 박세정, 박상준 등
이 있다.

와세다 대학, 무라카미 하루키 도서관

오쿠마 시게노부의 동상에 못 미쳐 3호관과 7호관 건물 사이로 난 길
을 따라서 오른쪽으로 돌아 올라간다. 가다 보면 오른쪽으로 물결이 흐르
는 듯한 차양이 감싸고 있는 지상 5층 지하 1층의 하얀 건물이 있다. 무
라카미 하루키 도서관이라고도 부르는 국제문학관이다. 기왕의 4호관을
개조하여 2021년 10월 1일 문을 열었다.

와세다 대학에 있는 무라카미 하루키 도서관

무라카미 하루키 도서관을 이곳에 세운 것은 그가 와세다 대학에 재학하고 있을 때 즐겨 찾았다는 쓰보우치 박사 기념 연극박물관이 위쪽에 있기 때문이다. 문학관의 설립 취지는 "이야기를 풀어 마음을 이야기하자"이다. 이곳에는 무라카미 하루키의 육필 원고를 비롯하여 다양한 기록들이 보관되어 있다. 무라카미의 문학에 관한 연구를 수행하는 것 외에도 국제문학과 세계 번역문학의 중심지가 되는 것을 목표로 한다.

2018년 11월. 무라카미 하루키는 기자회견을 열어 도서관 설립에 관하여 이야기했다. "이 기획은 내게 매우 중요한 일이라 명확하게 설명하려 합니다. 나는 40년 가까이 글을 써왔습니다. 집이나 사무실에 더 이상 보관하기 힘들 정도로 내 원고와 자료가 많이 쌓였습니다. 나는 자식이 없어서 나중에 그 자료가 흩어지거나 분실될 수 있을 거라는 생각을 했어요. 그런 상황을 원하지 않습니다. 또한 새롭게 만들어지는 장소는 세계 문학과 문화를 교류할 수 있는 개방적이고 환영하는 분위기를 제공할 것입니다." 도서관 설립을 추진한다는 무라카미 하루키의 발표를 듣고 그의 작품을 애호하는 사람들이 발 벗고 나섰다.

도쿄대학의 석좌교수인 건축가이자 설계사인 구마 겐코(隈 研吾)가 설계를 자청했다. 고치(高知)현립 임업대학의 교장을 지내고 일본 목재설계협회 회장을 지낸 만큼 목재를 자유자재로 사용하고 있는 점이 특이하다. 입구에 세워진 홍예에서 흘러내려 건물을 감싸는 나무판들은 물결이 흐르는 듯하고, 내부의 구조 역시 나무를 사용하여 따뜻한 느낌을 준다. 개조에 소요된 비용 12억 엔은 와세다 대학을 졸업한 유니클로의 지주회사인 패스트 리테일링의 야나이 타다시(柳井正) 회장이 모두 부담했다.

와세다 국제문학관 개관에 즈음하여 가진 기자회견에서 하루키는 "와세다대학의 새로운 문화 발신의 기지 같은 것이 되기를 바란다."라고 했다. 교수가 가르치는 것을 받아 적는 피동적인 자세가 아니라 학생들이 자기 생각을 자유롭게 발표하고 그것들을 구체적으로 만들어 갈 수 있는 장소가 되었으면 좋겠다는 것이었다.

홍예를 지나 현관에 들어서면 역시 지하로 내려가는 홍예 계단을 만난다. 계단 양쪽으로 책장이 세워져 있다. 개관 초기에는 오른쪽에는 '무라카미 작품과 그 매듭', 왼쪽에는 '현재로부터 미래에 연결하고 싶은 세계 문학작품'을 주제로 한 책들이 꽂혀있었다. 책장에 꽂힌 책들은 기획에 따라 바뀌고 있다.

계단을 만났으니, 지하를 먼저 둘러보았다. 지하에는 무라카미의 서재를 재현해 놓았다. 가구나 음향기기는 무라카미의 애장품과 같은 것이며, 가구 역시 비슷한 것을 골라놓았다. 같은 지하 1층에는 주황색 고양이(Orange Cat)라는 이름의 찻집이 있다. 무라카미가 학창 시절에 경영했던 피터 캣을 재현한 것으로 와세다 대학 학생들이 운영하고 있다. 무라카미의 작품에 등장하는 찻집의 차림이 제공된다. 커피는 무라카미 부부가 좋아하는 품종을 수제로 내려 제공하는데 풍미가 화려하고 깨끗하다고 한다. 지하 1층에서는 피터 캣에서 사용하던 피아노와 해변의 카프카 무대에서 사용되었던 장치도 전시되어 있다.

다시 계단을 올라와 왼쪽으로 돌아가면 전시실을 만난다. 나무판을 깔아놓은 바닥에, 가구 역시 모두 나무로 만든 것으로 따뜻한 분위기이다. 이곳에서는 등단작부터 최신작까지 무라카미의 모든 작품을 볼 수 있다.

희귀한 초판본은 유리 상자에 들어있다. 외국어로 번역된 작품들도 만날수 있다. 같은 작품도 나라마다 표지 구성이 달라 그 나라의 문화적 분위기를 엿볼 수 있다. 무라카미가 즐겨듣던 음반을 갖춘 음악감상실도 있다. 음향기기는 역시 무라카미가 즐기던 것과 같은 제품이라고 한다.

무라카미 하루키의 작품은 우리나라에 소개된 것만 해도 적지 않아서 필자도 몇 권을 읽어보았다. 환상소설이라 할 『1Q84』나 『도시와 그 불확실한 벽』의 경우 줄거리를 따라가는 것도 쉽지 않았다. 다만 해외여행을 적지 않게 다녀오고 그 여행을 통하여 얻은 바를 글로 정리해 두고 있는 필자로서는 『하루키의 여행법』이나 『무라카미 하루키의 위스키 성지 여행』 등은 여행기를 쓰는 데 많은 도움을 주었다. 『하루키의 여행법』을 읽고서 적은 독후감에서는 일본군과 소비에트-몽골-중화인민공화국 연합군 사이에 벌어졌던 치열한 전투의 현장인 노몬한을 여행하면서 일본이 일으킨 전쟁에 대한 작가의 판단이 모호하다는 느낌이 들었었다. 그런 느낌은 『고양이를 버리다』에서도 느낄 수 있었다. 제2차 세계대전에 참전한 바 있던 선친의 행적을 뒤쫓은 기록이다. 오랜 망설임 끝에 시작한 일임에도 불구하고 전쟁 중에 선친이 한 일을 수긍하려는 노력을 기울인 흔적이 느껴졌다.

이런 느낌이 나만의 편견일까 싶어 자료를 찾아보았다. 그런데 해마다 노벨문학상 후보로 꼽히는 무라카미 하루키인데, "독자들은 뜨겁고, 평론가들은 차갑다."라거나 "문학가들이 선정한 가장 과평가된 현대문학가로 꼽힌다."라는 평가를 확인할 수 있었다. 문학평론가 유종호의 경우는 "무라카미 하루키를 도저히 용서할 수 없다. 골 빈 대학생들이 하루키를 너무 좋아한다.”라는 극단적인 표현을 서슴지 않는다. “군중이 있는 곳에 진리가 없다”라고 하는데 무라카미 하루키를 추종하는 그 골 빈 대학생들이야말로 바로 그 군중이라는 것이다.

유종호는 수필집 『과거라는 이름의 외국』에 실은 「문학의 전략-무라카미 현상에 부쳐」에서 “학생들의 독서 경향을 알기 위해 필자가 읽어본 바로는 『노르웨이의 숲』은 고급 문학의 죽음을 재촉하는 허드레 대중 문학이다. 작품 속에는 온통 죽음의 그림자가 어른거리고 있다. 고교 3년 남학생의 자살을 위시해서 수수께끼 같은 자살이 빈번하다. 또 성적인 문제로 좌절이나 일탈을 경험하는 일탈자들이 많고 성적 호기심을 부추기는 성적인 얘기가 전경화되어 있다. 도발적이고 독자들의 허를 찌르기는 하나 성적으로 격리된 수용소 재소자들이 일상적으로 나눔직한 성의 얘기로 가득 차 있다.”라고 했다. 그리고 ‘무라카미의 소설은 약삭빠른 글 장수의 책이지 결코 예술가의 책이라고 할 수 없다.’라고 잘라 말했다.

무라카미 하루키의 추종자들은 하루키의 작품을 좋아하는 이유를, ‘쉽게 읽힌다.’, ‘이야기 속으로 빨려 들어가는 힘이 있다.’, ‘이야기 속에서 나를 발견한다.’라고 이야기한다. 2017년 하루키의 독서 모임을 취재한 「문학 뉴스」 취재진은 무라카미 하루키에 대하여 비판적인 평론가들에 대하여 “문학의 위기를 소리 높여 외치는 사람들이 사실은 문학의 위기를 만들어낸 장본인이 아닐까?”라는 의문을 품는다. 그리고 철학자 질 들뢰즈가 「리좀」에서 “좋은 책은 ‘공명’이 아니라 ‘감염’시키는 것”이라고 한 대목을 인용하면서 ‘하루키 독서 모임의 참석자들이야말로 들뢰즈가 말하는 감염으로서의 책 읽기를 실천하고 있는 사람들처럼 보였다’라고 했다. 하루키의 마법에 홀려 팔을 안으로 굽은 것은 아닌지 의문이다.

그런가 하면 섹스, 죽음, 성소수자, 초자연적인 힘, 비밀 통로, 역사적 회상, 조숙한 십대, 고양이, 위스키, 비틀스 음악 등을 여러 작품에서 반복적으로 차용하고 있다. 그가 발표한 장편소설을 대부분 비슷한 느낌으로 특별할 게 없다는 비판을 제기하는 독자들도 적지 않다. 이 책을 쓰면서 『노르웨이의 숲』을 읽어보고 느낀 점은 이 책에 대하여 비판적인 입장을 가졌던 다른 독자들과 크게 다르지 않았다. 필자의 개인적인 독서 취향을 보았을 때는 젊었을 때 읽어보았더라도 크게 다르지 않았을 듯하다. 하루키 도서관을 돌아본 느낌을 로쟈 선생은 이렇게 적었다. "개관 초기에는 하루키의 독자들로 만원사례였다고 하는데 오늘 찾았을 때는 공간에 비교적 여유가 있었다. 이용자들보다 우리와 같은 관람객이 더 많아 보일 정도(우리 일행 외에 중국인 여학생들이 눈에 띄었다). 하루키의 것을 모방했다는 서재와 그가 기증했다는 음반을 배경으로 하루키표 커피를 마셨다. 관광객이 많이 찾으면 책 읽기에 방해가 될 듯한데. 어떻든 하루키 도서관은 잘 지어지고 잘 꾸며진 도서관이었다(도서관을 배경으로 혹은 모티브로 한 그의 소설들을 읽기에 가장 적합한 장소이겠다)."

로쟈 선생에게서 들은 이야기였을 것이다. 무라카미 하루키는 모든 가사를 맡아서 한다고 했다. 아내가 죽었을 때를 대비해서라는 이유가 생뚱맞다는 생각을 했었다. 그런데 얼마 전 대학 친구들과 저녁을 먹으면서 나이가 들면 적어도 요리학원에는 다녀야 한다는 이야기를 들었다. 하루하루 먹는 일은 중요하기 때문에 아내가 없어도 삼시세끼는 스스로 해결할 수 있어야 한다는 것이다. 아내가 아팠을 때 일상에서 하던 일을 필자에게 가르치려 했던 기억이 났다. 닥치면 할 수 있을 것이라는 막연한 생각보다는 미리 대비할 필요도 있겠다. 그런데 모든 가사를 맡아서 하던 무라키미가 먼저 세상을 뜨게 되면 남은 아내는 모든 가사를 스스로 할 수 있을까?

쓰보우치 박사 기념 연극박물관

국제문학관 구경을 마치고 나와 옆에 있는 쓰보우치 박사 기념 연극박물관(坪内博士記念演劇博物館)으로 갔다. 공식적으로는 엔파쿠(演博)라고 하는데 엔게키 하쿠부츠칸(演劇博物館)을 줄인 말이다. 아시아 유일의 연극 전문 박물관으로 알려져 있다. 일행 가운데 한 사람이 동국대학교에 이해랑 박물관이 있다고 하여 찾아보니 동국대학교에 있는 것은 이해랑 예술극장이었다. 한국 연극사에 커다란 족적을 남긴 이해랑 선생은 동국대학교 연극학과를 창설하고 유명을 달리할 때까지 후학을 양성해 왔다고 한다. 그의 업적을 기리고 계승하기 위하여 한국연극 100주년과 동국대 연극학부 창설 50주년을 맞은 2008년 기존 동국대 예술극장을 전면 개조하여 개관한 것이라고 했다. 이해랑연극재단이 20억 원의 발전 기금을 내놓아 가능했다.

메이지 시대에 활동한 일본의 소설가, 비평가, 번역가이자 와세다 대학의 영문학 교수였던 쓰보우치 쇼요(坪内 逍遥)는 연극예술 전문 박물관을 꿈꾸었다. 1928년 셰익스피어 극본 40권의 번역을 완성한 것을 기념하여 와세다 대학에 연극박물관이 건립되었다. 건물은 와세다 대학 건축학과의 이마이 겐지(今井 兼次) 교수가 런던의 포춘 극장을 본떠 설계했다.

1987년에 신주쿠 구의 유형문화재로 지정되었다. 이마이 겐지 교수는 쇼와 시대 초기에 바르셀로나의 성가족 성당을 짓기 시작한 스페인의 건축가 가우디를 일본에 알린 인물이다. 연극박물관에는 니시키에(錦絵) 회화 4만 8천 점, 무대 사진 40만 점, 서적 27만 권, 전단지 등 공연자료 8만 점, 의상, 인형, 문자, 원고 등 자연사 자료 15만 9천 점, 희귀 서적, 시청각 자료 등 연극 관련 자료 약 100만 점 등 세계적으로도 방대한 연극 및 영상자료를 소장하고 있다. 니시키에는 에도 중기인 1760년 무렵 스즈키 하루노부(鈴木 春信)가 개발하여 에도 시대에 확립한 우키요에 판화로 메이지 30년대 무렵까지 많이 그려졌다. "니시키"는 비단을 뜻하고 "에"는 그림을 뜻하므로, 직역하면 '비단 그림'이 되는 것처럼 화려하고 다채로운 색감이 특징이다.

튜더양식의 건물이 ㄷ자 모양으로 둘러싸인 현관은 그리스의 연극 무대를 닮았는데 4개의 기둥이 현관의 지붕을 받치고 있었다. 1978년에는 연극박물관의 개관 50주년을 맞아 극단 시키(四季)가 이 무대에서 셰익스피어의 『베니스의 상인』 법정 장면을 공연했다. 우리가 찾아갔을 때 연극박물관에서는 「소극장 100주년 기념전」이 열리고 있었다. 역시 모든 자료가 일본어로 되어 있어 자세한 내용을 이해할 수는 없었지만, 전시된 물건들이 공연에 쓰이는 것들이라는 점을 알 수 있었다.

참고로 포춘 극장은 런던 외곽의 화이트 크로스(White Cross) 거리와 골든(Golden) 거리 사이에 있다. 1600년 헨리 8세의 보육원 자리에 건립된 영국 르네상스 극장이었다. 셰익스피어와 관련된 글로브(Globe) 극장이나 스완 극장(The Swan)과 같은 시대에 활동하였다. 마을에서 가장 아름다운 극장으로 꼽히던 이 극장은 1621년에 불에 타는 바람에 극단의 극본과 재산을 모두 잃고 말았다. 12명이 투자하여 납과 벽돌로 재건되어 1623년에 다시 문을 열었지만, 극단의 명성은 예전 같지 않았다. 결국 1642년 청교도 혁명이 있은 뒤 의회가 런던의 모든 극장을 폐쇄하라는 명에 따라 문을 닫았다. 17세기 초에 폴란드 그단스크에 포춘 극장을 본뜬 공공 극장이 설립된 것을 시작으로 1928년에 건립된 와세다의 쓰보우치 박사 기념 연극박물관, 1935년 미국 오리건주의 애쉬랜드(Ashland)에 건립된 앨런 엘리자베스 극장(Allen Elizabethan Theatre), 1964년 호주의 퍼스(Perth)에 있는 서호주 대학교에 건립된 뉴 포춘 극장 등이 런던의 포춘 극장을 본떠 지은 것이다.

11시 반에 와세다대학에서의 자유 시간을 마치고 모여서 와세다 대학의 학식으로 점심을 먹었다. 식당은 오쿠마 기념 강당 옆에 있는 와세다 대학 25호관의 와세다 대학 협동조합 오쿠마 가든 하우스 카페테리아(흔히 와세다 대학교 학생 식당이라고 한다)였다. 오쿠마 정원을 내다볼 수 있도록 한쪽 벽이 온통 유리로 되어 있다. 식당이 문을 여는 시간은 10시 반에서 오후 2시까지라서 점심 식사만 할 수 있다. 주요리를 고르고 반찬도 먹을 만큼 골라서 담은 다음에 모두 계산하는 방식이다. 일행 두 분과 함께 식사하고 위층에 있는 찻집으로 가서 커피도 마셨다. 먹고 마시려다 보니 집합 시간이 임박하여 주문한 커피는 들고 나가야 했다. 이곳의 식사는 학식이라고 해서 그리 싸지도 않으면서 맛은 그저 그런 정도였다. 요즈음 우리나라 대학의 학식과는 비교가 되지 않을 지경이라는 후기가 있었다. 그저 오쿠마 정원을 내다보면서 점심을 먹었다는 정도로 만족해야 할 듯하다.

3천*m*²에 이르는 오쿠마 정원(大隈庭園)은 에도 말기에 히코네(彦根) 번의 이이(井伊) 가문, 다카마쓰(高松) 번의 마츠다이라(高松松平) 가문의 저택이 있던 장소이다. 이 시기에 조성된 다이묘의 정원이 오쿠마 정원의 기초가 되었다. 이케센(池泉) 산책 정원은 오미(近江) 8경으로 꼽혔다. 메이지 유신 이후 주인이 바뀌었던 것을 1874년에 오쿠마 시게노부가 사들여 별장으로 삼았다. 그는 와세다 대학을 설립하면서 인접한 땅을 매입하여 부지로 삼았다. 그리고 1884년부터는 이곳의 별장을 화식과 양식을 절충하여 개조하고 거주하게 되었다. 정원 가꾸기에도 열정적이었던 그는 정원에 온실과 채소밭을 만들어 난초와 멜론을 재배했다. 1922년 오쿠마가 죽은 뒤에 정원을 와세다 대학에 기증하여 오쿠마 회관의 정원으로 대중에게 공개되었다.

정원에는 넓은 잔디밭, 개울 그리고 산책로가 있고 계절 식물들이 자라고 있다. 산책로 주변에는 석등과 석탑과 석상 등이 있다. 오쿠마 기념 강당 쪽으로 나 있는 문 앞에 있는 한 쌍의 사자상은 1983년 와세다 대학 창립 100주년을 맞아 대만 동문회가 기증한 것이다. 대학 창립 100주년을 맞아 한국 동문회가 기증한 범종도 있다. 경주에 있는 에밀레종으로 알려진 성덕대왕신종을 2분의 1로 축소하여 제작한 것이다. 2004년에 대학 개교 125주년을 맞아 한국 동문회는 정원에 한국식 종탑을 건립하여 오쿠마 기념 강당에 있던 에밀레종을 옮겨 달았다.

산책길에 있는 동자석과 문인석은 조선왕조 시대의 것으로 대학 설립 125주년을 맞아 고려대학교 동문회에서 기증한 것이다. 역시 산책길에서 볼 수 있는 공자상은 2008년 중화인민공화국이 기증한 것으로 산둥(山東)성 정부가 설계하고 제작한 것이다.

12시 반에 와세다 대학을 떠나 고쿄에서 멀지 않은 간다(神田) 진보초(神保町)로 향했다.

진보초, 세계 최대의 고서점 거리

진보초(神保町)는 현재의 황궁인 에도성의 북쪽에 있다. 에도 시대에는 사무라이들의 저택이 늘어서 있었다. 진보초라는 이름은 센고쿠(戦国) 다이묘 에치추 진보(越中神保)의 일족인 진보 나카하루(神保 長治)의 저택이 있어 저택 앞길을 진보코지(神保小路)라고 부른 데서 유래했다.

1913년 이 지역에 화재가 발생하여 큰 피해를 보았다. 그 후에 간다 고토조가코(神田高等女学校)의 교원이었던 이와나미 시게오(岩波 茂雄)가 폐허 속에 중고 서점을 열어 나쓰메 소세키의 소설과『테추가쿠 소쇼(哲学叢書)』등을 출판, 판매하여 큰 성공을 거두었다. 대학생 등 교양인들의 방문에 힘입은 것으로, 그 뒤로 진보초에는 중고 서점들이 잇달아 문을 열었고 찻집들이 문을 열어 책을 읽는 장소가 되었다.

청년 시절 재일 한국인으로서의 정체성을 고민했던 강상중 교수는『도쿄 산책자』에서 학창 시절의 진보초를 이렇게 적었다. "처음으로 책의 거리 진보초에 간 것은 대학에 다닐 때였습니다. 그때는 학생이 헌책방을 돌며 책을 찾는 것이 진기한 일이 아니었고, 저도 자주 헌책방 순례를 했습니다. 고향 구마모토에서는 서점이라고 해봐야 거리에 두세 개 있는 정도였기 때문에 진보초의 많은 책에 일단 압도되었습니다. '지(知)의 보고'

같은 이곳에서 관심 있는 책을 찾아 찻집에서 차를 마시며 보물을 바라보는 시간은 지극히 행복한 한때였습니다."

1921년에는 스루가다이(駿河台)에 분카가쿠인(文化学院)이 개교하면서 서점들은 음악, 미술, 무용 등 예술에 관한 책들을 구비하게 되었다. 학술 서적과 더불어 농염한 책들도 등장하면서 이곳에 '없는 책은 없다(ない本はない)'라는 우스갯소리도 생겨났다. 간토 대지진 이후 거리를 재건하면서 다이쇼(大正) 거리(지금의 야스쿠니 거리)가 완성되면서 이곳의 교차로를 진보초라고 했다.

작가 시바 료타로(司馬 遼太郎)는 여행기 『고속도로 여행(街道をゆく)』에서 "태평양전쟁 당시 미군은 '진보초에 있는 고서를 불태우는 것은 문화적으로 볼 때 매우 큰 손실'이라는 이유로 진보초를 공습에서 제외했다"라고 적었다. 사실 확인이 어려운 도시 전설이 아닐까?

진보초 주변에는 많은 학교와 예비학교가 있다. 특히 메이지(明治) 대학, 주오(中央)대학, 호세이(法政) 대학, 니혼(日本) 대학, 센슈(專修) 대학 등을 간다 5대학이라고 한다. 이들 대학이 모여 있는 거리는 프랑스 파리의 라틴지구(Quartier latin)라는 지명을 따와 '일본의 라틴지구'라고도 했다.

센 강 왼쪽 강둑에 있는 5구와 6구에 걸쳐 있는 파리의 라틴지구는 파리대학교를 비롯하여 명문 고등교육기관들이 밀집해 있어 오랫동안 학생도시로 명성을 떨쳤다. 1960년대의 5월 혁명 기간에 다양한 반체제 학생운동의 중심지였다. 프랑스어가 자리 잡기 전에 유럽 전역에서 유학 온 학생들이 학계와 교회의 국제 공용어인 라틴어로 의사소통을 한 데서 라틴지구라는 이름이 유래했다.

진보초 헌책방거리

진보초 야스쿠니 거리는 세계 최대급의 서점거리로 특히 중고 서점이 많다. 일본의 전국에는 약 2,400개의 중고 서점이 있는데 150여 개가 진보초에 있다고 한다. 매년 간다 중고 도서 축제와 진보초 도서 축제 등 책에 관련된 행사가 열린다. 대부분의 중고 서점은 야스쿠니 거리의 남쪽에 있어 입구가 북쪽을 향하고 있다. 햇빛에 책이 손상되는 것을 방지하기 위한 전통이다.

간다 진보초의 고서점 거리는 메이지 시대에 이 지역에 대학들이 잇달아 들어선 것과도 관련이 있다. 일본의 시인이자 문학평론가인 노다 우타로(野田 宇太郎)는 『도쿄 문학 산책(東京文学散歩)』에서 "간다의 오래된 책 거리는 메이지 시대의 학교 출현과 함께 시작되었다"라고 적었다. 학년이 끝날 무렵 선배 학생들은 수업에서 사용한 교과서를 이곳에 팔았고, 새 학기가 되면 후배들이 교과서를 사러 이곳을 찾았다.

그리고 쇼와 시대에 1권에 1엔 하는 엔혼(円本)이라는 싼 책들이 출간되었던 것도 고서점가가 활성화된 것에 일조했다. 일본 문학, 세계 문학, 세계 사상, 세계 연극, 세계 예술, 경제학, 마르크스와 엥겔스, 아동 문학, 만화 등 다양한 분야의 책들이 엔혼으로 출간되었고, 이렇게 출간된 책들은 중고 서적 시장에 흘러들어왔다. 간토 대지진 이후 책읽기를 즐기던 사람들이 중고 서적을 원했던 것도 중고 서점의 증가에 한몫했다.

20세기 초 일본에는 중국에서 온 유학생이 2만여 명 있었는데, 그중 7~8%가 간다 서점거리의 단골이었다. 간다에 중화 음식점도 많아 중국 마을 같았기 때문이라고 했다. 쑨원(孫文)과 저우언라이(周恩來) 역시 일본에서 공부할 때, 서점 거리의 단골이었다고 한다.

근대일본의 문인과 예술가가 즐겨 찾던 진보초 찻집

와세다 대학을 떠난 차가 지하철 진보초역에 도착했을 때, 일행은 야스쿠니 거리의 뒷골목을 따라 밀롱가 누에바(ミロンガ・ヌオーバ)를 찾아갔다. 가와바타 야스나리가 자주 찾았다는 찻집이다. 사실 서점 쇼센그란데(書泉グランデ) 옆에 있는 밀롱가 누에바는 가와바타 야스나리가 왔던 곳이 아니다. 1953년에 문을 열었던 찻집 밀롱가는 밀롱가 누에바에서 50m쯤 떨어진 곳에 있다가 2023년 3월 지금의 장소로 이전했기 때문이다. 정확하게는 밀롱가 누에바와 서점 쇼센그란데 사이에 있는 골목에 있는 찻집 라드리오(Ladrio, CAFÉ ラドリオ)의 건너편에 밀롱가가 있었다. 아마도 찻집

보로(Boro)가 찻집 밀롱가가 있던 장소가 아닐까?

1953년 문을 연 라드리오가 비엔나커피를 처음 소개하였다. 풍부하면 서도 강렬한 향기에 매료된 작가, 예술가, 출판인, 애서가, 대학생들이 몰 리기 시작했다. 두꺼운 휘핑크림으로 커피의 온기가 오래 계속되었기 때 문이다. 사람들은 몇 시간이고 토론에 몰입하면서도 비엔나커피를 즐길 수 있었다. 라드리오가 인기몰이를 하면서 골목 건너편에 밀롱가라는 자 매 매장을 열었다. 아르헨티나 탱고 카페를 표방했다. 전후 우리나라에서 도 사교춤이 유행했던 것처럼 일본 역시 사교춤의 열풍이 대단했다. 그 흐름을 타고 찻집 밀롱가에서는 음반을 사용하여 아르헨티나 탱고 음악 을 들려주면서 인기몰이에 나섰다. 사진작가 시오자와 마키(塩沢 槇)는 찻 집 밀롱가를 "꿈의 잔재와 같은 장소"라고 했다.

찻집 밀롱가는 1995년에 대대적인 개조 공사를 거쳐 밀롱가 누에바 (Milonga Nueva, 누에바는 '새로운'이라는 의미의 스페인어다)로 이름을 바꾸었다. 그리고 숯불에 구운 원두커피를 비롯하여 전 세계에서 수입된 다양한 맥 주들을 팔았다. 밀롱가 누에바는 벽돌 건물이 노후화되었기 때문에 현재 의 위치로 이전하게 되었다. 지금의 밀롱가 누에바는 과거의 장소는 아니 지만 분위기는 크게 다르지 않다. 여전히 아르헨티나 탱고가 하루 종일 흐르고, 탄내가 나는 커피와 다양한 맥주, 피자와 일본식 카레 등을 팔고 있다.

원래 밀롱가는 아르헨티나, 우루과이, 브라질의 리오 데 라 플라타 지 역에서 시작된 음악으로 탱고의 전신이라 할 수 있다. 밀롱가는 칸돔베 (candombe)와 같은 다양한 아프리카 박자에서 파생되었는데, 20세기 초부에노스아이레스의 아프리카계 아르헨티나 사람들에게 특히 인기가 있었다.

밀롱가 음악에 맞춘 춤을 밀롱가 댄스라고 한다. 기본 요소는 아르헨티나 탱고와 같지만, 일반적으로 다리와 몸통을 최대한 이완시킨다. 기본적으로 빠르게 움직이며 움직임 사이의 멈춤은 흔하지 않다. 율동적으로 걷지만, 모양새는 복잡하지 않으므로 진지하고 극적인 탱고와는 달리 익살맞고 소박하다.

아르헨티나 탱고 음악을 들을 수 있다고 해서 밀롱가라는 상호를 붙인 것이 과연 적절한가 싶다. 아르헨티나에서는 땅게로(tanguero, 남자 땅고 춤꾼)와 땅게라(tanguera, 여자 땅고 춤꾼)들이 모여 땅고 악단의 반주에 맞춰 땅고를 출 수 있는 장소를 밀롱가라고 한다. 따라서 아르헨티나 탱고 음악을 들려주는 진보초의 밀롱가와는 성격이 다르다고 하겠다. 아르헨티나 밀롱가의 모습은 라우(박정근)의 부에노스아이레스 탱고 에세이 『길을 잃은 후, 길을 찾다』에서 찾아볼 수도 있겠다.

사실 아르헨티나에서는 '탱고'라고 하지 않고 '땅고'라고 한다. 필자와 같이 근무했던 동료가 땅고에 심취해 있었다. "왜 땅고를 추느냐"라고 물었더니 "나이가 들면서 취미, 아니면 그냥 여가선용으로 시작하였으나, 지금은 배우면 배울수록 땅고는 인생인 것처럼 느껴진다."라고 했다. 땅고를 추기 위하여 상대를 안는 것, 즉 '안기'란 남녀가 가슴을 붙이고 안는 자세만을 지칭하는 것이 아니라 땅고의 힘을 나누는 공간이라고 했다. 그래서 '안기'가 단순히 육체적 접촉이 아닌 힘을 느낄 수 있는 영감을 상대에게 줄 수 있는 몸을 만들고 싶다고도 했다.

　정신과 의사인 박종호 선생은 『탱고 인 부에노스아이레스』에서 "탱고 추는 남녀를 유심히 바라보면, 어느 순간에나 여자는 거의 한 발이며 그녀의 몸은 내내 남자에게 기대어 있는 것처럼 보인다. 참, 인생과 흡사하지 않은가. 사람은 혼자 살기 힘들다. 사람이 누군가를 만나서 인생의 탱고를 춘다면, 두 사람 중 한 사람은 다리 하나를 들 수 있다."라면서 '탱고는 두 개의 심장과 세 개의 다리로 추는 춤'이라고 했다. 그런데 필자의 동료는 "탱고는 그 음악 속에서 네 개의 다리가 한 개의 심장이 되어 남녀가 서로 가슴을 맞대고 의지하여 추는 춤"이라고 정의하였다. 그리고 "음악 속에서 네 개의 다리가 한 개의 심장으로 움직이기 위하여 서로의 한과 혼과 희로애락이 철저히 가슴과 머리에 합일이 되지 않으면 출 수 없다."라고 했다. 관심이 어디에 있는가에 따른 차이였을까?

　기왕에 밀롱가 누에바가 아르헨티나 탱고 음악을 소개하는 장소라고 했으니 탱고 음악에 관한 생각을 적어보겠다. 필자의 애창곡 가운데 『서울 야곡』이라는 탱고곡이 있다. 현인 선생님의 원곡도 좋지만, 가수 전영 씨의 노래를 좋아하는 편이다. 2절 가사 "보신각 골목길을 돌아서 나올 때 찢어버린 편지에는 한숨이 흘렀다."라는 노랫말에 나오는 보신각 근처에 다니던 학교가 있었던 것 하며, 전하지 못하고 찢어버린 편지에 대한 추억 등이 아직도 노래를 잊지 못하게 하는 모양이다.

　아르헨티나의 탱고 음악 『외로움』의 가사에 "우울한 그림자가 드리워져 있는 이 방에서 다시는 되돌아오지 않을 그녀의 발걸음을 기다리고 있지만⋯."이라는 대목이 있다고 한다. 이처럼 탱고곡은 대체로 사랑, 특히 실연을 노래한 것이 많은 편이다. 하지만 실패한 사랑을 오히려 풍자

적이고 냉소적으로 노래함으로써 실연으로 절망하지 않고 관조하는 입
장을 취한다는 것이다.

아르헨티나 탱고 음악의 이런 분위기는 우리나라 탱고 음악에도 전해
진 것 같다. 가수 전영 씨의 노래『어디쯤 가고 있을까』에는 "그렇게 쉽사
리 떠날 줄은, 떠날 줄 몰랐는데, 한마디 말없이 말도 없이, 보내긴 싫었
는데, 그 사람은 그 사람은 어디쯤 가고 있을까"라는 대목이 있다. 가수
방실이 씨의『서울 탱고』는 더 완숙한 경지를 보여준다. "세상의 인간사
야 모두 다 모두 다 부질없는 것, 덧없이 왔다가 떠나는 인생은 구름 같은
것, 그냥 쉬었다 가세요. 술이나 한잔하면서, 세상살이 온갖 시름 모두 다
잊으시구려."라고 했으니 말이다.

춤으로서의 탱고하면 생각나는 영화가 몇 편 있다. 일본의 국민배우
아쿠쇼 코지(役所 広司)가 주연한 1996년 작 영화『쉘 위 댄스』, 아널드 슈
왈츠제네거와 제이미 리 커티스가 장미꽃을 입에 물고 탱고를 추는 장면
이 강렬하게 남아있는 1994년 작 영화『트루 라이즈』, 그리고 장님 퇴역
장교로 나오는 알 파치노가 식당에서 우연히 만난 가브리엘 던과 광고음
악으로 우리에게 친숙한『뽀루나 카베자(Por Una Cabeza, '간발의 차이'라는 뜻
의 경마 용어)』에 맞춰 탱고를 추는 장면이 인상적인 1992년 작 영화『여인
의 향기』등을 꼽을 수 있다. 춤을 추는 가브리엘 던의 등 근육이 팽팽하
게 긴장하는 모습을 보면 땅고는 역시 어려운 춤이구나 싶다.

도쿄의 밀롱가 누에바에서 시작한 탱고 이야기가 걷잡을 수 없이 벗
어난 것 같다. 다시 진보초로 돌아가 보자. 찻집 밀롱가 누에바와 함께 진
보초를 찾는 문인과 예술인들의 중심이던 찻집 라드리오(Ladrio) 이야기

를 빠트릴 수 없다. 라드리오의 주인 시마자키 하치로(島崎八郎)는 도쿄대학 경제학부를 졸업하고 은행원이 되었다. 하지만 은행원 월급으로는 생활비를 맞추기 힘들었기 때문에 도쿄대학 혼고 교정의 아카몬 앞에 중고 서점 시마자키 상점을 열었다. 주로 사회과학 관련 서적과 외국 서적을 취급했다. 1939년에는 진보초에도 중고 서점을 열었는데 태평양전쟁 중에 혼고에 있는 서점이 불타면서 진보초의 서점만 운영하게 되었다.

시마자키는 "책을 읽으면서 커피와 술을 마실 수 있는 장소"를 만들기로 했다. 서점 근처에 있는 건물을 구입하여 1층에는 찻집을 열고 2층은 살림집으로 사용하였다. 1949년 10월에 문을 연 찻집 라드리오는 '벽돌'을 의미하는 스페인어 라드리요(Ladrillo)에서 가져왔다. 개업 당시 유행했던 반목재 양식을 채택하여 외관을 따듯한 분위기로 연출했다. 내부 장식에 사용된 벽돌은 도쿄역의 마루노우치(丸の内) 역사와 북구의 오우쇼(王子) 마치에 있는 조폐국에 사용된 것과 같은 종류를 썼다.

가게의 내부는 짙은 갈색 공간으로 왼쪽에는 높낮이가 다른 나무 의자와 벽돌로 된 계산대가 있다. 빨간 등받이 의자, 난로 등은 개업 때부터 사용되어 온 것이다. 가로등을 닮은 검은 기둥이 서 있고 조명은 어두워 현대적 분위기를 자아냈다. 문인들과 출판 관계자들 그리고 예술가들이 라드리오에 모여들었다. 예술가들의 작품들이 전시되었고, 때로는 찻값 대신 남겨지기도 했다. 소설가 카타오카 요시오(片岡 義男)는 매일 창가에 있는 2인석에 앉아 원고를 썼다. 문학평론가 야마모토 요로(山本 容朗), 시인이자 수필가 타무라 류이치(田村 隆一)도 자주 찾아왔고, 가와바타 야스나리(川端 康成)를 비롯하여 미시마 유키오(三島 由紀夫), 다케다 다이슌(武

田 泰淳) 등 많은 문인이 라드리오의 단골이었다.

가와바타 야스나리가 즐겼다는 찻집의 분위기를 즐겨보려면 밀롱가 누에바보다는 그 옆에 있는 라드리오를 찾아보는 것이 좋을 듯하다. 라드리오의 대표적인 식단은 나폴리탄(ナポリタン)과 치킨 카레다. 나폴리탄은 삶은 스파게티에 양파, 피망, 베이컨을 넣고 볶아 토마토케첩으로 간을 한 파스타로 일본에서 만들기 시작한 요리이다. 라드리오에서는 면을 약간 쫄깃하게 삶고 토마토소스에는 타바스코와 후추를 넣는다.

진보초에 도착해서 야스쿠니 거리의 뒷골목을 지나 밀롱가 누에바의 위치를 확인한 다음에 야스쿠니 거리로 나가서 1시간 정도의 자유 시간을 얻었다. 자유 시간에는 일단 진보초의 고서점 두어 곳에 들어가 보았다. 고서점은 어디나 비슷한 모양이다. 좁은 공간에 헌책이 가득 꽂힌 서가가 빼곡하게 들어차 있었다. 대부분이 일본어로 된 책이라서 내용은 물론이고 제목마저도 알 수가 없었다. 물론 구글 번역기를 돌려보면 알 수 있겠지만 번역해 볼 책을 고르는 일도 만만치가 않은 노릇이었다.

2019년 발트해 연안 국가를 여행할 때 에스토니아의 수도 탈린의 성 니콜라스 교회 앞에 있는 고서점 라마투드(Raamatud)에서 비슷한 느낌을 받은 기억이 있다. 탈린의 라마투드는 진보초의 고서점들보다 훨씬 널찍한 공간이었지만, 역시 빼곡하게 서 있는 서가에 꽂힌 책들은 대부분 에스토니아어로 되어 있어 무슨 내용을 다룬 책인지 알 수가 없었다. 그나마 움베르토 에코의 『미의 역사』를 발견해 냈던 것은 이미 읽어본 책이었고 표지가 같았기 때문이다. 미학을 다룬 이 책에서 에코는 "아름다움이란 절대 완전하고 변경 불가능한 것이 아니라 역사적인 시기와 장소에 따라 다양한 모습을 가질 수 있다."라고 했다. 에코는 이 책에서 고대 그리스로부터 중세, 르네상스 시대를 거쳐 근대와 현대에 이르기까지의 미에 대한 개념의 변화를 정리했다. 라마투드 서점에서는 책의 값을 챙겨보지 못했지만, 진보초의 어떤 중고 서점에서 본 중고도서 가운데 제일 비싼 책은 35만 엔이나 했다. 원고를 쓰고 있는 오늘 환율이 1엔에 9.71원이니 340만 원 가까이 되는 금액이다. 꽤 비싼 중고책이다. 제목이 일어로 되어 있어 무슨 책이었는지는 모르겠다.

책값을 확인해 보았던 중고 서점이 있다. 2018년 그리스를 여행할 때 가보았던 산토리니의 이아 마을에 있는 중고 서점 아틀란티스이다. 지하에 있는 책방으로 내려가는 계단의 손잡이에는 "Great things are done when men and mountains meet;"라는 문구가 적혀있었다. 영국의 화가이자 시인인 윌리엄 브레이크(William Blake, 1757-1827)의 「격언 시편(Gnomic Verses)」의 첫 구절, "Great things are done when men and mountains meet; / This is not done by jostling in the street."에서 가져온 것이다. '남자는 산을 만날 때 위대한 일을 해낼 수 있다. 거리에서 알쩡거려서는 이뤄낼 수 없다.'라고 번역하면 될 듯싶다.

2002년 산토리니에 놀러 온 미국인 올리버와 크레이그는 섬에 서점이 하나도 없는 것을 알고 이곳에 책방을 열기로 했다. 이듬해 영국 케임브리지에서 승합차에 가득 책을 신고 대륙을 가로질러 섬으로 돌아와 연 서점이 아틀란티스이다. 지하에 있는 서점은 비좁았다. 누군가는 "벽에는 시가 가득하고, 다양한 언어로 쓰인 소설들이 첩첩이 쌓여 천정에 닿고 있다. 여기에는 소설, 실화 작품, 철학, 역사, 문화, 동화 등 모든 분야의 책들이 망라되어 있다."라면서 '세상에서 가장 아름다운 서점 가운데 하나'로 꼽았다. 서점이 아름답다는 것은 내부 장식 등이 아름답다는 것이 아니라 책 내음으로 가득 찬 공간이 아름답게 느껴진다는 의미일 것이다.

산토리니의 서점 아틀란티스에서는 하퍼 리의 『앵무새 죽이기』가 가장 비싼 책으로 당시 17,500유로로 표시되어 있었다. 오늘 환율로 따지면 2,653만 원이다. 2020년에 작고한 이건희 회장의 수필집 『생각 좀 하며 세상을 보자』는 오늘 기준으로 최고 42만 원을 호가한다. 필자가 쓴 책도 궁금해서 찾아보았더니 13종의 책들 가운데 『아내가 고른 양기화의 BOOK소리』 등 6종의 중고 도서들이 9만 8천 원을 호가하고 있었다. 거래가 있는지는 모르겠지만 호가를 형성하고 있다는 사실에 놀랐다. 얼마 전에 보았던 가격보다 올랐다.

진보초처럼 중고 서점들이 밀집한 장소가 있는 것처럼 유럽의 여러 나라에는 많은 책마을이 있고, 아시아에서도 중국, 일본, 말레이시아, 인도 등에도 있다. 책마을이란 중고 서점이나 희귀 도서 서점이 많은 마을을 말하는데 이들 상점을 중심으로 문학축제가 열리고 있어 애서가를 비롯한 관광객들이 모여들고 있다는 것이다. 파주에 있는 출판단지가 책문화의 중심지가 되는 책마을로 더욱 발전하면 좋겠다. 미술평론가 정진국의 『유럽의 책마을에서』를 읽어보면 유럽의 책마을에 관한 많은 것들을 알 수 있다. 저자는 유럽 각국에 흩어져 있는 책마을을 직접 방문하여 책에 관련된 사람들은 물론 마을 분위기, 책에 관련된 사업의 내용과 또 여행의 느낌 등을 다양하게 적었다.

진보초에서 고서점 두어 곳에 들어가 보았더니 비슷비슷하고 대부분 일본어로 된 책들이라서 내용을 알 수 없어서인지 흥미가 일지 않았다. 결국 야스쿠니 거리를 중심으로 골목길을 둘러보았지만 특별하게 눈에 띄는 것이 없었다. 그저 잠깐 머물렀다 가는 여행자로서는 여행지에 녹아 있는 오래된 무엇을 결코 느껴볼 수는 없는 법이다. 그런 한계를 넘어서려면 그곳에 오래 머물러보는 것이다. 요즘 유행한다는 '한 달 살기'가 좋은 방법이 될 수도 있다. 그러지 못할 때 책읽기가 대안의 대안이 될 수도 있다. 야기사와 사토시(八木澤 敎事)의 소설 『비 그친 오후의 헌책방』에서 진보초의 속살을 느껴볼 수도 있다. 모리 오가이나 다니자키 준이치로 역시 진보초를 배경으로 한 작품을 썼다고 하니 찾아 읽어볼 일이다.

이야기의 무대가 되는 모리사키(森崎) 서점이나 찻집 스보루는 허구인 듯하나, 진보초의 진면목을 보여주기에 충분했다. 모리사키 서점은 화자의 외증조할아버지가 문을 열어 외삼촌까지 3대를 이어온 헌책방이다. 큰길가에 있는 대형 헌책방이 아니라 골목 안에 있는 작은 서점이다. 아쿠타가와 류노스케, 나쓰메 소세키, 모리 오가이 등을 비롯하여 널리 알려지지 않은 일본 근대 작가들의 작품을 다루는 근대문학 전문 헌책방이다. 소장하고 있는 책이 6천 권 정도 된다고 했다.

외삼촌이 실연의 상처로 힘들어하는 화자를 서점으로 부른다. 서점에 들어선 화자가 '곰팡내 나'라고 하자 외삼촌은 "비가 그친 아침처럼 촉촉하다고 말해줬으면 좋겠구나"라고 말한다. 이렇듯 모리사키 서점에 대하여 그저 그런 느낌이었던 화자는 모리사키 서점에서 살면서 헌책방의 진면목을 느껴간다. "헌책 속에서 내가 생각지도 못한 많은 역사가 쌓여 있었다. 이건 결코 책의 내용에 관해서만 하는 얘기가 아니다. 한 권 한 권마다 오랜 세월을 거쳐 온 그 흔적들을 나는 여럿 발견했다. 예를 들어 가지이 모토지로(梶井基次郎)의 단편 「어떤 마음의 풍경」의 한쪽에서 이런 부분과 마주쳤다. '본다는 것은 이미 그 자체다. 자기 영혼의 일부분 혹은 전부가 그것으로 옮겨 가는 것이다." 역시 책을 읽다 보면 새로운 것을 많이 배울 수 있다.

『비 그친 오후의 헌책방 2』에는 매년 10월 말부터 11월 초에 개최되는 진보초의 가장 큰 연간 행사인 헌책 축제에 관한 내용도 있다. "평소에는 시간이 차분하게 흐르는 거리가 이 일주일만큼은 전혀 달라진다. 거리 일대에 헌책이 담긴 수레나 책꽂이가 쭉 놓이고, 야키소바나 과일 사탕 따위를 파는 노점상도 선다. 사람들도 많이 찾아온다. 당연히 모두 책을 찾아서, 나도 이 계절이면 가슴이 들뜬다. 책을 사랑하는 사람들이 이렇게 많다는 걸 알면 기쁘다. 한정적인 사람들만이 원하는 공간 같았던 진보초라는 거리가 사실은 이토록 많은 사람에게 사랑받는다니, 하며 나 혼자 감동한다."

진보초 네거리에서 북쪽으로 꺾이는 곳에서 기무라(木村) 서점이 눈길을 끌었다. 선반에 전시된 책들이 의학 관련 도서였기 때문이다. 동양의학(중의학이나 한의학과 같은 전통 의학을 일본에서는 동양의학이라고 한다)은 물론 현대의학의 고서들을 취급하고 있었다. 선반에 올려놓은 책들 속에서 필자도 가지고 있는 책을 발견했다. 35년 전에 미국에서 공부할 때 샀던 책들이다.

혼고에 있던 기무라 서점이 진보초로 이전한 지는 얼마 되지 않는다고 했다. 서점의 주인은 "나는 후계자가 없어서, 지금까지 모은 의학 서적을 모두 원하는 사람에게 팔고 싶다."라는 취지로 책방을 열었다고 한다. 그것도 누리망을 통해서 파는 게 아니라, 사람이 직접 책을 열어보고 선택해 주었으면 해서, 중고 책을 좋아하는 사람들이 모이는 진보초로 이사하게 되었다는 것이다. 전공 분야의 책을 취급하는 중고 서점이었는데도 들어갈 엄두를 내지 못했다. 앞서 들어가 보았던 다른 중고 서점과는 달리 깔끔했지만, 안에 사람들이 없었기 때문이다. 아무래도 숫기가 없는 탓이고, 이곳에서 중고 의학서를 살 의향이 없었기 때문에도 들어가기가 쑥스러웠다.

아마도 열려 있는 다른 헌책방과 달리 기무라 서점은 문이 닫혀 있었기 때문일지도 모른다. 손님이 없는 서점이라니 어떻게 유지할 수 있을까 걱정이 되었다. 그러고 보니 『비 그친 오후의 헌책방』의 모리사키 서점 역시 손님이 그리 많지는 않았다. 그럼에도 서점을 유지할 만큼의 고객을 확보하고 있었다.

『비 그친 오후의 헌책방 2』에서는 진보초 헌책방이 어렵던 시절도 이야기한다. "할아버지 대부터는 헌책을 찾는 인구 자체가 줄어 고난이었던 시기도 꽤 있었다고 들었다. 그래도 여전히 이렇게 영업을 이어가는 것은 이 서점을 사랑하고 애용하는 손님들이 아직 남아있는 덕분이다." 아마도 헌책방들도 전문화를 강화하고 고객들도 그런 헌책방들의 변화에 반응한 것이 아닐까? 그래도 어려운 시기를 지켜준 헌책방 주인들이 있었기에 가능했을 것이다. 모리사키 서점의 3대 주인 사토루의 말이 의미심장하다. "이렇게 오랜 세월을 거치며 존재한 서적들 사이에 둘러싸이면 시간의 흐름 자체가 달라지고, 내가 그 흐름 속에 분명히 존재한다는 것을 또렷하게 느끼게 된다. (…) 여기 이렇게 있으면 내 그릇과 딱 맞는 구멍에 감정이 들어가 있는 것 같아서 뭐랄까, 계속 이대로만 있고 싶은 기분이 든다."

이런 점에 관한 생각을 담은 소설이 있다. 나쓰메 소세키, 가와바타 야스나리, 아쿠타카와 류노스케 등의 이름과 작품에서 가져온 필명 나쓰카와 소스케(夏川 草介) 작가의 『책을 지키려는 고양이』다. 신슈대학교 의학부를 졸업한 현직 의사인 나쓰카와 소스케는 『신의 카르테』로 등단하여 선풍적인 인기를 끈 작가이다.

옮긴이는 『책을 지키려는 고양이』의 줄거리를 다음과 같이 요약한다. "나쓰키 린타로는 어릴 때 부모님이 돌아가시고 고서점을 하는 할아버지와 단둘이 살고 있는 평범한 고등학생이다. 더구나 학교에 가지 않고 서점에 틀어박힌 채 하루 종일 책만 읽는다. 외톨이인 그에게 책은 유일한 친구다. 그런 린타로에게 일생일대의 변화가 찾아온다. 할아버지가 갑작스레 돌아가신 것이다. 할아버지의 장례식이 끝나자, 그는 일면식도 없는 고모와 같이 살게 될 처지에 놓인다. 그러던 어느 날, 인간의 말을 하는 고양이가 나타나 책을 구하기 위해 힘을 빌려달라고 하는데……" 린타로는 얼룩 고양이의 안내에 따라 서점 안쪽에 숨겨져 있는 4개의 미궁을 차례로 방문하여 책에 닥친 위기를 구한다. 작가가 제시하는 4개의 미궁은 일본의 출판계가 당면하고 있는 문제점으로 보이고, 작가는 그 해결책을 제시한 것 같다.

일본근대문학기행에 함께 했던 이영혜 씨는 진보초 고서점 거리가 부러웠다고 한다. 땅값이 비싼 도쿄 한복판에 헌책방거리가 있다는 사실에 놀랐던 모양이다. 이영혜 씨는 14살부터 헌책방을 드나들었다면서 고서점은 추억의 공간이라고 했다. "오래된 책 냄새를 맡으면서 책장 사이사이를 누비며 몇 시간이고 놀다 오는 놀이터였다. 읽고 싶은데 서점과 도서관에 없는 책을 찾았을 때는 '심 봤다!'가 절로 나왔다. 사장님께 여쭤보면 금방 꺼내 주실 책도 굳이 찾아보겠다고 목이 빠져라, 책장을 뒤지곤 했다. (헌책방 좀 다녀봤다는 사람들은 사장님께 찾아 달라고 하지 않는다)"라고 적었다. 청계천 신촌 등지에 고서점이 많았다고 회상한 걸 보면 서울의 헌책방을 많이 가보았나 보다. 필자 역시 읽고 싶은 책을 구하기 위하여 청계천과 신촌 등지에 있는 헌책방에 가본 적이 있다. 요즈음에는 이수역에 있는 알라딘 중고 매장을 가끔 찾아간다. 구하는 책은 전산기로 찾아보기 쉽고, 너른 공간에 가지런하게 세워진 책장을 채우고 있는 책들을 살펴보기도 편하다. 허리가 뻣뻣해져서 아래쪽 책장에 꽂혀있는 책은 대충이지만 눈높이에 있는 책들을 살펴보는 것만으로도 충분하다.

"진보초의 서점들은 헌책방이라고 부르기 민망할 만큼 근사했다. 규모도 크고 책방이 역사를 담은 한 권의 책 같았다."라면서 건물 1층에 있다가 결국 지하로 내려간 신촌의 공씨 책방의 처지가 서글퍼졌다고도 했다. 없어지지 않은 것에 위안을 삼는다고도 했다. '예전 같으면 바느질(퀼트) 책이라도 하나 샀을 텐데' 하는 아쉬움을 안고 밀롱가 누에바에 가서 시간을 보냈다고 했다.

"빨간 벽돌 공간에 오래된 LP판, 스피커, 아코디언이 보였다. 탱고 음악을 잘 모르지만 듣기 좋은 음악이 흐르고 있었다. 오래간만에 아이리쉬 커피를 마셨다. 진하지 않은 커피와 위스키의 알싸함에 크림의 부드러움이 더해져 맛있었다. 음악을 좋아하던 가와바타와 하루키에게 잘 어울리는 공간이었다. 특히 춤을 좋아하는 가와바타에게. 가와바타는 이곳에서 일본 특유의 탄화배전(炭化焙煎) 커피를 마셨다고 한다."

앞서 말한 것처럼 지금 장소에 있는 밀롱가 누에바는 2023년에 옮겨 온 것이라서 1972년에 작고한 가와바타 야스나리와는 무관하다. 다만 분위기만큼은 이전하기 전에 있던 밀롱가 누에바와 많이 닮았다고 한다. 그 분위기도 1953년에 문을 연 밀롱가를 1995년에 대대적으로 개조했다고 하니, 가와바타 야스나리가 즐겨 찾은 밀롱가는 분명 지금과는 다른 분위기였음이 틀림없다. 가와바타 야스나리도 즐겨 찾았다는 찻집 라드리오가 예스러운 분위기를 유지하고 있지 않을까 싶다. 비엔나커피를 좋아하는 사람이라면 라드리오의 분위기를 즐겨볼 만하다.

밀롱가 누에바를 비롯하여 라드리오가 있는 진보초의 구역에는 두 곳 말고도 특색이 있는 찻집들이 여러 곳 있다. 도쿄 주말 여행자(Tokyo Weekender)라는 누리집에서 소개하는 '스며들게 하기(Get It Percolating)'라는 작은 제목의 글에서 그런 찻집을 발견할 수 있다. "책을 읽으면서 커피를 마시기 위해 Toyodo의 Paper Press Café는 200엔짜리 컵에 리필을 부어 오랫동안 머물 수 있습니다. 그 외에도 진보초에는 더 많은 전통 카페가 있습니다. 사보우루(さぼうる)는 멋진 트리하우스처럼 보이며 맛있는 커피 음료 외에도 오전 11시까지 아침 식사를 제공합니다. 칸다 브라질(Kanda Brazil)은 여전히 강하게 구워지고 있는 고전적인 동네 카페입니다. 밀롱가 누에바(Milonga Nueva)는 50년대부터 활동해 왔으며 다양한 아르헨티나 탱고 음반을 들려줍니다. 글리치(Glitch)는 확실히 가장 힙하고 새로운

커피 하우스로, 밝은 인테리어, 나무 카운터, 풍미 가득한 사내 로스팅한 푸어오버를 갖추고 있습니다. 차가 더 빠르다면 Tea House Takano는 도쿄에서 영국산 홍차를 수입한 최초의 상점 중 하나입니다." 원문이 영어로 되어 있어 찻집들의 일본 이름을 확인하는 것이 쉽지 않다. 여기 소개하는 찻집들은 대부분 라드리오에서 멀지 않다.

진보초를 구경하고서도 모이기로 한 약속 시간까지 30여 분이나 남았다. 일행 대부분이 밀롱가 누에바에 가보았던가 보다. 하지만 필자는 그러지 못했다. 아내와 함께였다면 분명 밀롱가 누에바에서 아르헨티나 탱고 음악을 들으면서 커피를 마셨을 것이다. 아니면 혼자서 가까운 찻집에 들어가 책이라도 읽었을 것인데, 진보초에서는 왜 그런 생각을 하지 못했는지 모르겠다. 하릴없이 편의점에도 들어가 보았지만 무엇을 사러 들어간 것이 아니라서, 결국 진보초 역 입구에서 시간을 보내다가 2시에 모인 일행들과 함께 고쿄(皇居) 남쪽의 롯폰기 힐즈(六本木ヒルズ)에 있는 모리 빌딩으로 향했다.

롯폰기 힐즈, 도쿄의 문화 중심

천황의 거처 고쿄의 북쪽에 있는 진보초에서 도쿄 남서쪽에 있는 롯폰기 힐즈(六本木ヒルズ)의 모리 타워까지는 차로 30분이 걸렸다. 오후의 두 번째 일정은 모리 타워 53층에 있는 모리 미술관에서 열리는 루이스 부르주아 특별전을 관람하는 것이었다.

롯폰기 힐즈는 도쿄도 미나토구 롯폰기 6초메에 위치한 상업단지로 부동산 회사인 모리빌딩주식회사가 재개발을 주관하였다. 높이 238m의 롯폰기 힐즈 모리 타워를 중심으로 다중거주시설인 롯폰기 힐즈 레지던스, 그랜드 하얏트 도쿄 호텔, TV아사히 재팬 건물, 도호 시네마라는 영화관 같은 문화시설과 기타 상업시설이 들어서 있다. 2000년 착공하여 2003년에 준공을 보았는데 이 사업을 완성하는 데 17년이 걸렸다.

에도 시대에는 조슈(長州)번의 모리(毛利) 가문의 에도 저택이 이곳에 있었다. 메이지 시대에는 주오(中央)대학의 전신인 이기리즈(英吉利) 법률학교를 설립하여 초대 교장을 역임한 변호사 마시마 로쿠이치로(增島 六一郎)가 살았다. 제2차 세계대전에서 상당한 피해를 보았다. 1952년에는 닛카 위스키(ニッカウヰスキー) 공장이 들어섰다가 폐쇄되었고 이듬해 니혼교이쿠(日本教育) 텔레비전이 설립되었다. 훗날 젠고쿠아사히호소(全国朝日放送)를 거쳐 지금의 TV아사히가 되었다.

패전 후 미군 부대를 중심으로 서양의 향락 문화가 자리하던 롯폰기는 1964년 도쿄올림픽을 거치면서 젊은이들의 거리가 되었다. 일본경제가 호황을 누리던 1970년대에서 1980년대까지 롯폰기는 불야성을 이루었다. 하지만 낮에는 노후된 도심의 모습 그대로였다. 롯폰기 힐즈가 완성되기 전 TV아사히 주변의 롯폰기 6초메에는 500여 가구의 목조 주택들이 밀집되어 있었는데 도로가 좁아 소방차도 들어가기 힘들 지경이었다고 한다. 그래서 1990년에는 도시재개발 계획지구로 지정되었다.

강상중 교수의 『도쿄 산책자』에는 롯폰기 힐즈에 관한 이야기도 있다. 미군 기지가 있던 롯폰기는 난삽한 분위기로 촌놈이 가벼운 마음으로 발을 들여놓을 수 없는 특별한 장소였다는 것이다. 그런 롯폰기를 신흥 부자들이 나서서 거점으로 삼게 된 것은 우연이 아닐 것이라고 했다. 그리하여 긴자(銀座)가 '근대'의 도쿄를 상징했다면, 롯폰기는 '근대 이후'의 도쿄를 상징하게 되었다는 것이다. 롯폰기에 현대 자본주의의 상징인 초고층 건물이 등장한 것은 구약성서에 나오는 바벨탑처럼 기술력이나 재력을 상징하는 것으로 이해했다. 바벨탑은 인간의 욕망이나 상승 지향이 수직적인 형태로 나타난 것이라고 했다.

모리부동산은 1980년대부터 400여 명의 지주들을 설득하여 개발 동의를 얻어냈고, 14년에 걸쳐 도심재개발을 준비한 끝에 3년에 걸쳐 롯폰기 힐즈 건설을 완성했다. 롯폰기 힐즈의 중심이 되는 54층의 롯폰기 힐

롯폰기 모리 정원에서 바라본 모리 빌딩

즈 모리 타워에는 복합백화점, 사무실 등이 있고, 위쪽에 전망대와 모리 미술관이 있다. 해발 270m의 옥상에는 도심의 야경을 볼 수 있는 전망대가 있다. 도쿄타워의 전망대보다 높다.

모리 타워는 윌리엄 페데르센(William Pedersen)이 이끄는 콘페데르센 폭스 어소시에이츠가 설계했다. 설계과정에서 거대한 몸통에 일본 특유의 모습을 연출하는 데 어려움을 겪다가 사무라이 갑옷이 겹겹이 싸인 형태에서 영감을 얻었다고 한다. 그리고 모리 타워는 낮에는 건물 유리에서 반사되는 태양광으로, 밤에는 유리 너머의 일본 등 조명으로 롯폰기 힐즈 전체를 밝히려고 했다는 것이다.

1층에서 6층까지는 상가, 8층에서 48층까지는 사무실, 49층부터 53층까지는 모리 아트 센터로, 49층에는 롯폰기 아카데미 힐즈, 50층에는 전망대(Tokyo City View)에서 내려오는 길, 51층은 롯폰기 힐즈 클럽, 52층은 모리 아트센터 전시장, 53층은 모리 미술관이 있다. 54층은 기계실이 있고 옥상에는 회전익 비행기 이착륙장이 있다. 49층에 있는 아카데미 힐즈에는 강연회와 정기 강좌가 열리는 강의실이 있다. 그리고 회원제 도서관인 롯폰기 라이브러리도 있다. 회원은 상당한 금액을 회비로 내야 한다. 책을 빌려주지는 않지만, 매일 신간이 비치되고, 화제가 되는 신간의 저자를 초대하여 토론회를 열기도 한다. 도서관의 창가에는 다양한 형태의 고급스러운 의자가 놓여있다. 도서관의 중앙에 있는 서가에는 주로 신간들이 꽂혀있다.

52층의 모리아트센터 전시장에서는 디자인, 패션, 건축 등 다양한 분야의 기획전이 열리고, 53층의 모리 미술관은 현대미술을 중심으로 기획전이 열린다. 도쿄의 고층 건물의 최상부에는 보통 비싼 임대료를 받을 수 있는 사무실이나 식당을 유치한다. 2018년 자료에 따르면 롯폰기 힐즈의 신규 임대료는 평(3.3㎡)당 약 4만 엔인데, 최상층은 약 10% 비싸다고 했다. 모리 미술관이 있는 53층의 면적이 약 2천 평이라고 하니 8,800만 엔이고, 오늘 환율로 따져 우리 돈으로 8억 624만 원이다. 그런데 롯폰기 힐즈의 개발에 참여한 모리 빌딩의 사장 모리 미노루(森稔) 씨가 롯폰기를 문화의 중심지로 만들겠다는 의지에 따라 모리 타워의 꼭대기에 미술관을 배치하게 되었다는 것이다. "경제(사무실) 위에 문화(예술)를 배치한다"라는 생각을 실행에 옮긴 것이다.

모리 미술관 개관전시회의 주제는 '행복(Happiness)'이었다. 영국 화가 조지프 말로드 윌리엄 터너(Joseph Mallord William Turner)의 작품을 비롯하여 인상파 화가들의 작품, 그리고 일본 춘화에서 불상에 이르기까지 150여 점의 작품들을 주제에 따라 나누어 전시했다. 서로 다른 지역과 시대를 배경으로 하는 작품들을 한데 모아 '작품들이 추구하는 행복'이라는 색다른 접근을 한 것이라고 했다.

모리 미술관은 뉴욕의 휘트니 미술관과 독일 베를린의 구겐하임 미술관을 설계한 리처드 글럭먼(Richard Gluckman)이 설계했다. 그는 현대미술 전시가 가능한 화이트 큐브(white cube)로 만들기 위하여 52층에서 53층으로 이어지는 공간을 큰 상자로, 미술관 입구를 작은 상자로 만든다는 기본 방향을 잡았다. 화이트 큐브란 '미술관은 작품에 영향을 미치지 않는 중성적인 공간이어야 한다'라는 개념에서 나온 용어이다.

2시 반에 모리 타워에 도착했다. 광장에서 건물로 들어가는 입구에는 거대한 문을 들어 올려 열어놓은 듯했다. 우리 궁궐과 고택에서 볼 수 있는 들어걸개문을 닮았다. 입구의 왼쪽에는 거미 모양의 조각이 서 있다. 모리 미술관에서 열리고 있는 루이스 부르주아 특별전을 상징하는 작품으로 루이스 부르주아(Louise Bourgeois)의 대표작『마망(Maman)』이다. 원작은 런던의 테이트 모던 미술관의 의뢰로 터빈 홀에 설치한 유니레버 연작(The Unilever Series (2000))의 첫 번째 작품으로 1999년에 완성했다. 청동, 스테인리스강 그리고 대리석을 소재로 하여 거미를 묘사한 이 작품은 높이가 30피트, 너비가 33피트가 넘는 대작(9.27 x 8.91 x 10.24m)이다. 32개의 대리석으로 만든 알을 품고 있는 주머니를 포함한 배와 가슴은 잘 문지른 청동으로 제작되었다.

『마망(Maman)』은 캐나다 오타와에 있는 캐나다 국립 미술관, 스페인의 빌바오에 있는 구겐하임 미술관, 일본 도쿄의 모리 미술관, 미국 아칸소의 벤턴빌에 있는 크리스탈 브리지 미술관, 카타르 도하에 있는 카타르 국립 컨벤션, 미국 미주리의 캔자스시티에 있는 켐퍼 현대미술관 그리고 경기도 용인에 있는 호암미술관의 수변공간에 있다. 서울에 있는 삼성미술관 리움에 있던 것을 옮겨 놓았다. 그러니까 모리 타워에서 본『마망(Maman)』은 루이스 부르주아 특별전 때문에 설치한 것이 아니라 모리 타워에 속한 영구 전시 작품이었던 것이다. 서울의 대형 건물이 의무적으로 설치해야 하는 예술작품 같은 것이었을까?

마망은 어머니를 의미하는 프랑스어이다, 부르주아는 1947년에 잉크와 목탄으로 작은 거미를 그린 소묘 작품을 처음 제작했다. 어머니에 대한 연민과 사랑을 표현한 것으로, 1996년에는 조각으로 이어지게 되었다. 거미가 실을 잣고, 짜고, 새끼를 양육하고 보호하는 것을 은유한 것이다. 그녀의 어머니는 오래된 양탄자를 복원하여 화랑에 판매하는 사업을 하는 남편의 사업장에서 양탄자를 복원하는 일을 하다가 부르주아가 21살이 되던 해에 알 수 없는 병으로 죽음을 맞았다.

부르주아는 『마망(Maman)』에 대하여 이렇게 설명했다. "거미는 어머니에게 바치는 송가입니다. 그녀는 나의 가장 친한 친구였습니다. 거미처럼 어머니는 베 짜는 사람이었습니다. 우리 가족은 태피스트리 복원 사업을 하고 있었고 어머니는 공방을 담당했습니다. 어머니는 거미처럼 매우 영리하셨습니다. 거미는 모기를 잡아먹는 친근한 존재입니다. 우리는 모기가 질병을 퍼뜨리기 때문에 원치 않는다는 것을 알고 있습니다. 그래서 거미는 우리 엄마처럼 도움이 되고 보호해 줍니다."

부르주아의 조각작품 『마망(Maman)』을 지나 모리 타워의 왼쪽을 따라 모리 미술관의 입장권을 발매하는 3층으로 올라가는 승강기와 이를 감싸고 돌아 오르는 계단으로 향했다. 승강기를 이용할 수도 있지만 계단을 이용할 것을 추천한다. 계단 아래로 펼쳐지는 모리 정원이 한눈에 들어오기 때문이다. 누군가는 소용돌이를 닮은 회전형 계단을 오르다 보면 건물을 빙빙 돌며 날아오르던 무라카미 다카시(村上隆)의 '로쿠로쿠 세이신(ㅁクロク星人)'의 동영상이 연상된다고 했다. 무라카미 다카시는 모리 타워의 지번이 롯폰기 6번지임에 착안하여 만든 외계인의 형상을 제작했는데, 이들이 '롯폰기 사람이 됩니다.'라고 말하면서 전자오락 효과음에 맞춰 날아오르는 동영상 광고를 만들어 홍보했다.

1650년에 초대 조후(長府) 번주 모리 히에모토(毛利 秀元)가 이곳에 집을 지었다. 1849년 훗날 러일전쟁의 영웅으로 육군 장관을 지낸 노기 마레스케(乃木 希典)가 조후 번주의 저택에 딸린 사무라이 저택에서 태어나 모리 정원에서 놀았다고 전한다. 1864년 조슈 가문은 쇼군의 수호자인 마쓰다이라 요야스(松平 容保)를 제거하기 위하여 교토에서 벌인 전투에서 패하였다(禁門の変, 긴몬노헨). 이 정변으로 교토에서는 약 3만 채의 가옥이 불탔다. 바쿠후가 조슈(長州)번을 정벌하는 사태 끝에 조슈번, 기요스에(淸末) 번, 도쿠야마(德山) 번 등을 몰수하였다. 1887년에 마시마 로쿠이치로(增島 六一郎)가 이 저택을 사들여 정원을 만들어 호오키엔(芳暉園)이라고 했다. 1943년에는 모리카이모리 저택 유적(毛利甲斐守邸跡)으로 지정되었다. 제2차 세계대전 기간에 저택은 폭격을 맞아 파괴되었지만, 정원은 남았다.

1952년 닛카 위스키가 사들여 공장을 지으면서도 연못 주변에 벚나무를 심는 등 정원의 형태를 유지했다. 그 뒤로 영화사 도에이(東映)가 이 땅을 사들였고, 1977년에는 TV아사히가 도에이를 인수하기까지 닛카 연못(=ッカ池)이라고 불렀다. TV아사히는 일기예보 방송을 모리 연못에서 진행하곤 했다. 2003년 롯폰기 힐즈를 건설하면서 $4,300\,m^2$ 규모의 모리 정원에 존재할 수도 있을 유구를 보존하기 위하여 닛카 연못에 흙을 넣어 보강하여 유실을 방지하였다. 따라서 닛카 연못은 현재의 모리 연못 지하에 숨어있는 셈이다.

늪 옆에는 우주 송사리가 서식한다는 안내판이 서 있다. 일본인으로는 처음 우주비행을 했던 모리 마모루(毛利衛)와 일본의 우주 송사리 연구회에서 2003년에 모리 연못에 방류한 것이다. 1994년 컬럼비아호에 탑승한 일본의 우주비행사 무카이 치아키(向井 千秋)가 우주에 체류하는 15일 동안 암수 2쌍의 메다카(目高, 일본송사리)의 생태를 관찰하였다. 일본 외과학회의 심혈관 외과의사인 무카이 치아키는 아시아 최초의 여성 우주비행사였다. 1994년에는 컬럼비아호를 탔으며, 1998년에는 디스커버리호에 탑승하여 두 차례 우주비행을 한 최초의 일본인이기도 하다.

1994년 7월 컬럼비아호에 탑승한 무카이 치아키는 수생 생물에 대한 실험 장치를 갖추고 금붕어, 송사리, 도마뱀 등을 가지고 가서 실험을 진행했다. 송사리 실험에서는 우주에서 짝짓기와 알을 낳은 활동을 관찰했다. 송사리 실험 결과 43개의 알이 확인되었고, 이 가운데 7개가 부화하여 우주 송사리가 탄생하였다. 우주에 갔던 일본 송사리는 척추동물로는 최초로 우주비행을 했던 것이라서 일반하천에 방류하거나 일반 송사리와 교배를 금지하게 되었다. 2003년 일본인 최초의 우주비행사 모리 마모루(毛利衛)와 우주 송사리 연구회에서는 모리 연못에 우주 송사리를 방류했다. 모리 연못이 외부 하천과 연결되어 있지 않기 때문이다. 실험실에서 계속 키울 수가 없었기 때문일 것이다.

모리 연못에서 우주에서 깬 일본 송사리를 키우고 있다는 이야기를 읽으면서 의과대학을 졸업하고 병리학을 공부할 때 사수였던 강석진 선배 생각이 났다. 지금은 고인이 되었지만, 같이 근무할 무렵 각시붕어에 빠진 끝에 『각시붕어 이야기』라는 책을 써내기까지 했었다. 선배는 각시붕어와의 만남을 이렇게 이야기했다. "자그마한 몸매에 오묘한 빛깔의 지느러미와 비늘이 어찌나 아름답던지 선글라스를 벗어버리고 매혹적인 자태에 한동안 넋을 잃고 바라봤습니다. 민물고기는 볼품없다는 고정 관넘이 깨지는 순간이었죠" 강석진 선배는 첫 번째로 각시붕어, 두 번째로 송사리, 그리고 세 번째로 버들붕어를 좋아했다. "송사리는 날쌘 몸짓과 번뜩이는 눈매가, 버들붕어는 온몸이 붉은색으로 변해가는 열정적인 짝 짓기가 매력"이라고 했다.

모리 미술관에서 루이스 부르주아 특별전을 보다

3층에 있는 매표소에서 모리 미술관 입장권을 사서 시간이 되기를 기다리다가 승강기를 타고 52층으로 올라갔다. 53층에 있는 미술관으로 가려면 52층에서 자동계단을 타고 올라가야 한다. 장윤선은 『도쿄 미술관 산책』에서 미술관으로 연결되는 입구가 공중에 매달린 '나무 위 놀이집'처럼 보이고, 자동계단은 나무 위 놀이집에 걸어놓은 사다리처럼 보인다고 했다. 누구나 그런 호사를 누릴 수 있는 것은 아니지만, 나무에 사다리를 걸쳐놓은 놀이집에서 놀았던 어린 시절의 기억을 가질 수 있는 것은 대단한 일이다. 모리 타워의 최상층에 해당하는 53층은 2천 평 넓이의 타원형 구조이다. 전시 공간은 기본 구조를 갖추고 있는 것이 아니라 기획전이 열릴 때마다 전시 공간을 바꾸고 있다고 한다.

2020년 모리 미술관의 관장으로 취임한 카타오카 마미(片岡真実)는 일본 기자협회 회견을 통해 1. 국제적인 현대미술관의 위상을 유지하면서 아태지역의 현대미술에 관한 연구와 전시를 활발하게 할 것이며, 2. 국제 언어로서의 현대미술을 지역사회에 소개하고, 3. 체험과 이야기를 중시하며, 4. 다양성을 중시하고, 각지의 미술관, 비엔날레, 다양한 교육기관들과 건설적인 협력관계를 맺겠다는 목표를 내세웠다. 모리 미술관의 수석 학예연구사를 지낸 카타오카 마미는 2012년 제9회 광주비엔날레에서 공동예술감독을 맡는 등 우리나라와도 인연이 있다.

모리 미술관은 개관 후 2년까지는 소장품 없이 기획전을 이어갔다. 편트래블의 일본근대문학기행에서 도쿄를 찾는 기간에 모리 미술관에서는 프랑스계 미국인 예술가 루이스 부르주아 특별전이 열리고 있어 관람하는 일정을 잡은 것이다. 입장료는 2천 엔으로 만만치 않은 금액이었지만. 입장 시간이 될 때까지 기다리면서 보니 적지 않은 사람들이 입장을 기다리고 있었다. 이 전시회를 관람하려고 서울에서 온 사람도 있다는 이야기를 들었다. 아마도 미술 관계자였던가 보다. 문득 '전시회에 사람들이 북적거린다. / 이례적인 일이라고요? / 관람객으로 북적거리는 게 아닙니다! / 친히 찾아온 화가들로 북적거리는 겁니다.'라는 에리히 케스트너의 시「현대미술 전시회」의 한 대목이 떠오른다.

나무 위 놀이집 같은 53층의 미술관에 자동계단을 타고 올라가 작품들을 보았다. 전시를 알리는 안내판에는 '나는 지옥에 다녀왔습니다. 그런데 그곳은 황홀했습니다.(I have been to hell and back. And let me tell you, it was wonderful)'라는 글귀가 적혀있었다. 무슨 의미일까? 관람은 제1부「나를 버리지 마세요(Do Not Abandon Me)」라는 주제로 시작되었다. 이 주제는 영국 예술가 트레이시 에민(Tracey Emin)과 2년여에 걸쳐 진행된 작업으로 2010년 부르주아가 사망한 뒤에 런던에서 전시되었다. 주제는 남성과 여성의 형상으로 구성이 되었는데, 남성은 신처럼 커다랗게 표현되었으며 여성은 그런 남성에게 경의를 표하는 듯 작게 표현되었다.

그녀는 다양한 소재를 회화, 조각, 판화, 직물, 대형 설치 작품 등, 다양한 방식으로 표현했다. 초기작품은 기괴한 것들이 많았지만, 나이가 들어 갈수록 순화되면서 모성을 강조하는 경향을 보였다. 그녀의 작품들에는 어렸을 때 가족관계에서 오는 정신적 충격이 녹아있다. 아버지는 불륜을 저지르고 있었는데 특히 루이스의 영어 가정교사인 새디와 불륜관계는 가족들에게 숨기지도 않았다. 그녀의 어머니는 남편의 불륜을 눈감아주면서도 루이스로 하여금 아버지를 감시하게 했다. 아버지는 불륜을 저지르면서도 아내에게 '사랑해'라고 스스럼없이 내뱉는 등 당당했다.

그녀는 어렸을 적부터 양탄자를 수리하는 부모님을 도와주었다. 소르본 대학에서 수학과 기하학을 공부했지만 21살이 되던 해에 어머니가 이름 모를 병으로 죽은 뒤에 미술 공부를 시작하게 되었다. 그녀의 의식 속에는 불륜을 저지르는 아버지에 대한 증오와 그런 남편을 묵인하는 어머니에 대한 연민, 그런 어머니마저 일찍 세상을 떠나면서 남긴 상실감 등이 복합적으로 숨어들었다. 어머니의 죽음으로 생긴 상실감은 자녀들의 죽음을 예감하게 했는지 모른다.

전시 작품의 앞부분에 있는 2001년에 제작한 『과묵한 아이(The Reticent Child)』는 막내아들 알랭을 출산하는 과정에서 느낀 감정들을 천 조각으로 만들고 글로도 썼다. "엄마의 배에서 나오기를 거부한 아이가 있다. 이 아이의 출산까지 오랜 시간이 걸렸다. 아기는 무엇을 느꼈길래 자궁에서 떨어져 세상으로 나오기 싫었던 걸까? 이렇게 나타나길 거부하는 것이 이 아이의 성격, 감정, 행동에 얼마나 영향을 미칠까? 아기는 미래를 어떻게 마주하게 될까? 부끄러움을 많이 타서 자주 침묵하게 되다가, 그것이 어색함이나 적대적인 감정으로 발전하는 것은 아닐까. 그는 과묵한 아이다. 과묵했었지만, 결국 세상에 나왔다."

분만이 늦어지는 아이가 있다. 분만예정일은 통계를 바탕으로 마지막 월경 첫날로부터 통상 40주로 예측한다. 딱 40주가 되는 날 분만이 이루어지는 경우도 있지만, 대부분은 그렇지 않다. 그래서 분만예정일 전후 2주 안에서 분만이 이루어진다고 덧붙인다. 분만이 42주가 넘어가는 경우를 지연 임신이라고 한다. 배란이 늦어져 분만예정일이 42주를 초과하는 경우가 전체 지연 임신의 60% 정도 된다. 생리가 불규칙적인 산모에서 흔히 볼 수 있다. 산모의 체질에 따라서, 태아 혹은 산모에서 진통에 관련된 호르몬이 작용하지 않은 경우, 태아가 골반보다 큰 경우에도 임신기간이 길어질 수 있다. 그러니 출산이 늦어지는 것은 아이가 거부하거나 과묵해서도 아니다.

필자의 작은 아이도 예정일보다 2주가 넘도록 출산의 기미가 보이지 않아 유도분만을 하기로 했었다. 군복무 중이라서 유도분만을 하는 날 휴가를 냈지만, 유도분만에 실패하는 바람에 다음 날 일찍 출근하게 되었다. 1월 말이었는데 그날따라 안개가 끼고 날씨도 쌀쌀했다. 길이 미끄러워 조심스럽게 운전했지만, 부대 앞에 있는 야산의 북쪽에서 휘어지는 길에서 그만 차가 미끄러지고 말았다. 다행히 앞에서 오는 차량이 없는 가운데 도로를 미끄러지던 차가 논으로 굴러떨어지고 말았다. 지금 생각해도 늘어선 가로수에 부딪히지 않고 그 사이로 빠져나간 것이 신기하다. 뒤집힌 차에서 창문을 내려 겨우 몸을 빼낼 수 있었다. 반대편 도로를 달려오는 차와 부딪히거나, 도롯가에 서 있던 가로수와 충돌했더라면 유명을 달리할 수도 있었는데 천행이었다. 아침 회의가 시작할 시간이었기 때문에 뒤도 보지 않고 부대로 들어가 수송관에게 뒤처리를 부탁했다. 유도 분만으로 세상에 나오기를 거부했던 작은 아이는 다음날 태어났다.

『아버지의 파괴(Destruction of the Father, 1974년)』는 남편 로버트 골드워터 (Robert Goldwater)가 죽은 이듬해 제작한 그녀의 첫 번째 설치미술작품이다. 석고, 고무, 나무, 천 등의 소재를 사용하여 부드러운 자궁 같은 방에 조성한 설치물로 붉은빛으로 밝히고 있다. 침실과 식당이라는 이중적 공간에는 고기 조각과 인체의 장기를 상징하는 물체들이 흩어져 있다. 루이스는 어렸을 적 저녁을 먹을 때마다 아버지의 고압적인 자세로 인하여 떨어야만 했다. 그래서 어머니, 형제들과 함께 아버지를 살해하고 먹어 치운다는 생각을 담아낸 것이다. 그녀는 "『아버지의 파괴』를 만든 목적은 사탄을 물리치는 엑소시즘과 같은 것이었다. 공포는 한 번만이라도 밖으로 드러나면 달라지는 것을 느낄 수 있다. 난 치유적인 주제를 원치 않지만, 사실은 엑소시즘은 치유다. 『아버지의 파괴』는 카타르시스거나 정화였다."라고 했다. 어릴 적 지켜본 아버지는 극도로 증오했던 대상이었나 보다.

어두운 공간에 전시된 기괴한 작품들을 지나고서 관계를 중심으로 한 후기작품들을 볼 수 있었다. 그 가운데 『좋은 엄마(The Good Mother, 2003)』는 부르주아의 후기 섬유 작품으로 다섯 개의 실타래가 여성의 양쪽 젖무덤에 연결되어 있다, 자녀들과 그들에 대한 의무와 책임을 표현한 작품이다. 로쟈 선생도 여성의 출산과 수유를 주제로 한 연작이 인상에 남았다고 했었다.

전시된 작품들 가운데 한 면이 온통 유리창으로 되어 있어 도쿄의 도심이 내려다보이는 전시실에서는 『광적 흥분으로 활처럼 휜 몸(Arch of hysteria, 1993)』을 볼 수 있었다. 활처럼 휘어진 몸통이 천정에서 늘어진 가느다란 줄에 매달려 있었다. 청동으로 조각한 머리 없는 몸통은 금빛으로 덮여 있는데 정신적 충격과 초월의 고통 속에 매달려 있다. 부르주아는 프로이트와 라캉의 정신분석학에서 다룬 무의식적인 마음이라는 기본 개념에 매료되어 있었다. 프랑스 정신과 의사 장 마르탱 샤르코의 연구를 참조하여 이 작품을 제작했다고 한다. 샤르코는 광적 흥분을 보이는 여성을 촬영하고 그들이 경험한 표현할 수 없고 압도적인 감정 아래 그들의 몸이 뒤틀리는 것을 기록했다. 여기에서 영감을 받은 부르주아는 광적 흥분을 보이는 인물을 남성으로 표현하였다. 작품을 끈에 매달아 놓은 것은 몸통이 회전할 수 있도록 하여 안정한 상태가 아님을 나타냈다. 목이 없는 몸통을 금빛으로 처리한 것은 작품을 감상하는 이의 얼굴이 뒤틀린 인물상의 몸에 비치도록 하여 보는 사람을 작품 속으로 끌어들인다는 생각이었다. 부르주아의 마법에 걸리지 않고 그 방을 나올 수 있어 다행이라고 생각해야 하나 싶어졌다.

작품이 걸려 있는 방에서 창가로 다가가 도쿄 시내를 굽어보았다. 238미터나 되는 모리 타워에서도 미술관은 가장 꼭대기 층에 있어서 거리를 오가는 사람들이 가물거릴 정도였다. 숙소에 두고 온 가방에 들어있던 망원경을 가지고 왔더라면 싶었다. 에도가와 란포의 단편 「오시에와 여행하는 남자」의 이야기를 떠올려 볼 수 있을 것 같아서였다.

이야기 속의 화자는 혼슈의 중간쯤에서 동해로 열리는 우오즈(魚津)에서 신기루를 보았다. 화자는 신기루를 보고 돌아오는 열차에서 만난 노인으로부터 가지고 있던 오시에 기법을 적용한 에마(絵馬)에 얽힌 사연을

듣게 된다. 에마는 일본의 신사 및 사원 등에서 소원을 담아 봉납하는 그림을 그린 목판을 말한다. 그리고 오시에(押し絵)는 꽃, 새, 인물 등의 모양의 판지를 여러 가지 빛깔의 헝겊으로 싸고 솜을 두어 높낮이를 나타나게 하여 널빤지 따위에 붙인 전통 기법이다. 노인의 형님은 83m가 더 되는 료운카쿠(凌雲閣)에 올랐을 때 본 아름다운 여성을 찾아다녔다고 했다. 결국 그녀가 그림 속에 있다는 사실을 알고는 그녀를 만나기 위해 그림 속으로 들어갔다는 이야기다. 나중에 노인이 오시에의 에마를 보았을 때 형님이 행복한 표정으로 아름다운 여성을 바라보고 있었다고 한다.

신기루(蜃氣樓)를 한자 그대로 해석하면 "커다란 조개가 내뿜는 숨결 속에 있는 누각"을 의미한다. 신(蜃)은 동아시아 지역에서 전해지는 상상의 동물이다. 한자로는 무명조개 신(蜃)으로 음독한다. 중국에서는 용이나 이무기를 닮은 생김새에 참새를 주로 먹는다고 하고, 일본이나 우리나라에서는 커다란 조개의 모습으로 묘사된다. 그런데 이 조개는 새가 변한 것으로 믿는다. 24절기를 더 나눈 72후 가운데 새가 바다로 들어가 조개가 된다는 물후(物候)가 있다. 한로의 중후에는 해묵은 참새나 제비가 바다에 들어가 합(蛤)이 되고, 입동의 말후에는 꿩이 바다에 들어가 신(蜃)이라는 큰 조개가 된다. 이런 조개가 봄 여름의 바닷속에서 기운을 토하면 마치 커다란 누각처럼 보인다고 해서 신기루(蜃氣樓)라 했다.

조선왕조실록 선조 40년 기사에 '큰 조개도 붉은 기운을 토해내어 신기루(蜃氣樓)를 하늘에 뻗치게 하는 것'이라는 대목이 나온다. 그럼에도 불구하고 사막 여행자가 흔히 길을 잃는 것은 신기루 때문이라는 이야기를 주로 들었던 것 같다. 사막에서 오아시스의 모습이 보이는 신기루는 실제의 위치가 아닌 다른 위치에서 보이는 현상을 이야기한다. 상하가 뒤집혀 보이는 경우도 있고 바로 보일 수도 있고 뒤집힌 상과 바로 선 상이 붙어 보일 수도 있다. 대기가 불안정할 때 빛이 굴절하면서 생기는 현상이다. 위 공기는 차갑고, 아래쪽의 공기는 사막의 복사열로 인해 뜨겁게 달구어졌을 때 나타난다. 그래서 미라지(mirage)라는 신기루의 영어표현은 '지켜보다' 혹은 '경이롭다'라는 뜻의 라틴어 미라리(mirari)에서 유래한 프랑스어 미레(mirer)에서 온 것이다. 신기루는 없는 것을 보는 환각작용과는 달리 일종의 광학작용이다.

일본 사람들은 햇살이 뜨거울 때 도로 멀리에 물이 고여있는 것같이 보이는 현상을 땅거울이라고도 하는데, 사막에서 갑자기 나타난 오아시스처럼 다가가는 만큼 달아나기 때문에 '도망가는 물'이라는 의미로 '니게미즈(逃げ水)'라고도 한다. 사막에서 신기루처럼 나타난 오아시스를 따라가며 사막을 헤매다가 목숨을 잃을 수도 있으니 조심할 일이다.

국내에 있을 때는 보지 못했던 신기루를 이집트를 여행할 때, 아부심벨에서 아스완으로 돌아오면서 들른 휴게소에서 처음 보았다. 사막 멀리에 마치 호수가 있는 듯한 아래쪽 신기루였다. 이런 종류의 신기루는 맑은 날 일정한 조건에서 생긴다. 그래서 이집트 사람들은 태양신 라(Ra)가 어둠과 혼돈의 신 아펩(Apep)과의 싸움에서 이긴 날은 날씨가 맑고, 신기루가 나타난다고 믿었다. 라가 아펩에게 패하는 날에는 흐리다. 이집트 초기 신화에 등장하는 네이스(Neith) 여신은 우주의 창조자였는데 태양신 라와 혼돈의 신 아펩을 낳았다. 아펩은 거대한 뱀 혹은 악어로 상징되는 불사의 존재로 라의 강력한 상대였다. 전해오는 이야기에 따르면 아펩은 태양이 지는 서쪽에 있는 바쿠(Bakhu)라는 계곡에 숨어서 라를 기다리다가 습격한다고 했고, 밤의 열 번째 구간에서 태양이 뜨기 직전에 공격한다고도 전한다.

다시 부르주아의 전시로 돌아가면, 제1장의 작품들을 감상하는 데 어려움을 느낄 수 없었다. 하지만 '나는 지옥에 다녀왔습니다(I have been to hell and back)'라는 제2장에서는 아버지에 대한 강박관념을 표현한『심장(2004)』,『거부(Rejection, 2001)』등을 비롯하여 팔다리 등 신체를 조각낸 작품들은 부검으로 단련된 필자로서도 쉽게 눈길을 주기 힘들었다. 특히 어두운 옷장 안에 분홍색 천으로 만든 머리가 거꾸로 매달려 있는『숨겨진 과거(The Hidden Past, 2004)』에서는 오싹한 느낌까지 들었다. 이영혜 씨 역시 "몸을 토막토막 잘라놓은 듯한 작품들 사이로는 보이지 않는 피가 고여 있는 것 같았다. 벽에 걸린 작품 속 붉은색은 마치 피가 되어 벽을 타고 바닥으로 흘러내릴 것 같았다. 보기 힘들었다."라는 느낌을 적었다.

결국 작품들을 건성으로 지나치면서 관람을 마무리하고 말았다. 모리 정원이 보이는 노대에서는 멀리 도쿄타워가 손에 잡힐 듯했다. 모이기로 한 시간까지는 여유가 많아서 모리 정원을 비롯하여 롯폰기 힐즈의 분위기를 즐겼다. 노대에서 바라보는 모리 정원에는 연인으로 보이는 젊은이들을 비롯하여 다양한 사람들이 한가롭게 거닐고 있었다. 노대에서 모리 공원을 내려다보면서 에테아 호프만(E.T.A Hoffman)의 「사촌의 구석 창문(Des Vetters Eckfenster, 1822)」을 떠올렸다.

이 이야기의 화자는 베를린의 헌병대 광장(Gendarmenmarkt, 헌병 홍갑연대가 주둔하던 광장이다)에 있는 공동주택에 사는 사촌을 방문한다. 사촌은 고

질병으로 하체를 쓸 수 없었기 때문에 집밖에 나갈 수 없다. 사촌의 유일한 낙은 방 귀퉁이에 있는 창문을 통하여 광장에서 벌어지는 일을 관찰하는 것이다. 사촌은 찾아온 화자에게 광장 살펴보기에 동참하기를 권한다. 두 사람은 광장을 오가는 사람들의 모습을 보면서 그들의 정체성을 두고 상상력을 발휘하여 이야기를 나눈다. 작가인 사촌은 이와 같은 작업을 통하여 상상력을 동원한 관찰과 문학의 관계를 설명하고, 글쓰기의 기초가 되는 '보는 기술'을 소개한다. 생각해 보면 보고 느낀 점을 글로 써내는 것도 기술이 필요하다. 그런 기술을 어떻게 익힐 수 있는지 궁금하다.

모이기로 한 시간보다 일찍 약속 장소에 갔더니 일행들이 적지 않게 모여들었다. 전시 작품들을 감상하면서 불편했다는 분들이 적지 않았다. 루이스 부르주아 특별전은 우리나라에서도 열릴 예정이라고 하는데 모리 미술관에서 본 작품들이 얼마나 사람들의 관심을 끌 수 있을지 모르겠다. 2022년에 삼청동에 있는 국제갤러리에서 열린 루이스 부르주아 개인전에서는 그녀가 말년에 주로 다루었던 자연과 기억에 관한 작품들이 전시되었다. 「유칼립투스의 향기(The Smell of Eucalyptus)」라는 제목으로 종이 작품과 판화로 구성되었다. 젊어서 병든 어머니를 간호하던 시절 유칼립투스를 어머니의 치료 약재로 사용하던 기억을 토대로 제작된 것들이었다. 부르주아에게 유칼립투스는 어머니와의 관계를 떠오르게 하는 매개물이었고, 특히 노년기에 집중하던 모성 중심의 작품을 제작하는 데 일조했다. 루이스는 생전에 화실에서 유칼립투스를 태워 공기를 정화시키곤 했다.

4시 반에 자유 시간을 마치고 저녁을 먹으러 갔다. 이날 저녁은 롯폰기 힐즈에서 멀지 않은 곳에 있는 이푸도(一風堂) 롯폰기 점에서 라멘을 먹었다. 식단에는 4종류의 라멘이 있었는데 요즘 매운 것이 부담스러워진 필자는 맵지 않은 라멘을 골랐다. 필자 입맛에는 짠 듯했다. 대체로 더운 지방의 음식이 짠 편이라는 점을 이해했다.

저녁을 먹고는 다시 롯폰기 힐즈로 이동했다. 롯폰기 힐즈의 중심인 케야키 자카(けやき坂)에 성탄절 무렵 밝힌 빛의 축제를 구경하러 간 것이다. 케야키 자카는 동서로 연결되는 400m 길이의 거리이다. 명품을 파는 상점들이 늘어서 있고, 40여 그루의 느티나무 가로수가 있다. 성탄절 무렵에는 장식용 전등으로 느티나무들을 휘황하게 장식하기 때문에 많은 사람들이 찾는다고 했다. 우리가 롯폰기를 찾은 것이 1월 14일임에도 케야키 자카 거리의 가로수들은 아직도 빛 장식을 벗지 못하고 있었다. 성탄절 때는 가로수뿐 아니라 길 양편에 늘어선 가게들도 전등으로 화려하게 장식한다. 성탄절 무렵처럼 많은 인파는 아니었지만 사진을 찍으러 찾아온 사람들이 적지 않았다. 양편에 서 있는 가로수가 잘 나오도록 하려면 도로 안으로 나가야 했다. 위험한데도 인상적인 사진 한 장을 건지기 위해 눈치껏 위험을 무릅써야 했다. 도로가 직선이 아니라 휘어져 있어서 조금만 자리를 옮겨도 분위기가 달라졌다. 누리망에 올라온 사진을 보면 멀리 도쿄타워 역시 전등으로 장식되어 있었는데 아마도 성탄절 무렵이었던 모양이다. 우리가 찍은 사진에서는 도쿄타워가 희미하게만 보여 아쉬웠다.

케야키 자카 거리를 따라 내려가다가 TV아사히 건물과 모리 정원을 통해서 모리 타워 앞으로 올라가 숙소로 가는 차를 기다렸다. 차를 기다리는데 우리가 마치 고가도로가 있던 시절의 청계천 거리 어디쯤 있는 듯하다는 느낌이 들었다. 도쿄와 서울은 많이 닮았다. 6시 반에 차에 올라 숙소로 출발해서 숙소까지는 45분이 걸렸다. 롯폰기 힐즈에서 한조몬까지는 3.9km 거리로 승용차로는 10분 정도 걸리는데, 초저녁에 차가 밀린 까닭인가 보다.

여행

셋째 날

신주쿠에 있는 하야시 후미코 기념관에 가다

1월 15일 일본여행 3일째. 이날 도쿄의 아침 최저기온은 3도, 낮 최고 기온은 11도였다. 아침 기온은 전날보다 조금 낮았다. 5시 반에 일어났다. 새벽같이 일어나 인천공항으로 나가는 바람에 생겼던 시차(?)에 적응하여 평소처럼 눈을 뜬 것이다. 6시 반까지 루이지 피란델로의 희곡『작가를 찾는 6인의 등장인물』을 읽었다. 혹시『양기화의 BOOK소리-유럽여행』의 속편을 쓴다면 시칠리아 여행과 함께 소개할 생각이다. 시칠리아의 아그리젠토 출신의 극작가 루이지 피란델로는 1934년에 노벨문학상을 수상했다.

1921년 로마의 발레 극장(Teatro Valle)에서 초연된『작가를 찾는 6인의 등장인물(Sei personaggi in cerca d′autore)』의 얼개를 간략하게 소개한다. 극이 시작되면 작가의 희곡작품『역할놀이』를 연습하는 장소에 일가족 6명이 찾아와 자신들의 이야기를 무대에 올려달라고 부탁한다. 6명의 등장인물은 사실 피란델로의 상상력으로 태어난 인물들이다. 이들이 쏟아내는 사연이 가히 충격적인 탓에 처음에는 이들을 쫓아내려던 연출은 물론, 기왕의 작품을 연습하던 배우들까지도 이들의 이야기에 빠져든다.

연출은 결국 이들의 요구를 들어주기로 한다. 6명의 등장인물은 자신의 역할을 스스로 연기하겠다고 주장하지만, 연출은 자기 배우들에게 이들의 역할을 맡긴다. 배우들이 이들의 사연을 무대에서 연기하기 시작하자 등장인물들은 자신의 실제 모습이나 이야기와 차이가 있다고 주장한다. 사실 작가가 시, 소설, 희곡 등을 발표하면 그 작품에 대한 해석은 오롯이 독자나 연출의 몫이 되기 마련이다. 희곡을 무대에 올릴 때도 여러 사정을 고려하여 작품의 내용을 수정한다. 그래서인지 피란델로는 자신이 창조해 낸 등장인물들이 혼자 스스로 움직이고 말할 수 있는 인물이 되었다고 이야기한다.

시칠리아를 소개하면서 피란델로의 작품 가운데 희곡을 고른 것은 필자가 대학에 다닐 때 연극반에서 활동한 인연 때문이다. 연기가 시원치 않아 무대에 서보지 못했지만 조명을 담당하다가 무대감독까지 해보았다. 오영진 선생의 작품『해녀 뭍에 오르다』였던 것으로 기억한다. 그때 연출을 맡아주신 안정훈 선생님께서 우리 연극이 끝난 뒤에 시민회관에서 무대에 올린 음악극『포기와 베스』의 무대감독도 맡아달라고 해서 고민했는데, 그 작품까지 했더라면 틀림없이 낙제할 것 같아서 포기했었다.

책읽기에 집중하다 보니 어제 아침부터 훌쩍이던 콧물이 어느 정도 멈춘 듯했다. 대신 목이 조금씩 따끔거렸다. 도쿄에 도착했던 날 오후에 찬바람을 맞았던 탓에 콧물감기에 목감기가 겹친 듯했다. 서울에서 콧물감기약을 사 왔어야 했다. 그래도 전날 저녁에 최난경 해설사의 도움으로 살 수 있었던 코에 뿌리는 약이 상당한 도움이 되었다. 목감기 증상에는 집에서 가져온 베타딘 분무액을 자주 뿌려주기로 했다.

이날은 9시 반에 숙소를 나서 하야시 후미코 기념관을 구경하고 가마쿠라로 이동해서 점심을 먹은 뒤에 엔가쿠지와 가마쿠라 해변을 구경하고 도쿄로 돌아오는 일정이다. 점심이 늦을 예정이라서 아침을 늦게 먹기로 했다. 하지만 전날 저녁에 라멘을 먹은 탓인지 배가 고파오는 바람에 7시 40분에 식당으로 내려갔다. 두 번째 아침 식사는 화식을 맛보기로 했다. 개인적으로는 화식의 독특한 풍미가 조심스러웠지만 골라 담은 음식들은 대부분 입맛에 맞았다. 다행이다. 이날 나온 후식 가운데 떼어놓은 포도알이 있었는데 꼭지가 붙어 있었다. 꼭지를 떼어내고 먹어야 해서 불편했기 때문에 이유가 궁금했다. 오후에 최난경 해설사에게 물었더니 정확한 것은 아니지만 신선한 상태를 유지하기 위해서일 것이라고 했다.

궁금하면 500원이라고 했던가? 하지만 요즈음 누리망을 잘 찾아보면 답을 구할 수가 있다. 이지의 네이버 누리사랑방에서 답을 찾았다. 덕분에 500원을 절약할 수 있었다. 포도를 손질하지 않고 송이째 냉장 보관을 하면 포도알이 쭈글쭈글해지거나 물러터지고 곰팡이가 쉽게 생긴다고 했다. 그리고 먹을 때마다 세척하는 불편함을 해결하기 위하여 한꺼번에 세척해서 오랫동안 신선하게 보관하는 방법을 소개하고 있었다. 먼저 포도송이를 가위로 잘라 작은 송이로 나누거나 꼭지가 붙은 낱알로 떼어내 세척한다. 낱알로 떼어낼 때는 꼭지가 남도록 포도알의 바로 위쪽 줄기를 자른다. 세척할 때 포도 속에 물이 들어가 물러지는 것을 예방하여 오랜 기간 보관할 수 있다.

포도를 세척할 때는 밀가루를 사용하는 것이 좋다. 물 1리터에 15밀리

리터 계량 수저로 한 수저(10그램)의 밀가루를 넣어 거품기로 골고루 섞어 준다. 밀가루를 푼 물에 포도를 10분 정도 담가둔다. 밀가루는 이물질을 흡착하는 성질이 있어 포도알에 붙어 있는 잔류농약을 줄여줄 수 있다. 다음에는 밀가루를 씻어낸다. 밀가루는 잘 가라앉으므로 깨끗한 물에 여러 차례 담가 밀가루를 씻어낸다. 씻어낸 포도에서 물기를 제거해야 오래 보관할 수 있다. 넓은 쟁반이나 양푼에 종이 부엌 수건(kitchen towel)을 두 세 겹 깔고, 물기를 털어낸 포도알을 올려놓고 살살 굴려 물기를 제거한 다. 일주일 이내에 포도를 먹을 거면 밀폐용기에 그냥 담으면 된다. 하지만 2주 이상 오래 보관할 거면 밀폐용기 바닥에 부엌 수건을 깔고 포도를 담은 뒤에 포도 위에도 부엌 수건을 덮고 뚜껑을 닫으면 된다. 2주가 넘어도 싱싱한 포도알을 즐길 수 있다고 한다.

화식에도 에스프레소를 빠트릴 수 없다. 몬토레 호텔 한죠몬 식당의 에스프레소는 향과 식감이 환상이기 때문이다. 물론 필자 기준으로…. 에스프레소 잔에 커피를 두 번 내린 뒤에 설탕을 3봉 넣으면(물론 젓지 않는다) 쌉쌀한 맛으로 시작해서 달달한 맛으로 마무리할 수 있다. 8시가 조금 넘을 때까지 여유 있게 아침을 먹고 숙소로 올라가 읽던 책을 이어 읽다가 9시 20분에 짐을 챙겨 현관으로 내려갔다.

9시 반에 숙소를 나서 하야시 후미코(林 芙美子) 기념관으로 향했다. 기념관은 신주쿠(新宿)구 나가이(中井)에 있으며 공익재단인 신주쿠 미래창조재단(新宿未来創造財団)이 관리하고 있다. 하야시 후미코가 1941년부터 1951년 사망할 때까지 살았던 집을 개조하여 기념관으로 일반에 공개하고 있다. 집 안으로 들어갈 수는 없지만 부엌, 식탁, 다실, 거실, 서재 등은 밖에서 들여다볼 수 있다. 혼인신고는 하지 않았지만, 사실혼 관계에 있던 남편 하야시 미도리토시(林緑敏)의 화실은 전시실로 되어 있어 방문객이 들어가 볼 수 있다.

신주쿠의 후미코 기념관 이외에 도쿄도 세타가야(世田谷) 구 다이시도(太子堂)에 있는 후미코의 옛 거주지가 있고, 히로시마(広島)현 오노미치(尾道)시에도 오노미치 하야시 후미코 기념관이 있다. 이 기념관은 후미코가 히로츠네(尋常) 소학교에서 여학교까지 2년 반이 넘게 살았던 곳으로 미야지(宮地) 간장 가게였다.

9시 반에 숙소를 출발한 차는 10시 무렵에는 기념관에 도착할 예정이었다. 가면서 보니 어디쯤인지는 모르겠지만 가로수로 심어둔 동백이 빨간 꽃을 피우고 있는 것을 보았다. 동백을 볼 때마다 1848년에 발표된 알렉상드르 뒤마 피스(Alexandre Dumas fils)의 처녀작『춘희』가 생각나는 것은 파블로프의 조건반사일 수도 있다. 원제목『La Dame aux camélias』는 우리말로 '동백의 여인'이라는 뜻이다. 일본에서『츠바키히매(椿姫)』라는 제목으로 번역되면서 한국에서도『춘희』가 된 것이다. 한자 '춘(椿)'은 우리나라에서는 참죽나무를 뜻하지만, 일본어에서는 동백나무를 의미한다.

이야기가 나온 김에 춘희의 줄거리를 요약한다. 부유한 귀족의 자제인 아르망 뒤망은 '동백꽃을 든 여인'이라는 별명으로 파리 사교에서 이름을 날리던 코흐티잔 마르그리트 고티에와 사랑에 빠진다. 코흐티잔(courtisan)은 '궁정에 살다'라는 의미의 중세 영어 to court를 차용한 프랑스어로 처음에는 '궁정 사람'이라는 용례로 사용되다가 시간이 지나면서 '궁정의 여인'들로 한정되었다. 동시에 궁정에 머물면서 돈이나 보석 등

경제적 후원을 받는 대가로 성적 유흥과 예술적 교양을 주고받는 고급 매춘부이자 정부를 뜻하게 되었다.

아르망은 고급 매춘부로 활동하는 마르그리트를 안타깝게 생각하면서 사랑이 깊어지고 폐결핵에 걸린 마르그리트 역시 아르망의 헌신에 감동하게 되면서 코흐티잔 생활을 정리하고 동거하게 된다. 결국 아르망의 아버지도 이 소문을 듣게 되어 찾아온다. 막상 마르그리트를 만난 아버지는 편견과는 달리 그녀가 방탕한 여자가 아니라는 것을 알게 되지만 자식의 앞날을 생각해서 헤어져 달라고 부탁한다. 아르망이 상처받을 것을 우려한 그녀는 자세한 설명 없이 이별을 통보하고 코흐티잔 생활을 다시 시작한다. 아르망 역시 실망하여 절교를 선언하고, 혼자 남은 마르그리트는 폐결핵이 악화하여 죽음을 맞는다. 그녀가 죽었다는 소문을 듣고 파리로 돌아온 아르망은 마르그리트가 죽는 순간까지 자신을 진심으로 사랑했다는 사실을 알게 된다. 그리고 마르그리트의 유품으로 팔린 아베 프레보의 소설 『마농 레스코』를 사기 위해 화자를 찾아온 것이다. 학생 때 『춘희』를 읽고서 아르망과 마르그리트의 절절한 사랑 이야기가 안타까웠던 기억이 남아 있다. 하지만 지금은 아르망의 아버지 입장이 이해가 되는 것은 아무래도 나이가 든 탓이리라.

『마농 레스코』는 프랑스의 신부이자 소설가인 아베 프레보(Abbé Prévost)가 1731년에 발표한 소설 『슈발리에 데 그리외와 마농 레스코의 이야기(Histoire du Chevalier des Grieux et de Manon Lescaut)』를 말한다. 파리의 부유한 귀족 가문의 젊은 슈발리에 데 그리외(Chevalier Des Grieux)는 매혹적인 평민 처녀 마농(Manon)에 반하여 집안의 반대에도 불구하고 결혼을 꿈꾼다. 두 사람은 10대 후반으로 나이도 어린데 문제는 마농이 사치와 향락을 좋아하여 돈을 물 쓰듯 한다는 것이다. 설상가상으로 집에 불이나 재산을 잃은 그리외는 마농의 사치를 채워주기 위해 사기도박을 벌이지만 하인이 돈을 훔쳐가는 바람에 다시 빈털터리가 된다. 마농은 부자 노인에게 가지만 그리외의 설득으로 노인의 돈을 훔쳐 달아났다가 체포된다. 그리외의 아버지가 마농을 신대륙의 누벨오를레앙으로 강제 추방시키고, 그리외는 마농을 따라 신대륙으로 건너간다. 이번에는 마을 추장의 조카가 마농에게 연정을 품게 되면서 결투를 벌인 끝에 추장의 조카가 쓰러진다. 그가 죽은 줄 안 그리외는 마농을 데리고 사막으로 달아났다가 마농은 죽고 그리외는 목숨을 건져 프랑스로 돌아가게 되지만, 상심한 끝에 처량하게 살아간다는 이야기다. 세상을 살아가는 이치를 깨닫지 못한 설익은 10대의 비극적인 사랑이야기이다.

기념관에 가는 동안, 로쟈 선생은 하야시 후미코의 삶과 문학에 대하여 설명해 주었다. 하야시 후미코는 1903년에 태어나 1951년에 사망한 일본의 여류작가로 일본의 서민문학을 일구었다고 평가된다. 어린 시절로부터의 불행했던 반평생을 그린 자전적 소설 『방랑기(放浪記, 1928년)』로 명성을 얻었으며, 서민들의 삶을 사실적으로 묘사하여 많은 독자의 공감을 얻었다. 『풍금과 물고기의 마을(風琴と魚の町, 1931)』, 『철 늦은 국화(晩菊, 1948)』, 『뜬구름(浮雲, 1951)』 등의 대표작이 있다.

그녀의 삶은 자신의 일기를 바탕으로 썼다는 『방랑기』를 통하여 어느 정도 가늠할 수 있다. 그녀는 지금은 기타큐슈(北九州)시에 속하는 모지(門司)부에서 태어났다. 어머니 키쿠(キク)가 마이타 마타로(宮田麻太郎)와의

사이에서 낳은 딸이지만 아버지가 딸의 존재를 인정하지 않았기 때문에 외삼촌의 호적에 하야시 후미코(林フミ子)로 입적하였다. 7살이 되던 해 어머니는 아들만 데리고 상점 지배인 사와이 기사부로(沢井喜三郎)와 함께 집을 떠났다. 양부와 어머니는 기타큐슈의 탄광 마을을 전전하면서 행상을 하는 동안 후미코는 나가사키(長崎), 사세보(佐世保), 시모노세키(下関) 등의 소학교를 다녔다. 11살이 되던 해 어머니와 양아버지를 따라 산요(山陽) 지방으로 가서 행상 등을 하다가 13살이 되던 해에는 히로시마(広島)현의 오노미치(尾道)에 자리 잡고 19살이 될 때까지 살았다.

2년 늦게 오노미치 다이니 히로쓰네(尾道第二尋常) 소학교를 졸업한 후미코는 부유한 집안의 장남 오카노(岡野)를 만나 사랑하게 되었고, 그녀의 문학적 재능을 알아본 선생님의 추천으로 오노미치 시립 고등여학교에 입학하였다. 당시의 여학교는 부유한 집안의 여자아이들만 다니는 형편이었지만 오카노에 걸맞은 여성이 되고 싶다는 생각에서 진학을 결심했다는 설도 있다. 그녀는 학비를 벌기 위해 임시직으로 일을 열심히 해야 했다. 그리고 오카노가 메이지(明治) 대학에 진학하자 도쿄에 따라가 동거하게 되었다. 하지만 두 사람이 사랑하고 있다는 사실을 알게 된 오카노의 부모는 격렬하게 반대했다. 결국 오카노는 대학을 졸업한 뒤에 부모의 설득에 넘어가 다른 여자와 결혼하고 말았다.

『방랑기』에도 적은 것처럼 비극적 사랑의 종말은 후미코를 채울 수 없었던 욕망과 배고픔으로 절망에 빠트렸다. 절망에서 탈출하기 위해 그녀는 밤낮으로 일하면서 책을 읽었다. 여학교의 교사들도 그녀의 문학적 재능을 키워주었다. 18살이 되던 해부터는 아키누마 요코(秋沼陽子)라는 필명으로 여러 신문에 시와 단카(短歌)를 발표했다.

여학교를 졸업하고는 도쿄로 올라와 공동목욕탕과 출판사의 잡역부, 증권회사 점원, 인형공장 노동자, 실가게 점원, 찻집 여급 등을 전전하면서 겨우 입에 풀칠할 정도로 살아냈다. 하루를 쉬면 굶어야 하는 비참한 상황이었다. 그런 와중에도 동화와 시를 써서 출판사에 팔면서 문학세계에 접근해 갔다. 난텐도 쇼보(南天堂書房)에서 다다이스트와 무정부주의자들과 어울리며 난잡한 생활을 하면서도 글쓰기를 이어가다가 1926년에 만난 미술학도 미도리 토시 데즈카(手塚綠敏)를 만나 사실혼 관계를 맺었다. 미도리는 그녀의 글쓰기를 물심양면으로 지원했다.

1928년 하세가와 토키우(長谷川 時雨)가 주간을 맡은 잡지「요닌게이주츠(女人藝術)」에 20회에 걸쳐 자전적 소설『방랑기』가 게재되면서 인기몰이를 했고, 1930년 가이조샤(改造社)에서 출간한『방랑기』와『속 방랑기』가 선풍적인 인기를 끌면서 인기 작가가 되었다. 인세 덕분에 중국을 여행했고, 강의를 겸한 국내 여행도 많아졌다. 1931년에는 우리나라와 시베리아를 거쳐 파리를 여행하고 런던에도 머물렀다가 이듬해 귀국했다. 1935년에 발표한 단편소설「굴(牡蠣)」은 기왕의 자전적 소설 양식에서 벗어난 본격 소설로 평가받았다. 1937년 난징전투에서는 마이니치 신문의 특파원으로 전장에 나갔고, 1938년에 벌어진 무한작전에서는 내각정보부 작가부대의 일원으로 참여했다. 이때의 경험은 훗날『전선(戰線)』과『북안부대(北岸部隊)』등으로 출간했다.

집필활동을 활발하게 하는 한편 1940년에는 전국을 순회하는「분게이주고운도(文芸銃後運動)」강연회에 참여했다. 여러 문인이 참여한 이 강연회의 주된 목적은 문인들이 나서서 국가적 고난의 시기를 맞아 온 국민이 단결된 힘을 끌어낼 수 있도록 촉구하도록 하는 것이었다.

1942년 10월부터 이듬해 5월까지는 육군 언론부 기자단의 일원으로 싱가포르, 자바, 보르네오 등지에서 활동했다. 1944년 전쟁 양상이 바뀌면서 나가노(長野)현 간바야시(上林) 온천으로 피난했다가 1945년 10월 도쿄로 돌아왔다. 도쿄의 자택은 공습의 피해를 받지 않았다. 전쟁 기간에 통제받던 글쓰기도 자유롭게 할 수 있어 후미코는 기뻐했다. 1948년에 발표한 『철 늦은 국화(晩菊)』로 여성 문학상을 수상했다. 후미코는 집필 요청을 거절하지 않기로 유명했다. 1949년부터 1951년까지 신문과 잡지에 9편의 중편소설을 동시에 연재하기도 했다. 이와 같은 집필 작업으로 건강은 나날이 나빠져 갔다.

한편으로 그녀가 밟아온 삶의 궤적에 대한 비판의 목소리도 있었다. 이노우에 히사시(井上 ひさし)가 2002년에 발표한 하야코 후미코 평전극 『북치고 피리불기(太鼓たたいて笛ふいて)』에서는 후미코의 삶에 대하여 비판하는 대목이 나온다. "그렇다고 하더라도 하야시 씨만큼 많은 비판을 받는 소설가는 드뭅니다. 문단에 등장하고서는 '가난을 판매하는 아마추어 소설가', 그리고는 '겨우 반년 동안의 파리 체제를 파는 소설가'로, 일중전쟁으로부터 태평양전쟁에 이를 때까지는 '군국주의의 나팔수 노릇을 했던 정부의 소설가' 등으로 비판받았습니다. 하지만 전쟁이 끝난 6년은 달랐습니다. 오롯이 전쟁으로 피폐해진 평범한 일본 사람들의 슬픔을 쓰는 작업에 매달렸습니다. 쇠약해진 심장을 달래가면서 밤샘을 밥 먹듯 하는…. 그렇듯 맹렬한 작업을 두고 한 평론가는 '일종의 완만한 자살이 아

니었겠나?'라고 말했습니다." 이런 대목을 듣고 보니 4박5일의 일본근대
문학기행으로 책 한 권 분량의 이야기를 만들어낸 필자 역시 켕기는 무
엇이 생기는 듯하다. 그래도 건강을 생각해서 매일 근력운동도 열심히 하
고 글쓰기도 무리하지는 않는 편이다.

1951년 6월 27일 밤, 주부의 벗(主婦の友)에서 의뢰받은 글을 쓰기 위
해 두 곳의 식당을 다녀온 뒤에 고통스러워하다가 다음날 심장마비로 사
망했다. 죽기 몇 시간 전까지도 기자회견에 응했던 그녀는 끝까지 작가의
삶을 놓지 않았다. 사람들은 '언론이 그녀를 죽였다.'라고 말했다. 7월 1
일 자택에서 열린 고별식에는 시정 아낙네들도 많이 참석했다. 대중작가
로서는 명예로운 일이었다. 장례위원장을 맡은 가와바타 야스나리는 "고
인은 (자신의) 문학적 생명을 보존하기 위해 다른 사람에게는 끔찍한 일을
저지르기도 했습니다. 하지만 두세 시간 뒤에 고인은 재로 변할 것입니
다. 죽은 뒤에는 죄업이 소멸하는 법이니, 부디 고인을 용서하시기를 바
랍니다."라고 말했다. 이 말에는 후미코가 자신을 너무 우선시한 나머지
다른 작가들을 배척한 바 있기 때문이었다. 그녀의 계명은 수미노리인 후
요키오미 다이시(純德院芙蓉清美大姉, 순덕원 후요키오미 큰언니)이며, 나가노 구
의 반쇼인 고우운샤(萬昌院功運寺)에 묻혔다.

9시 반에 도착 예정이던 하야시 후미코 기념관에는 10시 반에 도착했
다. 길 안내 응용 무른모(application software)를 따라갔더라면 30분이면 충
분할 것을 기사가 아는 길로 가야 한다고 우거서 그리된 것이라고 했다.
과거 잘 나가던 일본이 삶의 방식이 급변하는 최근의 상황에 따라가지
못하는 이유가 어디에 있는지 알 듯하다. 차를 타는 시간이 길어지다 보

신주쿠에 있는 하야시 후미코 기념관

니 로쟈 선생에게서 듣는 이야기도 많아졌다. 하야시 후미코의 삶을 보면 먹고사는 일이 곤궁한 가운데 살아남기 위해서, 자신이 가지고 있는 글쓰기 재능을 꽃피우기 위하여 부단하게 노력했다는 이야기도 있다. 책을 사보기도 했지만 주로 대여소에서 빌려보았다는 것이다. 일반적으로 작가는 적어도 중류층에서 나온다는 이야기도 있었다. 빈곤층에서는 먹고사는 일을 해결해야 하므로 책을 사거나 빌려볼 수 있는 자금이나 시간이 부족하다는 것이고, 상류층은 굳이 책을 읽지 않는다는 것. 다만 예외가 있다면 러시아에서는 상류층 출신의 작가가 많다고 했다. 그러고 보면 책을 사거나 빌려보기를 즐기는 필자는 적어도 빈곤층이나 상류층이 아닌 것은 분명하다.

하야시 후미코가 서민문학을 대표하게 된 것은 살아온 환경이 서민적이었기 때문이다. 쌀을 주식으로 하는 일본이나 우리나라에서는 쌀을, 되나 심지어는 홉으로 사 먹는 사람들을 서민이라 이야기한다고 했다. 후미코는 "쌀을 되로 사는 사람들에게 도움이 되는 이야기를 쓰고 싶다"라고 했다는 것이다. 필자가 어려서 학교에 다닐 무렵에는 혼식을 장려했다. 학교에서도 도시락 검사를 해가면서 혼식을 강제하던 시절이었다. 하지만 어머니는 형편이 어려워도 쌀을 가마니로 사서 뒤주에 담아둬야 마음이 놓이셨다고 했다. 쌀을 가마니로 산다고 해서 서민이 아닌 것은 아니었다. 다만 신혼 초에 보릿고개를 힘겹게 넘기셨던 기억 때문이라고 말씀하셨다. 그리고 보리쌀도 섞지 않고 쌀로만 밥을 지으셨다. 도시락에도 겉에만 보리를 조금 깔아주셨다. 지금은 많은 사람들이 건강을 지키기 위하여 자발적으로 혼식을 하는 세상이 되었으니, 격세지감을 느낀다.

쌀밥 이야기가 나오면서 북한의 김일성 어록까지 소환되었다. 1962년 최고인민회의 제3기 제1차 회의에서 김일성은 「조선민주주의 인민공화국 정보의 당면 과업에 대하여」 이야기하는 자리에서 "실로 1964년은 우리 인민의 생활 향상에서 새로운 거대한 전환의 해로 될 것입니다. 1964년에 우리는 300만 톤의 벼와 20만 톤의 육류, 3억 미터의 직물을 생산하게 되며 그 해까지 도시와 농촌에 새로 건설되는 문화 주택은 60만 세대에 달하게 됩니다. 이렇게 되면 우리 인민은 모두가 다 기와집에서 이밥에 고깃국을 먹으며 비단옷을 입고 사는 부유한 생활을 누리게 될 것입니다. 이것은 우리나라 근로자들이 오랜 옛날부터 꿈꾸어 오던 염원을 우리 시대에 와서 실현하는 무한히 기쁘고 자랑스러운 일입니다."라고 말했다. 1960년대 당시의 사정으로는 그리 허황한 이야기도 아니었다고 한다. 하지만 중공업만 키우는 정책과 함께 자영농을 주장하는 사람들을 은밀히 숙청해 가면서 도입한 협동농장 체제로 식량 생산의 효율성이 떨어지고 북한의 식량난은 점차 심화해 가는 바람에 김일성의 주장은 빈말이 되고 말았다.

차가 좁은 도로를 이리저리 돌아가다가 서더니, 차 앞에서 차단기가 내려가고 열차가 지나간다. 주택가인데 전철이 지나간다. 열차가 얼마나 자주 다니는지는 모르겠지만 소음으로 생활이 불편할 수도 있겠다. 지하화하지 않은 것은 아마도 지진 때문일 것이다. 이윽고 차가 선다. 더 갈 수 없으니 내려서 기념관까지 걸어야 한다는 것이다. 골목길을 가다 보니 의원이 눈에 띈다. 직업의식의 발로였을 것이다. 뭐 눈에는 뭐만 보인다는 옛말이 딱 맞다. 의원도 큰길가의 건물에 주로 있는 우리나라와 달리 일본에서는 골목에서도 의원을 많이 볼 수 있다. 접근성이 좋고 눈에 잘 띄어야 환자유치에 도움이 되는 우리나라와는 달리 땅값이 비싼 도쿄에서는 큰길에 의원을 내기가 쉽지 않은 모양이다.

하야시 후미코 기념관은 높다란 축대 위에 있었다. 골목길을 따라 올라가서 대문이 아닌 곁문으로 들어섰다. 입장 수속을 마치고 기념관 해설사의 안내를 받으며 구경에 나섰다. 하야시 후미코는 시모오치아이(下落合) 지역에 있는 셋집에서 이사를 해야 할 상황이 되었다. 야나카(谷中)의 번화가에서 살아볼까? 생각하고 셋집을 찾아다녔지만 마땅한 집을 구할 수 없자, 살고 있는 지역에 집을 짓기로 했다. 운 좋게 300평(900㎡) 규모의 부지를 찾아냈지만, 집을 지을 돈을 구할 수 없어 1년이 지나서야 건축을 시작할 수 있었다.

평생을 살아갈 집이었기 때문에 후미코는 200여 권의 참고서를 읽어 목재와 쪽매, 목공 등에 관한 지식을 얻고 설계에 대한 개략적인 방향을 정했다. 좋은 목수를 찾기 위해 많은 후보의 작품을 연구한 끝에 야마구치 분조(山口 文象)에게 건축을 맡겼다. 당시만 해도 도쿄에서는 집을 지을 때 가구당 면적이 제한되어 있었다. 하야시 후미코는 남편 하야시 미도리토시와 법적 혼인 관계가 아닌 점을 이용하여 후미코 명의의 거실동과 남편 명의의 화실동의 두 건물로 분리하여 건축을 시작하여 완공한 다음 연결하였다.

"나는 일류 목수를 선택하고 싶었습니다. 우선, 집의 설계도를 세우고, 건축가 야마구치 분조에게 토지의 입고도를 검토해 달라고 부탁했습니다. 그는 1년 넘게 디자인 작업을 반복해서 진행했습니다. 우리 집에서 가장 중요한 개념은 모든 방향에서 공기가 통과할 수 있어야 한다는 것이었습니다. 나는 손님 응접실에 돈을 쓰고 싶지 않았지만 거실, 욕실, 화장실 및 부엌에 충분히 아낌없이 쓰겠다고 주장했습니다."

후미코는 새집을 짓는 데 적극적으로 개입했다. 건축을 공부하는 한편 설계사와 목수 등과 함께 교토를 여행하면서 전통가옥을 관찰하고 목재를 조사했다. 야마구치 분조가 설계한 이 집은 스키야(數寄屋) 양식인 교토 다실의 특징과 세부적인 부분에 후미코의 성격이 반영되었다.

현관은 항상 꽃이 있는 작은 병으로 장식했다. 원고를 들고 오거나 청탁하려는 방문객이 줄을 이었기 때문에 때로는 집에 없는 척해야 했다. 현관 왼쪽에 있는 작은 불단이 놓인 방은 후미코의 어머니 키쿠가 사용

했는데 상주 작가의 침실로 사용되기도 했고, 손님이 많을 때는 보조 객실로 사용되었다. 현관 오른쪽에 있는 응접실은 그녀의 원고를 기다리는 편집자들이나 방문객이 머무는 공간이었다. 정원이 내다보이는 거실에는 온열 탁자(こたつ)와 내장식 신토 제단을 비롯한 편의시설이 갖추어져 가족적 분위기를 조성하였다. 거실동의 현관 뒤편에 있는 안뜰에 면하여 부엌과 욕실이 있다.

안뜰 뒤에 있는 화실동에는 거실동과의 연결 통로에 가깝게 대기실과 도서실이 있다. 후미코는 도서실에 금고를 숨겨두었다. 대기실에서 정원 쪽으로 남편과 아들이 사용하던 침실이 있다. 원래는 후미코의 서재로 사용할 예정이었지만, 너무 밝아서 일할 수 없었기 때문에 뒤쪽 창고를 서재로 사용하게 되었다. 화실동의 서쪽 끝에는 남편이 사용하는 화실이 있다. 화실 남쪽으로 정원의 서쪽 끝에는 석재로 지은 창고가 있다. 화재 위험이 있는 목조저택에 보관할 수 없는 물건을 보관한 것으로 보인다.

후미코 생전에는 정원 전체에 모소 대나무를 심고 동백, 석류, 칼미아, 단풍 등 그녀가 좋아하는 다양한 나무를 심었다. 츠보이 사카에(壺井栄)가 선물한 올리브는 지금도 볼 수 있다. 후미코 사후에는 남편이 조금씩 바꾸어 지금은 계절마다 아름다운 야생화가 꽃을 피우고 있다. 기념관 해설사의 설명을 수신기로 들어가면서 정원을 구경했다. 겨울철이라서 정원에 심어놓았다는 야생화는 꽃을 볼 수 없었고, 상록수를 제외한 활엽수도 가지만 앙상하여 정원의 꽃과 어우러진 정원의 모습은 머릿속에서 그려 보아야 했다.

거실동과 화실동 북쪽으로는 경사가 급한 비탈이 있고 계단을 통해 올라갈 수 있었다. 비탈 위에는 정원이 가꾸어져 있었고, 나무들이 거실 동과 화실동을 가리고 있어서 다소 어수선해 보였다. 늦게 기념관 관람을 시작했지만, 시간을 넉넉하게 잡아 꼼꼼하게 구경을 마칠 수 있었다. 차를 기다리는 동안 기념관을 다시 올려다보았더니 축대 위로 모소 대나무가 키 자랑을 하고 있었다. 정원 밖에 서 있는 것이라서 살아남았나 보다.

이영혜 씨는 여행기에 이렇게 적었다. "두 채의 집과 잘 가꾸어진 정원으로 이루어져 있었다. 생각했던 것보다 크고 잘 지은 집이었다. 흰쌀밥에 단무지가 소원이라던 후미코의 인생 역전이 아닐 수 없다. 그러나 이 집에서 십 년밖에 못살고 심장마비로 사망했다. 연세가 지긋해 보이는 기념관 해설사에게 후미코의 장례 위원장을 맡았던 가와바타 야스나리가 한 말을 적은 쪽지를 보여주면서 그 이유를 물었다. 그녀는 후미코가 다른 작가(당시 떠오르는 여성 작가)의 원고를 맡아 놓고 편집자에게 전달하지 않거나 험담했다는 이야기를 전해주었다. 그녀에 대해 읽으면서 지나간 것에 대해서는 정말 뒤도 안 돌아보는구나, 과거에 절대 발목 잡히는 여자가 아니라는 것을 느꼈다. 나의 과거든 어머니의 과거든 타인의 과거든." 하야시 후미코는 어떻게 보면 뻔뻔하다 싶을 정도로 강한 정신력을 가졌기 때문에 그토록 어려운 환경을 극복하고 작가로서 성공을 거두었던 것 아닐까 싶다.

로쟈 선생도 펀트래블의 일본근대문학기행을 준비하면서 하야시 후미코의 『방랑기』와 『뜬구름』을 읽었다고 했는데, 필자 역시 두 작품을 읽고 독후감을 남겼다. 내용이 길지 않지만 간략하게 요약해서 소개한다. 1928년에 발표된 『방랑기』에 나오는 그녀의 삶은 봉지 쌀을 사서 하루를 연명하는 그런 삶이었다. 생활비가 부족하여 지인에게 돈을 빌리러 간 적도 있고, 그조차도 여의치 않을 때는 몸을 팔 생각까지도 했다고 적었다. 『방랑기』가 사람들의 주목을 받은 것은 그렇게 바닥을 헤매는 삶을 살면서도 글쓰기에 대한 꿈을 버리지 않은 그녀의 악착같은 삶을 응원하는 마음이 하나로 모인 탓이 아니었을까 싶다. 우리나라에서도 조선작의 소설을 영화화한 『영자의 전성시대』가 바로 하야시 후미코의 삶을 닮았다. 시골에서 올라와 여급으로 일하다가 윤락녀가 된 영자의 삶을 다루면서 관련 직종에 종사하는 여성들의 응원으로 흥행에 성공한 적이 있다.

『방랑기』를 어렵게 읽은 이유는 맥락이 분명치 않게 이야기가 전개되는 점인데, 아마도 「노래 일기(歌日記)」에서 발췌하여 연재하는 과정에서 정리가 잘되지 않았기 때문이 아니었을까 싶다. 또한 삶이 어려우면서도 흐트러진 모습을 보이는 시기, 동거하는 남성이 있으면서도 헤어진 옛 연인을 찾아가는 등 오락가락하는 모습 등도 이해되지 않았다.

그럼에도 불구하고 꾸준하게 책을 읽고 글을 쓰며 문학가들과 교류의 끈을 놓지 않았던 것이 결국은 질곡에서 벗어나는 힘이 되지 않았나 싶다. 작가가 『방랑기』에서 읽었다고 하는 책들 가운데 우리나라에 소개되지 않은 것이 많은데, 일본 사람들은 독서열이 대단하여 그 옛날부터 다양한 외국 서적들이 번역되어 일본에 소개되었기 때문일 것이다.

1951년에 발표된 『뜬구름』은 태평양전쟁이 한창이던 1943년에서 종전 후 몇 년 뒤에 이르는 시기를 시대적 배경으로 한다. 이야기는 동해 쪽에 있는 후쿠이(福井)현의 쓰루가(敦賀)에서 시작한다. 인도차이나의 다랏트에서 일하던 여주인공 유키코가 패전 후 하이퐁의 수용소에 머물다 귀환선을 타고 쓰루가에 도착한 시점이다. 하이퐁에 모여든 일본 여성들은 간호부, 타자수, 사무원이 섞여 있었지만 대부분 위안부였다.

유키코가 인도차이나까지 흘러가게 된 것은 고향인 시즈오카에서 일하기 위하여 도쿄로 올라와 형부의 남동생 이바 스기오의 집에서 살기 시작한 일주일 만에 성폭행을 당하고, 전쟁을 치르느라 힘들어진 삶을 바꿔보려는 생각 때문이었다. 유키코는 꼼꼼하게 따져보고 결정하기보다 즉흥적으로 변화를 주는 그런 성격으로 보인다. 다랏트에서는 삼림기사 도미오카와 가노의 관심을 받지만, 유키코는 유부남인 도미오카와 사랑을 하게 된다. 나스메 소세키와 무사노코지 사네아쓰(武者小路実篤)에 심취한 가노보다는 톨스토이 풍의 도미오카가 더 멋있어 보였던 모양이다. 패전 후 일본으로 돌아와서도 삶이 녹록지 않은 탓인지 남은 애정이 절절하지만은 않아 보이는 도미오카에 여전히 미련을 가지는 유키코다. 그러면서도 먹고 살아야 해서 이바의 집에 잠시 머물다가 그의 살림을 훔쳐 독립한다. 우연히 미군 죠를 만나 도움을 받지만, 여전히 도미오카에 미련을 버리지 못한다. 도미오카는 산림청을 퇴직하고 사업을 시작하려 하지만 녹록지 않은 현실에 좌절하는 중이다. 우여곡절 끝에 유키코는 삶이 막막해진 사람들을 끌어들여 착취한 사교단체의 금전을 훔치고, 도미오카와 함께 가고시마 남쪽에 있는 야쿠시마로 도망친 끝에 그곳에서 병을 얻어 삶을 마감한다.

패전한 나라의 바닥 인생들의 모습을 적나라하게 볼 수 있는 이야기구나 싶으면서도 승전국에서는 어떤 인간상을 볼 수 있을까? 하는 생각이 들었다. 사람 사는 일은 어디나 비슷해서 승전국이라 해도 팍팍한 삶에 지쳐있는 사람들이 많았을 것 같다. 전쟁이라는 거대한 파도에 실려 물결이 흐르는 대로, 혹은 구름이 흐르는 대로 아무 생각 없이 살아가는 도미오카와, 힘든 여건 속에서도 빈틈을 찾아 삶을 바꾸어가는 유키코의 삶은 운명의 실타래가 그리 얽혀있기 때문일까 생각했다.『뜬구름』에 등장하는 인물들 대부분은 적어도 지켜야 할 삶의 도리 같은 것에는 별반 신경을 쓰지 않는 듯했다. 이 또한 패전이 안겨준 충격 때문이었을까? 그래서 작가는 "도미오카는 마치 뜬구름 같은 자기 모습을 생각하고 있었다. 그것은 언제 어디로 사라지는지도 모르게 사라져갈 뜬구름이다."라고 이야기를 마무리한 것이리라.

영화『우키구모(浮雲)』는 당시로서는 무명이었던 하야시 후미코가 1951년에 발표한 동명의 소설을 미즈키 유코(水木 洋子)가 각색하고 나루세 미키오(成瀬 巳喜男)가 감독하여 1955년에 개봉하였다. 여주인공 코다 유키코(幸田ゆき子) 역은 타카미네 히데코(高峰 秀子)가, 남주인공 토미오카 켄고(富岡兼吾) 역은 모리 마사유키(森 雅之)가 각각 맡았다.

영화는 소설의 내용을 충실하게 반영하고 있다. 소설을 읽으면서도 연상되지 않던 전쟁 중의 베트남 분위기나 패전 후 도쿄의 분위기가 영화를 통하여 실감할 수 있었다. 베트남에서 유유자적하며 살다가 어렵사리 귀국선을 타고 도쿄에 온 유키코는 거처도 마땅치 않다. 일자리를 찾아다니는 장면에서 난장 거리를 볼 수가 있다. 초라해 보이는 장거리의 뒤쪽에 뼈대만 남은 건물이 보이는 것은 도쿄 대공습의 흔적이 아직 수습되지 않은 모습이다. 소설을 읽을 때는 쉽게 떠오르지 않던 전후 일본의 사정이 영화를 보면서 실감할 수 있다. 흑백영화라서 더 두드러져 보이는지도 모른다.

　시골에서 청운의 꿈을 안고 도쿄에 올라왔지만, 형부의 동생에게 몸을 더럽히게 되면서 유키코의 삶은 뒤틀리기 시작한 셈이다. 베트남에 간 것은 인생의 전환점을 마련하기 위한 것이었지만, 유부남인 토미오카와 얽힌 것은 또 다른 함정이었다. 패전 뒤에 도쿄에 돌아와서도 번듯한 일자리를 마련할 수 없자 미군 조와 관계를 맺어 상황을 수습하는 한편, 베트남에서 만난 토미오카와의 관계를 이어가려 한다.

　베트남에서는 멋있어 보이던 토미오카 역시 근무하던 농림성을 그만두고 개인 사업에 뛰어들지만 현실의 벽은 만만치가 않다. 사업은 그렇다고 쳐도 아내가 있는 그가 베트남에서 도와주던 하녀는 물론 유키코와도 관계를 맺고, 자살을 생각하며 찾아갔던 이카오 온천에서는 술집 주인 세요시의 아내 오세이를 유혹하여 도쿄에서 살림을 차린다. 세요시가 오세이를 죽인 뒤에도 옆집 처녀와도 관계를 맺는 것 같다. 결국 토미오카는 전형적인 나쁜 남자였고, 그럼에도 유키코는 그를 쉽게 포기할 수가 없다. 결국 유키코는 이바가 하는 사교 집단에서 일하다가 거액을 훔쳐 규슈 남쪽에 있는 야쿠시마에서 일자리를 찾은 토미오카를 따라갔다가 그곳에서 숨을 거둔다. 유키코나 토미오카의 삶은 바람이 부는 대로 흘러가는 뜬구름과 같은 것이라는 이야기였다. 그 뜬구름도 결국 비를 쏟아내면서 소멸하는 운명을 이야기한 셈이다.

　대체로 여행사의 일정이 끝나면 금세 차가 달려와 올라타고 다음 일정으로 향하기 마련이다. 그런데 이날은 기념관으로 갈 때도 기사가 아는 길로 가야 한다고 우겨서 1시간이 더 걸리더니 일정을 마친 다음에도 만나기로 한 장소를 못 찾겠다면서 차가 서 있는 곳으로 찾아오라고 했다 해서 한참을 걸어가야 했다. '이건 뭐지?' 하는 생각이 들었다. '손님은 왕이다.'라는 사업 신조를 만들어냈다는 일본인데 이건 손님이 왕이 아니라 귀찮은 존재가 되었다고 생각하는 것이 아닌가 싶다. 일본이 변했다. 손님을 왕이 아니라 봉으로 생각하게 되었나 보다.

이날 일을 겪으면서 일본 사람의 특성을 이야기할 때 빠지지 않는 혼네(本音)와 다테마에(建前)를 생각해 보았다. 무언가에 대한 사람의 감정과 태도의 차이를 나타내는 일본어로, 우리말로는 본심과 배려, 혹은 속마음과 겉마음으로 옮길 수 있다. 혼네는 개인이나 집단 내에서 서로 공유되는 의식에 내재한 감정이나 욕구로서 자유의지에 따라 형성된다. 그런데 혼네가 타인의 감정이나 욕구와 일치하지 않는 경우에, 이를 드러내게 되면 타인의 비판을 받는 등 난처한 처지에 놓일 수도 있다. 이런 경우에는 문제가 되는 부분을 마음속에 감추어 외부로 드러나지 않도록 숨기거나 본심과는 다르게 표현하기도 한다. 이를 다테마에라고 하는 것이다.

일본 사람들은 자기 의견을 드러낼 때 혼네와 다테마에를 구별하는 데 익숙하다. 개인은 전체의 구성원이라는 견해가 굳어져 있는 데서 온 전통이다. 혼네와 다테마에는 무라하치부(村八分)에서 시작되었다고 본다. 일본의 에도 시대에 촌락공동체 내의 규율 및 질서를 어긴 자에 대해 집단이 가하는 소극적인 제재행위를 가리키는 말이다. 공동체로부터 따돌림을 받도록 한다는 하치부를 당하지 않기 위해서는 불만 등이 있어도 참아야 했다. 즉 혼네는 숨기고 다테마에로 위장하는 것에 익숙해지게 된 것이다. 하지만 혼네와 다테마에는 일본에서도 지역에 따라 차이가 있는

데, 교토 사람들은 속마음을 숨기는 경향을 보이지만, 오사카 사람들은
솔직하게 말하는 것에 익숙하다고 한다.

바쿠후 시대의 문을 연 가마쿠라

가마쿠라(鎌倉)는 도쿄만의 서쪽을 감싸는 미우라(三浦) 반도의 뿌리 서
쪽을 차지하는 곳이다. 인구 17만의 이 도시는 옛 도시 보존법(古都保存法)
에 따라 '옛 도시'로 지정되어 있다. 일찍이 고대의 시모쓰케(下野)국의 가
마쿠라노고리(鎌倉郡)에 속하였고, 호족 가마쿠라(鎌倉) 씨의 본거지였다.
일본에서 가장 오래된 역사책 고사기(古事記)에 처음 등장한다. "야마토
타케루의 아들 아시카가 노미와케(足鏡別) 왕이 가마쿠라노 와케(鎌倉之別)
의 시조가 되었다."라고 기록되어 있다.

천혜의 요충지로서 구석기 시대로부터 조몬(繩文) 시대에 이르는 많은
유적이 존재한다. 헤이안 시대 후기인 1028년에 일어난 다이라노 다다쓰
네(平忠常)의 난을 미나모토노 요리노부(源賴信)가 평정한 것을 계기로 가
와치 겐지(河內源氏)의 영지가 되었다. 1185년 가와치 겐지의 당주 미나모토
노 요리토모(源 賴朝)가 일본 최초의 무사 정권인 바쿠후를 열었다. 1333년
까지 이어진 가마쿠라 바쿠후이다. 1336년 아시카가 다카우지(足利 尊
氏)가 세운 무로마치(室町) 바쿠후가 들어서면서 가마쿠라는 쇠퇴하기
시작했다.

근세 들어 에도가 간토의 중심이 되면서 가마쿠라도 활기를 되찾았다.
1889년에는 군항이 있던 요코스카와 도쿄를 잇는 요코스카선이 개통되
면서 가마쿠라에는 황족과 귀족, 정ㆍ재계 유력 인사들의 별장이 들어섰

다. 가마쿠라가 위생에 좋은 해수욕장으로서 최적의 장소로 인식되었기 때문이다. 쇼와 시대에는 예술가들의 도시가 되었다. 특히 간토대지진 이후에는 저명한 작가나 문인들이 이주해 왔다. 패전 뒤에는 가와바타 야스나리, 구메 마사오(久米正雄), 다카미 슌(高見順), 나카야마 기슈(中山義秀) 등이 이곳의 작업실에서 쓴 글들로 가마쿠라 문고(鎌倉文庫)가 만들어지는 등 '가마쿠라 문사(文士)'라는 단어까지 생겨났다.

하야시 후미코 기념관을 떠난 우리는 해안도로를 타고 가와사키(川崎) 그리고 요코하마(横浜)를 지나 가마쿠라로 갔다. 그런데 로쟈 선생은 가마쿠라로 가는 여행은 열차를 타는 것이 가장 좋다고 했다. "도쿄 신주쿠역 오다큐(小田急)선 창구에서 가마쿠라 왕복 티켓을 판다. 가마쿠라까지는 직행이 없어 후지사와(藤澤)역에서 열차를 바꿔 탄다. 신주쿠역에서 후지사와역까지 걸리는 시간은 50분. 후지사와역에서 내려 역사를 나와 에노덴(江ノ電) 선으로 환승한다. '에노시마(江の島) 전철선'의 줄임말이다. 에노덴 선의 출발역이 후지사와역이고, 종점이 가마쿠라 역이다."

그리고 "가마쿠라 여행의 백미는 에노덴 열차에서 보는 풍광이다. 보통 3~4량으로 운행되는 열차는 주택가 사이로 난 철길을 조심스럽게 달린다, 그러다 어느 순간, 바다가 짠! 하고 나타난다. 이때 에노덴 열차를 처음 타본 사람은 탄성을 지른다. 바다의 모습이 차창 너머로 한가득 들어온다. 태평양이다."라고 했다. 후지사와역과 가마쿠라 역을 연결하는 에노덴은 사가미만을 안고 달리는 것이라서 긴 굴을 빠져나와 바다가 펼쳐지는 모습을 보는 깜짝 만남은 아니지 싶다. 에노덴을 달려보지는 못했지만, 열차를 타고 가다가 눈앞으로 바다가 펼쳐지는 장관을 두 번 경험했다.

첫 번째는 2018년 봄에 이탈리아를 여행하면서, 라 스페치아와 제노바를 연결하는 완행열차를 타고 친퀘 테레(Cinque Terre)로 갈 때였다. 친퀘 테레의 리오마조레(Riomaggiore), 마나롤라(Manarola), 코르닐리아(Corniglia), 베르나차(Vernazza), 그리고 몬테로소알마레(Monterosso al Mare)까지 다섯 개의 마을 가운데 마나롤라와 몬테로소알마레를 구경하였다. 열차는 해안가 바위산을 뚫고 만든 동굴 속을 달렸다. 아펜니노산맥이 줄기를 만들면서 흘러내리다 보니 골짜기에 해당하는 곳에서는 동굴이 끊어지기 마련이다. 캄캄한 동굴 속을 달리던 열차가 이따금 그런 곳으로 나오면 파랗게 펼쳐지는 바다를 볼 수 있었다. 리구리아해(Ligurian sea)였다.

두 번째는 역시 2018년 가을에 타이완(臺灣)을 여행할 때 타이베이(臺北)의 송산(松山) 역에서 출발하는 열차를 타고 화렌(花蓮)을 구경하러 갔다. 이란(蘭陽)의 평야 지대를 지난 열차는 해변의 산속으로 들어가는데 긴 굴을 지난 열차가 다음 굴로 들어가는 사이에 잠깐씩 바다를 볼 수 있었다. 북태평양으로 연결되는 필리핀해이다. 굴 사이에 잠깐씩 바다를 볼 수 있는 것은 이탈리아의 친퀘 테레를 닮았다.

"에노덴 열차는 그렇게 바다와 손을 잡고 20여 분을 달린다. '바다 마을 다이어리'에서도 에노덴 열차가 해안선을 따라 곡선을 그으며 미끄러져 가는 장면이 나온다. 누구나 저길 가보고 싶다는 생각이 든다. 여행객들이 가마쿠라 역에 앞서 우르르 내리는 곳이 '가마쿠라 코코마에(鎌倉高校前駅)' 역이다."라고 했다. 가마쿠라 코코마에 역은 가나가와현립 가마쿠라 고등학교 앞 바닷가에 있는 전철역이다.

일본 여행기의 원고를 다듬는 과정에서 에노덴 전철을 타고 후지사와 역에서 가마쿠라 역까지 가는 동영상을 볼 기회가 있었다. 전철의 맨 앞 좌석에 앉아 열차 앞에 펼쳐지는 풍광을 제대로 느껴볼 수 있었다. 심야와 새벽에 객차 2량으로 편성되는 것을 제외하고는 보통 4량으로 편성되는 열차는 10km의 거리에 있는 15개의 역을 거쳐 가마쿠라까지 가는데 34분 정도 걸린다.

전철이 후지사와역을 출발하면서 화자는 "풍경이 왈츠의 리듬을 타고 살랑살랑 다가옵니다. 처음 보는 이들에게도 인사를 건네고 싶을 만큼 마음이 둥글둥글해졌어요."라고 이야기한다. 이어서 이 노선에서는 바다와 에노덴이 주인공이며, 운전기사는 조연이라고 했다. 에노시마 역을 지나면 노면이 급하게 굽어지는 구간이 등장한다. 전철노선의 굽어지는 구간의 반지름이 보통은 300~1,000m 정도인데 이 구간은 28m에 불과해 일본에서도 가장 급하게 굽어지는 구간이라고 한다. 속도를 유지한 채 이 구간에 들어섰다가는 그대로 꽈당하고 넘어질 것이다.

가마쿠라 코코마에 역은 만화『슬램덩크』의 도입부에 등장하는 건널목이 있어 사진을 찍으려는 사람들이 많이 내린다고 했다. 열차가 가마쿠라 코코마에 역을 출발하면 이내 바다가 펼쳐진다. 앞서 '어느 순간, 바다가 짠! 하고 나타난다.'라고 했던 곳이다. 하지만 이곳은 사가미만으로 열리는 시치미가하마 해안이다. 태평양이라고까지 할 수 있을지. 「나는 킷사텐 덕후인가, 가마쿠라 덕후인가」라는 제목의 동영상인데, 에노덴 선 특유의 식당과 찻집도 소개하고 있어 가마쿠라에 갈 일이 있는 사람에게 도움이 될 듯하다.

오야마 준코의 소설 『마음을 맡기는 보관가게 2』에서도 주인공이 도쿄에서 가마쿠라의 유희가하마(由比ガ浜) 해수욕장까지 전철을 타고 가는 장면이 나온다. 유희가하마 역은 가마쿠라 코코마에 역에서 다섯 정거장을 더 가야 한다. 보관가게의 주인 도오루 기리시마는 눈이 보이지 않는 시각장애인이다. 시각장애인이면서도 육상선수로 활약하던 학생 시절의 도오루는 총리대신이 되겠다는 꿈을 가지고 있었다. 그 시절 전학 온 이시가마라는 독특한 성격의 여학생과 함께 가마쿠라의 해수욕장에 다녀온다. 후지사와역에서 열차를 환승하는 장면도 있다. 두 사람의 여행은 눈이 보이지 않거나 약시인 두 사람이 전철을 타고 해변에 이르는 과정은 '가능할까?'라고 생각하는 독자의 편견을 버리게 만든다.

가와사키와 요코하마를 지나면서 보니 커다란 하역시설이 즐비하고 대형 화물 상자들이 서쪽으로 기우는 햇빛을 받으며 쌓여 있다. 기념관을 관람한 여운이 남아 있어선지, 『방랑기』를 통해 하야시 후미코의 삶을 소개하는 로쟈 선생의 설명이 귀에 쏙쏙 들어온다. 2시 무렵 엔카쿠지(円覚寺)에서 멀지 않은 식당 하치노키(鉢の木) 기타가마쿠라신칸(北鎌倉新館)에 도착해서 점심을 먹었다. 밥과 국에 두어 종지의 반찬이 소반 위에 얹혀 나왔다.

식사를 마치고 엔카쿠지까지 걸어갔다. 공식 명칭은 주이로쿠산 엔가쿠 세이젠지(瑞鹿山円覚興聖禅寺)이다. 일본의 불교 사찰 역시 우리나라처럼 위치한 산 이름을 앞에 두는 모양이다. 린자이(臨済)종 엔카쿠지(宗円覚寺)파의 본산으로 가마쿠라의 5대 사찰 가운데 두 번째로 꼽히는데 보관석가여래상을 모시고 있다. 『겐고우샤쿠쇼(元亨釈書)』에 따르면 주이로쿠(瑞鹿) 산이라는 이름은 엔카쿠지가 개찰(開刹)하던 날 흰 사슴 떼가 나타나

설교를 들었기 때문에 붙여졌다고 한다. 엔가쿠지의 경내에는 사슴 떼가 뛰쳐나온 구멍이라는 흰사슴굴(白鹿洞)이 있다.『혼조코소덴(本朝高僧伝)』에 따르면 엔카쿠라는 절 이름은 도키무네와 란게이 도우류우(蘭溪道隆)가 이곳에서 석궤에 담겨 있는『엔카쿠료(円覚経)』를 발굴한 데서 유래했다.

가마쿠라 바쿠후 시절(1282년) 바쿠후의 슈켄(執権) 호조 도키무네(北条時宗)가 중국의 고승 무가쿠 소겐(無学祖元)을 모셔 절을 세웠다. 1274년과 1281년 두 차례에 걸친 원나라와 고려의 연합군이 침공하였을 때 전사한 장병들을 기리기 위해서였다. 무가쿠 소겐은 린자이 종파의 승려로 엔카쿠지와 겐초지(建長寺)를 창건했으며 일본의 린자이 종파의 발전에 크게 기여했다.

창건 당시 엔카쿠지의 가람은 정문, 산문, 불당, 법당 그리고 광장이 일직선으로 늘어선 전통적인 선불교의 사원 배치에 따랐다. 옛 건물들은 1563년의 대화재로 소실되었고 재건되지 않았다. 기타가마쿠라 역을 지나는 요코스카(横須賀) 선의 건널목 아래 있는 연못은 엔카쿠지의 경내에 있던 것으로 뱌쿠로치(白鷺池)라고 부른다. 엔카쿠지를 창건한 무가쿠 소겐이 가마쿠라에 왔을 때 쓰루오카 하치만구(鶴岡八幡宮)의 전령이 백로로 변신하여 그를 안내했다고 해서 유래했다.

조촐한 총문에는 주이로쿠산 엔카쿠지라는 명문이 적혀있다. 총문을 지나 관리사무소를 지나면 산문으로 오르는 계단이 나온다. 산문은 1785년에 오유고쿠시(大用国師) 세이세츠 슈우쵸(誠拙周樗)가 재건하였다. 엔가쿠 세이젠지(円覚興聖禅寺)라는 편액은 92대 후시미(伏見) 천황의 필체라고 전한다. 탑에는 11면 관음상과 16개의 아라한 상이 있다.

가마쿠라에 있는 엔가쿠지 산문

산문을 지나면 불전이 나온다. 관동대지진으로 무너졌던 것을 1964년에 재건하였다. 1573년의 설계도인 불전 지도에 따라 철근 콘크리트로 지었다. 본당에는 제석천상과 보관석가여래상을 모셨다. 천장에 그려진 백룡도는 마에다 세이고(前田 靑邨)의 감수를 받아 일본 화가 모리야 타다시(守屋 多々志)가 그렸다.

승당은 1699년에 건립된 초가지붕의 건물로 좌선 도량이다. 안에는 남북조시대의 약사여래 입상을 모셨다. 불전이 재건될 때까지 승당을 불전으로 사용하였다.

연못가에 있는 긴 건물은 주지 스님이 거처하던 곳으로 지금은 다양한 의식과 행사에 사용된다. 앞마당에 있는 오래된 노간주나무는 절을 창건한 무가쿠 소겐이 심었다고 전한다. 엔카쿠지에 있는 일본의 국보 사리전은 경내의 안쪽에 있는 다츄(塔頭)와 쇼조인(正続院) 사이에 있다. 다츄는 우리나라의 절에서 보는 고승들의 사리를 모신 부도(浮屠)와 같은 것이다. 우리나라에서는 부도전(浮屠殿)이라고 부르기도 하지만 실제로 전각을 지어 모시는 경우가 흔치 않은데 일본의 절에서는 전각을 지어 모시는 듯하다. 쇼조인은 엔카쿠지를 창건한 무가쿠 소겐의 다츄이다.

엔카쿠지의 사리탑은 동아시아 전통의 지붕 형태의 하나인 이리모야 주쿠리(入母屋造) 형식의 초가 건물이다. 언뜻 보면 2층 건물처럼 보이지만 사실은 1층 건물이다. 지붕에 돌출된 구조재를 빽빽하게 배치한 쓰메구미(詰組), 처마 밑에 있는 서까래를 평행이 아니라 부채꼴로 배치한 오기타루키(扇垂木), 꼭대기가 홍예 형의 꽃머리 창(花頭窓) 등 전형적인 선불교의 특징을 가지고 있다.

가마쿠라 시대에 지은 것으로 생각한 적도 있으나, 규모와 형태가 무로마치 시대(1407년)에 창건된 쇼후쿠지 지조도(正福寺 地蔵堂)와 비슷한 것으로 보아 15세기 전반에 지은 것으로 추정된다. 가마쿠라 시대에 지은 젠후쿠인 석가모니 사원(善福院 釋迦堂, 와카야마현 하이난, 국보), 고잔지(功山寺) 불당(야마구치현 시모노세키, 국보)과 함께 선종 건축을 대표하는 건축물로 평가된다.

사리전의 중앙에는 미나모토 지토모(清本子)가 남송 왕조에서 가져온 부처님의 진신사리가 안치되어 있고, 오른쪽에는 지장보살상, 왼쪽에는 관음보살상이 서 있다. 일반에는 공개되지 않지만, 가나가와현립 역사박물관에서 사리전의 내부를 복원한 모형을 볼 수 있다.

산문에서 오른쪽에 있는 도리이를 지나가면 불전의 동쪽에 있는 긴

돌계단 위에 있는 언덕에 벤텐도(弁天堂)가 있고, 근처에는 홍종(洪鐘)이 있다. 이 범종은 간토 지역에서 가장 큰 종이다. 비문에는 '황제만세 중신천추 풍조우순 국태민안(皇帝万歳 重臣千秋 風調雨順 国泰民安)'이라는 구절이 새겨져 있다. 엔가쿠지(円覚寺) 종이라고 부르는 이 종은 호조 사다토키(北条貞時)가 기증한 것으로 1301년 주조의 장인 모노노베 쿠니미쓰(物部国光)가 제작했다. 종의 높이는 259.1 cm, 지름은 142.4 cm이다.

엔카쿠지에서는 홍종(洪鐘)을 오오가네(おおがね)라고도 부른다. 벤자이텐(弁財天)의 진체라 여겨 60년마다 오오가네벤텐다이사이(洪鐘弁天大祭)가 열린다. 범종 제작의 성공을 기념하기 위한 행사로, 엔카쿠지 앞 도로에서 열린다. 1841년에 창간된 『신벤사가미노구니후도키고우(新編相模国風土記稿)』에 실려있는 전설에 따르면 범종의 주조는 두 차례에 걸쳐 실패했다. 이에 호조 사다토키(北条貞時)는 남송 출신의 린자이(臨済)종 요우키호우에(楊岐方會)의 스님 세이간 스돈(西礀子曇)의 가르침에 따라 에노시마(江の島)에 있는 에시마(江島) 신사의 벤자이텐(弁財天)에 참배했다. 그리고 꿈에서 엔카쿠지의 연못에서 낚시한 뒤에 용의 머리로 보이는 금속을 얻어 종을 완성할 수 있었다고 한다. 에노시마의 벤텐과 엔카쿠지의 벤텐은 '남편과 아내 벤텐'이라고 부르게 되었는데 60년에 한 번씩 열리는 오오가네벤텐다이사이에서 만나게 된다.

벤자이텐(弁財天)은 일본 신화에서 행운을 가져다주는 시치후쿠진(七福神) 가운데 하나이다. 벤자이텐(弁財天), 비샤몬텐(毘沙門天), 다이코쿠텐(大黒天)과 같이 인도에서 시작되어 중국을 거쳐 일본으로 전해진 신들이 있고, 후쿠로쿠주(福禄寿), 호테이(布袋), 주로진(寿老人)처럼 중국 도교에서 유래한 신들이 있으며 에비스(惠比寿)만이 일본 고유의 신이다. 처음에는 서로 관계없는 비인격적인 신이었으나, 점차 특정 직업과 일본 예술 분야의 수호신이 되었다. 엔카쿠지에 있는 벤자이텐은 힌두교의 여신 사라스바티(सरस्वती)가 불교에 편입되었다가 일본에 전해졌다. 사라스바티는 말재주, 음악, 재복, 지혜를 주관하는 인도의 여신으로 비파를 타는 아름다운 천녀의 모습으로 나타낸다. 일본의 벤자이텐은 재복의 신이다.

엔카쿠지에는 사리전과 범종 등 국보급 문화재 이외에도 33폭의 비단채색 오백나한도를 비롯하여 비단채색 지장보살상 등 회화, 동조 아미타여래상과 목조 불광국사좌상 등 조각, 고대 문서 등 많은 유물이 소장되어 있다.

엔카쿠지, 야스나리와 소세키 소설의 소재

짧은 계단을 올라 엔카쿠지의 총문에 들어서면 곧바로 입장권을 판매하는 곳이 나온다. 우리 일행 말고 다른 관람객은 별로 눈에 띄지 않았다. 관리소를 지나면 다시 가파른 계단이 나오고 계단을 오르면 산문이 나온다. 최난경 해설사와 로쟈 선생의 설명을 들으면서 산문을 구경하고는 일행들이 모여 기념사진을 찍었다. 안으로 들어가 본격적으로 엔카쿠지를 구경했다. 산문 뒤에 있는 건물이 불전이다. 동조 아미타여래상을 본존불로 모셨다. 절집에서 법당 안에 모신 부처를 사진에 담을 때마다 조금은 불편한 감정이 느껴지는 것은 부처에 대한 예의가 아니라는 생각이 들어서일까?

불전을 지나면 코지린(居士林)이라고도 하는 사이인멘(済蔭庵)이 있다.

제58대 주지의 다츄가 있다. 본존으로는 후도우묘오(不動明王)를 모시고 있다. 인도 불교의 아칼라나타(अचलना)이다. 일본에서는 다이니치 뇨라이(大日如来)의 화신으로 진언종(神金羅定), 천태종(天台安), 선불교(禪安山), 니치렌(日者安), 슈겐도(淸津堂) 등 일본 불교의 다양한 유파에서 널리 믿고 있다. 지금은 이 건물을 재가 신자들의 좌선 도량으로 사용하고 있다.

사리전은 일반에 공개가 되지 않고 있어 건물 앞까지도 가보지 못했다. 로쟈 선생의 강의를 들으며 이시 유메즈(大本市)가 만들었다는 정원의 유구인 묘코치(妙香池)를 거쳐 주지 스님의 거처까지 올라갔다가 내려왔다.

여기 어디쯤 있는 건물이 가와바타 야스나리의 소설『천 마리 학』의 도입부에 나오는 엔카쿠지의 다실일까 궁금했다. 화자인 기쿠치는 다도를 즐기던 선친의 여자 구리모토 지카코가 다도 제자 이나무라 유키코를 소개하겠다고 하여 엔카쿠지의 다실을 찾아간다. 그 자리에 선친의 또 다른 여자 오타 부인이 딸 후미코를 데리고 참석하면서 사달을 만들었다. 다회가 끝난 뒤에 기쿠치는 선친의 여자 오타 부인과 부적절한 관계를 맺게 된다. 두 사람의 관계를 눈치챈 오타 부인의 딸 후미코가 어머니를 막아서면서 오타 부인은 기쿠치에게 후미코를 부탁하고는 죽음을 맞는다. 결국 기쿠치는 후미코와도 관계를 맺게 된다. 하지만 이번에도 지카코가 나서서 후미코를 압박하여 물러서게 하고 기쿠치가 유키코와 가까워지도록 한다.

마이크 니콜스 감독의 영화『졸업(1967년)』에서도 대학을 졸업한 벤저민(더스틴 호프만 扮)을 소꿉친구 일레인(캐서린 로스 扮)의 어머니 로빈슨 부인(앤 뱅크로프트 扮)이 유혹하여 부적절한 관계를 맺는다. 그런데 벤저민은 막상 일레인이 결혼한다고 하니까 결혼식장에 난입하여 일레인을 끌어내 달아난다. 벤저민은 모녀 모두와 관계를 맺은 셈이다. 결혼식장을 뛰쳐나온 벤저민과 일레인이 버스에 올라탔을 때, 무슨 일인가 싶어 쳐다보는 승객들 사이에서 두 사람의 표정이 굳어져 간다. 이때 당시 유명했던 사이먼과 가펑클의 『침묵의 소리(The Sound of Silence)』가 배경음악으로 흐른다.

임혜영은 석사학위 논문에서 가와바타 야스나리의 『천 마리의 학』의 구조를 분석했다. 이 소설에 등장하는 주요 인물 가운데 기쿠치, 지카코, 오타 부인, 후미코 등은 기쿠치의 선친을 매개로 연결이 된다. 임혜영은 이들의 관계를 가타시로(形代)로 설명한다. 가타시로란 일본의 종이 인형으로 주로 주술에서 액막이용으로 쓰인다. 즉, 상대에게 저주를 거는 용도로 사용하는 저주 인형과는 반대되는 개념이다. 가타시로는 일본의 고대 시기로부터 존재했다. 조몬 시대의 토우, 야요이 시대의 사람 얼굴 도자기, 고분 시대 하니와 인형 등에서 확인된다.

임혜영의 논문에서 가타시로의 개념은 누군가의 분신(分身), 즉 아바타의 개념으로 사용되고 있다. 오타 부인이 기쿠치와 관계를 맺게 되는 것은 기쿠치에게서 선친의 모습을 보았기 때문이고, 기쿠치가 뒷날 후미코와 관계를 맺는 것도 그녀로부터 오타 부인의 모습을 보았기 때문이다. 물론 지카코가 기쿠치에게 영향력을 행사하려는 것도 선친과의 관계에서 출발한 셈이다. 어떻게 보면 난삽하게 느껴질 수도 있는 여러 인물 사이의 관계가 가와바타 야스나리 특유의 미려한 글솜씨로 가려진 것으로 생각된다.

특히 지카코가 기쿠치의 결혼 상대로 중매하려는 유키코는 순결한 존재로 부각시켜 다른 여성과 차별화했다 할 것이다. 엔카쿠지의 다실로 갈 때 기쿠치가 보았던 유키코가 들고 있던 보자기는 분홍빛 지리멘에 천 마리의 학이 그려진 것으로, 유키코의 정결한 인상을 부각하는 소재였다. 엔카쿠지의 다실에서 선친의 여자를 둘씩이나 만나야 했던 기쿠치의 우울한 심사는 유키코와의 만남을 통하여 사라지게 되었다. 특히 일본에서는 학을 상서로운 존재로 인식하고 천 마리가 갖춰지는 것을 길조로 생각한다고 했다.

일본에는 과거부터 종이학을 천 마리 접어 실로 꿰거나 천 마리의 학을 그린 그림에 기원의 염원을 담아 절이나 신사에 봉납하는 풍습이 있었고, 현재는 불행한 일을 당한 사람을 위문하거나 병문안 등에 종이학 천 마리를 접어 보내기도 한다. 일본의 종이학 접기 역사는 아주 오래되었다. 1797년에 간행된 요시노야 타에하치(吉野屋為)의 『히덴센바주루오리가타(秘傳千羽鶴折形)』에는 49가지의 종이학 접기가 실려있는데 세계에서 가장 오래된 종이접기 책으로 꼽힌다.

산문을 지나 관리소까지 내려와서는 화장실에 다녀왔는데, 밖에 나왔을 때 일행이 한 사람도 보이지 않는다. 당황해서 총문까지 내려갔다가 다시 돌아와 관리실에 물었더니 키겐닌(帰源院)으로 갔다고 했다. 산문으로 올라가는 계단 오른쪽으로 난 길을 따라 비탈길을 급하게 따라가 일행들의 꼬리를 잡았다. 키겐닌은 38대 주지의 다큐를 모신 곳이다. 나쓰메 소세키와 시마자키 후지무라(島崎藤村)가 참선한 곳이다. 신경쇠약을 앓고 있던 소세키는 1894년 말에 이곳에 와서 이듬해 1월 10일까지 이곳에 머물면서 석종연(釈宗演)에 참선했다. 소세키의 소설『문(門)』에 등장하는 외창형 암자의 모습은 키겐닌을 묘사한 것이다. 키겐닌의 출입문에는 소세키가 참선한 곳이라는 표식이 있고 경내에는 소세키 기념비가 있다. 키겐닌으로 올라가는 계단에서 기념사진을 찍었다.

가마쿠라의 엔가쿠지에 있는 키켄닌에서 여행에 침여한 사람들이 로자 이현우 선생과 함께 사진을 찍었다.

소세키의 소설 『문』은 『산시로』와 『그 후』를 잇는 소세키의 전기 3부작의 마지막 소설이다. 『산시로』는 마음에 둔 여인에게 사랑을 고백해 보지도 못하고 떠나보내야 했던 시골뜨기의 대학 신입생의 소심한 사랑을 다루었다. 『그 후』에서는 대학 시절 먼저 고백한 친구에게 마음에 두었던 여인을 양보했던 다이스케가 졸업 후에 고등유민이 되어 소일하던 중에 남편과 사이가 틀어져 가는 옛 애인을 아내로 맞아들이겠다는 결심을 한다. 그런데 두 사람의 관계를 알게 된 친구가 부친에게 통보하면서 부친과 의절하는 상황을 맞게 된다. 그럼에도 불구하고 다이스케는 옛 연인과의 새출발을 위하여 혐오하던 직업을 가질 결심도 하게 된다. 오직 자신의 소심함 때문에 양보했던 여인을 '천의'에 따라 되찾으려 결심하는 과정을 다루었다.

『문』의 주인공 소스케 역시 다른 작품의 주인공과 크게 다르지 않게, 우유부단하다. 유복한 가정에서 자란 탓인지 부모님이 돌아가셨을 때 모든 일을 숙부에게 맡기고는 내버려둔 탓에 동생의 학업조차 돌보아줄 수 없는 상황으로 몰린다. 그런 소스케가 친구 야스이와 함께 살던 오요네가 여동생이라는 말만 믿고는 청혼하고 오요네 역시 소스케를 따라나섰다. '천의에 맞지만, 사람의 도리에는 어긋나는 사랑'을 하게 된 두 사람은 가세가 기울어버린 탓에 언제 무너질지 모르는 절벽 밑의 셋집에서 쓸쓸하지만 '금실 좋은 부부'로 살아가고 있다. 그럼에도 불구하고 살고 있는 절벽 밑의 집처럼 두 사람의 사랑도 위태로워 보이는 것도 사실이다.

소스케는 삶이 막막한 처지에 해답을 찾기 위하여 잇소암에 참선하러 간다. 하지만 원하는 바를 얻지 못한다. "나는 나의 문을 열려고 왔다. 하지만 문지기는 문 뒤에 있으면서 아무리 두드려도 코빼기도 보이지 않았다. 단지, '아무리 두드려도 소용없다. 네 힘으로 열고 들어오너라' 하는 소리가 들릴 뿐이었다. (…) 그는 그 문을 통과할 수 없는 사람이었다. 그렇다고 문을 통과하지 않아도 되는 사람은 아니었다. 요컨대 그는 문 앞에 우두커니 서서 날이 저물기를 기다려야 하는 불행한 사람이었다."라고 소스케의 처지를 설명했다.

엔카쿠지를 돌아본 소감을 이혜영 님은 이렇게 적었다. "엔가쿠지는 가와바타 야스나리『천 마리 학』의 배경이자 나쓰메 소세키『문』의 소재가 된 곳이다. 엔가쿠지의 귀원원은 소세키가 신경쇠약을 앓던 때 참선했던 곳이기도 하다. 그때 엔카쿠지의 관장인 샤쿠소엔에게서 받은 화두가 '부모미생이전본래면목(父母未生以前本來面目)'이란 무엇인지에 대해서였다.『문』의 소스케처럼 소세키도 대답을 못했다고 한다. 스물여덟 살에 받은 화두에 대한 답이 말년 작품에서 말했던 '칙천거사(則天去私)'가 아닌지. 기쿠치(『천 마리 학』의 주인공)가 걸었던 길을 걷고 소세키가 올랐던 계단을 올랐다. 칠백 년 전에 지어졌다는데 겨우 육십 년도 안 되는 세월을 산 나로서는 가늠이 안 되는 시간이다. 울창한 나무들로 둘러싸인 절을 천천히 산책하듯 둘러보았다."

'부모미생이전본래면목(父母未生以前本來面目)'이란 불가의 화두는 '부모에게 나기 전에 어떤 것이 참 나인고?' 하는 것인데, 당나라 선승 백장(百丈) 선사가 입적한 뒤에 제자 가운데 사형인 위산(潙山) 선사가 향엄(香嚴) 스님에게 물었던 것이다. 향엄 스님은 답을 찾지 못하여 위산 선사에게 물었지만, 끝까지 알려주지 않았기 때문에 향엄 스님은 환속을 결심하기에 이르렀다가 깨달음을 얻었다는 데서 온 화두라고 한다.

'나'라는 형체가 만들어지기 전의 모습은 즉 '근원' 혹은 '본질'을 의미한다. '나'라는 형체가 만들어지는 순간, 필연코 밟아가야 하는 생로병사(生老病死)의 과정을 따라야 한다. 그 과정에서 오욕칠정(五慾七情)의 노예가 될 운명이라는 것이다. 오욕(五慾), 즉 사람의 다섯 가지 욕심이란 재물욕(財物慾)·명예욕(名譽慾)·식욕(食慾)·수면욕(睡眠慾)·색욕(色慾)이다. 그리고 칠정(七情)은 희(喜)·노(怒)·애(哀)·락(樂)·애(愛)·오(惡)·욕(欲)의 일곱 가지 감정을 말한다.

부모미생이전본래면목이란 결국 번뇌와 망상이 일기 시작하기 이전의 '근원', 혹은 '본질'을 의미하는 것이다. 따라서 본성이란 번뇌에 오염되지 않은 순수한 마음, 즉 깨끗한 마음, 청정한 마음(淸淨心)을 가리킨다. 따라서 답은 '너의 본래 청정한 마음을 깨달아라.'가 되는 것이다.

'너의 본모습은 무엇이냐?'라는 의미의 본래면목은 곧 '부처란 무엇인가?', '무엇이 불교의 진리인가?', '어떤 것이 깨달음의 세계인가?', '무엇이 진리인가?'라고 묻는 말과 같다. '청정한 마음'은 곧 불성(佛性)을 뜻한다. 묘법연화경(妙法蓮華經)에 담긴 '누구나 부처가 될 수 있다'라는 석가모니의 말씀과 일맥상통함을 알 수 있다.

본래면목, 즉 본질은 과학적으로 설명할 수도 있다. 지구상에 살아있는 모든 생명체는 살아가면서 떨어져 나온 몸의 일부는 물론, 죽음을 맞으면 몸 전체가 분자 수준으로 분해된다. 그렇게 분해된 분자들은 다른 생명체의 요소로 재활용되는 것이니 불교에서 말하는 윤회란 분자 수준으로 재활용되는 과정을 설명한 것으로 이해할 수 있다. 또한 본질이란 생명체의 기본 구성이 되는 분자들이라고 할 수 있겠다. 이런 설명은 스벤 슈틸리히의 『존재의 박물관』에서 읽어볼 수 있다.

참고로 소쿠텐교시(則天去私)는 하늘을 따르고 나를 버림으로써 더 높은 경지에 도달한다는 것을 의미한다. 이는 사리사욕을 버리고 자연의 거대한 흐름에 몸을 맡겨 자연 속에서 사물을 분별하려고 노력하라는 것이다. 일본 사회에서는 정치인이 부패했다는 것은 자신의 부를 추구하거나 파벌싸움에 매달리는 것을 의미하므로 소쿠텐교시의 정신으로 정치를 하라는 경종의 의미로 사용된다.

3시 50분, 이렇게 엔카쿠지 구경을 마치고 다시 점심을 먹은 식당으로 갔다. 엔카쿠지 총문을 나서 건널목을 건너려다 보니 오른쪽으로 요코스카(橫須賀) 선의 기타가마쿠라(北鎌倉) 역이 보인다. 요코스카 선은 가마쿠라의 오후나(大船) 역과 요코스카의 쿠리하마(久里浜) 역을 잇는 동일본 여객철도 노선으로 도쿄의 도심으로부터 요코하마를 거쳐 가마쿠라, 즈시(逗子), 요코스카 등 미우라 반도의 도시들을 연결한다.

엔가쿠지를 나오면서 주이로쿠산(瑞鹿山)을 감싸고 돌아가는 요코스카(橫須賀) 선의 기타가마쿠라(北鎌倉) 역까지 보게 되니 가와바타 야스나리의 대표작 『산소리(山の音)』를 떠올리게 된다. 가마쿠라의 절 아랫마을에 살면서 아들과 함께 요코스카 선으로 도쿄까지 출퇴근하는 오가타 신고(尾形信吾)가 흔들리는 자신의 건강과 가정을 지키기 위하여 노력하는 모습을 가와바타 야스나리 특유의 섬세한 필치로 그려냈다. 신고는 나이가 예순을 넘어가면서 친구들의 부음이 이어지고, 기억력도 떨어지면서 생명이 소진되어 가는 느낌에 마음이 조급해진다. 7월의 어느 날인가는 한

밤중에 산울림을 듣는다.

나뭇잎에서 나뭇잎으로 밤이슬이 떨어지는 듯한 소리 사이에 산소리를 들었다고 했다. 신고가 사는 집은 가마쿠라에서도 절이 있는 산 아래에 있다. 밤이 되면 가마쿠라의 골짜기 깊숙한 곳에서 파도 소리가 들려오곤 했기에 바닷소리인가도 의심했지만 역시 산소리였다는 것이다. 소리가 멎은 뒤에 신고는 공포에 휩싸였다. 임종을 알려주는 것일지도 모른다고 생각했다. 아마도 건강 염려증이 낳은 환청은 아니었을까?

가와바타 야스나리는 『산소리(山の音)』에서 임종을 미리 알려준다는 산울림을 들은 뒤에 일어나는 죽음에 대한 불안과 공포를 흥미롭게 전개하는 한편, 성기능 장애가 있음에도 꿈을 통해 욕망을 풀어내는 모습을 그려냈다. 한편 가족들을 중심으로 벌어지는 도착적인 행동이 태평양전쟁에서 패전한 뒤 전개된 일본의 사회상과 밀접한 관계가 있음을 이야기한다. 딸 후사코(房子)의 남편 아이하라(相原)가 마약을 시작하면서 폐인이 되어 집을 나가고, 아들 슈이치(修一) 역시 기누코(絹子)라는 전쟁미망인과 부정한 관계를 맺고 아내 기쿠코를 외면한다. 특히 슈이치는 참전 과정에서 퇴폐와 감각에 의존하는 삶을 살았기 때문이라는 것이다. 반면 슈이치의 아내 기쿠코(菊子)는 시부모를 지극정성으로 섬기는 참한 며느리다. 남편의 일탈을 알면서도 속으로만 삭이고 밖으로 감정을 드러내지 않는다. 하지만 막상 임신하게 되자 가족 누구와도 상의하지 않고 중절 수술을 받는다. 슈이치에 대한 일종의 복수였을까?

한겨울의 쓸쓸한 바닷가,
가마쿠라의 유이가하마 해수욕장

점심을 먹은 식당의 주차장에 세워둔 차를 타고 유이가하마(由比ガ浜) 해수욕장으로 이동했다. 해수욕장 옆에 있는 널따란 주차장까지 20분 정도 걸렸다. 유이가하마 해수욕장은 미우라 반도의 서쪽에 있는 사가미(相模)만에 있다. 사가미만의 중간쯤으로 나메리카(滑川) 강이 흘러드는데, 강을 중심으로 서쪽이 유이가하마, 동쪽이 루마키자(材木座) 해안이다. 서쪽의 하세(長谷) 지역 쪽에서 해안을 따라 해변 사구가 형성되었다. 사구 꼭대기에는 야요이(弥生) 시대 말기부터 사람들이 거주했던 흔적으로 취락유적과 묘원이 발견되었다. 중세의 가마쿠라 바쿠후 시절에는

가마쿠라의 유이가하마 해수욕장 백사장

왕족 간에 치열한 싸움이 벌어졌던 곳이다. '겐코(元弘)의 난' 중에는 닛타 요시사다(新田 義貞)가 가마쿠라 전투에서 이나무라 가사키(稲村ヶ崎)를 쳐부수고 하마(浜)를 침공하여 가마쿠라 바쿠후를 무너뜨리는 데 결정적인 역할을 했다.

1889년에 요코스카 선이 개통되면서 가마쿠라에 별장이 들어서게 되었고, 1902년에 에노덴 선이 개통되고, 다이쇼 시대에는 노선버스가 다니면서 교통이 편리해져 도쿄 사람들의 휴식처로 각광을 받았다. 1934년에는 가마쿠라 축제가, 1949년에는 가마쿠라 불꽃놀이 축제가 열리면서 가마쿠라 시내 전역과 해변이 여름을 즐기는 휴가지가 되었다.

차에서 내려 해수욕장으로 이동하는데 걷기 힘들 정도로 바람이 불었다. 한겨울이라서 바닷가에는 사람이 별로 없었다. 한여름이 지난 바닷가는 쓸쓸함이 더욱 진하게 느껴지는데 한겨울의 바닷가는 또 다른 느낌이 있다. 바람이 세고, 파도가 높아서일까? 철 지난 바닷가의 고즈넉함은 사라지고 역동적이라는 느낌이 들었다. 해가 기울고 있어서인지 바다는 푸른빛이 사라지고 회색에 가까웠다.

가마쿠라 해수욕장은 나쓰메 키의 소설 『마음』에서 이야기의 시발점이 된다. 대학생이던 화자가 이야기 상대인 선생님을 처음 만난 장소다. 그것도 우연히. 친구의 초청으로 가마쿠라에 왔던 화자는 친구가 곧바로 고향으로 떠나자, 가마쿠라에서 혼자서 시간을 보내게 된다. 더위가 한창인 가마쿠라의 해수욕장은 바다가 온통 검은 머리로 가득 찰 정도로 혼잡했다. 그런 가운데에서 선생님과의 만남이 이루어졌던 것은 선생님이 '서양인과 함께 있었기 때문이다.'라고 적었다. 선생님은 백사장을 가득

메운 사람들 속에서 만난 화자에게 무심한 듯 '그만 돌아갈까?' 하고 이야기를 건네 오면서 화자는 선생님과 가까워질 기회를 만들었다.

해수욕장에서 우연히 만난 사람과의 인연을 도쿄에서까지 이어간다는 설정이 다소 억지스럽다는 느낌이 들었다. 그럼에도 화자가 '앞으로 가끔 댁으로 찾아봬도 될까요?'라고 물어볼 정도로 끌리는 무엇이 있었다는 것은 두 사람의 만남이 우연이 아니었음을 암시한다. 하지만 외부 세계와 단절된 삶을 살아오던 선생님이 화자에게는 문을 열어준 이유도 분명치가 않다.

한겨울에 찾아간 유이가하마 해변이 텅 비어있는 탓인지, 엄청나게 붐빈다는 여름 풍경이 선뜻 그려지지 않았다. 소세키가 『마음』에 묘사한 바에 따르면, 한여름의 부산 해운대 해수욕장 정도 되지 않았을까 싶다. 에리히 케스트너가 유이가하마 해변을 보았을까? 그의 시 「해수욕장에서의 자살」은 인간으로 뒤덮인 해변의 풍경을 끔찍하게 묘사한다. "당신은 여기 있고, 자연은 저기 있다. / 유감스럽게도 많은 것들이 둘 사이를 가로막고 있다. / 해초와 물고기의 냄새만이 / 당신 쪽으로 전해진다. // 당신의 눈과 / 당신의 눈길을 원하는 바다 사이를 / 사람들이 끊임없이 오간다. (…) 아, 바다엔 어디에도 자유로운 곳이 없다. / 사람들이 시선을 가린다. // 이곳에선 익사하는 것 외에는 선택의 여지가 없다! / 몸을 돌과 같이 무겁게 만들고 / 천천히 물에 들어간다. / 바다 밑바닥에는 오롯이 혼자가 될 수 있다."

소세키가 유이가하마 해변이 한여름 풍경을 통하여 정말 쉽지 않은 만남을 그렸다면 오야마 준코의 소설 『마음을 맡기는 보관가게 2』에서는 유이가하마 해변의 색깔과 소리를 이야기한다. 두 번째 이야기에 등장하는 마사미는 할머니가 사시던 가마쿠라 해변의 바다를 푸른색으로 기억한다. 학우 오다의 필통에서 가마쿠라 해변의 바다를 닮은 푸른색 2B 연필을 훔쳤다가 돌려주기도 한다. 20년이 흐른 뒤 마사미는 가마쿠라의 할머니 집에 살면서 가맹 식당에서 점장으로 일하게 된다. 그리고 어렸을 적에는 언제나 아름다운 푸른빛이었던 태평양이 초록일 때도 있고 물빛일 때도 있고 회색일 때도 있다는 사실을 알게 된다. 필자가 가마쿠라 해변에 갔을 때는 바람이 세게 불고 파도가 높았던 탓에 바닷빛을 유념해서 보지 못했지만, 회색에 가까웠던 것 같다.

『마음을 맡기는 보관가게 2』의 네 번째 이야기에도 유이가하마 해변이 등장한다. 보관가게의 주인이 된 도오루 기리시마가 고등학교에 다닐 무렵, 전학 온 여학생 이시가마와 함께 가마쿠라의 유이가하마 해변을 찾아간다. 해변에 도착한 두 사람은 손을 잡고 바다로 나아가 파도에 발을 적셔본다. 파도에 발을 적시는 두 사람이 동반 자살하려는 것으로 오해하고 한 아주머니가 쫓아왔다. 이시가마는 그 아주머니에게 '지금 바다는 어떤 색인가요?'라고 묻고, 아주머니는 '아름다운 색'이라고 말한다. 도오루와 이시가마는 바다가 분명 아름다울 것이라고 믿고, 파도 소리가 가슴을 기분 좋게 울린다고 느낀다. 그리고 한동안 바다의 색을 상상하며 파도 소리에 귀를 기울인다. 도오루는 어렸을 적에 사고를 당해 시력을 잃었기 때문에 자연의 색에 대한 기억이 있지만 이시가마는 타고난 약시인지라 자연의 색을 제대로 느낄 수 없다. 그럼에서 아주머니의 말에 따라 아름다운 바다를 상상해 내려는 노력이 예뻐 보인다.

　　가마쿠라 해변은 고레에다 히로카즈(是枝裕和)감독이 요시다 아키미(吉田秋生)가 그린 동명의 만화를 바탕으로 만든 2015년 영화『바닷가 다이어리(海街diary)』의 무대이다. 영화는 코다(香田) 집안의 세 자매[사치(綾瀬はるか 扮), 요시노(長澤 まさみ 扮), 치카(夏帆 扮)]에게 부친의 부고가 날아들면서 시작한다. 세 자매의 부친은 15년전 가족을 버리고 다른 여자와 재혼했다. 그 아내와도 사별하고 셋째 부인까지 얻었다. 세 자매의 어머니도 곧 딸들을 버리고 집을 나가고 세 자매는 가마쿠라의 낡은 집에서 살게 되었다. 세 자매는 부친의 장례식장에서 부친이 둘째 부인 사이에서 얻은 딸 스즈(広瀬 すず 扮)를 만난다. 큰 언니 사치는 스즈에게 같이 살자고 제안한다. 어린 시절 부모 없이 홀로 동생들을 챙겨야 했던 자신의 모습을 떠올렸기 때문이다. 스즈는 가마쿠라의 낡은 집에서 언니들과 함께 살게 되었다. 세 자매와 이복동생 사이에 이런저런 갈등을 겪지만 아버지에 대한 서로 다른 기억을 공유하면서 서로를 가족으로 받아들이게 된다는 줄거리이다.

　　고레에다 히로카즈감독이『영화가 태어나는 곳에서(映畫の生まれる場所で, 2023년)』에 칸 영화제에서『바닷마을 다이어리』를 상영할 때 카트린 드뇌브 배우가 와주었고, 영화 상영을 마친 뒤에 손키스를 날려주었다고 설명했다. 그리고 그녀는 식당에서 장녀 역을 맡았던 아야세 하루카(綾瀬 はるか) 배우에게 "모든 여배우가 그 자리에 서는 경험을 할 수 있는 건 아니야. 당신은 참 운이 좋네."라고 말했다고 전했다.『영화가 태어나는 곳에서』는 2019년 열린 제76회 베네치아 영화제의 경쟁부문 개막작으로 상영된 고레에다 감독의『파비안느에 관한 진실』의 제작과정에 얽힌 이

야기를 중심으로 쓴 영화론이자 자전적 영화 수필이다.

요시다 아키미(吉田秋生)가 쓰고 그린 『바닷마을 다이어리(海街 diary)』를 읽었다. 모두 9권에 이르는 작품이다. 필자 역시 어렸을 적 만화를 즐겨 본 세대이다. 만화를 읽으면 영화를 보는 것과는 다른 느낌을 얻게 된다. 영화는 시각적으로 느끼기 때문에 장면 마다의 감정을 금세 느끼게 된다. 그런데 만화는 그림을 보고 글도 읽어야 하기 때문에 글과 그림을 머릿속에서 곱씹는 과정이 필요하다. 그만큼 감정적인 반응이 늦을 수 있고 놓치는 대목도 없지 않다. 하지만 영화에서는 설명하지 않고 넘어가는 것들을 만화에서는 대화 혹은 별도의 설명을 붙여 놓았기 때문에 놓치지 않고 이해할 수 있는 장점이 있다.

아사노 스즈(浅野すず)가 야마가카 온천마을을 떠나 배다른 코다(香田) 가문의 세 언니가 살고 있는 가마쿠라로 가게 되는 것은 아버지의 장례를 마친 뒤에 가마쿠라행 전철역에 배웅하러 나온 스즈에게 큰 언니 사치(幸)가 함께 살자는 제안이 있었기 때문이다. 자신을 버린 아버지가 남긴 배다른 동생에게 함께 살자고 한 사치나, 그 제안에 응한 스즈가 어떤 생각이었는지는 만화를 읽어가다 보면 느낄 수 있다. "어린애가 아이답지 않은 것만큼 슬픈 게 또 어디 있겠어요."라고 한 사치의 말에 이유가 담겨 있을까?

스즈가 함께 살게 된 세 언니의 가마쿠라 집은 유이가마하 해변의 서쪽 끝에 있는 고쿠라쿠지(極楽寺) 부근이다. 뜰에 있는 화단에서는 뱀이 나오기도 하는 전통 일본가옥이다. 만화에는 유이가마하 해변을 비롯하여 스즈가 활동하는 축구부 쇼난 옥토퍼스, 큰언니 사치가 일하는 시민병원, 둘째 언니 요시노(佳乃)가 일하는 하치만 신용금고, 셋째 언니 치카(千佳)가 일하는 운동용품점, 등장인물 들이 자주 가는 우미네코(海猫) 식당과 찻집 야마네코테이(山猫亭) 등 가마쿠라의 여러 장소가 나오며, 스즈가 아버지와 살던 온천마을 야마가타(山形), 그리고 영화에는 나오지 않지만 스즈의 친어머니 아사노 키와코(浅野季和子)의 생가가 있는 가나자와(金沢) 등이 이야기의 무대가 된다.

가마쿠라에 온 스즈가 축구부 쇼난 옥토퍼스를 중심으로 새로운 환경에 적응해가는 과정과 함께 네 자매의 사랑이야기와 자매들을 둘러싼 이웃 사람들과의 따뜻한 이야기가 펼쳐진다. 큰 언니 사치는 같이 근무하는 소아과의사 시이나 카즈야(椎名和也)와 불륜관계였다. 하지만 시이나가 보스턴으로 연수를 떠나면서 관계를 정리하고 쇼난 옥토퍼스의 감독이자 같은 병원에서 물리치료사로 일하는 이노우에 야스유키(井上泰之)와 새로운 사랑을 시작한다. 자유분방한 둘째 언니 요시노는 고등학생인 후지이 토모아키(藤井朋章)와의 풋사랑을 정리하고 직장 상사인 사카시타 요시미(坂下美海)와 사랑을 하게 된다. 요란한 소문이 없던 셋째 언니 치카는 어느 날 갑자기 직장 상사인 하마다 산조(浜田三蔵)의 아이를 가졌다고 하면서 네 자매 가운데 가장 먼저 결혼을 하게 된다. 스즈 역시 쇼난 옥토퍼스의 주장 오자키 후타(尾崎風太)와 사랑하는 사이가 된다. 남녀 간의 사랑이야기는 어떤 경우에도 재미있기 마련이다.

네 번째 이야기 '돌아갈 수 없는 두 사람'에서는 스즈가 "우리 엄마는 언니들 아빠였던 아빠를 만나서 가마쿠라를 도망치듯 떠났어. 불륜이었던 거지. 그래서 내가 태어났어. 우리 엄마가 언니들한테서 아빠를 빼앗

아버렸던 거야. 언니들은 그건 어른들끼리의 일이니까 나랑은 상관없다고 했지만, 난 계속 언니들한테 미안해하고 있었다. 부인이 있는 사람을 사랑한 우리 엄마가 나쁜 거라고.”라고 독백하는 장면이 있다. 언니들과 함께 살게 된 스즈는 어머니가 언니들의 아버지와 불륜관계를 맺고 함께 달아나므로 해서 언니들은 아버지를 잃게 된 것이라고 자책하는 마음을 가지고 있었던 것이다.

하지만 아버지는 스즈의 어머니와 진정한 사랑을 했고, 스즈의 어머니는 반대하는 친정부모와 연을 끊기까지 했다는 사실이 밝혀진다. 결국 스즈의 외할머니가 죽음을 앞두고 스즈에게 유산을 남기면서 외가와도 화해가 이루어지는 등 갈등이 깔끔하게 정리된다. 네 자매가 서로를 이해하고 좋은 사람들과 안정적인 사랑을 하게 되고, 스즈는 중학교를 졸업하고 좋아하는 축구를 계속하기 위하여 시즈오카(静岡)의 카게가와가쿠인(影川学院) 고등학교에 진학하게 되어 후타의 배웅을 받으면서 가마쿠라를 떠나는 것으로 이야기가 마무리된다. 그래서 『바닷마을 다이어리』의 마지막 이야기의 제목은 ‘다녀올게’이다.

『바닷마을 다이어리』에서는 가마쿠라의 맛집이 여러 곳 소개되어 있다. 혹시 가마쿠라에서 한달 살기를 하게된다면 맛집 순례를 해볼 수 있겠다는 생각이 들었다.

바람이 엄청나게 부는 유이가하마 해변에서 여러 소설의 장면들을 그려보고, 백사장으로 몰려드는 높은 파도와 서쪽 수평선으로 넘어가는 겨울 햇살 등, 한겨울 바닷가의 황량한 풍경을 30분 정도 즐기다가 4시 40분 도쿄로 출발했다. 이영혜 님 역시 “바람이 세차서 파도가 거칠고 높았다. 모래바람까지 불었지만 언제 봤는지 기억이 안 날 만큼 오래간만에 만난 바다라 반가웠다. 가슴이 기분 좋게 차가워졌다."라는 느낌을 남겼다. 그리고 생각하니 필자 역시 정말 오랜만에 바다를 만난 것이었다.

일정에는 빠져 있었지만, 에노덴선 유이가하마 역에서 북서쪽으로 난 길을 따라가면 가마쿠라 문학관(鎌倉文学館)이 있다. 19세기 말 가마쿠라와 도쿄를 연결하는 교통이 편리해지면서 더 나은 창작 환경을 찾던 문인들이 가마쿠라로 작업실을 옮기면서 가마쿠라는 오래된 '역사 도시'에서 '문학 도시'로 탈바꿈하게 되었다. 가마쿠라와 관련된 문인들로는 가와바타 야스나리, 나쓰메 소세키, 아쿠타가와 류노스케, 요사노 아키코(与謝野晶子) 등 300명 이상이다. 가마쿠라 문학관은 가마쿠라에서 활동하던 근대문학가들의 작품과 자료를 수집하여 보존하고 전시하기 위하여 1985년에 설립되었다. 소장품은 문인들의 친필 원고, 편지, 애장품 등으로 구성된다.

가마쿠라 문학관이 들어있는 건물은 코마바 공원에서 만난 마에다 가문의 가마쿠라 별장이었다. 1890년 제15대 당주 마에다 토시츠쿠(前田 利嗣) 후작이 화관으로 건축해 별장으로 사용하였다. 1910년 화재로 소실되면서 양관으로 재건하였던 것을, 1936년 제16대 당주 마에다 토시나리(前田 利為) 후작이 전면 개축하여 현재의 모습을 갖추게 되었다. 와타나베 에이지(渡辺栄治)가 설계하고 타케나가고무텐(竹中工務店)이 시공했다. 전후 한동안 덴마크 공사와 사토 에이사쿠(佐藤 栄作) 총리의 별장으로 빌려 사용하기도 했다. 1983년 마에다 토시켄(前田 利建) 후작이 가마쿠라 시에 기증하여 1985년에는 외관을 유지하면서 내부를 보수하여 가마쿠라 문학관으로 문을 열게 되었다. 가마쿠라 문학관으로 들어가는 짧은 굴은 마치 작품 안으로 들어가는 듯한 느낌을 준다. 문학관 앞뜰을 가득 채우는 장미정원도 아름답다. 도쿄에서 제때 출발했더라면 가마쿠라 문학관도 볼 수 있었을까? 아예 일정에서 빠졌을 수도 있겠다. 다음번 일본근대문학기행에서는 찾아갈 수 있으면 좋겠다.

오전에 하야시 후미코 기념관으로 가는 일정이 꼬이는 바람에 가마쿠라에서 긴자로 가서 긴자의 밤 풍경을 즐기려던 일정을 취소하고 바로 숙소로 향했다. 6시 20분에 숙소에 도착하여 자유식으로 저녁을 해결해야 했다. 곽은순 씨가 추천해 준 몇 개의 식당 가운데 숙소에서 1㎞ 정도 떨어진 식당 라이무라이토에서 스테이크로 저녁을 먹었다. 스테이크에 샐러드와 밥을 한 공기 더했을 뿐인데 5,335엔(오늘 환율로 52,389원)이 나온 거한 저녁이었다.

라이무라이토는 석회등(limelight)의 일본식 발음으로 보인다. 석회등은 과거에 극장이나 음악당에서 사용되던 비전기적 조명 형태이다. 산소와 수소를 혼합하여 태우는 불꽃이 생석회(산화칼슘)의 통으로 향할 때 강렬한 빛을 만들어낸 현상을 이용한 것이다. 각광 효과는 1820년대 골즈워디 거니(Goldsworthy Gurney)에 의해 발견되었다. 1836년 마술사 칭 라우 라우로(Ching Lau Lauro)가 영국 켄트의 헤른베이 부두에서 벌인 저글링 야외 공연이 각광받은 최초의 공개공연이다. 실내 무대 조명으로는 1837년 런던의 코벤트 가든 극장에서 처음 사용했고, 1860년대와 1870년대에는 전 세계 극장에서 널리 사용되었다. 각광은 현대의 집중조명과 같은 방식으로 독주, 독창 등 단독 공연자를 부각하는 데 사용되었다. 전기의 사용이 일상화되면서 무대의 조명 장치로서 생명이 끝났지만, 대중의 눈에 띄는 누군가가 여전히 '각광을 받고 있다'라는 의미의 숙어로서 'in the limelight'가 쓰이고 있다.

식단표를 들여다보고, 다른 손님들은 무엇을 먹는지 엿보기도 하면서 먹을 것을 정하면서 일본에서도 꽤 유명하다는『고독한 미식가(孤独こど〈のグルメ 코도쿠노구루메)』에서 보았던 장면이 떠오른다. 다른 점이 있다면 이 편성에서는 무언가 먹어야 하겠다고 생각한 주인공이 주변을 두리번거리다가 그럴듯한 식당을 골라 들어가서는 역시 식당 분위기를 살펴 음식을 고르는 방식이 매회 반복되는 특징이다. 그리고 음식을 먹으면서 맛이 기대했던 것처럼, 혹은 기대했던 것보다 훌륭하다는 점을 몸짓으로, 생각으로 표현한다. 이 편성에 나온 식당을 찾아가는 애청자들도 있다고 하는데, 심지어는 우리나라 사람도 그런 애청자에 포함되는 모양이다.

구즈미 마사유키(久住 昌之)가 이야기를 쓰고 다니구치 지로(谷口 ジロー)가 그림을 그린 동명의 만화를 원작으로 TV도쿄에서 제작한 편성으로 마츠시게 유타카(松重 豊)가 주인공 이노가시로 고로(井之頭五郎)를 연기한다. 지금까지 10개의 연작과 특별 편성이 제작되었다. 만화는 1994년부터 1996년까지 후소샤의「월간 PANJA」에 연재되었다. 2008년 1월부터 후소샤의 주간지「SPA!」에서 부정기적으로 다시 연재되고 있다.

일본에서도 세칭 먹방이 일찍부터 유행했던가 보다. 먹는 일을 다루는 만화가 식상하다고 느껴질 무렵 중년 남자가 혼밥을 즐긴다는 기획으로 그린 만화가 인기를 얻으면서 TV도쿄의 편성으로 발전하게 된 것이다.

주인공 이노가시로 고로는 잡화상을 운영하는 개인 사업가인데 먹는 것에 진심이다. 하루일과를 마치고 집으로 돌아가던 길에 식당에 들르는 경우가 많지만, 영업하던 중에도 배가 고프면 상담을 중단하고 식당을 찾아가는 경우도 있다. 그 이유는 "시간이나 사회에 얽매이지 않고 즐겁게 배고픔을 채울 때, 그는 한순간 이기적이고 자유로워진다. 누구에게도 방해받지 않고, 걱정도 하지 않고 먹는 고독한 행위. 이 행위는 현대인에게도 동등하게 주어진 최고의 치유라고 할 수 있습니다."라고 설명된다.

그는 음식을 고르는 데 있어 나름의 신념을 가지고 있다. 예를 들면 같은 재료를 사용한 요리를 중복하지 않는다. "그래, 그래, 균형이 잘 잡혔다."라고 자기 음식 선택을 스스로 칭찬하기도 한다. 대체로 주문하는 음식의 양이 많은 편이지만 남기지 않고 모두 먹어 치운다. 처음에는 나온 음식을 조금씩 맛보면서 느낌을 이야기한다. 그리고 맛보는 단계가 지나면 남은 음식을 밥 위에 올려 그릇을 들고 입에 몰아넣기도 한다.

고독한 미식가인 척 저녁을 먹고 숙소에 들어왔더니 침대 등이 끊어져 있었다. 책읽기에 불편하여 숙소의 접수에 내려가 교체해 달라고 부탁했다. 접수 직원이 시설과 직원을 대동하고 방으로 와서 점검하고 교체해 주었다. 처음 있는 일이었지만 일본 호텔의 고객 응대 방식에 감탄했다. 씻고 영국 작가 매트 헤이그의 소설 『미드나잇 라이브러리』를 읽다가 10시 40분에 잠들었다.

『미드나잇 라이브러리』의 여주인공 로라는 수영에 재능이 있어 일찍부터 주목을 받았다. 올림픽 대표가 될 것이라고 했지만 아버지의 강압에 지쳐 포기하고 말았다. 그리고부터 그녀의 삶은 꼬이기 시작한다. 오빠와

악단을 조직하여 활동하면서 작곡도 해보지만, 그마저도 주목받지 못하면서 시들해지고, 도서관 사서의 추천으로 해양학자의 꿈을 키워보지만 꿈에 그친다. 남자 친구의 희망대로 카페를 함께 운영하지만, 자신의 꿈이 아닌지라 시들해진다. 하는 일마다 좌절하고 마는 그녀는 키우던 고양이마저도 사고로 죽게 되자 스스로의 삶을 그만두기로 했다.

죽음을 맞았다고 생각한 그녀가 정신을 차리고 보니 도서관이었다. 평소 체스를 함께 두던 사서 엘름 부인이 그녀를 맞이한다. 자정에서 다음 날로 넘어가는 시간의 경계에 있는 도서관은 그녀가 살아오면서 후회한 일들이 적힌 책과 그녀가 살아보지 못한 무수한 날들에 관한 책들로 가득 채워져 있다. 그녀는 엘름 부인의 권유에 따라 살아보지 못했던 날들을 살아보는데, 그러한 삶이 역시 의미가 없다고 느끼는 순간 한밤중의 도서관으로 되돌아온다. 이 과정을 통하여 로라는 스스로 삶을 포기한 선택이 잘못되었음을 깨닫고 자기 삶이 꼬이게 된 원인이 '사랑의 부재'에 있었음을 깨닫게 된다. 그리고 "만일 내게 무슨 일이 일어난다면, 나는 거기에 존재하고 싶다."라고 생각한다.

작가 메트 헤이그는 '한 사람의 삶은 땅에 떨어진 씨앗이 싹을 틔워 커다란 나무로 성장해 가는 과정을 닮았다'라고 설명한다. 나무의 중심이 되는 줄기가 그의 삶이지만 수많은 곁가지는 그가 선택하지 않았지만, 선택할 수도 있었던 또 다른 삶이 되었을 수도 있는 그런 삶이라는 것이다. 나아가서는 평행우주 이론에 따라 동시에 또 다른 우주에서 진행되고 있을 수도 있는 또 다른 삶이라는 이론도 제기된다. 살아온 날들 가운데 의미 있는 날이라곤 없고, 내가 필요한 사람이라고는 아무도 없다고 생각하는 사람, ‘나는 이 우주에서 불필요한 존재’라는 생각이 드는 사람이라면 한 번 읽어보기를 권한다.

죽음을 맞은 사람이 살아온 날들을 돌아보는 책의 원조는 단테의 『신곡』이 아닐까 싶다. 단테 엘리기에리가 베르길리우스의 안내로 지옥과 연옥, 그리고 짝사랑했던 여인 베아트리체의 안내로 천국을 여행하는 것처럼, 『미드나잇 라이브러리』는 사서 엘름 부인의 안내로 살아보지 못한 삶을 살아보는 것이다. 비슷한 설정은 랄프 이자우의 『비밀의 도서관』에서 읽어볼 수 있다. 그리고 같은 맥락의 이야기는 송유정 작가의 『기억서점』도 있다.

기억서점은 생의 의지를 잃은 사람에게 마지막으로 단 한 번 모습을 드러내는 서점이다. 화자 지원은 어머니의 죽음 이후 7년이 되도록 불안감으로 고통을 받고 있는데, 누리망에서 찾은 이누이트의 교훈을 발견한다. “이누이트들은 화가 나면 화가 풀릴 때까지 무작정 걷는다는 이야기. 화가 풀릴 때까지 한참을 걷고 또 걷다가 화가 다 풀리면 그제야 멈춰서 지금까지 걸어온 길을 되돌아간다는 이야기. 그래서 돌아오는 길을 뉘우침과 용서의 길이라고 말한다.”

화자 지원은 이누이트의 교훈에 따라 나갔던 산책길에서 ㄱ서점을 만난다. 이 서점에는 한 사람이 평생을 살아오면서 쌓은 기억이 책의 형태로 저장되어 있다. 지원은 서점에 보관되어 있는 기억을 통해서 과거에 자신이 했던 선택을 바꾸려는 여행을 하게 된다. 두 번의 여행을 통하여 어머니에게 최선을 다하지 않았던 데서 오는 자책감이 자신을 괴롭히는 근원임을 알게 된다. “엄마가 나를 가장 필요로 할 때 곁에 있어 주는 것”이 진정으로 엄마를 위하는 길이었음을 깨닫게 된 것이다.

(2025년 1월 16일)

여행

넷째 날

설국으로

1월 16일 일본여행 4일째. 이날은 도쿄를 떠나 가와바타 야스나리의 소설 『설국』의 무대인 니가타(新潟)현의 유자와(湯沢)로 이동했다. 도쿄의 아침 최저기온은 2도, 우리가 가게 될 유자와의 낮 최고기온은 1도로 예보되었다. 7시 20분에 숙소를 출발하여 군마(群馬)현의 다카사키(高崎)시까지 차로 이동하고, 다카사키역에서 신칸센을 타고 에치고유자와 역까지 가서 구경하고 그곳에서 하루를 묵었다. 도쿄에서 조에츠 신칸센을 타는 방법도 있지만 좌석의 편도 차비가 8,820엔(86,524원)이다. 다카사키에서 에치고유자와 역까지는 좌석 운임이 6,120엔(60,037원)이니 별 차이는 없는 듯한데, 어떻든 차가 도쿄에서 유자와까지 가야 하는지라 한 구간만 신칸센을 타기로 한 것 같다. 소설 『설국』의 분위기를 느껴보는 데는 다카사키역에서 유자와 역 사이에 있는 굴을 지나면 되기 때문이다.

유자와는 니가타(新潟)현의 남쪽 끝이다. 니가타현은 혼슈(本州)의 동해 쪽 해안의 가운데에서 오른쪽으로 치우쳐 있다. 그래서 주부(中部) 혹은 호쿠리쿠(北陸) 지방이라고 부른다. 해안에는 사도가시마(佐渡島)와 아와시마(粟島)가 있다. 면적은 12,584㎢로 일본의 모든 현 가운데 5번째로 크다. 해안선의 길이는 약 634㎞로 모든 현 가운데 가장 길다. 인구는 약 210만 명으로 모든 현 가운데 15번째이다.

사도가시마는 우리에게 사도섬으로 알려져 있다. 면적이 855㎢로 제주도의 절반보다 조금 작다. 사도섬에는 헤이안 시대 이전에 문을 연 니시마카와(西三川砂) 금광을 비롯하여 4개의 금은광이 있다. 사도섬의 금광은 일본 최대의 광산이다. 이들 4개의 금·은광 가운데 아이카와(相川) 금·은광이 관광지로 개발되고 있다. 아이카와 금광은 에도 바쿠후 시대에는 도쿠가와 가문의 금고였다. 사도섬이 우리의 관심을 끌게 된 것은 2021년 일본문화심의회가 사도 광산을 유네스코 세계문화유산 후보로 추천하면서이다. 2020년 군함도를 세계문화유산으로 등재하면서 조선인 강제노역에 대한 역사를 알리겠다는 약속을 지키지 않으면서 유네스코의 경고까지 받은 바가 있어서 우리 정부가 크게 반발했기 때문이다.

태평양전쟁이 발발하면서 사도섬에 전쟁물자를 비축하는 시설이 있었고, 최소 1,141명의 조선인이 끌려 와 강제 노역을 하였다. 전쟁이 끝난 1949년 해당 기업이 강제 동원된 조선 사람들의 미지급 임금을 일본 정부에 공탁했지만, 일본 정부는 1959년에 시효가 지났다면서 국고로 환수해 버렸다. 이런 문제가 있음에도 유네스코는 2024년에 사도 광산을 세계문화유산으로 등재하기로 했다.

니가타현 남쪽의 내륙에는 북동쪽에서 남서쪽으로 아사히(朝日) 산지, 에치고(越後)산맥, 쿠비키(頸城) 산괴 등이 이어지면서 다른 현과의 경계를 형성한다. 에치고산맥에서 기원하는 시나노(信濃)강과 아가노(阿賀野) 강

유역에 에치고 평야가 펼쳐진다. 시나노강은 일본에서 가장 긴 강이다. 에치고 평야는 일본에서 두 번째로 넓은 충적평야이며 동해 쪽에서는 가장 넓다.

현 전체가 동해 쪽의 기후에 속하는데, 폭설 지역으로 지정되어 있다. 해안 쪽에는 적설량이 많지 않으나, 남쪽의 산간 지역의 적설량은 세계 제일이라고 할 수 있다. 쓰난초(津南町), 도카마치(十日町) 시, 우오누마(魚沼) 시 등에서의 적설량은 2m가 넘는데, 도카마치 시 마쓰노야마(松之山)에서는 4m가 넘기도 한다. 1927년 2월 조에쓰(上越) 시 이타쿠라(板倉) 구 가라야마(柄山) 마을에 818cm의 적설량을 기록하였는데 사람이 사는 거주지로는 가장 많은 눈이 내린 기록이라고 한다. 겨울에는 흐린 날이 많아 일조시간이 짧지만, 늦봄부터 초가을까지는 날씨가 좋은 날이 많아 태평양 쪽보다 일조시간이 길다.

약 3만 년 전~1만 년 전부터 조몬 시대가 시작되던 후기 구석기 시대의 고고학 유적이 200여 곳에서 확인되었는데, 주로 칼 모양의 석기가 주종을 이룬다. 3세기 후반으로부터 4세기 전반으로 추정되는 수진(崇神) 천황 연간에 구비키 고쿠조(久比岐国造)와 후카에 타카시 고쿠조(高志深江国造)가 설치되었다. 7세기 무렵에는 고시(越) 국에 속했지만, 7세기 말에는 고시 국이 에치젠(越前), 에치주(越中), 에치고(越後) 등 세 국가로 나뉘었다.

1860년 일미(日米) 우호 통상조약에 따라 니가타항이 개항하였다. 1868년에는 보신(戊辰) 전쟁이 발발하여 정부군이 나가오카 성을 점령하고 에치고를 장악했다. 보신 전쟁은 왕정복고를 노리는 구 에도(江戸) 바쿠후군과 오우에츠레츠(奥羽越列)번, 에조(蝦夷) 공화국(바쿠후 육군과 해군)

등이 거병하여 새로이 권력을 잡은 메이지 정부의 사쓰마(薩摩)번, 조슈(長州)번, 도사(土佐)번 연합군과 맞붙은 일본 역사상 가장 큰 내전이었다.

이날은 도쿄의 몬토레 한조몬 호텔에서 퇴실하여 유자와에 있는 숙소를 이용할 예정이다. 5시 10분에 일어나 씻고 짐을 정리해서 출발 준비를 마치고는 식사하러 내려갔다. 식당은 6시 반에 열린다고 했는데, 5분 전에 내려갔더니 역시 입장할 수 없었다. 원칙을 지키는 일본 특유의 문화를 느낀다. 이날 아침은 첫날 먹었던 양식 중심으로 챙겨 먹고 마지막으로 에스프레소를 마셨다. 방으로 올라와 이를 닦고 짐을 챙겨 7시 10분에 현관으로 내려가 차를 탔다. 군마현의 다카사키는 도쿄에서 북서쪽으로 107km 떨어져 있어 차로 1시간 40분 정도 걸린다. 그리고 다카사키역에서 에치고유자와역까지는 조에츠 신칸센으로 28분 걸린다.

일찍 도쿄의 숙소를 나섰지만 이내 출근 시간에 맞물리면서 도시고속도로가 밀린다. 로쟈 선생의 일본근대문학에 대한 강의가 시작되었다. 로쟈 선생의 이야기를 듣다 보니 니가타 방향으로 꽤 올라갔던 모양이다. 9시 10분에 고속도로 휴게소에 들어갔다. 고속도로 휴게소의 모습은 나라마다 다르다. 미국의 휴게소는 동부와 서부가 다소 차이가 있다. 동부의 휴게소에는 매점도 있지만, 서부에는 화장실과 휴게소 특유의 탁자만 몇 개 서 있는 썰렁한 분위기인 경우가 많다. 이용객이 많지 않은 탓일 게다. 편의점이 있는 주유소가 있는 경우도 있다. 유럽 역시 주유소와 편의점이 있어 볼일을 볼 수 있다. 우리나라 고속도로 휴게소는 식당과 편의점, 심지어는 어린이 놀이터와 일상 잡화를 파는 가게도 들어가 있는 복합적인 휴게소가 많다. 일본의 휴게소도 우리나라의 것과 별 차이가 없다. 우리나라 휴게소의 모습은 일본의 것을 베껴왔을 것으로 짐작된다.

휴게소를 출발하면서 로쟈 선생은 가와바타 야스나리(川端 康成)의 삶과 작품세계에 관하여 이야기를 시작했다. 오사카에서 태어난 그는 도쿄 제국대학의 일본 문학과를 졸업했다. 대학 시절부터 키쿠치 히로시(菊池 寬)의 인정을 받아 문학평론에서 두각을 보인 그는 요코미쓰 토이이치(橫 光 利一) 등과 함께 동인지 「분게이 지다이(文藝時代)」를 창간했다. 당시 유럽에서 주목받던 허무주의와 표현주의의 영향을 받아 새로운 문학 감각을 창조하고자 하는 신감각파(新感覺派)의 대표 작가로 활동했다. 시적이고 서정적인 작품, 심령술을 다룬 신비적인 작품, 소녀들의 취향에 맞춘 작품 등 다양한 형식의 소설을 발표하여 환상주의자라는 별명을 얻었다.

『이즈의 무희(伊豆の踊子)』, 『설국(雪國)』, 『천 마리의 종이학(千羽鶴)』, 『산소리(山の音)』, 『잠든 미녀(眠れる美女)』, 『고도(古都)』 등, 죽음과 윤회를 통하여 일본미(日本美)를 표현한 작품, 전통 시가인 렌카(連歌)와 전위적 요소를 결합한 작품, 전통적이면서도 신비한 그리고 그윽하면서도 요염한 세계관을 담은 작품, 인간의 추악함과 무자비함, 외로움과 절망을 아름다움과 사랑으로 변화시키는 작품 등, 다양한 색깔의 작품을 내놓았다.

로쟈 선생은 '가와바타 야스나리는 임종 직전의 눈으로 세상을 보았다'라고 했다. 가와바타 야스나리가 어린 시절부터 가족들의 죽음을 지켜보았던 까닭이다. 가와바타 야스나리는 의사인 아버지 가와바타 에이키치(川端栄吉)와 어머니 겐(ケン) 사이의 장남으로 오사카에서 태어났다. 칠삭둥이였다. 1년 7개월이 되었을 때 폐가 약하던 아버지가 결핵으로 사망하고, 어머니 역시 폐결핵을 앓고 있어 야스나리와 누이는 어머니의 친

정인 구로다 가문에 맡겨졌다. 이듬해 어머니가 사망한 뒤에는 할아버지 할머니와 함께 살았다. 7살이 되던 해 할머니가 돌아가시고 10살이 되던 해에는 떨어져 살던 누이가 죽었다. 15살이 되던 해 할아버지마저 돌아가셨다. 그 후 야스나리는 어머니의 오빠 구로다 슈타로(黒田秀太郎)에게 맡겨졌다. 이처럼 이어지는 가족들의 죽음을 지켜보면서 야스나리는 15~16세 무렵 자신이 일찍 죽을 수도 있겠다고 생각했다. 그러한 생각들이 작품에 녹아들어 갔던 것으로 보인다.

그가 작가가 되기로 마음먹은 것은 중학교 2학년 때로 「교한신보(京阪新報)」에 단편을, 그리고 「분쇼세카이(文章世界)」에 단가를 투고하기도 했다. 고등학교를 졸업하고는 동경제국대학 문학부 영문과에 입학하였다가 이듬해 국문과로 전과했다. 그리고 대학 동기들과 함께 동인지 「신시죠(新思潮)」를 발행하면서 「쇼콘마츠리이케이(招魂祭一景)」를 발표했던 것이 기쿠치 간(菊池寛)에게 인정받아 「분게이 슌주(文芸春秋)」의 동인이 되어 문인의 길에 들어섰다. 대학을 졸업하고는 동기 등 14명이 모여 「분게이지다이(文芸時代)」를 창간하였고, 여기에 단편 「이즈의 무희」를 발표하며 문단에 등장했다. 제1고등학교에 입학한 이듬해 이즈를 여행하다가 만난 예인과 교유한 경험을 담았다.

그의 초기작품들은 왕조 문학이나 불교의 영향을 받아 허무함과 서정성이 넘치는 경향을 보인다. 그런 시기가 지나면서 비현실적인 미의 세계를 구축하는 방향으로 전환하여 『설국』을 발표하기에 이르렀다. 완성하기까지 12년에 걸쳐 심혈을 기울였다는 『설국』은 그의 미의식이 절정을 이루는 작품으로 1968년에 일본인 최초로 노벨문학상을 수상하게 되었다. 노벨상 위원회는 "일본인 심정의 본질을 그린, 몹시 섬세한 표현에 의한 서술이 탁월하다."라는 심사평을 내놓았다.

1968년 12월 10일 스톡홀름 연주회장에서 열린 노벨문학상 시상식에 일본 전통의 하카마를 입고 참석했던 가와바타 야스나리는 이틀 후 스웨덴 아카데미에서 열린 기념 강연에서는 정장으로 참석하여 「아름다운 일본의 나: 그 서설(美しい日本の私—その序説)」이라는 제목의 강연을 했다. 일본어로 진행된 강연에서 그는 도겐(道元) 등 승려들의 와카(和歌)를 인용하면서 그 뜻을 해석하였고, 세쓰게쓰카(雪月花)로 상징되는 일본의 미적 전통, 미묘한 미의식, 만물이 자유롭게 지나가는 하늘, 생명이 없는 우주와 무궁무진한 정신을 이야기했다.

세쓰게쓰카는 당나라 중기의 시인 백거이의 시 「은협률에게 보냄(寄殷協律)」의 한 구절 '금시주반개포아 설월화시최억군(琴詩酒伴皆拋我 雪月花時最憶君, 거문고와 시와 술을 함께 즐겼던 친구 모두 나를 버리니 눈 내릴 때, 달 밝을 때, 꽃 필 때 그대가 가장 그립구나!)에서 가져온 것으로 '사철의 좋은 경치'를 뜻한다. 일본 사람들이 백거이를 워낙 좋아해서 그의 작품에 등장하는 구절들을 자주 인용한다.

아사히신문은 가와바타 야스나리의 노벨문학상 수상 강연록을 전재하면서 세쓰게쓰카(雪月花)에 담긴 미의 감동, 마음의 우주인 무(無), 『겐지 모노가타리(源氏物語, 겐지 이야기)』에 담긴 아름다움을 이야기했다고 정리했다. 가와바타 야스나리가 노벨상 수상연설에서 『겐지 이야기(源氏物語)』를 언급한 것이 우연이 아니었다는 사실을 『소년(少年)』에서 확인할 수 있었다. 1948년 가마쿠라 분코(鎌倉文庫)의 잡지 「닌겐(人間)」에 6회로 나누어 발표된 것을 1951년에 메구로쇼텐(目黑書店)에서 단행본으로 발표한 사소설이다.

『소년(少年)』의 도입부에서는 10세기의 교토 조정에서 벌어진 화려한 연애를 다룬 소설『겐지 이야기』와 17세기 에도 시대를 풍미한 이야기꾼 이하라 사이카쿠(井原西鶴)의 작품 사이에 두드러진 작품이 없다는 점을 짚었다. 그리고 태평양전쟁 기간 거센 공습으로 등화관제로 캄캄한 밤에, 혹은 요코스카(橫須賀)선 열차에서 무참한 모습들 속에서『겐지 이야기 주석서』를 읽으면서 이 책을 읽었을 옛사람들의 마음이 사무치게 다가와, 전통과 함께 살아가야겠다는 생각이 들었다고 했다. 천황을 비롯하여 다양한 계층의 인물들이『겐지 이야기』를 즐겨 읽었다고 하면서 작가 자신도『겐지 이야기』를 토대로 소설을 쓰고 싶었지만 뜻을 이루지 못했다고도 했다.

최근에 읽은『알츠하이머 기록자』는 치매 전문의 정신과 의사가 된 아들이 치매에 걸린 어머니의 병세가 어떻게 변해갔는지를 분석해놓았다. 책을 읽다 보면 치매가 꽤 진행된 어머니에게『겐지 이야기』를 읽어드렸다는 대목이 나온다. 그만큼『겐지 이야기』는 일본사람들의 꾸준한 사랑을 받아왔다는 것을 알 수 있었다.

『겐지 이야기』는 일본의 헤이안 시대에 나온 장편 이야기로 일본에서 가장 오래된 고전소설이다. 책으로 나온 것은 1008년 무렵이다. 작가는 무라사키 시키부(紫式部)로 그녀의 유일한 모노가타리 작품이다. 주인공 히카루 겐지(光源氏)의 사랑, 영광과 몰락, 정치적 욕망, 권력투쟁 등을 통하여 헤이안(平安) 시대이 귀족사회를 그렸다.

하급귀족 출신인 무라사키 시키부는 결혼 3년 만에 남편과 사별하면서 현실을 잊기 위해 이야기를 쓰기 시작했다. 당시에는 종이가 귀했기 때문에 종이가 생길 때마다 글을 써 친구들과 나누어 읽었다. 그녀의 이야기가 입소문을 타면서 후지와라 미치나가(藤原 道長)의 딸 후지와라노 아키코(藤原 彰子)의 가정교사가 되었다. 훗날 후지와라노 아키코가 이치조(一条) 천황의 제2황후가 되면서 궁으로 따라 들어가게 되었다. 그녀가 궁에 머무는 동안 후지와라 미치나가의 지원을 받아 이야기를 이어 쓸 수 있었다.

『겐지 이야기』가 천년 넘게 전해질 수 있었던 것은 작가가 황실에서 일하고 있었고, 천황을 비롯하여 황실 사람들의 애독서였기에 필사와 보존이 잘 이루어졌기 때문일 것이다. 『겐지 이야기』는 수많은 저본이 전해지나 청표지본(靑標紙本), 가우치본(河內本), 별본(別本)의 세 계통으로 크게 구분된다. 현존 『겐지 이야기』는 저본에 따라 차이가 있지만 전체 54개의 첩으로 구성되며, 200자 원고지 5000매가 넘는 세계 최고 최장편의 소설이다. 기리쓰보(桐壺) 천황으로부터 4대에 이르는 70년 동안 무려 500여 명이 등장하는 장대한 이야기이다. 주요 등장인물의 사랑 이야기가 중심 주제이지만 등장인물의 심리적 갈등, 사계절에 따른 궁중의례와 황실과 귀족들의 생노병사 등 일상적인 모습이 그려진다.

『겐지 이야기』는 크게 3부로 구분된다. 33개의 첩으로 구성된 1부는 기리쓰보 천황의 둘째 황자 히카루겐지가 태어나서부터 39세에 이르기까지 갖은 난관을 헤치고 천황에 버금가는 권세와 영화를 누리게 된다는 내용이다. 8개의 첩으로 구성된 2부는 히카루겐지의 나이 40세부터 52세까지의 이야기로 그의 파탄난 애정과 퇴락한 영화, 출가하려는 소망,

자녀의 연애담을 담았다. 2부의 마지막 41첩의 구모가쿠(雲隠, 구름 저 너머로)는 첩의 제목만 있을 뿐 내용이 없다. 그 앞의 40첩 마보로시(幻, 환술사)에서는 히카루겐지가 평생의 반려자였던 무라사키노우에를 잃은 슬픔을 달래며 전생의 인연과 인과응보의 순리에 따라 생활하면서 출가를 생각한다는 내용으로 보아 히카루겐지의 죽음을 상징하는 것으로 보인다. 13개의 첩으로 된 3부는 히카루겐지의 사후에 정처 온나산노미야(女三の宮)가 가시와기(柏木)와 밀통하여 낳은 가오루와 히카루겐지의 외손자 니오노미아(匂宮)가 우지(宇治)의 여인들과 벌이는 비극적인 사랑이야기를 담았다.

특히 1부의 앞부분에 나오는 겐지의 여성편력은 나이의 고하를 가리지 않으며 여성의 마음을 얻기 위하여 다양한 노력을 기울인다는 측면에서 18세기 이탈리아 사람으로 바람둥이 혹은 난봉꾼으로 손꼽히는 자코모 카사노바를 연상케 한다. 차이가 있다면 카사노바는 마음에 둔 여성의 마음을 얻어 관계를 맺는데 반하여, 겐지의 경우 마음에 들면 어둠을 틈타서 강제로 관계를 맺기를 주저하지 않는다는 점이 다르다. 심지어는 천황의 여인 후지쓰보(藤壺)를 겁탈하여 임신하게 한다. 그 아들이 천황이 되고, 출생의 비밀을 알게 된 천황이 히카리겐지를 천황에 준하는 태상왕에 봉한다는 것이다.

히카루겐지의 영화로운 시절의 상징은 로쿠조인(六條院)이라는 대저택이다. 헤이안 시대의 최상위 귀족인 공경(公卿)에게는 1정(町) 규모의 저택 부지가 제공되었다. 그런데 히카루겐지는 4배나 되는 $63,471\ m^2$(19,200평)에 이르는 부지에 사방사계(四方四季)에 해당하는 4채의 집을 짓고 연못과

초목을 배치하여 계절의 정취를 느낄 수 있도록 하였다. 로쿠조인에 있는 4채의 집에는 무라사키노우에(紫の上)를 비롯한 히카루겐지의 여인들이 거처하였고, 사공이 젓는 배를 타고 뱃놀이를 즐길 수 있었다. 이토록 화려한 로쿠조인이었지만 세월이 흐르면서 퇴락해 간다.

히카루겐지의 여인들이 로쿠조인에 있는 각각의 저택에서 사는 모습에서 헌종 말년에서 철종 초기(19세기 중반)에 남영로(南永魯)가 쓴 『옥루몽』을 떠올리게 된다. 천계의 옥황상제가 백옥루를 짓고 낙성연을 할 때 문창성(文昌星)이 지은 축하시에서 속세와의 인연이 있음을 알게 된다. 잔치가 끝난 뒤에 문창성은 제천선녀(諸天仙女), 천요성(天妖星), 홍란성(紅鸞星), 도화성(桃花星), 제방옥녀(帝傍玉女) 등과 시회를 열었다가 옥황상제의 노여움을 사 속세로 하방된다.

문창성은 여남(汝南) 옥련봉(玉蓮峰)에 사는 양현(楊賢)이라는 처사의 아들 양창곡(楊昌曲)으로 태어난다. 일찌기 장원급제하여 관직에 오른 후에 남만과 흉노의 반란을 진압하여 우승상에 오른다. 그 과정에서 천계에서 함께 하방한 다섯 선녀, 강남홍(江南紅, 홍란성), 벽성선(壁城仙, 제천선녀), 일지련(一枝蓮, 도화성), 윤소저(尹小姐, 제방옥녀) 그리고 황소저(黃小姐, 천랑성) 등을 만나 인연을 맺게 된다. 관직에서 물러났을 때는 취성동(聚星洞)에 은휴정(恩休亭)을 짓고 여든 살이 되도록 다섯 부인들과 행복하게 살다가 천계로 복귀한다는 내용이다. 『겐지 이야기』에서 겐지의 여인들이 질투하는 감정을 품고 사는 것과는 달리 양창곡의 다섯 부인들은 화기애애하게 살았다는 차이가 있다.

『겐지 이야기』를 읽다 보면 한반도와 관련된 내용이 적지 않다. 역자에 따라서는 발해와 고려가 혼용된 것으로 보이는데, 한길사에서 펴낸 『겐지 이야기』에서는 발해와 고려를 구분하여 표기하고 있다. 698년 대조영이 건국한 발해는 727년 일본에 사절단을 처음 파견하여 수교한 이후로 926년 멸망할 때까지 34회의 공식 사절단을 파견할 정도로 왕래가 빈번하였다. 반면 고려는 공식적인 교류는 많지 않았다. 하지만 고려 상인들은 자주 왕래하면서 교역이 이루어졌다. 다만 충렬왕 때 원의 강요로 두 차례의 일본 정벌에 참여하면서 틀어진 관계는 왜구의 잦은 내침으로 불편한 관계가 심화되었다.

사가(嵯峨) 천황(재위 809년 ‑ 823년)의 황자 미나모토노 토오루(源融)가 히카루 겐지의 본보기 중 한 명으로 알려져 있다. 기리쓰보 천황 역시 가상의 인물로 60대 다이고(醍醐) 천황(재위 897년‑930년)을 본보기로 하였다고 한다. 따라서 발해(727년‑926년)와 고려(918년‑1392년)가 시대적 배경으로 등장하는 것은 역사적으로 볼 때 어긋나는 점이 있어 보인다. 하지만 무라사키 시키부가 『겐지 이야기』를 쓴 것이 1000년 무렵이었다는 점을 감안해야 한다. 발해와 관련된 내용으로는 기리쓰보 천황이 총애하는 기리쓰보 갱의(更衣)의 황자 히카루겐지의 앞날을 발해에서 온 사신에게 물어보는 대목이 있다. 히카루겐지에게 제왕의 기운이 있으나, 황제 위를 물려주면 황실에 우환이 생길 것이라는 사신의 예언에 따라 황자에서 신하로 내려 미나모토(源)라는 성을 하사한다는 내용이다. 고려와 관련해서는 공식 교류보다는 교역을 통하여 고려 음악, 악기, 비단, 종이 등 다양한 문물이 전해지고 있었음을 암시한다.

『겐지 이야기』의 중요한 특징은 총 795수에 달하는 와카(和歌)가 수록

되어 있다는 점이다. 『겐지 이야기』의 와카는 표현양식에 따라 독영가(獨詠歌), 증답가(贈答歌), 창화가(唱和歌) 등으로 구분한다. 등장인물이 독백처럼 읊은 와카를 독영가, 두 명의 등장인물이 주고받은 와카를 증답가, 세 명 이상의 등장인물이 함께 나누는 와카를 창화가라고 한다. 『겐지 이야기』 속의 와카는 등장인물들의 고조된 정감을 세련되게 표현한 일종의 대화이다. 뿐만 아니라 등장인물의 복잡한 내적 갈등을 나타내기도 한다.

혹자는 『겐지 이야기』가 가장 오래된 고소설이라고도 하지만, 중국의 문헌을 보면 『장자(잡편)』의 「외물(外物)」에 소설(小說)이라는 말이 처음 나타난다. "飾小說以干縣令 其於大達亦遠矣(식소설이간현령 기어대달역원의)"라는 대목인데, '소설을 꾸며서 군수가 되는 것은 위대한 인물이 되는 것과는 거리가 멀다.'라는 뜻이다. 『장자』가 기원전 290년 무렵 쓰였을 것으로 추정되는데, 『장자(잡편)』는 장자의 제자나 추종자가 썼을 것으로 짐작되므로 그 이후에 쓰였을 것이다.

후한(後漢) 명제(明帝)의 영평(永平) 연간(서기 58년에서 75년 사이)에 역사학자 반고(班固)가 쓴 『한서예문지(漢書藝文志)』에서는 제자백가 중에 소설가를 포함하고 있는 것으로 보아 소설이라는 문학부문이 존재했을 것으로 추정된다. 이 책에서는 15종 1380편에 달하는 소설책들이 수록되어 있었지만, 수나라(581년 - 619년) 시기에 모두 소실되어 오늘날까지 전해지지 않고 있다. 중국에서 가장 오래된 역사소설로 꼽히는 『목천자전(穆天子傳)』은 위나라 무렵의 작가 미상의 작품으로 진나라의 진(晉)나라의 대강(大康) 2년(281년)에 발견되었다. 그만큼 중국에서의 고소설의 역사는 오래되었다는 것이다.

원나라(1271년~1368년)와 명나라(1368년 - 1644년) 시기에 쓰인 나관중(罗贯中)의 『삼국지연의(三国志演义)』, 시내암(施耐庵)과 나관중(罗贯中)의 『수호지(水浒传)』, 오승은(吴承恩)의 『서유기(西游记)』, 난릉소소생(兰陵笑笑生)의 『금병매(金瓶梅)』 등 네 작품을 4대 기서로 꼽는데, 청나라 시기에 쓰인 조설근(曹雪芹)의 『홍루몽(红楼梦)』을 더해 5대 기서로 꼽기도 한다.

가와바타 야스나리는 노벨문학상을 수상한 4년 뒤에 죽음을 맞았다. 사인은 자살로 보도되면서 통설이 되었는데, 가와바타의 사망 전후 사정을 고려했을 때 사고사일 가능성이 있다는 주장이 제기되었다. 나이가 듦에 따라 창작 의욕이 감소된 탓이라거나, 친밀한 관계였던 미시마 유키오의 할복자살로 충격을 받았다거나 하는 등의 자살 이유가 거론되었다. 하지만 죽기 전부터 수면제를 복용해 왔다거나, 유서가 없다거나 하는 등의 정황과 난방기구의 오작동으로 인한 사고사일 가능성이 있다는 주장이다.

에치고유자와, 설국에 가다

일본근대문학사를 듣다 보니 시간 가는 줄 모르고 있다가 10시에 다카사키(高崎) 역에 도착했다. 에치고유자와에는 어제부터 눈이 내려 2m 높이로 쌓였다고 했다. 로쟈 선생이 도쿄에 도착하던 날부터 걱정했던 문제가 해결된 셈이다. 에치고유자와에 도착해서 눈이 없으면 실망할 거라고 했다. 다행이면서도 아쉬운 점은 눈이 너무 쌓여 키오쓰(清津) 협곡에는 갈 수 없게 되었다는 것이다.

차에서 내려 다카사키역으로 들어갔다. 최난경 해설사가 사 온 열차표를 받아 에치고유자와로 가는 토키 313 열차를 기다렸다. 토키 313 열차

는 10시 24분에 출발할 예정이라서 여유가 있었다. 도쿄에서 에치고유자

와까지 가는 열차는 토키(時)와 타니가와(谷川)가 있다. 토키는 도쿄와 니

가타를 연결한다. 반면 타니가와는 도쿄와 에치고유자와를 연결하며 겨

울 시즌에 한정하여 에치고유자와에서 갈라유자와까지 운행한다.

우리가 이용하는 조에쓰신칸센(上越新幹線)은 사이타마(埼玉)현 오미야

(大宮) 시에서 니가타(新潟)현의 니가타를 연결한다. 1971년 전국신간선철

도정비법에 의거 건설이 시작되어 1982년에 개통되었다. 특히 조에쓰신

칸센의 다카사키역에서 니가타역에 이르는 구간은 폭설 지대를 운행해

야 하므로 특별한 제설대책이 필요했다. 이 지역은 겨울철 기온이 비교적

높아 설질이 무거우며 평년이라도 적설량이 3m에 이르기 때문이다. 따

라서 쌓이는 눈을 제거하는 방식이 통하지 않을 것으로 판단하고, 살수

소화 방법을 적용하기로 했다. 강물과 굴에서 솟아나는 샘물을 10℃로

가열하여 살수기로 뿌리는 것이다. 구역에 따라서 뿌리는 물의 양을 달리

하는데 눈이 녹은 물은 배수로를 따라 제설기지로 흘러들도록 하여 재사

용될 수 있는 체계를 만들었다.

2005년 3월 25일 시속 200km의 속도로 주행하고 있는 토키 325호 열

차가 조에쓰신칸센의 나가오카(長岡) 역 인근 타키야(滝谷) 굴 끝에서 지진

의 영향으로 탈선하는 사고가 발생했다. 1965년 도카이도 신칸센이 개통

된 이래로 일본 신칸센 역사상 최초의 상업 운행 중 탈선 사고이다. 지진

으로 인한 고속열차의 탈선 사고를 방지하기 위하여 20km 간격으로 지진

계를 설치하였다. 지진파가 가속되는 경향에 따라 변전소의 전력 송출이

자동으로 차단되고, 열차의 비상 제동장치가 가동되도록 하였다. 그리고

지진 등의 상황에서도 차량이 선로에서 크게 이탈하는 것을 막아주기 위한 차량 편차 방지 장치를 개발하여 모든 신칸센 열차에 설치했다.

조에쓰신칸센은 초기에는 일본국철이 운영하다가 지금은 민영화되어 JR동일본이 운영한다. 도쿄에서 출발해서 오미야역을 거쳐 니가타까지 가는 경우도 조예쓰신칸센으로 간주된다. 혼슈의 태평양 쪽과 동해 쪽을 연결하는 최초의 신칸센이다. 도쿄부터 다카사키까지는 드넓은 간토평야가 펼쳐지고 있어 평지에 선로가 놓여있지만, 특히 다카사키(高崎) - 조모코겐(上毛高原) - 에치고유자와(越後湯沢) 구간은 조에츠 국경(上越国境)이라 하는 험준한 산악지대가 펼쳐진다. 이 구간은 굴을 뚫어 연결하였다. 조모코겐과 에치고유자와 사이에 있는 다이시미즈(大清水) 굴은 22,221m나 된다.

사실 가와바타 야스나리의 소설 『설국』의 첫머리에 나오는 "국경의 긴 터널을 빠져나오자, 눈의 고장이었다. 밤의 밑바닥이 하얘졌다. 신호소에 기차가 멈춰 섰다.(国境の長いトンネルを抜けると雪国であった。夜の底が白くなった。信号所に汽車が止まった)"라는 구절을 읽으면서, '왜 국경(國境)이지?' 하는 의문이 들었다. 국경이라는 단어는 일반적으로 나라와 나라의 경계를 의미하는 것인데 한나라 안에서 국경이 있을 수 있을까 싶었기 때문이다.

일반적으로 국경(國境)이란 나라 간의 경계를 의미한다. 그런데 일본에서는 메이지 시대에 폐번치현(廢藩置縣)하고 도도부현(都道府県)을 설치하기 전까지, 도와 국의 중간에 해당하는 쿠니(國)라는 행정구역이 있었다. 지금의 니가타현을 고대 일본에서는 에치고국(越後国えちごのくに), 군마현은 고우즈케국(上野国こうずけのくに)의 강역이었다. 두 나라 사이의 경계를 고우주케구니(上野国)에서 에치고구니(越後国えちごのくに)로 넘어가는 국경이라 해서 각각 앞 글자를 따서 조에쓰(上越) 국경이라 했다. 과거에 운행되던 조에쓰선이라는 이름도 이렇게 만들어졌으며, 니가타현에 있는 조에쓰시에서 가져온 것이 아니다.

그런데 여기 나오는 국경(國境)을 어떻게 읽는가 하는 문제가 있었다고 한다. 한자어 '國境'은 일본어로 '쿠니자카이(くにざかい)'와 '코쿄우(こっきょう)'로 읽을 수 있다. 하세가와 이즈미(長谷川泉)는 가와바타가 '쿠니자카이'가 옳다고 이야기했다고 말했다. 쿠니자카이로 읽어야 한다는 주장은 과거 이 국경이 과거 요우세이고쿠(令制国)에 속했던 우에노국과 에치고국 사이의 경계를 의미하며 요우세이고쿠의 경계는 일반적으로 쿠니자카이라고 한다는 것이다.

한편 코쿄우로 읽어야 한다는 주장은 조에쓰 국경을 일반적으로 조에쓰 코쿄우로 읽는 데서 온 것이다. 다케다 가쓰히고(長谷川泉)는 가와바타 역시 조에쓰 국경을 코쿄우로 읽었다는 것이다. 일본국어대사전 제2판에서는 코쿄우(国境, こっ-きょう)는 국가 사이의 경계를 말한다고 나와 있다.

가와바타 야스나리의 소설 『설국』이 시작되는 "국경의 긴 터널을 빠져나오자, 눈의 고장이었다. 밤의 밑바닥이 하얘졌다. 신호소에 기차가 멈춰 섰다."라는 대목은 이런 배경을 가지고 있다. 이 대목에 나오는 국경은 조에쓰 국경이고, 긴 터널은 시미즈(淸水) 굴이며, 신호소는 츠치타루 역이었다. 소설이 발표될 때만 해도 조에쓰선 열차가 시미즈 굴을 왕복했었다. 하지만 다이시미즈 굴이 생기면서 시미즈 굴은 니가타에서 군마로

가는 열차가, 다이시미즈 굴은 군마에서 니가타로 가는 열차가 이용한다. 따라서 지금은 에치고유자와 갈 때 다이시미즈 굴을 지나야 할 뿐 아니라, 철로도 과거와는 다른 신칸센이라서 소설『설국』의 분위기를 제대로 느껴볼 수가 없어 아쉬울 뿐이다.

10시 24분에 출발하는 토키 313 열차에 탑승했다. 에치고유자와 역에는 10시 47분에 도착한다. 다행히 좌석이 창가였다. 최난경 해설사가 일행 모두 창가에 앉을 수 있도록 신경을 썼다고 했다. 다카사키에서는 눈이 내린 흔적도 없었지만 잠시 뒤에 온 세상이 눈에 파묻힌 설국을 만날 것이라는 기대에 부푼다. "우리는 모두 같은 기차를 타고 / 시간을 가로질러 여행한다. (…) 우리는 모두 같은 기차를 타고 / 희망에 부풀어 현재로 여행한다." 에리히 케스트너의 시「기차여행」의 한 대목을 떠올린다.

다카사키역을 출발해서 4분 뒤부터 굴이 이어진다. 에치고산맥 지역에 들어선 모양이다. 고속열차인지라 소음이 만만치 않다. 굴속에서는 더하다. 완행열차의 달가닥 거리는 소리가 그립다. 굴에서 나오면 산으로 둘러싸인 작은 마을들이 나타난다.

"문득 손가락으로 유리창에 선을 긋자, 거기에 여자의 한쪽 눈이 또렷이 떠오르는 것이었다. (…) 그저 건너편의 여자가 비쳤던 것뿐이었다. 밖은 땅거미가 깔려 있고, 기차 안은 불이 밝혀져 있다. 그래서 유리창이 거울이 된다. 하지만 스팀의 온기에 유리가 완전히 수증기로 젖어 있어 손가락으로 닦을 때까지 그 거울은 없었다."라는 대목도 제대로 느껴볼 수가 없다. 시간도 대낮이고, 마주 보는 좌석이 아닌지라 소설 속 분위기가 살지 않기 때문이다. 의자도 고정식이라서 마주 볼 수 있도록 돌려놓을 수가 없다. 2+3 방식의 좌석이 가는 방향을 향한다. KTX처럼 마주 보는 좌석이 있는 것도 아니다.

첫 번째 굴을 지나면서 굴 사이에 험준한 산들이 이어지고 산봉우리에는 조금 쌓인 눈이 희끗희끗하다. 아직은 군마현이다. 열차에 탑승한 지 10분 정도 지나면서 긴 굴이 이어진다. "국경의 긴 터널을 빠져나오자, 눈의 고장이었다."를 실감하기 위해서 동영상을 찍었는데, 얼마나 길게 찍어야 할지 몰랐기 때문에 10여 분에 걸쳐 30번이나 동영상을 '켰다 껐다'를 반복했다. 에리히 케스트너의 시 「기차 타기」에 나오는 '급행열차는 달리고 멈출 줄 모른다. …'라는 대목을 실감했다. 긴 굴을 빠져나왔지만, 선롯가에 세워놓은 방벽 때문에 눈 덮인 풍경을 바로 볼 수 없었다.

이영혜 씨 역시 "열차 창가에 앉아 창문을 뚫어져라 쳐다보았다. 이제나저제나 터널을 빠져나와 설국이 등장하는 순간을 기다렸다. 그러나 너무 순식간에 지나가 버려 '국경의 긴 터널을 빠져나오니 설국이었다.'라는 문장의 감흥을 느낄 수 없었다."라고 했다.

"신호소에 기차가 멈춰 섰다. (…) 건너편 자리에서 처녀가 다가와 시마무라 앞의 유리창을 열어젖혔다. 차가운 눈기운이 흘러들어왔다. 처녀는 창문 가득 몸을 내밀어 멀리 외치듯, '역장님, 역장님!'(…)"이라고 하는 소설 속 분위기도 전혀 느낄 수 없었다. 고속열차라서 창문을 열 수 없는 구조였으며, 선로 자체도 재래식 역과는 다르기 때문일 것이다. 『설국』의 분위기를 만끽할 수 있으리라는 기대는 생각만큼 충족되지 않았다. 그래도 눈이 쌓인 설국을 볼 수 있었던 것만 해도 어디인가.

역을 나서는데 함박눈이 쏟아진다. 심호흡을 해보았다. 과연 눈 냄새는 어떤 냄새일까? 화학적 감각을 연구하는 트루아리비에르 퀘백 대학교 해부학과의 요하네스 프라스넬리 교수는 어린 시절 이탈리아 남티롤 지방의 메라노에서 자랐다. 그는 그곳에서 매달 특별한 향기를 맡을 수 있었는데, "1월에는 회색 하늘과, 하얀 산들과 함께 눈의 냄새가 났다."라고 『냄새의 쓸모』라는 책에서 고백했다.

에치고유자와 역에 내린 이영혜 씨는 일본으로 귀화한 아르헨티나 가수 그라시엘라 수사나의 『눈이 내리네(雪が降る)』를 이곳에서 들으면서 걷고 싶었다고 했다. 오래전부터 좋아하는 노래인데, 이 노래를 듣고 일본어가 처음으로 아름답다고 느꼈다는 것이다. 오랜 소망을 실현한 그녀는 오랜 소망을 실현한 기쁨에 음악을 소리내어 틀어놓았다고 했다. 그리고 일행들에게도 들려주었다. 그리고 '사진 찍(히)는 것을 좋아하지 않지만, 사진에 소리를 담을 수 있다면 기꺼이 남기고 싶은 순간이었다.'라고 하면서 일본 설국에서 이 노래를 듣게 될 줄은 몰랐다면서 오래 살고 볼 일이라고도 했다. 가사를 보니 시마무라를 기다리던 코마코의 노래 같다는 생각을 했다고.

눈이 내리네. 무거운 마음에.
헛된 꿈. 하얀 눈물이.
새가 노니는 밤은 깊어만 가네.
당신은 오지 않았죠. 아무리 불러도.
하얀 눈만 내릴 뿐~

눈이 내리네. 당신이 오지 않는 밤.

눈이 내리네. 모든 것은 사라져.
이 슬픔. 이 쓸쓸함.
눈물과 외로운 밤.
하얀 눈만 내릴 뿐~

이 노래는 우리나라에서도 여러 가수가 불러 인기를 모았다. 당연히 겨울이 되어 눈이라도 내리면 꼭 듣게 되는 노래다. 원곡은 이탈리아의 시칠리아에서 태어나 3살 때부터는 벨기에에서 자란 살바토레 아다모(Salvatore Adamo)가 작사 작곡한 『Tombe La Neige(눈이 내리네)』로 1963년에 발표하여 큰 인기를 끌었던 노래다. 역시 1963년에 발표한 『Sans toi mamie(그대 없이는)』와 『인샬라(Inch'Alla)』도 많은 인기를 끌었었다.

역을 나서면서 보니 차가 다니는 길은 대부분 눈이 치워져 있지만 공터나 뒷길에는 눈이 높게 쌓여 있고, 건물 지붕에도 무겁겠다 싶을 정도로 쌓여 있다. 에치고유자와로 오는 길에 이야기했던 것처럼 기요쓰(清津) 협곡에는 차가 들어갈 수 없는 형편이라서 일정을 취소할 수밖에 없었다.

기요쓰 협곡은 니가타시 남쪽에서 동해로 흘러드는 시나노(信濃)강에 합류하는 기요쓰(清津)강에 형성된 협곡으로 에치고유자와의 서쪽에 있다. 니가타현 도카마치초(十日町)의 고이데(小出)에서 유자와초(湯沢町)의 야기자와(八木沢)까지 약 12.5km 길이의 협곡으로 도야마(富山)현에 있는 구로베(黒部) 계곡과 미에(三重)현의 오스기(大杉) 계곡과 함께 3대 협곡으로 꼽힌다.

조신에쓰고원 국립공원에 속하는 기요쓰 협곡은 주상절리로 이루어진 가파른 바위 절벽으로 이루어져 가을 단풍이 아름다운 곳으로 유명하다. 에치고유자와의 겨울을 충분히 감상했으니, 다음에는 가을에 와서 기요쓰 협곡의 단풍을 즐겨볼 일이다. 이 지역에는 1,500만 년 전에 해저 화산이 분출되면서 분출물과 화산재가 쌓여 굳어진 녹색 응회암으로 구성된 나나야 지층(七谷層)이 형성되었다. 700만 년 전에는 용암이 나나야 지층으로 흘러들어 석영 섬록암이 되었고, 냉각되고 경화되면서 부피가 줄어들어 주상절리를 형성했다. 260만 년 전에 주상절리가 융기되면서 기요쓰 강이 생겼고, 강물의 흐름에 따라 땅이 깎여나가면서 계곡이 깊어져 기요쓰 협곡이 형성된 것이다.

과거에는 기요쓰 강을 따라 등산로가 있어 기암절벽을 감상할 수 있었다. 나가토(長瀞), 세츠부치(節渕), 마루부치(丸渕), 오또 메가 부치(乙女ヶ渕), 구로이와, 사자, 병풍바위, 야쿠켄(薬研), 승천각, 다카이시 폭포(高石滝), 조시 폭포(銚子滝), 천 개의 폭포(千の滝), 바람 동굴 등 독특한 형상에 따라 이름이 붙은 조형들이 있다. 1988년 협곡에서 치명적인 낙석사고가 일어나면서 산책로가 폐쇄되었고, 보행자들이 안전하게 이용할 수 있는 굴을 건설하기로 했다. 이렇게 해서 750m 길이의 기요쓰 협곡 굴이 1996년에 개통하게 되었다. 2018년에「대지의 예술제」가 열린 것을 계기로 굴과 입구 주변을 단장하였고, 굴 안에는「빛의 예술」이라는 작품을 선보이게 되었다.

에치고유자와 역을 서쪽으로 빠져나가 역 앞으로 지나는 도로를 북서쪽으로 따라가다 보면 오른쪽에 있는 유자와마치 역사민속자료관(湯沢町歴史民俗資料館)을 만난다. 설국관이라고도 한다. 1977년에 개관한 설국관은 유자와쵸의 역사와 생활을 소개하는 민속자료와 소설『설국』의 작가

에치고유자와 역 가까이 있는 설국관

가와바타 야스나리와 관련된 자료를 소장하여 전시하고 있다. 1층에는 『설국』과 연관이 있는 자료들이 전시되어 있다. 코마코의 방(駒子の部屋)은 여주인공 코마코의 본보기가 된 마츠에이(松榮)가 살았던 방을 옮겨놓았다. 그리고 가와바타 야스나리와 히데코 사후에 기증된 물품들을 볼 수 있다. 전시실에는 『설국』과 관련된 일본화들을 수집해 놓았다.

설국의 주거 생활공간으로 민가의 다실을 이전하여 쇼와 초기까지의 생활 모습을 재현해 놓았다. 3층은 유자와초의 역사 민속 공간으로 유자와초의 사계절에 따른 작업 도구들을 전시하고 있고, 역사 공간에는 이 지역에서 출토된 27만 점의 유물을 전시하고 있다.

11시 무렵 에치고유자와 역에서 나와 설국관으로 이동했다. 점심을 먹기에 애매한 시간이었다. 다행이 설국관의 양해를 얻어 설국관을 관람하다가 예약한 식당에서 점심을 먹고 부족한 부분을 다시 관람하기로 했다. 먼저 가와바타 야스나리의『설국』과 관련이 있는 전시실에서 소설 『설국』과 영화『설국』등에 관하여 로쟈 선생의 설명을 들어가며 전시물을 살펴보았다. 이날 점심은 설국관에서 에치고유자와역 방향으로 바로 옆에 있는 차야 모리타키(茶屋 森瀧)라는 우동집에서 우동 전골을 먹었다. 일하는 사람이 없어서 우리 일행만 받아서 점심을 내주었는데, 담백하니 정말 맛있었다. 점심을 먹고 나오니 내리던 눈도 멎고 하늘을 뒤덮었던 구름도 걷히기 시작했다. 다시 설국관으로 가서 코마코의 방과 유자와 지방의 민속자료 등을 구경했다.

모든 것이 헛수고로구나, 소설 『설국(雪國)』

소설『설국』은 가와바타 야스나리의 대표작으로 꼽힌다. 이즈를 여행하고 쓴『이즈의 무희』처럼 가와바타 야스나리가 에치고유자와를 여행한 경험을 바탕으로 썼다. 작품 끝에 등장하는 화재 장면도 에치고유자와에서 실제 일어났던 사건이라고 한다. 가와바타 야스나리는 대부분의 작품에서 배경이 되는 지명을 밝히지 않는 것처럼 설국에서도 어디에서 있었던 이야기인지 밝히지 않았다. 다만 수필「설국 여행(雪国」の旅)」에서는 1934년부터 1937년까지 니가타현의 유자와초(湯沢町)에 있는 다카한(高半) 여관에서 유숙했다고 석었다.

소설『설국』은 처음부터 장편소설로 기획된 것은 아니었다. 1935년 1월부터 소설을 이루는 이야기들이 단편적으로 발표되었다. 1935년 1월

에는 「저녁 풍경의 거울(夕景色の鏡)」을 「분게이 슌주(文藝春秋)」에, 그리고 「하얀 아침의 거울(白い朝の鏡)」을 「가이죠(改造)」에 각각 발표했다. 「이야기(物語, 모노가타리)」와 「헛수고(徒労, 토로)」는 「니혼효론(日本評論)」 11월호와 12월호에 각각 실렸다.

1936년에는 「억새꽃(萱の花)」을 「주오코론(中央公論)」 8월호에, 「불의 베개(火の枕)」를 「분게이 슌주(文藝春秋)」 10월호에 각각 실었다. 1937년에는 「공놀이 노래(手毬歌, 테마리우타)」를 「카이조(改造)」 5월호에 발표했다. 카야노하나(萱の花)는 억새꽃으로 옮겼는데 훤화(萱花)는 원추리꽃이라는 뜻도 있다. 매월당 김시습의 「훤화(萱花)」라는 시가 있다. 공놀이 노래는 교토 지방의 아이들이 공을 손으로 치면서 부르는 노래라고 한다. 1937년 6월 에는 그때까지 단편적으로 발표된 글에 새로운 내용을 더한 소설 『설국(雪國)』을 소겐샤(創元社)에서 출간하였다. 이 작품으로 그해 7월 분게이 콘와카이쇼(文芸懇話会賞)를 받았다.

그리고 1940년에는 「눈 속의 화재(雪中火事)」를 「코론(公論)」에, 1941년 에는 「은하수(天の河)」를 「분게이 슌주(文藝春秋)」 8월호에, 1946년에는 「눈 속의 화재」를 개정한 「가려 뽑은 설국(雪国抄)」을 「교쇼(暁鐘)」 5월호에 발표하였고, 1946년에는 「은하수」를 개정한 「속 설국」을 「쇼세츠신초(小説新潮)」에 각각 발표하였다. 「속 설국」까지의 단편들을 포함하는 완성본 『설국』을 1948년 소겐샤(創元社)에서 출간하였다. 1971년 마키요사(牧羊社)는 가와바타 야스나리가 수정한 『정본 설국(定本雪国)』을 출간하였으며 1972년에는 가와바타 야스나리가 사망한 뒤에 원고복각판을 가려 뽑은 『설국』을 호루푸슈판(ほるぷ出版)이 출간하였다.

앞서 적은 것처럼 소설 『설국』은 가와바타 야스나리의 에치고유자와 여행에서 탄생한 것이다. 1934년 가와바타 야스나리가 에치고유자와에 왔을 때 다카한(高半) 여관에서 묵었다. 당시 17살이던 주인의 둘째 아들 다카하시 유쓰네(高橋有恒)는 가와바타 야스나리가 관리실의 난롯가에 앉아서 여관 주인 다카하시 한자에몬(高橋半左衛門)과 그의 아내 요키(ヨキ)와 이야기를 나누었던 광경을 기억했다. 가와바타 야스나리는 게이샤와 그들의 체계, 온천, 폭설, 풍습, 식물 등에 관해 물었다고 한다. 가와바타 야스나리가 묵었던 다카한 여관은 다시 지었지만, 그가 묵으며 글을 썼던 '카수미의 방'은 여전히 보존되어 있다.

가와바타 야스나리가 다카한 여관에 머물 때 만났던 게이샤 가운데 한 명이 『설국』의 여주인공 코마코의 본보기가 된 마츠에이다. 그녀의 본명은 마루야마 기쿠(丸山キク)로 1916년 니가타현 산조(三条) 시의 가난한 농가 7남매의 장녀로 태어났다. 1926년 11살이 되던 해 니가타 나가오카(長岡)의 게이샤 집에서 일을 시작했다. 은퇴한 뒤에는 고향으로 돌아와 결혼하고 남편과 함께 기모노 짓는 사업을 하다가 1999년 담관암으로 사망했다.

이야기 속의 남자 주인공 시마무라는 도쿄 출신으로 부모의 유산을 물려받아 유유자적한 삶을 즐기는데, 프랑스 문학과 무용 이론을 번역하는 일을 하는 작가로 나온다. 어려서부터 가부키에 관심을 두어 일본 무용을 연구하다가 갑자기 서양무용 연구로 바꾸었다. 취미는 여행과 등산이다. 흔히 남자 주인공 시마무라는 가와바타 야스나리일 것이라고 짐작하는데 이점에 대해 가와바타 야스나리는 "시마무라는 내가 아니다. 그는 심지어 남자로 존재하지도 않고, 그저 코마코에게 거울처럼 보일 뿐이다."라고 했다.

소설 속의 여주인공 코마코(駒子)는 탄력이 있고 촉촉한 입술과 순백의 피부가 돋보이는 19세에서 21세 사이의 아름다운 여성이다. 주변이 어지러워지는 것을 참지 못하는 깔끔함과 샤미센(三味線)을 배우는 과정에서 보는 것처럼 끈기도 있었다. 그녀의 춤 선생은 아들 유키오의 짝으로 낙점한 모양이다. 유키오가 결핵에 걸려 투병할 때 도쿄로 팔려 가 게이샤가 되어 유키오의 치료비용을 보탰다.

시마무라가 다시 에치고유자와로 오는 길에 열차에서 만난 요코(葉子)는 본보기가 없는 가상의 인물이다. 이름처럼 야성적이고 저돌적인 코마코(駒子)와는 달리 요코는 역시 이름처럼 정적이며 수동적이고 또한 헌신적이다. 간호사가 되려고 도쿄에 가있던 요코는 결핵에 걸려 투병 중이던 유키오를 간병하다가 에치고유자와로 돌아온다. 에치고유자와에서도 유키오를 돌보다가 유키오가 죽은 뒤에도 그를 추억하면서 살아간다.

시마무라, 코마코, 요코 그리고 유키오의 관계를 보면 유키오-코마코-요코의 삼각관계가 시마무라-코마코-요코의 삼각관계로 전환되고 있는 듯하다. 시마무라와 코마코의 만남에서 시작하는 네 사람의 관계를 보면 요코는 코마코의 분신으로 해석되기도 한다. 이야기의 끝에 누에고치 창고에서 일어난 화재로 요코가 죽음을 맞았을 거라는 추측이 가능해서 유키오의 죽음에 이어 코마코의 분신인 요코가 유키오를 따라가고, 코마코는 시마무라와 남았음을 암시하는 듯하다.

한편 이야기의 중요한 무대가 되는 다카한 료칸(高半旅館)은 에치고유자와의 북쪽에 있다. 가와바타 야스나리가 다카한 료칸에 묵었던 것은 료칸의 35대 주인인 다카하시 하루미와 동경대학 문학부 동문으로 친분이 있었기 때문이었다. 다카한 료칸은 실내에만 있는 남탕과 노천과 실내에 탕이 있는 여탕이 있다. 산속에 있는 동굴에서 흘러내리는 온천수를 사용하고 있으며 1분에 100리터가 용출되는 온천수는 유황 냄새가 그리 강하지 않아 피부에 좋다고 한다.

다카한(高半)이라는 료칸의 이름은 900년 전에 에치고유자와에서 온천을 처음 발견하고 여관을 세운 다카하시 한로쿠(高橋半六)의 성과 이름에서 따온 것이다. 현재 있는 6층 건물의 다카한 료칸은 개축된 것으로 가와바타 야스나리가 에치고유자와를 찾았을 때만 해도 3층 건물이었다.

에치고유자와에 있는 다카한 료칸

가와바타 야스나리는 다카한 료칸의 2층에 묵으면서 집필했다고 한다. 다카한 료칸은 개축된 뒤에 1층에 문학자료관과 가와바타 야스나리가 집필활동을 했던 가스미노마(かすみの間)를 재현해 놓았다. 일본에서 안개를 의미하는 가스미의 한자어는 '霞'으로 우리나라에서는 노을 '하'로 훈독한다. 그러니까 '霞'를 우리나라에서는 노을, 일본에서는 안개를 의미한다. 일본에서는 안개를 의미하는 단어로 기리(霧)와 가스미(霞)가 있다. 계절에 따라 안개를 달리 표현하는 것은 하이쿠(俳句)와 관련이 있다. 하이쿠를 지을 때 춘하추동 사철의 느낌을 표현하기 위해 '기고(季語)'를 반드시 삽입하게 되어 있는데, 가스미는 봄을, 기리는 가을을 나타낸다. 가스미의 대표적 용례로 하나가스미(花霞)가 있다. 하나가스미는 만발한 벚꽃을, 멀찍이 떨어져서 보면 연분홍 꽃무리가 마치 자욱하게 피어오르는 안개처럼 보인다고 하여 붙인 말이다.

다카한 료칸은 금년 초에 내부를 단장하여 재개관하면서 문학자료관과 가스미노마는 다카한 료칸에 묵는 사람들만 관람할 수 있도록 하였다. 다카한 료칸에 묵으면 기념관을 볼 수 있을 뿐 아니라 영화『설국(雪國)』을 감상할 수도 있다고 한다. 안타깝게도 조금 늦게 에치고유자와에 왔던 우리 일행은 다카한 료칸의 주차장에서 차를 내려 눈 덮인 주변 풍광과 다카한 료칸의 모습만 구경할 수 있었다. 다카한 료칸이 시설을 개수하고 있는 까닭에, 숙소를 에치고유자와 역 남쪽에 있는 나스파(NASPA) 스키장에 있는 나스파 뉴 오타니 호텔을 이용했기 때문이다.

산간에 있는 에치고유자와에는 조신에쓰(上信越) 자연보도 등 좋은 등반길이 많이 있다. 그들 중 오미네 햐쿠반 간논(大峰百番観音) 순례길의 입구가 다카한 료칸 뒤쪽에 있다. 에치고유자와 시내에서 시작하는 『설국』 문학 산책로가 이곳으로 이어진다. 어쩌면 설국의 시마무라가 이 길을 걸었는지도 모르겠다. "무위도식하는 시마무라는 자연과 자신에 대한 진지함마저도 잃기 일쑤여서 이를 회복하려면 산이 제일이라고 자주 혼자서 산행을 즐기는데, 그날 밤도 국경의 산들을 돌아다니다가 이레 만에 온천장으로 내려와서 게이샤를 불러 달라고 했다." 시마무라는 그렇게 코마코를 만나게 된다.

차가 다카한 료칸으로 올라가는 비탈길을 돌아설 때의 느낌을 이영혜 씨는 이렇게 적었다. "'비탈길을 돌아서니 설국이었다.' (소설 『설국』의 한 대목이다) 일제히 탄성이 쏟아졌다. '우와~!' 기차역에서 바라본 산의 모습

에치고유자와에 있는 다카한 료칸에서 바라본 설국 풍경

이 정물화 같았다면, 다카한 료칸에서 바라보는 설국은 전경 사진 같았다. 눈의 고장이라는 말로는 부족했다. 설국이어야만 했다. 가와바타 야스나리가 다카한 료칸 '안개의 방'에서 본 풍경이 이거였구나. 내가 지금 그것을 보고 있는 것이구나. 가와바타는 이 풍경까지도 '임종의 눈(末期の眼)'으로 보았을까. 설국을 글로 읽었을 때는 가와바타 야스나리는 그랬을 것으로 생각했다. 그리고 『설국』을 읽은 사람은 그렇게 볼 수 있을 거로 생각했다. 그런데 설국을 보고 나니 도저히 그럴 수 없었다. 보고 또 보아도 너무 아름다운데 이 속에서 허무를 읽어낸다는 것이. 다만 이 순간도, 이 기억도 결국 잊힌다는 것이 안타까울 뿐이었다. 설국을 본 이후의 일정은 하나도 기억나지 않는다. 설국의 충격이 컸다."

우리말로는 '임종의 눈'으로 번역되는 「末期の眼」은 가와바타 야스나리가 34살 때 쓴 수필이다. 아쿠타가와 류노스케(芥川龍之介), 코가 하루에(古賀 春江), 카지이 모토지로(梶井 基次郎), 다케히사 유메지(竹久 夢二) 등 예술가의 삶과 죽음 그리고 그들이 작품에 얽힌 수수께끼와 경이로움을 담아냈다. '죽음을 예감하는 자의 시선에서 모든 예술의 극치를 발견한다는 점에 가와바타 야스나리 미의식의 핵심이 자리 잡고 있다.'라고 해석하는 사람도 있다.

'임종의 눈'이라는 글귀는 아쿠타가와 류토스케의 유언장, '오랜 친구에게 보내는 수기(或旧友へ送る手記)'에서 가져온 것으로 가와바타 야스나리의 예술관을 나타내는 선언 같은 문구이다. 가와바타 야스나리는 수필 「임종의 눈」에서 "'얼음처럼 투명한' 승려의 세계에서는 집이 불타자마자 향이 타는 소리가 들리고, 재가 떨어지는 소리가 번개처럼 들릴 수 있는 것

은 사실입니다. 모든 예술의 비밀은 바로 이 '임종의 눈'에 있습니다."라고 했다.

다카한 료칸의 주차장에서 눈앞으로 겹겹이 쌓여 있는 눈 덮인 산들을 바라보면서 설국의 한 대목을 떠올린다. "구름이 끼어 응달진 산과 아직 햇살을 받는 산이 서로 중첩되어 음지와 양지가 시시각각 변해 가는 모습은 왠지 싸늘해지는 풍경이었다." 가와바타 야스나리도 이 경관을 즐겼을 것이란 생각을 하다가 다카한 료칸으로 들어오는 길을 따라 내려갔다. 길 아래에 있는 스와(諏訪)신사를 구경하기로 했다.

다카한 료칸 아래 있는 스와 신사도 가와바타의 소설『설국』에 등장한다. "여자는 고개를 돌려 삼나무 숲속으로 천천히 들어갔다. 그도 말없이 따라 들어갔다. 신사였다. 이끼 긴 돌사자상 옆 평평한 바위에 여자가 걸터앉았다. (…) 삼나무는 손을 뒤로해서 바위를 짚고 가슴을 젖히지 않고서는 눈에 다 들어오지 않을 만큼 키가 컸고, 게다가 너무나 일직선으로 줄기가 뻗어있고 짙은 잎이 하늘을 가로막고 서 있었다. 막막한 정적이 울릴 듯했다. 시마무라가 등을 기댄 줄기는 그중 가장 수명이 오래된 것이었는데 어찌 된 셈인지 북쪽의 가지만이 끝까지 완전히 말라 있었다. 잎이 다 떨어지고 남은 나뭇가지의 밑동은 마치 뾰족한 말뚝을 줄기에 꽂아 세워놓은 듯 보였다. 어쩐지 무서운 신(神)의 무기 같았다."

차가 다니는 큰길은 눈이 치워졌지만, 스와 신사로 들어가는 길은 누구도 드나든 흔적이 없는 눈이 무릎까지 쌓여 있었다. 조예스선의 고가철로 아래에서부터 최난경 해설사가 이끄는 대로 눈길에 통로를 개척해 가면서 신사로 접근해 갔다. 앞 사람이 밟은 자리를 따라가다 보니 자연스

에치고유자와에 있는 스와 신사

럽게 한 줄을 이루게 되었는데, 문득 JRR 톨킨의 『반지의 제왕』에 나오는 반지원정대가 이랬을까 싶었다. 스와 원정대는 눈에 쌓인 신사의 안으로는 들어가 보지도 못하고 신사 입구에서 발을 돌리게 되었다. 필자는 일행들의 줄 끝에 붙어 따라가다 보니 앞서간 사람이 남긴 발자국을 따라가게 되었다. 발자국에 발을 넣어도 한참을 내려가 땅에 닿는데, 그마저도 울퉁불퉁해서 조심스럽게 내디뎌야 했다. 결국은 삐끗하면서 엉덩방아를 찧고 말았다. 발밑에 온 신경을 쏟다 보니 삼나무를 올려다볼 여유가 없었다.

나중에 사진을 보니 높다란 삼나무 위에 눈이 소복하게 쌓여 있었다. 이런 풍경은 독일 시인 에리히 케스트너의 시 「눈 속의 마이어 9세」의 한 구절을 떠올리게 했다. "눈이 설탕 조림 과일처럼 숲을 뒤덮는다. (…) 작은 눈송이가 발레를 추고, / 산들이 지켜본다. / 눈이 내리고 또 내린다! / 대지는 잠자리에 든다. / 차가운 물기가 내 신발 속으로 스며든다." 나무 위에 잔뜩 쌓인 눈이 마치 생일 케이크 위에 세워놓은 나무 모양의 과자에 설탕을 잔뜩 입혀놓은 느낌이 든다. 깊이를 알 수 없는 눈길을 더듬어 가다 보니 신발 속으로 물기가 스며드는 느낌이 들었던 것은 사실이다. 스와 원정대가 된 우리들의 모습이 「눈 속의 마이어 9세」에 묘사된 정경과 크게 다를 바가 없다는 생각이 들었다. 앞사람이 발길을 돌렸다고 해서 가던 길을 돌아설 수 없었기에 되돌아오는 일행을 지나 보낸 뒤에 신사 입구까지 가서 신사 안을 들여다본다.

스와(諏訪) 신사는 고사기(古事記) 등의 일본신화에 나오는 다케미나카타(建御名方) 신과 야사카토메(八坂刀売) 여신을 주신으로 모신다. 두 신은 스와다이묘신(諏訪大明神)이라고도 한다. 하지만 중세 무렵에는 수렵 신사였기 때문에 사냥과 낚시를 수호하는 신사로 숭배되었다. 따라서 스와 신사는 산의 신이다.

스와 신사를 중심으로 한 신토(神道)를 스와 신앙이라고 한다. 스와 신사의 본산이라 할 수 있는 스와 타이샤(諏訪大社)는 나가노(長野)현의 스와 시, 지노(茅野), 그리고 스와군 시모쓰와마츠 등에 있다. 스와 신앙을 신봉하는 스와 신사는 전국적으로 25,000개가 있다. 스와타이샤에서는 6년(호랑이해와 원숭이해)에 한 번씩 온바시라(御柱)라고 하는 기둥 4개를 세우고 벌이는 온바시라 축제가 열린다. 매해 봄에는 온토(御頭)가 열리고 8월 하순에는 수렵 축제인 미사야마(御射山) 축제가 열린다.

에치고유자와에서는 술 목욕도 가능하다

스와 신사를 구경한 뒤에 다시 다카한 료칸으로 올라가 주차장에 서 있던 차를 타고 에치고유자와 역으로 갔다. 2시 40분, 차는 에치고유자와 역의 동쪽 광장에 있는 주차장에 도착했다. 그 무렵 하늘은 구름이 거의 사라지고 해가 쨍쨍 비친다. 참 기가 막힌 날씨였다. 주차장에서 차를 내려 역사 안으로 들어가 2층에 있는 폰슈칸(ぽんしゅ館) 에치고유자와점으로 갔다.

에치고유자와 역은 구릉의 동쪽 경사면에 있다. 역 건물인 코코로 (CoCoLo)의 구성을 보면, 우리가 에치고유자와 역에 도착하여 나갔던 서쪽 출구는 2층으로 된 역사의 2층에 해당한다. 개찰구 밖의 중앙광장에 해당하는 간기도리(雁木通り)에는 기념품 가게, 반찬 가게, 레스토랑, 관광안내소 등이 있다. 간기(雁木)는 폭설 지역에 있는 집의 일부로 처마를 도로까지 연장해 통로를 만드는 구조이다. 그렇게 만든 통로를 간기도리라고 해서 겨울철에 통행하는 데 어려움이 없도록 한 생활의 지혜라고 볼 수 있다.

중앙광장의 북쪽을 차지하는 폰슈칸에는 식당가와 사케(酒)를 주제로 한 상업시설들이 들어와 있다. 니가타현의 양조장에서 들여온 각종 술과 미나미우누마(南魚沼) 지역을 중심으로 한 니가타현 각지의 특산품을 팔고 있다. 특히 니가타현에 있는 여러 양조장에서 빚은 일본 술을 시음할 수 있는 공간이 있다. 이곳에 들어가면 1개에 100엔 하는 동전과 술잔을 내준다. 벽에는 각 양조장에서 내놓은 일본 술이 들어있는 작은 상자들이 늘어서 있다. 작은 상자의 잔 받침에 술잔을 놓고 표시되어 있는 숫자대로 동전을 넣으면 상자에 이름이 적힌 일본 술이 한잔 가득 나온다. 종류에 따라서 가격이 다른데, 100엔짜리가 많고, 200엔, 300엔 하는 일본 술도 있었다. 막상 500엔을 내고 받은 동전 다섯 개를 가지고 시음해 볼 일본 술을 고르려니 막막하다. 결국은 벽에 붙어 있는 인기 있는 목록을 참조하여 100엔짜리와 200엔짜리 등 4종류의 일본 술을 맛보았다. 종류에 따라 맛과 풍미에서 분명한 차이가 있는 듯했다.

몇 잔의 일본 술에 취기가 오르는 느낌이라 동전을 더 바꾸지 않고 폰슈칸의 가게들을 구경했다. 각종 술과 안줏거리들이 주로 눈에 띄었다. 이곳에는 식당과 기념품점 말고도 입욕 시설인 '사케후로 유노사와'(酒風呂湯の沢)가 있다. 사케후로(酒風呂)는 한국어로 번역하면 '술 목욕'인데 유자와 온천의 온천수에 일본 술을 첨가한 욕탕에 몸을 담그는 것이다. 입욕 요금은 중학생 이상 800엔으로 수건 대여료가 포함되어 있다. 일본 술 시음과 폰슈칸 구경에도 시간이 빠듯하여 사케후로는 할 수 없었다. 자유여행을 하는 사람이면 한번 경험해 봄 직하다.

흔히 사케(酒) 하면 일본 술 마사무네(正宗)를 의미하므로 우리말로는 청주(清酒)라고 해야 하는 것으로 알고 있었다. 이는 두 가지를 잘못 알고 있는 것이다. 마사무네가 청주의 일종인 것은 맞다. 하지만 마사무네는 1717년에 창업한 일본 효고현의 고베에 있는 술도가 사쿠라 마사무네에서 1840년에 만든 청주의 상표이다. 1840년, 6대째 주인이 교토의 세이안 즈이코지(政庵瑞光寺)의 주지 스님을 방문했다가 그의 책상에 놓인 『임제정종(臨済正宗)』이라는 불교 경전을 보고 '마사무네(正宗)'라는 상표의 영감을 받았다. 마사무네의 음독 '세이슈우(セイシュウ)'가 '세이슈(清酒,

seishu)'와 닮았다는 것을 깨달았다.

6대째 주인의 술 제조에 대한 열정이 대단하여 술의 원료인 쌀을 고도로 정미하는 법을 찾아냈고, 니시노미아(西宮)에서 양조에 적합한 미야미즈(宮水)를 발견하여 맛 좋은 술을 양조해 낼 수 있었다. 이로부터 사쿠라 마사무네는 폭발적인 인기를 얻었고, 1717년부터는 에도의 요시와라 영주의 저택에서도 마시게 되었다. 그로부터 사쿠라 마사무네의 술은 전 세계로 팔려나갔다. 1884년 상표령이 제정되면서 '마사무네'라는 상표로 등록을 할 수 없게 되자 국화로 왕관을 씌운 키쿠 마사무네(菊 正宗)라는 상표로 등록하게 되었다.

오늘날 마사무네라는 이름의 상품과 회사가 100개 이상이라고 하는데, 니가타현 조에쓰시의 스키 마사무네는 특별한 품종이다. 조에쓰시는 일본 스키의 발상지이다. 이 회사에서는 옛날부터 마사무네라는 상표의 술이 있었지만, 쇼와 시대 초기에 도시 활성화의 일환으로 스키 마사무네로 변경하였다고 한다.

이처럼 우리가 사케라고 알고 있는 정종(正宗)은 일본 청주의 상품 가운데 하나일 뿐이다. 따라서 우리의 전통 양조주인 청주를 정종 혹은 사케라고 부르는 것은 적절치 않다고 할 것이다. 그뿐만 아니라 일본에서도 사케는 일반적으로 알코올을 함유하는 음료를 총칭하는 단어로 사용된다. 여기에는 술(御酒, 오사케, 고슈, 오사사, 미키 등으로 읽는다), 주류(酒類, 슈루이, 사케루이 등으로 읽는다), 및 알코올음료 등이 포함된다. 니혼슈(日本酒) 또는 와슈(和酒)는 일반적으로 사케 쌀, 누룩, 물을 재료로 만든 세이슈(清酒)를 이른다. 따라서 우리가 사케라고 알고 있는 일본 술은 니혼슈 혹은 와

슈라고 부르는 것이 맞겠다.

니혼슈는 누룩과 쌀의 비율을 15% 이상으로 하고, 쌀의 도정 비율에 따라 70% 이하이면 혼조조슈(本醸造酒), 60% 이하이면 준마이슈(純米酒)와 긴조슈(吟醸酒), 50% 이하이면 다이긴조슈(大吟醸酒) 등의 4종류로 구분한다. 양조 알코올을 추가하거나 특별한 제조 방법을 적용하는 경우 맛과 향에 따라 세분하기도 한다.

일본식 선술집 이자카야(居酒屋)에서 일본 술을 잔으로 주문하면 마쓰(升. 되) 속에 잔을 담아 나온다. 그리고 1되 용량의 잇쇼빙(一升瓶)을 들고 와 손님이 보는 앞에서 따라준다. 연구소 직원들과 도쿄에서 처음 이자카야에 갔을 때 이렇게 술을 따라주는 것을 처음 경험했는데 주인이 술잔이 넘치도록 술을 따르는 바람에 깜짝 놀랐었다. 술을 이렇게 따르는 방식을 '못키리(盛(り)切り)' 또는 '모리코보시(盛りこぼし)'라고 한다. 모리코보시는 '가득 담다'의 모루(盛る), '흘리다'의 코보수(こぼす)를 합친 말이다. 그때는 술잔에 담은 술을 마신 뒤에 마쓰로 넘친 술을 마시는데 이때는 공짜 술을 마시는 느낌이 들었다. 일본에서 공부한 직원의 말로는 얼마나 넘치게 따르느냐 하는 것이 이자카야 주인의 인심 척도라고 했다. 다른 해석도 있다. 과거 이자카야에서는 도쿠리라는 술병에 1홉(180ml)씩 일본 술을 담아 내놓았던 것인데, 흔히 사용하는 잔에 1홉이 들어가지 않다 보니 잔 밑에 마쓰를 놓고 일부러 잔에서 넘치도록 술을 부어 양을 맞춘 것이 못키리의 시초라고 한다. 하지만 넘치는 정도는 가게마다 달라서 넘치는 술이 마스에 가득 차는 집이 있는가 하면 적당히 채우는 집도 있다. 결국 주인장의 후덕함에 따라 다른 것이 맞았다.

에치고유자와 역의 폰슈칸의 가게들을 구경하고서 3시 40분 동쪽 주차장에 있는 차에 올라 숙소로 향했다. 숙소는 NASPA 뉴 오타니 호텔이다. 역 남쪽으로 그리 멀지 않은 듯한데, 바로 가는 길이 없어서인지 한참을 돌아서 갔다. 전날부터 얼마나 눈이 내렸는지 길과 주차장의 일부만 겨우 눈을 치운 상태였다. 이 숙소는 나스파(NASPA) 스키장을 포함하는 대규모 복합휴양시설이다. 에치고유자와 역 동쪽 광장에 있는 정류장까지 1시간에 두 번씩 왕복하는 차량이 있다고 한다.

유자와에는 11개의 스키장이 문을 열고 있었다. 그 가운데 1920년대에 문을 연 잇폰 스키 스노우파크가 가장 오래된 스키장이며, 우리가 묵고 있는 복합휴양단지에 있는 나스파(NASPA) 스키장이 1992년에 문을 열어 가장 최근에 개장한 스키장이다. 그 밖에도 1919년에 문을 열었다가 1950년에 유자와 고원 스키장과 합병한 후바 스키장을 비롯하여 12개의 스키장이 문을 열었다가 폐장하거나 다른 스키장과 통합되었다고 한다.

에치고유자와 온천은 때로는 단순하게 유자와 온천이라고도 부른다. 약알칼리성 온천, 농도가 낮은 저장성 온천, 단순히 온도만 높은 고온천, 유황천, 염화물천 등 다양한 성분의 샘들이 여럿인데, 원천의 온도도 32~83℃로 다양하다. 원천들 가운데 온도가 81.2℃나 되는 도에이겐센(東映源泉)을 비롯한 8개의 원천은 중앙에서 관리하며, 대욕장이나 숙박시설을 비롯하여 주변의 일반 가정은 물론 휴양시설에도 분배한다.

온천수는 그 조성에 따라 효과가 다르다. 앞서 인용했던 에리히 케스트너도 탄산 온천에 가보았던 모양이다. 「심장질환에 좋은 온천에서 보

낸 편지」라는 시에는 "가장 멋진 건 탄산수 목욕이야. / 만 개의 진주 같
은 물방울이 피부에 붙지. / 내 몸은 마치 이슬이 내린 초원 같아. / 효과
가 있을지 모르겠어. 효과는 훨씬 뒤에나 알 수 있겠지."라는 대목이 있
다. 욕탕에 몸을 담그면 온천수에 녹아 있는 탄산이 기화되면서 피부에
달라붙는 모양이 신기하기만 하다.

유자와 온천은 근육통과 관절통, 근육경직, 혈액순환 장애, 위장 기능
저하, 경증 고혈압, 당뇨, 고콜레스테롤 혈증, 천식, 폐기종, 치질, 자율신
경 불안증, 수면장애와 우울증 같은 긴장성 증상 등에 효과를 볼 수 있으
며, 질병의 회복기 환자나 피로 회복, 건강증진의 목적으로도 이용할 수
있다. 그뿐만 아니라 중풍과 위장병, 외상, 부인병 및 류머티즘에 효과가
있다고 한다.

이처럼 질병을 치료하기 위한 목적의 온천요법은 7일에서 10일 정도
지속하면 좋은데 그 이상 할 수도 있다. 질병에 따라 입욕 시간을 달리하
는 것이 좋다. 예를 들어 피부질환이나 골절상에는 30분에서 1시간씩, 하
루 3회 정도 할 수가 있다. 고혈압 환자는 5분에서 10분씩 하며 기분이
상쾌하고 머리가 가벼울 정도로 해야 한다.

처음에는 발부터 다리를 거쳐 허리까지 물에 담근 뒤에 상체가 물에
잠기도록 한다. 보통 하루 서너 차례, 모두 해서 3~4시간 정도 한다. 지
나치게 물에 오래 들어가 있지 않도록 한다. 아침 이른 시간에는 1시간이
넘지 않도록 한다. 식사 직후거나 술을 마셨을 때 욕탕에 들어가는 것은
해롭다.

에치고유자와의 여러 장소에 있는 공공 및 개인 노천탕을 연계하여

사용할 수 있는 제도가 있고, 에치고유자와 역의 서쪽 출구에 있는 족탕을 비롯하여 마을 곳곳에 있는 족탕은 무료로 이용할 수 있다. 그리고 에치고 유자와 역에 있는 '건강의 천사'와 '목욕상' 그리고 소바쇼신바시(そば処し んばし) 온천마을에 있는 고마코 테유(駒子の手湯)에서는 손을 씻을 수 있다.

유자와 온천의 역사는 앞서 이야기한 것처럼 헤이안(平安) 시대(794년 ~1192년)의 말기에 다카한 료칸을 시작한 다카하시 한로쿠(高橋半六)가 1 분에 약 300리터의 온천수가 쏟아지는 원천을 발견한 것에서 시작한다. 옛날부터 뜨거운 물이 흐르는 개울이 있었기 때문에 유자와(湯沢)라고 했 는데, 좁은 의미로 유자와 온천이라 하면 이 온천이 발견된 근처의 유모 토(湯元) 지역을 이른다. 지금의 야마노유(山の湯) 지역이다.

1076년에는 북쪽에 있는 세키야마(関山) 마을의 경계에서 산사태가 일 어나 우오노가와(魚野川)를 막는 바람에 일대가 늪이 되었다. 지금의 진다 치(神立) 일대이다. 늪 주변에 온천이 있었다. 유모토에 있는 약쿠시도(薬 師堂)는 1390년에 창건되었다. 1625년의 홍수 이후에 유자와 마을은 가 미유자와(上湯沢)의 가미주쿠(上宿)와 시모유자와(下湯沢)의 시모주쿠(下宿) 로 나뉘었다. 1769년에는 유토게(湯峠)에 3채의 온천 오두막을 짓고 온천 물을 끌어 올려 유모토의 3채의 집과 공동으로 마을에서 운영하기 시작 했다. 마을에서 온천을 공동으로 운영하는 체계가 만들어진 것이다.

메이지 말기에 유자와는 니가타와 도쿄를 잇는 교통의 주축이 신에쓰 본선이었기 때문에 농한기에 주변 농가의 주민들이 휴식을 취하기 위해 이용하는 조용한 온천마을이었다. 1913년에 스키장이 문을 열고, 1925 년에 조에쓰 북선이 개통되면서 등산객, 스키어, 온천욕객이 이 지역에 몰려들기 시작하면서 니시야마(西山) 지역에 온천을 개발하는 시도가 시작되었다. 1931년 1차 시추에 이어 몇 차례의 실패를 겪은 뒤에 1932년부터 여러 곳에서 원천이 개발되었다.

숙소에 도착해서 배정받은 방에 들어갔더니 4시 10분이다. 다음 날 아침 목욕을 한 뒤에 사용해 본 목욕수건의 질로 보면 별 4개는 줄 수 있겠다. 저녁은 5시 반에서 6시 반까지 지하에 있는 식당에서 차림 음식으로 먹을 수 있다고 했다. 최난경 해설사는 저녁을 먹기 전에 지하에 있는 대욕탕에서 온천을 즐겨보라고 권하면서 온천은 하루 3번 하는 것이 좋다고 했다. 도쿄에서 에치고유자와까지 이동하고, 누구도 밟지 않은 눈길을 헤치고 스와 신사에 이르는 모험을 한 만큼 뜨거운 온천에 몸을 푹 담그면 좋을 듯싶었지만, 대규모 휴양시설의 온천탕은 호젓한 맛이 없을 듯하여 저녁 시간까지 객실에서 책을 읽었다. 조치원에서 군 생활을 할 때나 대전에서 잠시 근무할 때 가까운 유성온천을 이용할 기회가 꽤 많았다. 그때의 경험으로 온천에 다녀온 느낌이 동네 대중목욕탕을 다녀온 느낌과 별반 다르지 않다는 생각을 하고 있는지도 모른다.

천연온천이 2만 7천 개가 넘는다는 일본은 온천의 역사가 수 세기에 걸치며 그 과정에서 자리 잡은 온천문화가 있다. 온천은 피로와 긴장을 풀고 휴식을 취하는 데 도움이 되며, 치유와 치료적 효과를 거둘 수도 있다. 일본 온천에는 독특한 입욕 문화와 예절이 있어, 이를 지켜야 한다. 일본에서 온천에 입욕하는 절차는 대체로 다음의 순서에 따른다. 1. 탈의실에서 모든 의복을 벗고 작은 수건만 챙긴다. 2. 온천에 들어가기 전에 분무시설에서 몸을 깨끗이 씻는다. 3. 온천탕에는 천천히 들어간다. 갑자기 들어가면 심장에 무리가 갈 수도 있다. 4, 들고 간 수건은 머리에 얹거나 탕 밖에 둔다. 5. 입욕 시간은 보통 15~20분 정도로 한다. 6. 탕에서 나와 수분을 보충하고 충분한 휴식을 취한다. 욕탕에서는 뛰어들거나 수영을 하면 안 된다. 온천수 역시 허가된 경우가 아니면 마시지 않는다. 큰소리로 떠들지 않는다. 온천 내에서 사진촬영은 금지되어 있다. 다른 이용객을 배려해야 하며, 몸 상태에 따라 입욕 시간을 조절한다.

역시 일본에서 온천을 하지 않기를 잘했다 싶은 사건도 있었다. 2025년 5월 30일 자 기사에 따르면 일본 돗토리(鳥取) 현 요나고(米子) 시에 있는 요도에 유메(淀江ゆめ) 온천을 이용한 사람 가운데 한 명이 레지오넬라(Legionella)증으로 진단받았다고 한다. 이에 온천수에 대한 수질검사를 시행하였는데 남성탕에서 기준치의 270배, 여성탕에서는 620배 수준의 레지오넬라균이 검출되었다고 한다. 그리고 레지오넬라균에 감염된 3명의 환자가 입원 치료를 받았다는 것이다. 확진자 3명 외에도 두통, 발열, 설사, 구토 등의 이상 증세를 호소하는 사람이 47명에 달하는데, 레지오넬라균 감염 여부는 확인되지 않았다고 했다.

지난 2023년에도 후쿠오카(福岡) 현의 150년 전통 료칸에서는 기준치의 3,700배에 달하는 레지오넬라균이 검출된 적도 있는데, 해당 업소에서 온수 교체 작업을 1년에 2회만 시행한 탓이라고 한다.

레지오넬라균에 감염되면 레지오넬라 폐렴 혹은 폰티악 열(Pontiac fever)을 일으킨다. 레지오넬라 폐렴은 폐렴이 생기면서 발열과 기침 호흡곤란 등의 증상을 나타낸다. 폰티악 열은 폐렴 없이 독감과 비슷한 호흡기 증상을 나타낸다. 이 레지오넬라 폐렴을 처음에는 재향군인회병이라고 했는데, 재향군인회 모임이 있던 호텔의 냉각탑에 레지오넬라균이 번식하여 호텔에 묵은 재향군인들이 다수 감염되었기 때문이다.

레지오넬라증의 90% 이상은 레지오넬라 뉴모필라(Legionella pneumophila)에 의해서 발생한다. 발병 초기에는 기운이 빠지면서 입맛이 사라지고, 머리가 아프고, 온몸이 쑤시다가 오한과 함께 체온이 39~40.5℃까지 급격히 오른다. 마른기침이 나고 설사, 구역, 구토나 복통 증상이 생긴다. 발병 3일째가 되면 가슴 엑스선 검사에서 병적인 변화를 폐에서 확인할 수 있다. 경우에 따라서는 사망에 이를 수도 있다. 마크로라이드(macrolide)계 항생제인 아지스로마이신(azithromycin)과 퀴놀론(quinolone)계 항생제인 레보플록사신(levofloxacin), 제미플록사신(gemifloxacin), 목시플록사신(moxifloxacin) 등으로 치료한다.

설국의 은하수 아래 잠들다

6시 반에 책읽기를 마무리하고 식당에 내려가 저녁을 먹었다. 식당에 내려가면서 보니 선물 가게도 있다. 이 지역에서 나는 다양한 상품들을 팔고 있는데 쌀도 눈에 띄었다. 한국 사람들 가운데 사 가는 사람이 있다는 이야기를 들었다. 니가타 지역은 쌀농사가 주력산업이다. 특히 코시히카리(コシヒカリ) 품종을 주로 재배한다. 코시히카리 수확량은 일본에서 가장 많다. 특히 우오누마(魚沼) 지방에서 나는 우오누마 코시히카리는 일본 제일의 쌀로 꼽힌다. 코시히카리는 1944년 니가타 현립농업시험소의 다카하시 히로유키(高橋 浩之)가 개발한 품종으로 찰지고 맛이 좋다. 코시히카리라는 품종 이름은 과거 이 지역에 있던 코시노쿠니(越国)와 빛(光)을 결합한 것으로 '코시노쿠니에 빛이 내리라(越の国に光かがやく)'라고 기원하는 마음을 담았다.

그래서인지 값이 만만치 않았다. 여행 가방에 여유가 있어서 작은 포장으로 사볼까 생각도 했지만, 가격 문제와 일본 쌀의 중금속 함량이 떠올라 생각을 접었다. 최근에 나온 기사에 따르면 일본에서는 2024년 5월부터 쌀이 품귀현상을 빚어 쌀값이 폭등하기 시작했는데, 12개월 만에 두 배가 되었다고 한다. 일본에서도 쌀값이 폭등하는 원인이 제대로 파악되지 않고 있다고 하는데, 일본을 방문하는 관광객이 전년 대비 두 배 이상이 되었기 때문이라는 설과 중간상인의 매점 때문이라는 설, 2023년에 쌀생산량이 적었다는 설, 일본 정부의 쌀 감산 정책의 실패 때문이라는 설 등이 분분하다. 쌀값이 폭등하다 보니 우리나라를 찾는 일본 여행객들이 쌀을 사 가는 경향이 생겼고, 공식적으로 우리나라에서 쌀을 수입하기 시작했다.

일본 쌀의 중금속 함량에 관한 것은 필자가 식약청에서 근무할 때 광산지역에서 나는 쌀의 중금속 오염 문제가 제기되면서 알게 되었다. 식품의약품안전청은 2006년에 우리 농산물에 대한 중금속 허용 기준을 정하여 중금속에 오염된 농산물의 생산과 수입, 유통을 관리할 법적 근거를 마련한 바 있다. 2016년 9월 12일 기준 현미를 제외한 곡물의 중금속 허용 기준은 납 0.2mg/kg 이하, 카드뮴 0.1mg/kg 이하, 쌀에서 비소 허용 기준은 0.2mg/kg 이하로 되어 있다.

세명대학교 자원환경공학과의 정명채는 2000년에 우리나라에서 생산된 백미에서 중금속의 함량을 조사하였다. 비소는 0.126mg/kg, 카드뮴은 0.040mg/kg, 구리는 1.96mg/kg, 납은 0.371mg/kg, 아연은 16.6mg/kg으로 조사되었다. 이를 우리 국민의 1일 평균 쌀소비량 256g을 기준으로 쌀 섭취에 따른 이들 중금속의 1일 섭취량은 각각 32.3, 10.2, 502, 92.4, 4,250μg/day로 나타났다. 이는 세계보건기구가 정하고 있는 미량원소의 1일 섭취 최대 허용량 기준 이내이다.

일본의 백미 중 중금속의 허용 기준은 납 0.2mg/kg 이하, 카드뮴 0.4mg/kg 이하, 쌀에서 비소 허용 기준은 0.2mg/kg 이하로 되어 있다. 납과 비소의 경우는 같지만, 카드뮴의 경우는 우리나라보다 4배나 높게 기준을 정한 것은 일본에서는 화산활동이 왕성한 탓에 흙에 카드뮴 성분이 많기 때문이라고 알고 있다.

사람들이 몰리는 시간을 피해 늦게 식당에 내려갔더니 붐비지 않고 좋았다. 그런데 식당은 끝이 가물거릴 정도로 컸다. 차려진 음식도 종류가 엄청 많아서 무얼 먹어야 좋을지 헷갈릴 정도. 눈길을 끄는 음식을 몇 가지 골라 먹다 보니 금세 배가 불러왔다. 저녁을 먹고 산책이라도 해볼까, 해서 밖에 나갔다. 구름 없는 하늘에는 별이 떴지만 숙소 주변을 밝히는 불빛이 휘황하여 별자리를 가늠하기가 쉽지 않다. 그나마 동녘 오리온자리의 별들은 식별할 수 있었다. 나중에 방에 들어갔을 때 일행이신 K씨가 별자리를 알려주는 응용 무른모 '하늘 지도'가 있다고 알려주었다. 그리고 보니 오리온자리로 알았던 별자리는 쌍둥이자리였고, 맨 아래 있는 별이 화성이었다. 사방에 눈이 산더미처럼 쌓여 있어 한기가 들었다. 숙소에 들어갈까, 생각하는데 마침 동녘에 열이레 달이 떠오르기 시작했다. 동산이 불그스레 밝아오더니 잠시 뒤에 둥근 달이 빼꼼하니 얼굴을 내민다.

저녁을 먹기 전에 읽었던 매트 헤이그의 소설『미드나잇 라이브러리』의 한 대목이 떠오른다. "아름답지 않아?" 노라는 성운이 가득한 맑은 하늘을 올려다보며 남편에게 물었다. "뭐가?" "은하수" 『설국』에서도 고치 창고에 불이 나던 날, 불이 난 고치 창고로 달려가던 코마코가 "은하수예요. 예쁘죠?"라고 하면서 은하수에 관한 이야기가 길게 이어진다. 시마무라는 '은하수는 밤의 대지를 알몸으로 감싸안으려는 양, 바로 지척에 내려와 있었다. 두렵도록 요염하다.'라고 느낌을 적었다. 은하수의 별이 하늘에서 쏟아져 내리듯 했던 모양이다. '희미한 달밤보다 엷은 별빛인데도 그 어떤 보름달이 뜬 하늘보다 은하수가 환했다.'라고 한 것을 보면, 이날은 달이 뜨지 않은 날이었던 모양이다.

밤하늘에 걸려 있는 은하수를 보면 장미화 가수가 부른『쓸쓸한 연가』가 생각난다. 1960년대 말에 들었던 라디오 연속극『하얀 호텔』의 주제가였던 것으로 기억한다. 젊은 연인의 사랑과 이별을 그렸던 연속극이었는데 장미화 가수의『쓸쓸한 연가』가 극을 잘 표현해 주었다고 기억한다. "모래 위에 누워서 휘파람 불면, / 쏟아져 내리는 밤하늘의 은하수 / 손을 흔들면 잡힐 듯한 그 모습 / 그 언약 기약은 없네. / 불타는 여름은 말없이 가고, / 주인 없는 거리엔 / 낙엽이 지네 / 낙엽이 지네. // 밀물처럼 당신은 사라져갔지 / 소라 껍질에 담긴 다정한 그 목소리 / 눈을 감으면 다가오는 그 모습 / 그러나 이제는 안녕. / 불타는 여름은 말없이 가고 / 주인 없는 거리엔 / 낙엽이 지네 / 낙엽이 지네."

그 후로 은하수가 잘 보이는 밤에 가끔 부르곤 했었다. 2017년 아프리카를 여행할 때 빅토리아 폭포, 아니 모시오아투냐에서 가까운 곳에서 일행들과 저녁을 먹을 때 『쓸쓸한 연가』를 불렀더라면 분위기에 참 잘 맞았을 터인데 그러지 못했다. 식사 자리가 노래를 부르는 분위기가 아니었다. 그래도 한번 불러보면 좋겠다고 운을 뗐는데 일행들이 청하지 않아서 접고 말았다. 모시오아투냐(Mosi oa tunya)는 그곳 사람들이 우리가 알고 있는 빅토리아 폭포 대신 부르는 폭포 이름이다. '천둥 치는 연기'라는 뜻이니, 멋대가리 없는 빅토리아 폭포라는 이름보다 훨씬 정겹지 않은가.

그런데 NASPA 뉴 오타니 호텔에서는 이런 은하수를 쉽게 발견할 수 없었다. 숙소 주변을 밝히는 가로등이 많고, 숙소 위에 있는 스키장 역시 불야성을 이룰 정도로 밝았고, 그 불빛이 쌓인 눈에 반사되는 탓인지 은하수가 눈에 들어오지 않았다. "중요한 건 무엇을 보느냐가 아니라 어떻게 보느냐."라고 한 헨리 데이비드 소로의 말대로 어두운 밤하늘에 은하수가 흐른다고 생각하기로 했다. 그랬더라면 『쓸쓸한 연가』를 불렀어야 하는데 아무래도 달밤에 체조하는 듯하여 부르지 못했다. 은하수를 어떻게 보지 못하는 소인배가 되고 만 셈이다. 달 보기를 마치고 방에 올라와 사뮈엘 베케트의 『프루스트』를 이어 읽고는 11시 반에 잠들었다.

『프루스트』는 『고도를 기다리며』로 친숙한 사뮈엘 베케트가 파리 고등 사범학교에서 영어 강사로 일하던 1930년, 그러니까 24살이 되던 해에 낸 첫 비평집이다. 마르셀 프루스트의 『잃어버린 시간을 찾아서』가 출간되었을 때 '구조가 허술하고 파편적인 소재들을 나열한 데 그치고 있다'라는 평이 많았다. 하지만 베케트는 이 작품 속에서 디딤돌을 보았고, 그 위에 다양한 요소들을 쌓아 올리고 있음을 간파했다고 한다. '기억과 습관은 시간이라는 암이 가지고 있는 종양'이라고 베케트는 말했다. 그리고 기억과 습관은 프루스트 소설의 가장 단순한 사건을 통제하는데, '기억의 법칙은 습관의 법칙에 따라 지배를 받는다'라는 작용 원리를 이해해야 한다고 했다.

설국에서의 밤을 밋밋하게 보낸 필자와는 달리 이영혜 씨는 설국의 정취를 제대로 느꼈던 모양이다. 그녀의 여행기를 옮긴다. "시마무라가 보았던 은하수는 볼 수 없었지만 나 홀로 붉게 빛나는 화성을 보았다. 별이 예상보다 많지는 않았다. 그래도 한참을 바라보았다. 방으로 돌아와 커튼을 젖히고 창 앞에 의자를 놓고 앉았다. 불빛 때문에 밖이 보이지 않았다. 불을 모두 껐다. 드디어 보였다. 창 바로 아래에는 눈꽃 핀 크리스마스트리 같은 나무 정원이 있고 뒤로 마을의 불빛이 보였다. 그리고 그 뒤로는 다시 설국이다. 침대에 누워 바라보니 창 한가득 설국이다. 잠이 오지 않았다. 몇 시간 후면 떠난다고 생각하니 잠을 잘 수가 없었다. (일행중 누군가 잠은 집에 가서 자는 거라고 했다.)

스위스는 내가 스쳐 지나가는 사람이 아니라 그 공간 속에 '있다'라는 느낌을 주었다면 에치고유자와는 내가 떠날 사람이라는 것을 매 순간 느끼게 했다. 한밤중이면 별이 더 잘 보일 것 같아 밖으로 나갔다. 차가운 니가타 맥주를 들고. 별은 모두 사라지고 달만 구름 속을 들어갔다 나왔다 하더니 잠시 후 사라졌다. 하늘은 캄캄했지만, 설국은 아직 내 앞에 있었다. 자정이 지나자, 하늘에서 운무가 내려왔다. 창의 설국이 조금씩 조금씩 사라지더니 완전히 모습을 감추었다. 창은 하얀색 도화지가 되었다. 잠을 포기하면 밤새 볼 수 있을 줄 알았는데. 앞으로는 『설국』을 읽으면 설국(에치고유자와)이 떠오르는 것이 아니라 설국을 떠올리기 위해『설국』을 읽을 것이다.『설국』보다 설국(에치고유자와)의 힘이 더 세다. 일본문학기행의 모든 날과 맞바꿀 만큼 아름다웠던 하룻밤이었다.”

슬로베니아에 살고 있는 소설가 강병융은『도시를 걷는 문장들』에 유럽의 여러 도시에서 읽은 책에 관한 이야기를 담았다. 이야기의 끝에는 그 도시의 기억할 만한 한 장소와 한 문장을 뽑아놓았다. 그는 영국의 런던에서 권기만 시인의『발 달린 벌』을 소개하면서 한 문장으로 “내 눈 속에도 설국의 지도가 그려지고 있다.”라는 구절을 뽑았다. 그 이유로 ‘누구나 마음속 설국이 있습니다. 그리고 누구나 설국의 지도를 그릴 수 있습니다. 필요한 것은 마음속 설국을 찾는 일, 그리고 지도를 그릴 용기를 갖는 것 아닐까요?’라고 적었다. 시인은 「설국」이란 시에서 블라디보스토크에서 죽은 형의 수첩에서 설국으로 가는 길이 있다는 것을 알게 되었다면서 “내 눈 속에도 설국의 지도가 그려지고 있다.”라는 구절로 시를 마무리했다. 강병융 작가가 왜 런던에서 권기만 시인의 「설국」의 한 구절을 인용하였는지는 모르겠으나 「설국」의 이 대목은 어느 도시에 가져가도 그리 이상할 이유가 없다. 에치고유자와라면 더 잘 어울리지 않을까? 이영혜 씨는 이번 일본근대문학기행을 통하여 ‘마음속의 설국’을 찾아낸 것으로 보인다.

여행

다섯째 날

설국 탈출

1월 17일 일본여행 5일째, 마지막 날이다. 이날 일정은 에치고유자와를 출발하여 도쿄로 돌아가서 나쓰메 소세키 산방을 구경하고, 롯폰기에 있는 국립신미술관(国立新美術館)을 보고 귀국할 예정이었다. 이날 에치고유자와의 아침 기온은 영하 1도, 도쿄의 낮 최고기온은 9도였다. 도쿄까지 이동해야 하므로 8시에 출발하기로 했다. 식당이 문을 열기 전까지 이번 여행에 가져온 마지막 책, 이병욱의 『암을 이겨내는 당신에게 보내는 편지』를 읽기 시작했다. 필자는 2년 전에 전립선암으로 수술을 받은 뒤에 추적관찰 중이다. 이병욱 선생은 암과 동행한다는 마음가짐으로 자신을 돌보고 삶을 가꾸는 방법을 소개한다. 암진단을 받아들이기가 쉽지 않겠지만, 암도 내 몸의 일부라고 생각하면 편한 마음으로 치료에 임할 수 있다는 것이다. 암을 이겨내는 당신에게 보내는 나 자신에게 용기를 주기 위한 책읽기인 셈이다. 식당이 문을 열 시간에 즈음하여 책읽기를 마쳤다. 창밖이 왠지 어스름했다. 안개가 낀 것인지 앞산이 보이지 않는다. 자세히 내다보니 밤새 눈이 내려 쌓인 데 더하여 눈이 내리고 있었다.

식사하고 조금 남는 여유 시간에 숙소 1층에 있는 찻집의 창문을 통해 숙소 뒤편에 있는 설경을 감상했다. 찻집은 닫혀 있었지만, 직원의 양해를 구해 들어갈 수 있었다. 약속 시간에 모두 모여 차를 타고 도쿄로 향했다. 숙소를 나설 때도 눈이 내리고 있었다. 쏟아지는 눈을 뚫고 설국을 탈출하는 셈이다. 차창 밖 세상은 온통 눈으로 덮여 있다. 봉준호 감독의 『설국열차』를 떠올렸다. 하지만 지구온난화 문제를 해결하기 위하여 대기온도 조절물질 CW-7을 살포하여 끔찍한 제2 빙하기를 초래한 것과는 달리, 에치고유자와의 설국은 사뭇 낭만적이기도 해서 굳이 설국 탈출이라고 하기보다는 설국과 이별이라고 하는 것이 더 나을 듯하다.

그래서인지 '누군가 소매 끝을 붙들면 주저앉아보려나?' 하는 생각도 해보는 것이다. 20세기 초에 활동한 나가이 가후(永井 荷風)는 1946년에 출간된 『찾아온 사람』에 실린 「눈 내리는 날」에서 "지금은 잊힌 옛날 노래가 눈 내리는 날이면 어김없이 떠오르고 작은 소리로 읊조리고 싶어진다. 이 노랫말에는 군더더기가 한마디 없다. 그 자리의 절박한 광경과 내밀한 정서가 세련된 언어와 교묘한 작법으로 그림보다 더 선명하게 묘사되어 있다."라고 적었다. 그 잊힌 옛날 노래는 에도 시대의 유행가 『겉옷을 감추고』인데, 노랫말은 이렇다. "겉옷을 감추고 소매를 부여잡으며 / 어떻든 오늘은 가지 마세요. / 말하곤 선 채로 쌀창문을 밀어 살짝 열고 / 어머 보세요, 이 눈을." 에치고유자와에서 누군가 소매를 부여잡으면 그대로 눌러앉을 수 있었을까?

유자와는 니가타현의 가장 남쪽에 있는 마을로 1955년 유자와무라(湯沢村), 간리쓰무라(神立村), 쓰치타루무라(土樽村), 미마타무라(三俣村), 미쿠니무라(三国村)를 합병하여 설치하였다. 아키타현의 유자와와 구분하기 위하여 에치고유자와라고 부른다. 눈이 많이 내려서 스키 등 동계 야외활동의 무대가 되고 있으며 온천이 많아 설국 관광구역으로 지정되어 있다. 마을의 동쪽, 남쪽, 서쪽이 모두 에치고산맥과 연결된 2,000m 이상의 높은 산으로 둘러싸여 90%의 면적이 산간 지역이며, 우오누마(魚沼) 분지로 연결되는 북쪽의 일부만이 평지이다. 조신에쓰고원 국립공원과 우오누마 산맥 현립 자연공원이 있어 산림과 관련된 휴양시설이 많다. 『설국』을 비롯하여 많은 소설은 물론 수필, 시, 만화, 영화, TV 연속극 등에서 무대로 등장한다.

숙소를 출발해서 30분 정도 지났을까? 긴 굴에 들어섰다. 그러니까 E17 간에쓰 고속도로(関越自動車道)가 니가타현과 군마현의 경계를 이루는 다니가와 산(谷川岳)을 관통하는 굴이다. 간에쓰 고속도로는 도쿄에서 시작하여 사이타마현과 군마현을 거쳐 니가타현의 나가오카 시에 이르는 246.3km의 고속도로이다. 1967년 공사를 시작하여 1971년 네리마(練馬) – 가와고에(川越) 구간이 개통된 것을 시작으로 1985년 전 구간이 개통되었다. 우리가 지나간 간에쓰 굴은 1977년에 착공하여 1989년에 개통되었는데 하행선 10,926m, 상행선 11,055m로 개통 당시에는 일본에서 가장 긴 자동차 도로용의 산악굴로 세계에서 17번째로 긴 굴이었다. 2015년 수도고속중앙순환선에 있는 18,200m 길이의 야마테(山手) 굴이 개통되면서 2위로 내려앉았다. 하지만 산악도로에 있는 굴로는 가장 길다.

10여 분을 달려 간에쓰(関越) 굴을 빠져나오니 세상이 바뀌었다. 굴에 들어서기 전의 에치고유자와가 온통 눈에 파묻힌 설국이었다면 군마현

의 미나카미초(みなかみ町)의 풍경은 전혀 달랐다. 눈발은 성기고 쌓인 눈도 많지 않았다. 동해에서 몰려온 습기를 품은 찬바람이 에치고산맥을 넘으면서 품었던 습기를 대부분 쏟아낸다. 그래도 남은 일부가 미나카미초에 내려진 것이다. 에치고유자와에는 눈이 1m 가까이 쌓였지만, 미나카미에는 겨우 두어 뼘 정도에 불과했다. 설국 탈출에 성공했다는 사실을 실감할 수 있었다.

도쿄로 가는 길에 로쟈 선생님은 근대 작가군 가운데 모리 오가이, 시마자키 도손 등을 소개해 주었다. 앞서 일본근대문학의 사조를 설명할 때 간략하게 소개한 바 있다. 시마자키 도손(島崎 藤村)을 먼저 소개한다. 사실주의 문학에서 발전한 자연주의문학의 대표 작가이기 때문이다. 그는 1872년 지금의 기후(岐阜)현 나카쓰가와(中津川) 시에서 히라타(平田)파 국문학의 17대 당주인 아버지 마사키와 어머니 누이(縫)의 넷째 아들로 태어났다. 아버지로부터 『논어』와 『효경』을 배웠고, 9살이 되던 해 도쿄로 이사하여 초, 중, 고등학교를 졸업했다.

메이지 학원의 본과에 입학해서는 서양 문학은 물론 마쓰오 바쇼(松尾芭蕉)의 하이쿠, 사이교우(西行)의 시 등 일본 고전에 심취했다. 스무 살이 되는 해에 메이지 여고의 영어 교사가 되었지만, 이듬해인 1893년부터 1898년까지 월간으로 발행한 「분가쿠카이(文學界)」를 통하여 작품활동을 했다. 월간 「분가쿠카이」는 1933년 고바야시 히데오(小林 秀雄)를 중심으로 결성된 동인 분가쿠카이(文學界)와 직접적으로 연결되는 바는 없다.

사마자키는 초반에는 낭만주의풍의 『와카나슈(若菜集)』 등을 발표하면서 시인으로 활동하다가 소설가로 변신했다. 『파계(破戒, 1906년)』와 『하루

(春, 1908년)』 등은 일본의 자연주의문학을 개척한 작품으로 평가받는다. 나쓰메 소세키는 모리타 소헤이(森田 草平)에게 보낸 편지에서 "(『파계』 는) 메이지 시대의 소설로서 후세에 전해야 할 걸작"이라고 칭송했다.

그밖에도 일본 자연주의문학의 정점으로 꼽히는 『이에(家, 1910년)』, 넷째 딸의 출산 후유증으로 죽은 부인을 대신하여 집안 살림을 도와주 던 조카딸과의 불륜을 그려 엄청난 파문을 일으킨 『신세이(新生, 1919년)』 그리고 아버지 시마자키 마사키(島崎 正樹)를 본보기로 한 대작 역사소설 『요아케마에(夜明け前, 새벽 전, 1929-1935년)』 등이 있다.

1910년 아내가 넷째 딸을 낳고 사망하자 둘째 형 코스케(広助)의 차녀 코마코(こま子)가 가사를 도와주러 왔다. 결국 이듬해 사마자키와 코마코 는 애인 관계로 발전하여 임신하기에 이르렀다. 세간의 따가운 눈초리를 피하려고 1913년 고베항에서 어니스트 시몽호를 타고 프랑스 마르세유 를 거쳐 파리에 정착했다. 이 시기에 『불란서 쪽(仏蘭西だより)』을 아사히 신문에 연재하였고, 『버찌가 익을 때(桜の実の熟する時)』를 썼다. 제1차 세 계대전이 발발하자 마사무네 도쿠사부로(正宗 得三郎)와 함께 리모주로 피 난했다. 이 시기에 『불란서 쪽(仏蘭西だより) 속편』을 아사히 신문에 연재했 다. 1916년 아쓰타마루(熱田丸)호를 타고 런던을 경유하여 고베항에 도착 해서, 이듬해 게이오 기주쿠(慶應義塾) 대학의 문학과 강사로 취임했다.

사마자키 도손은 아버지와 누이가 광기로 죽고, 토모야(友弥)라는 손위 형이 어머니의 실수로 태어났으며, 조카딸과의 불륜관계 등 복잡한 가족 관계에서 오는 우울감을 작품에서 다양하게 표현했다.

모리 오가이(森鷗外)는 메이지, 다이쇼 시대의 소설가, 번역가, 극작가이다. 육군 군의총감을 지내 정 4위 훈2등 공 3급에 의학박사이자 문학박사였다. 제1차 세계대전 이래 나쓰메 소세키와 더불어 문호로 불렸다. 메이지 말기에 문단의 주류가 되었던 자연주의문학에 비판적인 입장을 보여 낭만주의 작가로 분류한다. 하지만 그의 작품활동 시기에 따라 5기로 나눌 수 있다. 제1기는 청신(淸新)한 낭만주의에서 그의 청춘기의 감정적 배출구를 찾은 시기로서 「무희(舞姬)」 등의 아문체(雅文體) 소설을 발표하였다. 제2기는 네덜란드 동화 작가 한스 크리스티안 안데르센의 『즉흥시인(Improvisatoren)』을 번역하는 등 소극적인 활동에 그쳤다. 제3기는 일본 문학계가 자연주의가 융성하던 시기로 나쓰메 소세키의 활약에 자극받아 잡지 「스바루(スバル)」에 『청년(靑年, 1910)』, 「미다 문학(三田文學)」에 『망상(妄想, 1911)』 등의 장편 현대소설을 발표했다. 제4기는 역사소설의 시기로서 「아베 일족(阿部一族, 1913)」 등 헌신적 윤리의 미와 절대자와 개인적 자아와의 대립, 사회문제와 관료적 속물주의(俗物主義) 등 다채로운 현대적 주제를 추구하였다. 제5기는 『시부에추사이(澁江抽齋, 1916)』 등 엄격한 실증적 정신과 시인적 감정의 융합을 보인 독자적인 사전(史傳) 문학을 창조했다.

역사소설의 시기에 발표한 「아베 일족」은 봉건시대의 무사도 정신을 다루었다. 봉건시대에는 주군이 죽으면 측근 인물들이 주군을 따라 순사(殉死)하는 것을 영예라고 생각하는 전통이 있었다. 주군이 죽을 때 순사를 허락받지 못한 무사는 주변의 따가운 눈길 때문에 순사를 결심한다. 하지만 새 주군은 주변 인물의 간계에 넘어가 남은 가족들을 제대로 대우하지 않았다. 이에 남은 가족들이 불편한 심사를 표출한 것으로 인식한

새 주군은 군사를 보내 가문을 몰살시킨 역사적 사건을 다루었다. 쇼군의 뜻이 제대로 전해지지 않은 탓에 벌어진 일로 바쿠후 시대의 인사관리 체계가 주먹구구였다는 느낌이 들었다. 주군의 명을 받은 자가 아닌 삼자의 개입을 금하는 전통을 깨고서, 새 주군이 토벌군을 보내던 날 이웃에 살던 친구가 아베 가문에 난입하여 친구와 대결하는 뜻이 어디에 있는지 이해하기 어려웠던 일이다.

모리 오가이는 1862년 현재의 시마네현 서쪽에 있는 옛 이와미(岩見) 지방의 쓰와노(津和野) 번에서 태어났다. 아버지는 번주(藩主)의 시의(侍醫)였다. 장남으로 태어난 오가이의 본명은 린타로(林太郎)였고, 어려서부터 독서에 몰두해야만 했다. 다섯 살 때부터 아침 일찍 일어나 1km나 떨어진 곳에 가서 『논어』와 『맹자』를 배웠다. 여덟 살부터는 한적(漢籍)을 익히며, 아홉 살쯤부터는 아버지의 뒤를 이어 의사가 되기 위해 네덜란드어와 영어를 배웠다. 그 무렵 일본 의학은 중국 의학의 영향을 받은 동양의학이 주류를 이루고 있었는데 네덜란드 사람들이 일본을 찾으면서 서양의학을 전하면서 현대의학의 틀을 세우게 되었다. 모리 오가이는 10살이 되던 해에는 도쿄로 올라와 독일어를 배웠다. 나이를 속여 가며 도쿄대학 의학부에 입학한 그는 19살에 최연소로 의과대학을 졸업했다.

대학 졸업 후에는 육군 군의관으로 채용되었고, 1884년에는 육군성 파견 유학생으로 베를린에 유학했다. 페텐코퍼(Max Joseph von Pettenkofer)의 위생학 등을 공부하는 동시에 서양철학과 예술 등을 접하면서 많은 영향을 받았다. 1888년에 귀국하여 군의학교 교관이 되었다. 이듬해 근대 일본 시에 큰 영향을 미친 번역 시집 『오모카게(於母影)』를 발표했다. 그 원

고료를 가지고 평론 전문지 「시가라미조시(しがらみ草紙)」를 창간했다. 외국 문학 등의 번역(『즉흥시인』, 『파우스트』 등이 유명하다.)을 시작하였으며 평론적 계몽 활동을 계속했다. 그리고 독일 유학 경험을 살려 당시, 정보가 적은 유럽의 독일을 무대로 한 『무희』, 『마리 이야기(うたかたの記)』, 『아씨의 편지(文づかひ)』를 차례로 발표했다. 특히 일본인과 외국인의 연애를 다룬 소설 『무희』는 독자를 놀라게 했다. 청일전쟁 때는 군의부장으로 참전하였고, 러일전쟁 때는 군의감으로 참전하였다. 러일전쟁이 끝나고 군의총감으로 승진했고, 이어서 육군성 군의국장에 취임했다. 1916년 예편하였다. 군에서 근무하는 동안에도 작품활동을 활발하게 했다.

김익한 교수가 '기록의 관점에서 세상을 본다는 것은 참으로 매력적인 지적 행위다.'라는 구절로 추천사를 시작한 박미향의 『도쿄 모던 산책』에서 모리 오가이 기념관이 소개되어 있다. "예전부터 도쿄의 문인과 학자가 많이 살았던 곳, 왠지 지적인 향기가 나는 동네, 그래서 이름도 분쿄구(文京区)이다. 모리 오가이 기념관은 근대 작가를 기념하는 기억기관으로 아주 오래전에 만들어진 듯한 고즈넉한 산책길을 지나면 나온다."라고 시작된다. 모리 오가이가 30여 년간의 문학 인생을 보냈던 장소에 남은 정문 기둥 터 등 옛 시절의 흔적을 간직한 채 구립기념관으로 2012년 개관하였다. 모리 오가이의 저택은 당시 아쿠타가와 류노스케, 이토 사치오(伊藤左千夫) 등 근대일본을 대표하는 지식인들의 사교장이기도 했다.

모리 오가이는 1892년부터 1922년까지 단고사카(団子坂) 꼭대기에 있는 이곳에서 가족과 함께 살았다. 2층에서 시나가와(品川) 앞바다를 볼 수 있었기 때문에 칸케로(観潮楼)라고 불렀다. 오가이 사후에 임대주택이 되었다가 화재와 전쟁의 피해로 건물이 소실되었다. 1949년 국립박물관의 다카하시 세이이치로(高橋 誠一郎) 관장이 오가이 기념관 준비위원회를 구성하고 기부금을 모으기 시작했다. 1950년에는 칸케로 부지가 기념 공원이 되어 도립 사적으로 지정되었다. 오가이 탄생 100주년인 1962년에는 다니구치 요시로(谷口 吉郎)의 설계로 분쿄구 오가이 기념 혼고 도서관(文京区立鴎外記念本郷図書館)이 완공되어 개관하였다.

유물 및 자료의 보존 환경을 정비하기 위하여 기념관을 보강하여 2012년에 현재의 건물로 개관하였다. 기념관은 '문자와의 만남뿐만 아니라 문학과 사람, 도시가 폭넓게 교류할 수 있는 장소'로서 오가이의 유물과 그와 관련된 자료를 수집하고, 정리하여 전시하기를 목표로 한다. 오가이의 원고, 편지, 유물, 생전에 출판된 희귀 도서, 오가이 연구 자료, 분쿄구 관련 문학작품 및 문인들 관련 자료 등 오가이에 관한 자료를 수집하고 있다. 오가이 유물 및 자료가 약 3,000점, 셋째 아들 모리 류(森 類)의 수집품 약 6,000점, 그리고 희귀 도서 등을 포함하여 모두 11,000점의 도서자료를 소장하고 있다. 펀트래블의 다음번 일본근대문학기행에서는 이곳도 일정에 넣으면 좋을 듯하다.

로쟈 선생의 일본근대문학에 대한 설명이 끝나고 쉬는 시간에, 아침에 읽었던 이병욱의 『암을 이겨내는 당신에게 보내는 편지』를 이어 읽어 마무리했다. 암 수술을 하는 외과의사로 15년 동안 활동하면서 수술이나 항암치료를 마쳤음에도 재발하거나 원격 전이를 보이는 환자들을 경험하게 되었다고 한다. 결국은 수술을 중점으로 하는 외과의사의 길을 버리고 보완통합의학을 하게 되었다는 것이다. 흔히 '보완통합의학'이라고 하면 흔히 기존의 의학 치료로 큰 효과를 보지 못하게 된 말기 암 환자들이 최후에 선택하는 치료법이라고 생각하기 쉽다. 하지만 현대의학에서도 고려하는 보완통합의학은 현대의학을 바탕으로 한 의학적 치료를 중심에 두고 환자의 몸과 마음을 다스려 긴장을 풀고 면역력을 끌어올리는 요법을 병행하여 암치료 효과를 끌어올리는 치료법이라고 하겠다.

암 진단을 받으면 일단 암과 싸우겠다고 다짐하게 된다. 이렇게 전투 의지로 무장하고 항암치료에 임했다가 근치가 되지 않거나, 암이 원격 전이를 보이거나, 근치된 듯하다가 재발하게 되면 투병 의지가 꺾이기 쉽다. 그런데 암 역시 자기 몸의 일부로 받아들이고 동행한다는 생각으로 치료에 임하는 경우에 암을 극복하는 경우가 생각보다 많다는 것이다. 서울대학병원의 병원장을 지낸 한만청 교수는 간암을 치료한 경험을 담은 『암과 싸우지 말고 친구가 돼라』에서 '내 몸에 찾아온 암을 굳이 싸워 이겨야 할 정복의 대상으로 보지 않았다. 내게 병은 다스림의 대상일 뿐 근절의 대상은 아니었다.'라고 했다. 하지만 필자의 경우는 암은 근절해야 할 대상이라고 생각해 온 것 같다.

책읽기를 마칠 무렵 차가 휴게소에 들어갔다. 휴게소에서 볼일을 보고 차가 다시 출발하면서 로쟈 선생은 소세키 이야기를 본격적으로 시작했다. 도쿄에 도착하면 소세키 산방에서 일정을 시작할 예정이었다. 이번 여행을 출발하기에 앞서 펀트래블에서는 도가와 신스케(十川 信介)가 쓴 『나쓰메 소세키 평전』을 보내줘서 읽었다. 저자는 이 책을 통하여 '그가 어떤 생애를 어떻게 살았는지 상세히 짚어보고자 한다.'라고 했다.

일본 여행을 앞두고 『나의 개인주의』, 『도련님』, 『산시로』, 『나는 고양이로소이다』 등을 읽으면서 나쓰메 소세키의 삶과 작품의 분위기를 조금 익혀볼 수 있었다. 그리고 『나쓰메 소세키 평전』을 통하여 출생으로부터 죽음에 이르기까지의 소세키의 삶을 조명하고, 가족 및 교우관계 그리고 작품의 내용과 성격에 이르기까지 비교적 상세하게 알 수 있었다. 소세키의 작품 대부분의 내용이 잘 요약된 것도 그의 작품을 읽는 데 도움이 되었다. 책을 읽으면서 미처 깨닫지 못했던 점들을 읽다 보면 그 작품을 다시 읽어봐야겠다고 생각하게 된다.

그가 1900년 런던에 유학할 무렵의 편지를 보면 일본과 러시아가 무력을 행사하는 것에 반대를 분명하게 했음에도 불구하고 일본의 만주 지배를 부정적으로 보지 않은 것을 보면 그 역시 일본인이었구나 싶었다. 나아가 그가 관심을 두고 있었다는 러시아에 관한 새 소식에서 "만약 전쟁할 수밖에 없게 된다면 일본으로 직접 공격해 가는 것은 결코 득책이 아닐 것이기 때문에 조선 땅에서 자웅을 겨루는 게 좋을 것"이라는 내용을 읽고서 "조선 입장에서는 엄청난 민폐일 거로 생각했다."라고 했다. 열강의 분위기가 조선이라는 나라는 일본에 귀속된 땅이므로 전쟁을 벌여도 된다고 생각했었다는 사실을 알게 되면서 분노가 치밀었다.

11시 10분 신주쿠에 있는 지하철 와세다역 부근에 도착했다. 4번 출구의 맞은편에 있는 주류판매점 KOKURAYA(小倉屋)의 오른쪽에 야요이켄 와세다점(やよい軒 早稲田店)이라는 일식당이 있다. 식당 앞에 나쓰메 소세키의 출생지라는 비석과 안내판이 서 있다. 일본여행 2일째 아침에 다녀갔던 와세다 대학 구내의 무라카미 하루키 도서관에서 멀지 않다.

나쓰메 소세키 탄생지에서 나쓰메자카도리(夏目坂通リ)를 따라 남동쪽

으로 내려갔다. 도로 오른쪽에 있는 절 간쓰지(感通寺)를 지나 탄생지로부터 온 만큼 더 내려가면 소세키 산방으로 안내하는 기둥이 있다. 아래쪽에 하얀 고양이가 그려져 있어 쉽게 알 수 있다. 화살표를 따라 왼쪽 골목길로 접어들어 조금 더 가면 소세키 산방이다. 길 곳곳에 고양이가 그려져 있어서 길을 놓칠 걱정은 하지 않아도 된다.

골목길을 이리저리 꺾어 산방에 이르는 길은 소세키가 산책하던 길일 수도 있겠다. 1909년에 나쓰메 소세키가 「긴 봄날 소풍」이라는 제목으로 연재한 글의 스물세 번째 이야기 「마음」에는 골목길 산책에서 얻은 생각을 이렇게 적었다. "몇 시간 뒤에 산책을 나갔다. 너무 기쁜 나머지 정처 없이 동네를 몇 군데나 지나 북적이는 거리를 갈 수 있는 데까지 걸어갔

신주쿠에 있는 소세키 산방

다. 길은 오른쪽으로 꺾이다가 왼쪽으로 구부러지다가 모르는 사람 뒤에서 또 모르는 사람이 수두룩이 나타난다. 아무리 걸어도 활기차고 명랑하며 편안하다. 나로선 어느 점에서 세계와 접촉하는 것에 일종의 거북함을 느끼는지 거의 상상조차 할 수 없다. 모르는 사람을 수천 명 만나는 일은 기쁘지만, 그저 기쁠 뿐, 그 반가운 사람의 눈매도 콧대도 도무지 머릿속에 비치지 않는다.”

신주쿠 구립 소세키 산방 기념관은 소세키 탄생 150주년을 기념하여 2017년에 개관되었다. 소세키는 앞서 소개한 장소에서 태어나 자랐으며, 1916년 사망할 때까지 9년 동안을 현재 산방이 있는 신주쿠 구 와세다 미나미 마치(早稲田南町)에서 살았다. 소세키 산방에는 제자나 지인 등 문인들이 많이 모이는 사랑방 역할을 했는데, 제2차 세계대전 기간 중이던 1945년 공습으로 불타버렸다. 전후에 부지의 절반은 소세키 공원으로 나머지 절반에는 도립 주택을 지었다. 2011년 신주쿠구구는 주택의 재건과 관련하여 소세키 공원 부지와 함께 소세키 산방을 재현한 일본 최초의 소세키 기념관의 건립을 결정했다.

제2차 세계대전 중에 도쿄에 공습이 심해지면서, 고미야 도요타카(小宮豐隆) 관장은 책이나 일기 등 소세키의 자필 자료의 대부분을 도호쿠(東北) 대학 도서관으로 옮겼다. 덕분에 산방이 공습으로 불탔을 때도 피해를 보지 않았다. 도호쿠 대학에서는 ‘나쓰메 소세키 도서관’에 관련 자료를 보관하면서 연구자들에게 개방하고 있다. 세월이 흐르면서 소장된 종이자료들이 훼손되기 시작하면서 2019년에는 전자문서화하기 위한 기금을 모았다. 한편 가나가와(神奈川)현 요코하마(横浜) 시에 있는 가나가와

근대 문학관에서는 소세키의 유족이 제공한 서예와 그림, 인장 영인 등을
나쓰메 소세키 전자 문학관 웹 판에서 제공하고 있다.

　나쓰메 소세키 생전에는 교수 시절의 학생들과 소세키를 존경하는 젊
은 작가들이 모여 다양한 문제를 논의하곤 했다. 이 모임은 매주 목요일
열렸기 때문에 목요회(木曜会)라 했다. 작가로서 소세키의 명성이 높아지
면서 소세키의 집을 찾아오는 사람들이 많아지자, 스즈키 미에요시(鈴木
三重吉)의 제안으로 매주 목요일 오후 3시에 만나는 것으로 정해졌다. 이
시간에는 누구나 자유롭게 올 수 있었다. 소세키는 평소 스승과 제자라는
계약을 공식적으로 체결하는 도제제도를 채택하지 않았다. 따라서 목요
일마다 소세키의 손님이 되어 이야기를 주고받는 것으로 제자라고 생각
할 수 있었다. 목요회에는 회장이나 총무와 같은 조직은 없었다. 그만큼
소세키는 자유로운 분위기에서 모임을 이끌어갔다고 할 수 있다. 우리네
전통사회에서 볼 수 있는 사랑방과 같은 모임이었을 것이다.

　아쿠타가와 류노스케는 「소세키 선생과의 대화」라는 글에서 목요회의
분위기를 이렇게 전했다. "선생님 집은 현관 옆의 거실, 그다음에는 손님
방, 그리고 뒤쪽에는 선생님의 서재가 있었는데, 서재는 10장 정도의 다
다미가 깔린 방이었고, 판자 위에 카펫이 깔려 있었고, 선생님은 카펫 위
에 방석을 깔고 책상에서 글을 쓰고 계셨어요. 목요일 집회는 항상 연구
실에서 열렸고, 목요일 집회에서는 많은 토론이 있었습니다. 고미야 선생
님 등은 선생님을 잡아먹는 일이 많아, 우리 젊은이들은 욕구 불만이었습
니다." 소세키 산방을 여러 차례 방문한 아쿠타가와 류노스케는 『소세키
산방의 가을(1920년)』, 소세키의 장례식을 묘사한 『장례식 노트(2020년)』,

『소세키 산방의 겨울(2023년)』 등의 소설을 썼다.

아쿠타가와 류노스케는 수필 모음집 『문예적인, 너무나 문예적인』의 제3부 '내가 만난 사람들'에서는 자신과 교류한 사람들과의 인연을 적었다. 이 수필집의 다른 장에서도 자주 이야기된 것처럼 그가 스승으로 모신 소세키에 관한 글이 많다. '선생을 떠올릴 때마다 누구 못지않게 모질고 호된 사람이었음을 새삼 느낀다.'라고 적은 것을 보면, 아쿠타가와 류노스케는 소세키를 어려워했던 모양이다. 그럼에도 불구하고 그는 소세키를 스승으로 모셨던 것인데, '소세키가 자신을 제자로 생각했는가?'에는 의문을 가졌던 모양이다. 소세키가 죽었을 때 장례식에 참석하여 접수까지 보았던 그였지만 소세키의 죽음을 쉽게 받아들이지 못했던 것 같다. 고인에게 절을 하면서도 '이것은 선생이 아니다'라는 생각이 들었다는 것이다. 허둥지둥 고인에게 예를 올리고 물러나면서도 실감하지 못하였다고 했다. 장례에 참석한 많은 문인은 마음 한구석에 구멍이 뚫린 듯했다고 전했다. 장례식이 진행되는 동안 결국 눈물을 쏟고 말았지만, 그 뒤로도 머리가 멍해지면서 아무런 생각도 들지 않았던 모양이다.

4년 뒤 그리고 7년 뒤에 찾은 소세키 산방에서 얻은 느낌을 적고 있는 것을 보면, 장례를 치른 뒤에도 아쿠타가와 류노스케를 비롯한 문인들이 가끔 소세키가 거처하던 산방을 찾아 그를 기리곤 했던 모양이다. "책상 뒤에 두 장이 포개진 방석 위에는, 어딘가 사자를 떠올리게 하는 키 작은 반백의 노인이 때로는 편지를 휘갈겨 쓰며, 때로는 당나라 시집을 뒤적이며, 홀로 단정히 앉아 있었다. …… 소세키 산방의 가을밤은 이처럼 소슬한 느낌이었다." 7년 뒤 다시 찾은 산방에서는 대학에 다니던 시절 소세키 선생을 처음 만나던 순간을 회상하기도 하고, 선생과 앞날을 상담하던 순간, 선생이 작고한 뒤에 부인과 함께 선생을 회고하던 순간도 적었다. 겨울이면 천장과 마루에 뚫린 구멍에서 바람이 들어오는 바람에 힘들었을 터이나, "교토 근방 풍류인들 집에 비하면 훌륭하지. 천장은 구멍이 뻥뻥 뚫렸어도 아무튼 내 서재는 웅대하니까 말이야"라고 말하는 소세키의 모습이 당당해 보였다고도 한다.

거리 곳곳에 있는 고양이 그림을 따라 나쓰메 소세키 산방에 도착했다. 기하학적 형태의 2층 건물 안에 기와지붕과 노대가 있는 전통가옥을 넣어놓은 모습이다. 소세키와 관련된 자료는 2층에 주로 전시되어 있었다. 1층의 왼쪽에는 찻집이 있었고, 오른쪽에는 재현된 산방과 2층 전시장의 입장 수속을 할 수 있는 공간이 있었다.

산방 가운데에는 화로가 놓여 있었다. 당시 도쿄의 겨울밤은 꽤 추웠던 모양이다. 1909년에 나쓰메 소세키가 「긴 봄날 소풍」이라는 제목으로 연재한 글의 다섯 번째 이야기 「화로」는 "깨어나 보니 어젯밤에 안고 잠들었던 손난로가 해 위에서 차갑게 식어 있었다."라고 시작한다. 필자가 어렸을 적에 살던 집에도 다다미방이 있었다. 겨울철에 잠잘 때는 쇠로 된 물통에 뜨거운 물을 넣어 끌어안고 자야 했던 기억이 있다. 나쓰메 소세키 역시 낮에도 추워서 일이 손에 잡히지 않기 때문에 화로를 피워야 했다. "(아내가 가져온) 뜨거운 메밀 면수를 호로록 마시며 밝은 양등 아래 새로 넣은 화로 속 숯이 탁탁 타들어 가는 소리에 귀를 기울인다. 잿더미에 둘러싸인 붉은 불기운이 아련하게 흔들린다. 이따금 숯덩이 틈새에서 파르스름한 불꽃이 인다. 그 불빛에 오늘 처음으로 하루의 온기를 느끼며 점점 하얘지는 재를 5분쯤 지켜봤다."

소세키 산방에 있는 화로를 보면서 스위스 소설가 로베르트 발저의 「시인들」이란 글에서 읽은 대목이 생각난다. "내 경험에 의하면 작가들, 시인들, 희곡작가들은 자신의 수학적이고 철학적인 방에 난방을 거의 하지 않는다. '사람은 여름에 땀을 흘리니 겨울에는 반대로 약간은 떨어야 균형이 맞는 법이지.' 이것이 그들의 생각이다. 그들은 아주 뛰어난 적응력으로 열기와 냉기를 이겨낸다. 책상에 앉아서 글을 쓰는데 손발이 너무 얼어서 뻣뻣하게 굳어버리는 경우에는 그냥 손가락에 따뜻한 입김을 호호 불어서 덥히면 그만이다. 혹은 관절의 유연성을 회복하기 위해 의자에서 일어나서 이런저런 스트레칭 동작을 해주면 된다. 그러면 금세 충분한 분량의 온기가 보충된다. 게다가 체조는 글을 쓰느라 혹사당해 지쳐있을 것이 분명한 정신에 활력을 준다. 그 밖에도 왕성한 창조의 에너지, 선량한 사고, 즐거운 발상, 그리고 뜨겁게 활활 타오르는 시적 결의는 언제라도 이글거리는 난로와 같은 효력을 발휘할 수 있다. 어느 정도까지의 추위를 견딜 수 있을지는 모르겠지만 충분히 공감이 가는 대목이다. 요즘이야 조금이라도 추우면 난방기구를 작동시킨다. 하지만 누구나 힘들게 보냈던 1960년대에는 초겨울 추위가 만만치 않은데 불구하고 초등학교에서까지 난방을 하지 않았었다. 연필을 쥔 손가락이 곱아들면 호호 불어가면서 공책을 채웠던 기억이 생생하다.

로쟈 선생의 설명을 들어가며 1층에서부터 2층까지 둘러보았다. 관람 경로는 검은 고양이가 안내하는 대로 따라가면 되었다. 1층에서 2층으로 올라가는 계단참에 소세키의 좌상이 서 있어 방문 기념사진을 찍을

수 있도록 배려하고 있었다. 2층
의 전시실에는 소세키의 생애 구
간별 작품 소개와 제자 계보, 그
림, 하이쿠 등의 작품들이 전시되
어 있었다. 재현된 산방을 둘러보
면서 소세키 생전의 산방 분위기
를 그려보았다. 2층 전시실에서는
그의 작품세계가 어떻게 흘러갔
는지 정리해 볼 수 있었다.

신주쿠에 있는 소세키 산방에서 나쓰메 소세키와 함께

　관람을 마친 뒤에 건물 밖으
로 나왔다. 건물 오른쪽에는 산방 뒤편에 있는 소세키 공원의 입구가 있
고, 그 앞에 소세키의 흉상이 서 있다. 널빤지를 세워 만든 공원의 출입구
에 들어서면 널찍한 공터가 있고, 공터를 둘러싸고 있는 나무를 듬성듬성
세운 울타리가 있다. 소세키가 거두어 키운 길고양이가 화자로 등장하는
『나는 고양이로소이다』에서 화자인 고양이가 무료함을 달래기 위해 운
동을 하는 장소 가운데 하나일 것이다. 화자인 고양이는 버마 제비 사냥
에 이어 매미 사냥, 소나무 미끄럼 그리고 마지막으로 울타리 돌기를 운
동으로 한다고 했다. 울타리는 집 마당을 빙 두르고 있는데 툇마루의 한
편은 약 15m, 좌우는 각각 7m 정도 되는데, 울타리 돌기 운동은 이 울타
리를 떨어지지 않고 한 바퀴 빙 도는 것이다. 실패하는 경우가 간혹 있다
고는 했지만, 떨어지지 않고 한 바퀴를 돌면 큰 위안이 된다고 하는 것을
보면 자주 떨어지는 모양이다. 울타리를 돌던 중에 까마귀 세 마리가 날

아와 울타리에 앉으면서 신경전을 벌이는데 결국은 떨어져 분노하는 장면이 있다. 소세키 공원의 산방 쪽 작은 화단에는 소세키가 키우던 고양이의 무덤이 있다.

『나는 고양이로소이다(吾輩は猫である)』는 나쓰메 소세키의 처녀작이다. 1905년 1월 잡지 「호토토기스(ホトトギス)」에 발표된 첫 번째 이야기가 호평을 받으면서 1906년 8월까지 모두 11개의 이야기가 이어졌다. 화자인 고양이는 소세키가 37세가 되던 해에 센다기에 있는 소세키의 집에 몰래 들어온 길고양이로 와세다로 이사할 때 데리고 갔지만, 1908년 9월에 헛간의 아궁이에서 죽은 채 발견되었다. 소세키는 죽은 고양이를 서재 뒤의 벚나무 아래 묻었다. 오늘날 소세키 공원에 있는 고양이 무덤이 그것이다.

『나는 고양이로소이다』에서는 중학교 영어 교사인 진노 구샤미(珍野苦沙弥)의 집에 들어온 길고양이가 화자가 되어 구샤미 댁에 드나드는 메이테이(迷亭), 간게쓰(寒月), 스즈키(鈴木), 다타라 산페이(多多良三平), 오치 도후(越智東風), 야기(独仙) 등과 구샤미 선생과 가족들 사이에 오가는 이야기를 기록한다. 화자는 페르시아산 고양이로 사람 못지않은 식견과 호기심을 소유하고 있다. 그러니까 사람의 말은 못 할지라도 보고, 듣고, 사고하는 철학적 고양이라는 것이다. 화자인 고양이 자신의 무용담과 등장인물들의 어리석음, 우스꽝스러움, 추악함을 비판하고 조롱한다.

화자인 고양이나 작중의 등장인물들이 주고받는 대화들은 아주 다양한 출처에서 가져왔다. 하이쿠를 비롯한 다양한 일본 작품들은 물론이고, 중국의 고사들은 소세키가 한학을 배울 때 익힌 것으로 보인다. 그리스 로마의 고전은 물론 영국을 비롯한 대륙문학은 소세키가 영국에 유학할 때 많은 시간과 돈을 들여 읽은 자료들을 바탕으로 했을 것이다.

일본의 문학작품 가운데 고양이가 등장하는 작품이 꽤 많다. 예를 들면 나쓰카와 소스케(夏川 草介)라는 필명을 쓰는 작가의 『책을 지키려는 고양이』를 비롯하여 오야마 준코(大山 淳子)의 『고양이 변호사(猫弁)』 연작이나, 『마음을 맡기는 보관가게(あずかりやさん)』에서는 고양이가 중요한 조연으로 등장한다. 그런데 오야마 준코는 『고양이는 안는 것(猫は抱くもの)』에서 인간과 같다고 생각하는 고양이를 등장시킨다. 적어도 소세키의 『나는 고양이로소이다』의 화자는 "나는 인간이란 참으로 이기적이라고 단언하지 않을 수 없게 되었다"라고 말하지만 "나는 고양이다. 이름은 아직 없다."라는 자아 인식은 분명하다.

일본 문학작품에 등장하는 고양이는 정체성을 갖춘 지적 동물로 다루고 있는 데 반하여 일본 이외의 다른 나라에서 나온 문학작품에서는 그러한 소재의 이야기를 아직은 읽어보지 못했다. 아마도 책읽기의 이력이 짧은 탓일 게다. 고양이 하면 제일 먼저 떠오르는 에드거 앨런 포의 『검은 고양이』는 알코올에 빠지면서 자신의 욕구와 분노를 참아내지 못하고 고양이를 학대하다가 결국은 살인을 저지르고 만다는 공포 소설에서 중요한 역할을 하기는 하지만 주인공은 아니다.

최근에 읽은 도리스 레싱의 『고양이에 대하여』에서는 "고양이와 함께 사는 것은 정말 대단한 호사이다. 하루에도 몇 번씩 충격적이고 놀라운 즐거움을 맛보고, 고양이의 존재를 느끼는 삶, 손바닥에 느껴지는 매끄럽고 부드러운 털, 추운 밤에 자다가 깼을 때 느껴지는 온기, 아주 평범하기 그지없는 고양이조차 갖고 있는 우아함과 매력, 고양이가 혼자 방을 가로질러 걸어갈 때, 우리는 그 고독한 걸음에서 표범을 본다. 심지어 퓨마를 연상할 때도 있다."라고 적었지만, 이는 고양이의 생태를 면밀하게 관찰한 결과에서 얻는 결론이라 할 수 있다.

국립신미술관과 오카모토 다로 기념관

12시 반에 나쓰메 소세키 산방 구경을 마치고, 도쿄 이과대학(東京 理科大學) 거리에 있는 2-초메 식당 토레도(2丁目 食堂トレド)에서 점심을 먹었다. 좁은 공간에 식탁도 바짝 붙어 앉아야 하는 전형적인 대학가 식당으로 서양 음식 전문점이라고 했다. 필자는 오므라이스를 골랐는데 우리네 것과는 다소 차이가 있었다. 가게 주인이 작가인 듯 최근에 발표한 책을 홍보하는 자료들이 붙어 있었다. 점심을 먹고는 동네 구경을 했는데, 알고 보니 도쿄 이과대학 건물에 들어간 것이었다. 2-초메 식당 토레도를 비롯하여 지하 1층에서 2층까지 식당들이 들어있었다.

1시 40분에 모여서 차를 타고 롯폰기에 있는 국립신미술관으로 이동

롯폰기에 있는 신미술관

했다. 식당에서 국립신미술관까지는 30여 분 걸렸다. 국립신미술관(國立
新美術館, National Art Center, Tokyo)은 앞서 구경한 모리 미술관 그리고 미드
타운에 있는 산토리 미술관과 함께 '롯폰기 아트 트라이앵글'을 선언하
며 일본 정부가 만든 미술관이다. 서쪽으로 멀지 않은 곳에 네즈(根津) 미
술관이 있고, 조금 더 가면 오타(太田) 기념미술관 등이 있다. 국립신미술
관이라는 이름은 워싱턴의 국립미술관(National Gallery of Art)이나 런던의
국립미술관(National Gallery)처럼 미술품을 소장하면서 상설 전시를 하는
미술관들과 헷갈릴 수도 있다는 비판이 일면서 차별화하기 위하여 정한
이름이다.

국립신미술관은 1996년 일본 문화청이 독립행정법인 국립미술관과
협업하여 작품을 소장하지 않고 기획 전시와 대관 전시만 하는 미술관으
로 기획한 것이다. 역대 관장은 문부과학성 장관이 맡아왔다. 국가가 문
화를 빌어 장사를 하고 있다는 비판을 듣기도 했다.

국립신미술관이 있는 장소는 과거 일본군 보병 제3연대의 주둔지였
다. 앞마당에 있는 3층짜리 하얀 건물은 국립신미술관 도쿄 별관으로 제2
차 세계대전 이후 도쿄대학의 생산기술연구소로 '2.26사건'과 관련된 옛
제3보병연대 막사의 일부이다. 연구소가 코마바로 이전하면서 철거될 예
정이었던 것을 역사적 건물로 보존하고 있다. '2.26사건'은 1936년 2월
26일부터 29일까지 도쿄에서 일어난 군사 정변이다. 고도우와(皇道派)의
영향을 받은 젊은 장교들이 1,483명의 하사관과 병사들을 이끌고 봉기하
여 정부 관료를 공격하고 나가카마치(永田町), 가스미가세키(霞が関) 등을
점령했다. 이들의 봉기는 찻잔 속의 태풍으로 끝났지만 오카다(岡田) 내각

이 물러나고 히로타(広田) 내각이 성립되었다. 쇼와(昭和) 시대 초반에 육군은 도우세이와(統制派)와 고도우와(皇道派)가, 해군은 간타이와(艦隊派)와 쇼우야키와(条約派)가 파벌을 이루고 갈등을 빚었다. 그와 같은 파벌 간의 갈등이 2.26 사건으로 표출된 것이다.

30,000 m^2에 달하는 부지에 세운 지상 4층 지하 1층 건물로, 연면적 47,960 m^2, 최고 높이 32.5m의 국립신미술관의 설계는 닛폰(日本) 설계와 구로카와 기쇼(黒川紀章)가 맡았는데 그의 마지막 작품이다. 연면적 기준으로는 도쿠시마(徳島)현 나루토(鳴門) 시에 있는 오츠카 국제 미술관의 1.5배나 되는 일본에서 가장 큰 건물이다.

구로카와 기쇼는 건물도 생물과 같이 사회 변화에 맞추어 성장해야 한다는 대사(metabolism) 건축 이론으로 1980년대에 주목받았다. 전면을 옆에서 보면 완만하게 굽이치는 너울을 닮은 철골 구조물에 유리창을 끼워 넣었다. 출입구는 전면에 도드라진 원뿔 구조의 1층에 있다. 내부로 들어가면 전면을 따라 4층까지 열린 공간이 넓게 펼쳐지고, 곳곳에서 위층으로 올라가는 자동계단들이 설치되어 있다. 이 공간이 밝은 것은 전면을 유리창으로 채우고 있어 자연광을 들이기 때문이다.

강상중 교수는 국립신미술관을 처음 보았을 때 그 외관이 참신함에 놀랐다고 했다. 유리를 두른 건물은 보통 차가운 인상을 주는데, 신미술관의 벽면은 물결치는 듯한 아름다운 곡선을 그리고 있어 마치 백자 같은 온화함이 있고 에로틱한 느낌이 들었다고 했다. 그리고 개방적인 내부 공간은 계절이나 시간에 따라 시시각각 변해 가는 빛이 점진적으로 이행하면서 편안한 공간을 만들어내 미술관에 흔히 있을 법한 무뚝뚝한 분위기는 찾아볼 수 없었다고 했다.

출입구에서 가까운 공간에 거꾸로 선 원뿔대가 서 있다. 거대한 공간을 지탱해 주는 구조물이다. 이 원뿔대를 지하까지 연결하면 마치 아이스크림콘처럼 거꾸로 선 원뿔의 모습이다. 3층에는 시부야구에 본사를 둔 히라마쓰(ひらまつ)의 프랑스 요리 전문점 브루세리 폴 보큐 뮤제(ブラッスリー ブラッスリー ミュゼ)가, 2층에는 술집, 살롱 데 테론데(Salon de Terronde)가, 1층에는 카페 코퀴유(カフェ コキーユ)가 그리고 지하에는 카페테리아 카레(カフェテリア カレ)가 있다. 원뿔에 들어있는 식당과 찻집은 위층으로 갈수록 공간도 넓고 음식의 질이나 가격도 비싸다. 장윤선은 『도쿄 미술관 산책』에서 전시실의 각 층에서 복도를 통해서 열린 공간에 서 있는 원뿔로 연결되는 모습이 마치 우주 정거장에 있는 듯한 느낌을 준다고 했다.

국립신미술관의 건립은 일본 최대의 종합미술전시회인 닛텐(日展)을 비롯하여 대형 미술단체들의 공개전시회가 도쿄(東京) 소유의 도쿄 메트로폴리탄 미술관에서 많이 열리고 있어서 도쿄 시민단체에서 새로운 단체전을 열 수 있는 여유가 없다는 데서 기획되었다. 그럼에도 불구하고 정부가 새 미술관을 통해 이루고자 하는 목표에 대한 청사진이나 전략 없이 시설만 지어놓은 것 아닌가 하는 비판도 있다고 한다.

국립신미술관에는 열 개의 전시실과 한 개의 기획전시실이 있다. 기획전시실을 제외한 모든 전시실은 대관 전시실로 무료 관람이 가능하다. 따라서 작가들의 단체전을 비롯하여 심지어는 동호인들이 취미로 하는 동인전도 열리고 있다. 2007년 개관 첫해에는 예술단체가 주최한 69개의 전시회와 국립신미술관이 주최한 10개의 기획전이 열렸다. 2007년 4월부터 7월 2일까지 개최된 모네 전시회는 세계에서 두 번째로 관람객이 많은 전시회였다.

서울을 떠날 때는 국립신미술관에서 현대카드로 무료입장이 가능하다고 했는데, 이는 기획전만 가능하다고 했다. 우리가 찾아갔을 때는 마침 기획전이 없었고, 앞서 말한 동호인들의 서예전이 열리고 있었다. 볼 만한 기획전이 없을 때 그저 우주기지를 연상케 하는 구로카와 기쇼의 건축물을 감상하는 정도로는 이곳까지 찾아가는 품이 나오지 않을 수도 있다.

2시 15분 국립신미술관에 도착하여 최난경 해설사로부터 건물과 미술관의 성격에 대한 설명을 듣고 4시까지 자유 시간을 얻었다. 국립신미술관의 독특한 외부와 내부의 모습을 구경하고서도 시간이 많이 남았다. 가까운 곳에 볼만한 곳이 있을까 싶어 휴대전화로 누리망 검색을 해서 오카모토 다로(岡本太郎) 기념관을 발견했다. 구글에서 길찾기를 해보았더니 국립신미술관에서 10분 정도 걸린다고 되어 있었다. 집합 시간까지 1시간 20분의 여유가 있어 바로 출발했다. 그런데 10분이 넘게 걸어갔는데도 반도 못 간 것으로 나왔다. 생각해 보니 차로 이동하면 10분 정도 걸린다는 것을 착각한 것이었다. 따져보니 걸어서는 30분 정도 걸릴 듯해서 내처 걸었다.

조선 영조 때 『청구영언(靑丘永言)』을 편찬한 남파(南坡) 김천택(金天澤)의 시조 "잘 가노라 닫지 말며 못 가노라 쉬지 말라 / 부디 긋지 말고 촌음 (寸陰)을 아껴 쓰라 / 가다가 중지곳 하면 아니 감만 못하니라."를 공부할 때 '가다가 중지곳 하면 안 간 만큼 이득이다'라고 했던 기억이 있다.

시간이 애매한데도 계속 가다가 길이라도 잃게 되면 집합 시간에 늦어서 일행에게 폐를 끼칠 수도 있겠다 싶었다. 그래도 무엇을 볼 수 있는지 궁금한 것은 참을 수 없었다. 그래서 '가다가 중지곳 하면 아니 감만 못하니라.'라는 말씀에 따르기로 했다. 다행히 30분 만에 도착했다.

오카모토 다로(岡本太郎, 1911년~1996년)는 일본의 아방가르드 예술가이다. 만화가 오카모토 잇페이(岡本 一平)와 작가 오카모토 카노코(岡本 かの子)의 장남으로 태어난 그는 방탕한 부모의 영향으로 청소년기를 불안하게 보냈다. 어렸을 적부터 그림 그리기를 좋아했지만, 중학교에 입학했을 때 '너는 무엇을 그리는 거야'라는 질문을 받고 괴로워했다고 한다. 게이오 대학 사범학교를 졸업한 뒤에 도쿄 미술학교에서 그림을 공부했다.

롯폰기에 있는 오카모토 다로 기념관

1929년 아사히 신문의 특파원으로 런던 해군 군축회의를 취재하러 가는 아버지를 따라 일가족이 하코네마루를 타고 고베항을 출발해서 이듬해 1월에 파리에 도착했다. 파리 남부의 초아지르루아(Choisy-le-Roi)에 있는 리세(lycée, 중등교육기관)에 등록하여 프랑스어를 배웠다. 1932년 부모가 귀국한 뒤에도 파리에 남아 소르본 대학에 입학하여 철학과 미학을 공부했다.

그해 폴 로젠베르히(Paul Rosenberg) 화랑에서 파블로 피카소(Pablo Picasso)의 『주전자와 과일 그릇(Pitcher and Bowl of Fruit, 1931)』을 보고 충격을 받았다. 그리하여 오카모토는 '피카소를 능가하는 것'을 목표로 회화에 전념했다. 그는 1953년에 발표한 저서 『청춘 피카소(靑春ピカソ)』에서 "나는 추상회화에서 전통, 민족, 국경의 장벽을 허물 수 있는 진정한 글로벌 20세기 예술 형식인 회화로 가는 길을 찾고 있었다."라고 당시의 흥분을 묘사했다.

1932년에는 독립감독박람회(Salon des surindépendants)에 그림을 출품하였다. 1933년부터 1936년까지 그는 추상화-창조(Abstraction-Création)라는 모임에 가담하였고, 전시회에 작품도 출품하였다. 그리고 프랑스의 지적 토론 집단인 콜레주 드 소시올로지(Collège de Sociologie)에 참여했고, 조르주 바타유(Georges Bataille)가 설립한 비밀결사에도 참여했다. 1938년에는 파리에서 열린 국제 초현실주의 전시회에 『이타마시키 우데(傷ましき腕)』를 출품했다.

제2차 세계대전이 발발하자 1940년 일본으로 귀국했다. 전시에는 유럽에서 완성한 작품들의 전시회를 열다가 1942년에는 전쟁을 기록하는 예술가로 징집되어 중국에 갔다가 포로가 되었고, 1946년에 귀국하였다. 전쟁이 끝난 뒤에는 젊은 예술가들을 아방가르드 예술로 이끌었다.

1950년대부터 그의 경력이 끝날 때까지 공공건물에 대형 벽화와 조각 작품을 의뢰받아 제작했다. 주목할 만한 작품으로는 단게 겐조(丹下 健三)가 설계하여 1956년에 완공된 마루노우치(丸の内)의 옛 도쿄 도청 청사의 도자기 벽화와 1964년 도쿄올림픽에서 사용된 단게의 요요기(代々木) 국립체육관에 걸린 5개의 도자기 벽화가 있다.

1967년에는 멕시코를 방문하면서 『신세계 : 오카모토 다로가 라틴 아메리카를 탐험하다』를 촬영했다. 당시 그는 멕시코 회화에서 큰 영감을 받았다. 특히 일본의 조몬(繩文) 문화와 멕시코의 콜럼버스 이전의 미술 사이에 유사성을 보았다.

1970년대의 가장 주목할 만한 업적은 1970년 일본 만국 박람회(EXPO '70)에 『태양의 탑(太陽の塔)』이라는 기념비적 조각품을 비롯하여 탑 안팎의 전시화, 두 개의 작은 탑을 아우르는 중앙 주제관을 설계하고 제작했다. 태양의 탑에는 유럽 초현실주의, 멕시코 미술, 조몬 도자기 등에서 받은 영감이 녹아있다. 현재 만국박람회 기념 공원에 보존되어 있다.

오카모토가 전쟁 전에 그린 회화작품은 거의 남아있지 않다. 전쟁 후의 회화작품은 그의 벽화나 공공 조각처럼 추상화와 초현실주의의 영향이 배어 있다. 그의 가장 유명한 작품 중 하나인 『밀림의 법칙(森の掟, 1950년)』은 거대한 쪼로로기 모양의 척추를 가진 붉은 괴물 물고기 같은 생물이 인간 형상을 집어삼키는 모습을 묘사한다. 생생한 원색을 띤 작은 인간과 동물의 형태가 중앙에 있는 괴물을 둘러싸고 빛나는 녹색의 밀림

속을 떠다닌다.

1967년 멕시코를 방문한 오카모토는 마누엘 수아레즈 이 수아레즈(Manuel Suárez y Suárez)가 1968년 올림픽경기를 위해 멕시코시티에 건설하고 있던 멕시코 호텔(Hotel de México)에 5.5x30.0m 크기의 화포(畫布)에 『아스노 신와(明日の神話)』를 유화로 그렸다. '히로시마와 나가사키'라는 부제를 단 이 그림은 해골이 빨갛게 타오르고 뾰족한 흰색 돌출부를 내뿜는 핵 파괴의 풍경을 묘사한다. 후쿠류 마루(第五福竜丸)의 핵 피폭으로 인한 재앙을 암시한다. 멕시코에서 30년 동안 열악한 환경에 방치되어 손상의 정도가 심각했던 이 벽화는 2008년 도쿄 시부야역에 복원되었다.

오카모토의 작품 대부분은 가와사키에 있는 오카모토 다로 미술관과 도쿄의 미나토구 미나미 아오야마에 있는 오카모토 다로 기념관에 소장되어 있다.

오카모토 다로 기념관(岡本太郎紀念館)은 미나토(港区)구 미나미 아오야마(南青山)에 있는 사립미술관이다. 다로는 어릴 적 부모와 함께 이곳에 살다가 유럽에 갔다. 이 집은 1945년 5월 미군의 B29 폭격으로 소실되었다. 도쿄 공습이 있을 무렵 다로는 군복무를 하고 있었고, 아버지 잇페이는 기후(岐阜)로 대피해 무사했다. 잇페이는 기후에서 죽음을 맞았다. 1953년 오카모토 다로는 건축가 친구 사카쿠라 준조(坂倉準三)에게 재건을 맡겼다. 사카쿠라 준조는 르 코르뷔지에의 제자다. 준조는 다로의 요청에 따라 벽돌로 벽을 쌓고, 볼록한 렌즈 모양의 지붕을 얹는 구조로 집을 지었다. 벽에는 오카모토의 얼굴이 그려져 있다.

1996년 오카모토 다로가 죽은 1년 뒤에 현대미술 진흥을 위한 오카모토 다로 기념재단은 다로의 저택과 화실을 개조하여 기념관을 만들었다. 기념관에는 많은 조각품, 소묘, 밑그림(esquisse, 에스키스)들이 보존 전시되어 있다. 1층에는 붓과 물감이 전시되어 있고, 2층에는 유화와 조각들이 전시되어 있다.

기념관 입구에 들어서면 오른쪽으로 나무들이 빼곡하게 들어선 정원이 있고, 정원 곳곳에는 오카모토 다로의 조각 작품들이 서 있다. 기념관에서는 사진촬영이 가능하다고 되어 있지만, 현장에는 사진촬영을 금하고 있었다. 입장권을 사서 내부에 들어가 보고 싶었지만 모이기로 한 시간에 맞추려면 10여 분 정도밖에 여유가 없어 정원을 둘러보는 것으로 만족했다. 사전에 충분히 준비했더라면 시간을 효율적으로 사용할 수 있었겠지만, 자유 시간의 길이는 현장 사정에 따라 결정되기 때문에 즉흥적으로 판단할 수밖에 없다. 그러다 보니 우선 눈에 띄는 길을 따라가기 마련이다. 당시 필자는 국립신미술관에서 319번 도로를 따라 남쪽으로 내려간 다음에 3번 도로를 건넌 다음에 서쪽으로 이동했다. 큰 사거리를 지나서 한참을 서쪽으로 가다가 길을 건너 오른쪽으로 갈라지는 고토거리(骨董 通り)를 따라갔다.

그런데 이 글을 쓰면서 누리망을 찾아보니 국립신미술관에서 아오야마 묘지(靑山靈園)를 가로지르는 413번 도로를 따라갔더라면 시간을 많이 줄일 수 있었을 것 같다. 또한 일본의 묘지를 구경할 좋은 기회가 되었을 것이다. 아오야마 묘지는 미나토구의 북서쪽 아오야먀 2초메에 있는 도쿄 도립묘지이다. 26헥타르에 달하는 면적의 아오야마 묘지는 1872년 미노(美濃)국 구쇼우(郡上)번의 번주 아오야마 가문의 묘지로 조성되었다.

옆에는 아이즈(会津)번의 기류 가문의 묘지였던 다테야마(青山) 묘원이 있다. 1874년 시민들을 위한 공공묘지가 되었다. 1926년에는 묘원의 모든 시설이 도쿄시에 기증되면서 일본 최초의 공영묘지가 되었다. 메이지 유신에 공로를 세운 문학인, 과학자, 예술가, 정치인 등 유명 인사들의 무덤이 많이 있다. 유신의 3대 거장 가운데 하나인 오쿠보 토시미치(大久保利通), 호소이 카즈키조(細井 和喜蔵)의 『조코아이시(女工哀史)』의 인세로 건립한 「해방운동무명전사묘(解放運動無名戦士墓)」, 충견 하치코(ハチ公)의 무덤도 있다. 하치코 이야기는 시부야에서 소개한 바 있다.

그래도 왕복했던 3번 도로는 고가도로를 아래로 따라가는 길이었는데 옛 청계천 느낌이 들었지만, 거리는 깔끔했다. 서울 부심으로 연결되는 거리쯤 되는 느낌이었다. 곳곳에서 공사가 진행되고 있어 잃어버린 세월을 딛고 새롭게 일어나는 일본이 느껴졌다. 도로변의 높은 빌딩의 1층에는 식당, 찻집, 이발소 등 다양한 가게들이 이어지고 있었다. 그런 가게들 가운데 혹시 마음을 맡기는 보관가게가 있을까 싶어 열심히 찾아보았다. 『마음을 맡기는 보관가게』는 오야마 준코(大山淳子)의 연작소설로 1~3편까지 나와 있다.

필자가 읽은 『마음을 맡기는 보관가게 2』의 서문에는 중학생 시절 첫 번째 국어 수업 시간에 선생님께서 하루 100엔으로 어떤 물건이든 맡아 준다는 가게 이야기를 해주면서 각자 어떤 물건을 맡기고 싶은지 적어보라는 숙제를 내주었다고 했다. 아마도 처음 같은 반이 된 친구들에게 자신을 소개해 보라는 뜻이었던가 보다. 어떻든 그런 가게가 롯폰기에 있다면 무엇을 맡기고 갈까? 하는 생각을 해보았다. 하루 100엔이면 그리

크지 않아 보여도 금세 눈덩이처럼 불어날 수도 있으니 가급적이면 빨리 찾아와야 할 것 같다는 생각도 해보게 된다. 그렇다면 롯폰기에서 겨우 입맛만 다신 미술관 여행을 이어갈 수 있도록 장윤선의 『도쿄 미술관 산책』을 맡기면 어떨까 싶었다.

오카모토 다로 기념관에서 신미술관으로 가는 길은 이제 아는 길이라서 조급했던 마음에도 여유가 생겼다. 거리와 휴대전화의 지도를 비교하느라 정신이 없던 갈 때와는 달리 주변 풍경을 돌아볼 여유도 생겼다. 돌이켜보면 일본 여행에서는 곳곳에서 자유 시간을 많이 얻을 수 있었다. 다만 그 자유 시간을 어떻게 쓸 것인지 충분히 준비하지 못했기 때문에 그저 발길 닿는 대로 어정거렸던 것 같다. 코바마 공원, 와세다 대학, 진보초와 롯폰기 힐즈의 도심 거리, 신주쿠의 주택가, 가마쿠라의 유이가하마 해수욕장, 그리고 롯폰기의 신미술관 등 장소도 다양했다.

대도시의 거리에서 자유 시간을 얻어 이곳저곳을 기웃거리다 보니 도시산책자가 된 듯했다. 도시 산책의 개념을 찾아 윤미래의 『발터 벤야민과 도시산책자의 사유』에 이어 이창남의 『도시산책자』를 읽었다. 윤미래의 경우는 발터 벤야민의 『일방통행로』와 『파사젠베르크』 등을 통하여 벤야민이 파리의 거리를 산책하면서 얻은 사유의 결과를 어떻게 표현했는지 적었다. 이창남은 한 걸음 더 나아가 도시 산책의 역사로부터 시작하여, 발터 벤야민, 지크프리트 크라카우어, 이상 그리고 박태원 등의 시선을 통해 근대 파리, 베를린, 도쿄와 경성에서의 도시 산책의 의미를 이야기했다.

이창남은 장 자크 루소가 1776년부터 집필한 『고독한 산책자의 몽상』

에서 산책자라는 주제가 시작되었다고 했다.『고독한 산책자의 몽상』은 산책을 하면서 얻은 사유의 결과를 정리한 것으로 자유를 향유하는 고독한 글쓰기였다는 평가를 받고 있다. 하지만 필자의 생각에는 사람들로부터 버림받은 외톨이 신세를 한탄하고 스스로를 변명하는 느낌이다. 비슷한 시기의 임마누엘 칸트 역시 시계라는 별명을 얻을 정도로 정해진 시간에 발트해 연안의 쾨니히스베르크(지금은 러시아의 월경 영토에 있는 칼리닌그라드)에 있는 자택 부근을 산책했다. 칸트 역시 산책에서 얻은 사유의 결과를『순수이성비판』,『실천이성비판』,『판단력비판』등 3대 비판서로 정리해 낸 것 아닐까?

18세기의 산책자들이 철학적 몽상가였다고 한다면, 윤미래의 말대로 벤야민이 이야기하는 보들레르가 도시산책자의 전형이라 할 만하다. 보들레르의『악의 꽃』2부에는 '파리 풍경'이라는 제목 아래 파리 거리를 배경으로 하는 시들을 담고 있다. 예를 들어 카루젤 광장이 언급되는「백조」, 파리 거리를 가로질러 가는 노파를 묘사한「가여운 노파들」등이 있다. 또한 군중 속에서 등장해서 군중 속으로 사라지는 여인을 묘사한「지나가는 여인에게」라는 시도 있다.

벤야민이 이야기하는 20세기의 도시산책자는 "사회적 야생성 한가운데에서 끊임없이 부유하는 알 수 없는 익명의 인간"으로 에드거 앨런 포의 단편「군중 속의 남자」와 같은 존재로 재탄생하였다는 것이다. 벤야민은 도시산책자의 행동 특성을 두 가지로 파악하였다. 하나는「군중 속의 남자」에서처럼 찻집에 자리 잡고 앉아 무형의 대중을 관찰하는 사람이고, 또 다른 하나는 개인의 고독에서 벗어나 대중 속에 섞여 드는 사람이다. 나아가 군중 속의 개인을 '산책자'와 '구경꾼'으로 구분했다. 산책자가 자아에 몰입하는 사람이라면 구경꾼은 자아를 벗어나 외부 대상에 몰입하고 몸을 맡기는 탈 자아적 행태를 보인다는 것이다. 생각해 보면 필자는 벤야민이 이야기하는 대로 산책자가 아니라 그저 구경꾼에 불과한 수준인 듯하다.

우리나라에서 관광목적의 해외여행이 자유화된 것은 1983년부터이다. 그것도 50세 이상의 국민에 한하여 200만 원을 1년간 예치하는 조건으로 연 1회 유효한 관광 여권을 발급했으니, 제한적인 자유화 조치라고 하겠다. 이후 해외여행이 가능한 연령대를 해마다 조금씩 낮추어가다가 1989년부터는 해외여행의 전면적인 자유화가 이루어졌다. 그래도 해외여행을 하려면 한국관광공사 산하의 관광교육원, 자유총연맹 혹은 예지원 등에서 수강료 3,000원을 내고 소양 교육을 받아야 했던 것이 1992년에 폐지되었다.

해외여행이 자유화되면서 여행사들이 우후죽순처럼 등장하여 배낭여행을 비롯한 다양한 여행상품을 내놓아 해외여행에 나서는 사람들이 폭증하기 시작했다. 여행사의 여행상품을 따라 여행하는 것에 큰 의미를 두지 않는 사람도 많다. 빠듯하게 짜인 일정에 따라 움직이다 보니 여행지의 속살을 제대로 볼 수 없다는 이유이다. 하지만 세월이 흐르다 보니 여행사의 해외여행상품도 다양해지고 있다. 이번에 다녀온 펀트래블의 일본근대문학기행처럼 특정한 주제를 내세운 상품들이 늘고 있고, 여행지에서도 자유 시간을 넉넉하게 주어서 그곳의 사회문화적 분위기를 제대로 느낄 수 있는 여유를 가질 수도 있다.

이와 같은 변화는 도시 산책의 범위가 국경을 넘어 타국의 도시로 확장하게 했다. 이른바 월경 도시산책자들이 다수 등장하게 된 셈이다. 필자는 어렸을 적에 선친께서 구입하신 『김찬삼의 세계여행』을 읽어보면서 해외여행에 대한 꿈을 꾸었었다. 그 꿈은 결국 결실을 보아 최근까지 59개국의 197개 도시에서 잠을 자보기에 이르렀다. 하지만 아직은 본격적인 월경 도시산책자의 경지에는 이르지 못하고 있다. 앞으로 가능할지 모르겠으나, 해외의 주요 도시에서 한 달을 살아보는 기회를 만든다면 진정한 의미의 월경 도시 산책의 진수를 맛볼 수 있지 않을까 생각한다.

그 전에 산책의 정수를 제대로 배워야 하겠다. 산책에서 얻은 사유의 결과를 글로 옮겨 같은 시대에 활동한 카프카와 헤세를 비롯하여 수많은 뒷세대의 작가들에게 영감을 준 스위스 국민 작가 로베르트 발저를 공부할 이유가 있다. 실제 그는 많은 시간을 걸으며 길 위의 작은 것들에 시선을 두고 그 관찰과 사색을 작품에 담았으며, 1956년 성탄절에 눈 속에서 숨졌다고 한다. 자기 죽음을 예감한 듯, 그는 산문 「크리스마스 이야기」에 이렇게 적었다. "눈으로 덮인 채, 눈 속에 파묻힌 채 온화하게 죽음을 맞이하는 자여. 비록 전망은 앙상했지만 그래도 생은 아름답지 않았는가."

그는 「산책」이라는 산문에서 "산책은 보고 느낄 만한 중요한 현상들이 늘 가득한 과정입니다. 멋진 산책길에는 형상, 살아 있는 시, 마법, 그리고 온갖 아름다운 자연물들이, 비록 작은 존재들이라고 해도 꿈틀거리며 차고 넘치는 것이 보통이죠."라고 했다. 그리고 "산책을 통한 자연이 명상이 없다면, 나긋하면서도 엄중하게 경고하는 자연의 탐구가 없다면, 나는 삶이 아무런 의미가 없다고 느낄 것이고 또 실제로도 그럴 겁니다.

산책자는 아무리 사소하고 작은 생명체라도 (…) 모두 놓치지 않고 관찰하고 연구하기 위해 최대한의 사랑과 주의력을 갖추어야 합니다. (…) 산책자는 그 어떤 경우에도 감정에 겨운 나르시시즘이나 너무 민감하게 상처받는 성향을 지녀서는 안 됩니다. 사적인 이익을 좇는 이기심을 버리고, 세심한 시선으로 사방 모든 곳을 둘러보고 살펴야 합니다. 산책자는 사물을 오직 바라보고 응시하는 행위 속에서 자신을 잊을 줄 알아야 합니다."라는 산책자가 갖춰야 할 기본 소양을 이야기했다.

어찌 되었든 모이기로 한 시간보다 25분 일찍 도착했다. 오카모토 다로 기념관에 갈 때는 30분이 걸렸지만, 국립신미술관으로 돌아올 때는 25분 정도 걸렸다. 갈 때는 길이 맞는지 두리번거렸지만, 올 때는 아는 길이라서 직진할 수 있었기 때문이다. 왕복하는데 3km 정도 걸었던 것 같다. 절반 정도만 걸으면 될 정도로 가까운 산토리 미술관을 다녀올 걸 그랬다. 그렇지만 뭔가 다시 올 수 있는 꼬투리를 남겨놓는 것도 그리 나쁘지 않다.

산토리 미술관은 '생활 속의 미술'을 기본 정신으로 하는 만큼 미술관을 만들기 위한 목적으로 수집한 3천여 점의 도자기, 유리, 병풍 등 일본인들의 의식주에 관한 것이기 때문에 상설전은 다소 맥이 빠질 수도 있다고 했다, 따라서 기획전은 볼 만하다고 한다. 2008년에 국립신미술관과 연계하여 「도쿄 x 피카소」 전시회를 열었다. 규모가 큰 국립신미술관이 피카소의 초기 청색시대로부터 제2차 세계대전까지 170여 점을 소개했고, 규모가 작은 산토리 미술관은 초상화를 중심으로 60여 점을 전시했다는 것이다.

2011년에 장윤선의 『도쿄 미술관 산책』을 읽고서 우에노 지역에 있는 우에노 온시 공원, 국립서양미술관, 도쿄 국립박물관, 도쿄예술대학 대학미술관을 관람할 기회가 있었고, 이번에는 롯폰기 지역의 모리 미술관, 국립신미술관, 아오야마 지역의 아카모토 다로 기념관을 볼 수 있었으니, 진도를 많이 나간 셈이다.

사요나라(きょうなら) 도쿄

4시에 국립신미술관을 출발해서 나리타 국제공항으로 향했다. 금요일 오후라서 도로가 다소 막힐 것으로 예상되었지만, 5시 10분 전에 도착할 수 있었다. 귀국편 비행기는 아시아나 항공 OZ105편으로 저녁 7시 25분 나리타국제공항을 출발하여 서울/인천국제공항에는 9시 28분 도착 예정이었다. 나리타국제공항에서 서울/인천국제공항까지 비행거리는 1,275 *km*로 나와 있다. 이날 인천 날씨는 맑았고 비행기가 도착할 무렵은 영하 1도라고 했다. 6시 35분부터 탑승절차가 시작되었는데, 줄이 꽤 길어서 7시 15분이 돼서야 A300-800기종의 비행기에 미리 정해둔 32D 좌석에 앉을 수 있었다. 비행기가 탑승구를 물러나 이륙한 것이 44분이니 꽤 늦게 탑승한 셈이다.

자리에 앉아 4박5일의 일본 여행을 되짚어 보았다. 에치고유자와에서 1박2일을 했고 도쿄 인근의 가마쿠라도 다녀왔다고는 하지만 대부분 시간을 도쿄에서 보낸 셈이다. 일본근대문학관이 있는 시부야, 도쿄대학이 있는 분쿄, 와세다대학, 하야시 후미코 기념관, 그리고 소세키 산방이 있는 신주쿠, 진보초 헌책방의 치요다, 모리 미술관과 국립신미술관 그리고 오카모토 다로 기념관이 있는 미나토 등 도쿄의 번화한 도심은 물론 한적한 주택가에 이르기까지 도쿄의 다양한 모습들을 구경할 수 있었다. 펀트래블만의 독특한 기획이라서 가능한 구경거리로 다른 여행사의 일반적인 여행상품에서는 경험할 수 없는 부분들이 적지 않았다. 이런 점들을 고려하여 일본여행을 마무리하면서 두 종류의 책을 읽어본다.

그 첫 번째는 각국 도시생활자이자 탐구자라는 별명을 가지고 있는 로버트 파우저 교수가 쓴 『도시 탐구기』이다. 1961년 미국 미시간주에 있는 앤아버에서 태어난 그는 언어학을 전공하여 모국어인 영어 이외에도 한국어, 일본어, 독일어, 스페인어, 프랑스어, 중국어, 몽골어를 공부했고, 한문과 라틴어, 북미 선주민 언어, 중세 한국어도 따로 익혔다. 이렇듯 다양한 언어를 공부하는 과정에서 세계 곳곳에서 짧게는 1년 반, 길게는 13년을 살았다. 특히 우리나라에서는 서울, 대구, 전주 등과의 인연이 가장 길었고, 일본에서는 교토, 도쿄, 구마모토 그리고 가고시마에서도 살았다. 그는 태어난 도시 앤아버에서 시작하여 자신과 각별한 인연을 맺었던 도시에 관한 그의 인상을 『도시 탐구기』에 담았다. 개인적인 기록도 아니고 여행안내서도 아니며, 도시를 소개하거나 분석하는 책도 아니다. "눈에 보이는 인상이나 단순한 느낌보다도 그 도시를 이루는 역사적 배경, 지향성, 그리고 무엇보다 그곳의 사람들이 어떻게 살아가는지가 늘 궁금했던 나로서는 어떤 도시에서나 생활자이면서 동시에 관찰자의 시선으로 탐구하듯 지켜봐 왔다."라고 했다. 그는 전형적인 도시산책자이다. 특히 이 책은 처음부터 끝까지 한국어로 썼다는 것이다. 따라서 번역 과정에서 뒤틀릴 수도 있는 저자의 생각을 오롯하게 읽어낼 수 있다.

우리가 몇 곳을 돌아본 도쿄에 대하여 그는 "도쿄에서는 서양 문화를 받아들이려는 노력과 전통문화를 보존하려는 모습을 동시에 만날 수 있다. 이들은 각각 도쿄의 현재와 역사를 상징한다."라고 했다. 도쿄의 전신이라 할 에도가 야마노테와 시타마치로 나뉘어 있다고 소개한 바 있다. 에도시대에는 바쿠후가 자리하고 각 번의 번주 저택이 모여 있어 정치의 중심이 되었던 야마노테는 메이지 유신 이후에는 새 정부의 관료와 신흥 부자들이 살았다. 메이지 정부는 서양의 선진국처럼 강대한 국가를 꿈꾸면서 서양의 제도와 문물을 적극적으로 도입했고, 심지어는 생활방식과 풍습까지도 서양 것을 따라하기 바빴다. 야마노테가 그 진원지였다. 그런가 하면 에도 시대부터 상인들의 동네였던 시타마치는 공동체의 전통문화를 유지하려는 서민들이 모여 살았다.

시부야, 아오야마, 롯폰기 등은 야마노테 문화권으로 늘 새로운 유행을 만들어내는 곳으로 새로운 유행을 좇는 이들이 찾는 장소였다. 이 지역을 상징하는 문화를 모두 '나오이'라고 한다는 것을 이 책에서 배웠다. 영어의 'now'에 일본어 형용사 어미 'い'를 붙여 '나오이(なおい)'라는 신조어를 만들어냈다고 한다. 되짚어 보면 이번 여행길에서는 도쿄의 야마노테 문화와 시타마치 문화를 골고루 느껴볼 수 있지 않았나 싶다.

두 번째 책은 재일 한국인 2세인 강상중 교수의 도시 인문 수필집 『도쿄 산책자』이다. 1970년대에 처음 한국을 방문한 이래 빠르게 발전해 가는 서울의 모습을 지켜보면서 도쿄를 다시 바라보게 되었다는 것이다. 일본의 도쿄에서 세계의 도쿄로 끌어올리던 동력이 거품경제의 몰락에 더하여 도호쿠 대진재가 덮치면서 힘을 잃어버린 도쿄가 마치 허공에 매달린 다리 위에 우뚝 솟은 바벨탑에 지나지 않을지도 모른다고 생각한 저자가 옛날이야기가 될지도 모르는 도쿄의 모습을 이 책에 기록하려 했다는 것이다.

곳곳에서 발견한 도쿄의 모습 30꼭지를 6개의 장으로 나누어 놓았는데, 이번 여행에서 가보았던 곳은 국립신미술관, 롯폰기 힐스, 나쓰메 소세키 산방, 진보초 고서점가 등에 불과하다. 저자는 앞서 소개한 2008년 국립신미술관과 산토리 미술관의 협업으로 개최한 「도쿄 x 피카소」 전시회를 관람하기 위하여 국립신미술관을 처음 찾았다고 했다. 미술관 모습의 설명이 인상적이다. "보통 유리를 두른 건물은 차가운 인상을 주는데, 이 벽면은 물결치는 듯한 아름다운 곡선을 그리고 있어 마치 백자 같은 온화함이 있고 에로틱한 느낌마저 주었습니다. 안으로 들어가자, 개방적인 공간이 펼쳐져 있었습니다. 계절이나 시간에 따라 시시각각 변해가는 빛이 그러데이션처럼 비쳐 들어 편안한 공간을 만들어내고 있었습니다. 미술관에 흔히 있을 법한 무뚝뚝한 분위기는 찾아볼 수 없었습니다."

롯폰기 힐스에 대해서는 미군 기지가 있어 난잡한 분위기로 촌놈이 가벼운 마음으로 발을 들여놓을 수 없는 특별한 장소로 기억하면서 재개발을 통해 새로운 모습으로 태어난 롯폰기 힐스를 근대 이후를 상징하는 장소라고 했다. 그리고 구약성서에 나오는 바벨탑처럼 자신의 힘을 과시하려는 것처럼 도심의 고층 건물은 인간의 욕망이나 상승 지향이 수직적인 형태로 나타난 것이라고 했다.

도쿄대학의 이쿠토쿠엔 신지이케(育德園心字池)에서는 나쓰메 소세키의 『산시로』의 주인공 모습에 자신을 투영해 보기도 한다. 산시로와 마찬가지로 촌놈이던 저자 자신의 시선이 산시로의 시선과 닮았다고 생각했기 때문이다. 세칭 산시로 연못에서 근대화의 물결에 혼란스러워하는 주인공을 이야기했다면, 야스다 강당에서는 대학의 존재 방식의 변화를 이야기한다. 학문의 자유와 자립을 지키기 위하여 외부 세력의 개입을 거부하던 대학이 변화하게 되는 계기가 되었다는 것이다. 대학이 응용과학 중심으로 바뀌면서 인문학이 위축되어 가고 있는 것을 우려한다.

고등학생 시절 나쓰메 소세키의 작품들을 탐독하던 저자는 메이지 유신으로 근대화의 서막이 열리면서 서양의 합리주의가 들어오면서 기존 사회의 가치관이 해체되는 시대적 모순으로 고통받던 주인공들의 모습은 소세키 자기 모습이었을 것으로 생각한다. 『마음』에서 '선생님'이 화자에게 "당신은 진지합니까?"라고 묻는 것은 진지하게 타자와 대면함으로써 삶에 대하여 깊이 생각하게 된다는 소세키의 마음이 담겨 있다는 것이다.

이러저러한 생각을 하다 보니 8시에 기내식이 나왔다. 불고기덮밥이었는데, 갈 때처럼 도시락 형태로 소박했다. 음료도, 물, 주스, 커피 그리고 차가 전부였다. 인천-도쿄 노선은 탑승시간이 짧은 탓인지 모든 것이 간소화된 것 같다. 9시 43분 비행기가 서울/인천국제공항의 활주로에 착륙하고 10분 뒤 탑승장에 도착했다. 입국심사는 빠르게 마쳤지만, 위탁 수하물이 늦게 나와서 애를 태웠다. 위탁 수하물을 찾자마자 공항에서 서울 도심으로 가는 공항버스 막차를 타기 위해 뛰다시피 했다. 일행들과 작별도 제대로 하지 못했다. 이 글을 통해 로쟈 선생님을 비롯하여 최난경 해설사, 곽은순 씨를 비롯해 함께 여행한 모든 분에게 감사의 말씀을 전한다.

서두른 덕분에 서울/인천국제공항에서 10시 36분에 떠나 집이 있는 서울로 가는 막차를 어떻게 탈 수 있었다. 그래도 1분 전 12시에 집에 들어올 수 있었다. 누군가는 집에 돌아오기 위하여 여행을 떠난다고 했던가? 모든 여행은 집에 돌아와 문에 열쇠를 넣는 순간에 끝나는 것이다. 따라서 집에 돌아올 때까지 긴장을 풀면 안 된다.

여행을 다녀오면 꼭 여행기를 쓰고 있다. 여행기를 쓰다 보면 여행을 다시 하는 기분이 든다. 그래서 여행기 쓰기까지를 마쳐야 여행이 완결된다고 생각한다. 여행을 하면서도 알게 되는 것이 많지만 여행기를 쓰면서도 새롭게 알게 되는 점들이 적지 않다. 그렇게 알게 된 것들을 누군가와 함께 나눌 수 있다는 것도 행복한 일이다. 특히 이번 여행에서는 많은 분들이 가지고 있는 정보를 기꺼이 공유해주셨기 때문에 얻은 것이 참 많은 여행이었다. 이렇게 받은 자료 중에는 근대일본 문학작품들을 바탕으로 제작된 영화와 더 읽어야 할 책들이 있다. 이제 시간을 두고 챙겨서 일본 여행기를 보완할 계획이다.

다만 스무 번을 함께 여행했던 아내가 이번 여행을 같이하지 못한 것이 아쉽다. 여행가 폴 서루는 동반자로부터 위로를 얻을 수 있지만 불가피하게 주의를 산만하게 만들기 때문에 늘 혼자서 여행한다고 했다. 하지만 필자의 경우 아내와 함께하는 여행이 주는 장점이 많다는 것은 그동안의 여행에서 잘 알게 되었다. 그리고 일상에서는 만들기 힘들지만, 여행하는 동안 하루 24시간으로 오롯이 함께할 수 있는 것도 좋은 일이다.

'지중해가 낳은 괴짜 철학자'라는 별명을 가진 프랑스 철학자 장 루이 시아니는 여행의 출발을 '다시 태어나는 일'이라고 정의했다. 무엇이든지 부정적인 것을 버리고 떠나기 때문이란다. 필자 생각으로는 오히려 여행으로부터 돌아오는 순간이 다시 태어나는 일이 아닐까 싶다. 떠나기 전에 마음속을 가득 채웠던 불만족 같은 것들이 여행을 통하여 정화되기 때문이다. 그리고 여행이 끝나면 다시 현실로 돌아와야 하는 것도 고려해야 할 것이다. 여행에서 돌아온 내가 달라진 모습으로 현실을 마주한다는 것은 다시 태어나는 일이 아닐까 싶다. (끝)

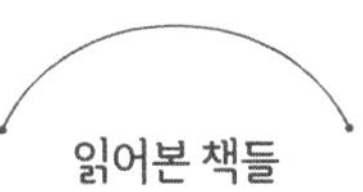

『1Q84(1, 2, 3권)』무라카미 하루키 지음, 양윤옥 옮김, 문학동네, 2009

『각시붕어 이야기』강석진 지음, 월간 에세이, 1993

「검은 고양이」『에드거 앨런 포 단편선』에드거 앨런 포 지음, 전승희 옮김, 민음사,
　　　　2013

『검푸른 해협』이노우에 야스시 지음, 장홍규 옮김, 소화, 2001

『게 공선』코바야시 타끼지 지음, 양희진 옮김, 문파랑, 2021

『겐지 이야기(1-10)』무라사키 시키부 지음, 세토우치 자쿠토 재해석, 김난주 옮김,
　　　　한길사, 2007년

『고독한 산책자의 몽상』장 자크 루소 지음, 문경자 옮김, 문학동네, 2016

『고양이는 안는 것』오야마 준코 지음, 정경진 옮김, 한스미디어, 2018

『고양이를 버리다』무라카미 하루키 지음, 김난주 옮김, 비채, 2020

『고양이에 대하여』도리스 레싱 지음, 김승욱 옮김, 비채, 2020

『과거라는 이름의 외국』유종호 지음, 현대문학, 2011

『그 후』나쓰메 소세키 지음, 윤상인 옮김, 민음사, 2003

『금각사(金閣寺)』미시마 유키오 지음, 허호 옮김, 웅진지식하우스, 2017

「기러기」,『아베 일족』, 모리 오가이 지음, 권태민 옮김, 문학동네, 2011

『기억서점』송유정 지음, 놀, 2024

『길을 잃은 후, 길을 찾다』라우 지음, 뮤진트리, 2011

『나는 고양이로소이다』 나쓰메 소세키 지음, 김난주 옮김, 열린책들, 2009

『나쓰메 소세키 평전』 도가와 신스케 지음, 김수희 옮김, AK(에이케이 커뮤니케이션), 2018

『나의 개인주의(외)』 나쓰메 소세키 지음, 김정훈 옮김, 책세상, 2004

『냄새의 쓸모』 요하네스 프라스넬리 지음, 이미옥 옮김, 에코리브르, 2024

『노르웨이의 숲』 무라카미 하루키 지음, 양억관 옮김, 민음사, 2017

『대망』 야마오카 소하치, 요시카와 에이지, 시바 료타로 지음, 박세희 옮김, 동서문화사, 2005

『도련님』 나쓰메 소세키 지음, 오유리 옮김, 문예출판사, 2001

『도시를 걷는 문장들』 강병융 지음, 한겨레출판, 2019

『도시와 그 불확실한 벽』 무라카미 하루키 지음, 홍은주 옮김, 문학동네, 2023

『도시와 산책자』 이창남 지음, 사월의책, 2020

『로버트 파우저의 도시 탐구기』 로버트 파우저 지음, 혜화1117, 2019

『도쿄 모던 산책』 박미향 지음, 지에이북스, 2024

『도쿄 산책자』 강상중 지음, 송태욱 옮김, 사계절, 2013

『도쿄 미술관 산책』 장윤선 지음, 시공사, 2011

『동경 만경』 요시다 슈이치 지음, 이영미 옮김, 은행나무, 2004

『뜬구름』 하야시 후미코 지음, 이상복과 최은경 옮김, 어문학사, 2008

『마농 레스코』 아베 프레보 지음, 진형준 옮김, 살림출판사, 2017년

『마음』 나쓰메 소세키 지음, 김활란 옮김, 더모던, 2018

『마음을 맡기는 보관가게 2』 오야마 준코 지음, 이소담 옮김, 모모, 2024

『마주보기』 에리히 캐스트너 지음, 정상원 옮김, 이화북스, 2021

『망고와 수류탄』 기시 마사히코 지음, 정세경 옮김, 두번째테제, 2021

『무라카미 하루키의 위스키 성지여행』 무라카미 하루키 지음, 이윤정 옮김, 문학사상, 2009

『문』 나쓰메 소세키 지음, 유은경 옮김, 향연, 2004

『문예적인, 너무나 문예적인』 아쿠타가와 류노스케 지음, 정수윤 옮김, 한빛비즈, 2016

『미드나잇 라이브러리』, 매트 헤이그 지음, 노진선 옮김, 인플루엔셜, 2021

『바닷마을 다이어리(1-9)』, 요시다 아키미 글, 그림, 이정원과 조은아 옮김, 애니북스, 2019년

『바람의 노래를 들어라』 무라카미 하루키 지음, 윤성원 옮김, 문학사상, 2024

『발터 벤야민과 도시산책자의 사유』 윤미애 지음, 문학동네, 2020

『방랑기』 하야시 후미코 지음, 이애숙 옮김, 창비, 2015

『부도덕 교육강좌』 미시마 유키오 지음, 이수미 옮김, 소담출판사, 2010

『벚꽃나무 아래 시체가 묻혀있다』 가지이 모토지로 지음, 이현욱, 하진수, 한진아 옮김, 위북, 2021

『비 그친 오후의 헌책방』 야기사와 사토시 지음, 서혜영 옮김, 다산책방, 2024

『비 그친 오후의 헌책방 2』 야기사와 사토시 지음, 이소담 옮김, 다산책방, 2024

『비밀의 도서관』 랄프 이자우 지음, 한미희 옮김, 비룡소, 2006

『산소리』 가와바타 야스나리 지음, 신인섭 옮김, 웅진지식하우스, 2018

『산시로』 나쓰메 소세키 지음, 송태욱 옮김, 현암사, 2014

『산책자』 로베르트 발저 지음, 배수아 옮김, 한겨레출판, 2017

『살인의 방』 다니자키 준이치로 등 지음, 김효순 옮김, 이상, 2019

『설국』 가와바타 야스나리 지음, 유숙자 옮김, 민음사, 2002

『소녀병/이불』 다야마 가타이 지음, 이은 옮김, BOOKK(부크크), 2024

『아베 일족』 모리 오가이 지음, 권태민 옮김, 문학동네, 2011

『암을 이겨내는 당신에게 보내는 편지』 이병욱 지음, 비타북스, 2023

『어머니의 죽음』 데이비드 리프 지음, 이민아 옮김, 이후, 2008

「어떤 마음의 풍경」, 『레몬』 가지이 모토지로 지음, 이은 역, BOOKK(부크크), 2025

『에도가와 란포 결정판1』 에도가와 란포 지음, 권일영 옮김, 검은숲, 2016

『에도의 몸을 열다』 타이먼 스크리치 지음, 박경희 옮김, 그린비, 2008

『여학생』 다자이 오사무 지음, 전규태 옮김, 열림원, 2014

『오층탑』 고다 로한 지음, 이상경 옮김, 연암서가, 2020

『우연한 산보』 구스미 마사유키 지음, 미우, 2012

『유럽의 책마을에서』 정진국 지음, 봄아필, 2014

『이즈의 무희/천 마리 학/호수』 가와바타 야스나리 지음, 신인섭 옮김, 을유문화사,
    2010

『인간 실격(큰글씨책)』 다자이 오사무 지음, 김소영 옮김, 더클래식, 2018

『인간은 얼마나 오래 살 수 있는가』 스튜어트 올샨스키와 브루스 칸스 지음, 전영택
    옮김, 궁리출판, 2002

『인간은 왜 늙는가』 스티븐 어스태드 지음, 최재천 옮김, 궁리출판, 2005

『인류학자가 들려주는 일상 속 행복』 마르크 오제 지음, 서희정 옮김, 황소걸음,
    2020년

『일본 난학의 개척자 스키타 겐파쿠』 이종각 지음, 서해문집, 2013

『일본 침몰』 고마쓰 사쿄 지음, 고평국 옮김, 범우사, 2006년

『일본 탐미주의 단편소설선집』 무로우 사이세이 등 지음, 박현석 옮김, 현인, 2022

『작가를 찾는 6인의 등장인물』 루이지 피란델로 지음, 장지연 옮김, 지만지드라마,
    2021

『작가의 계절』 다케히사 유미지 등 지음, 안은미 엮고 옮김, 정은문고, 2021년

『장한몽』 박진영 편저, 현실문화연구, 2007

『존재의 박물관』 스벤 슈틸리히 지음, 김희상 옮김, 청미, 2022

『죽을 때 추억하는 것』 코리 테일러 지음, 김희주 옮김, 스토리유, 2018

『책을 지키려는 고양이』 나쓰카와 소스케 지음, 이선희 옮김, arte(아르테), 2021

『춘희/마농 레스코』 알렉상드르 뒤마 피스/아베 프레보 지음, 민희식 옮김, 동서문
    화사, 2025

『키워드로 읽는 겐지 이야기』, 일본고전독회 편, 제이앤씨, 2013

『키재기(외)』 히구치 이키요 지음, 임경화 옮김, 을유문화사, 2010

『탱고 인 부에노스아이레스』 박종호 지음, 시공사, 2012

『파계』 시마자키 도손 지음, 노영희 옮김, 문학동네, 2010

『프루스트』 사뮈엘 베케트 지음, 유예진 옮김, workroom, 2016

『하루키의 여행법』 무라카미 하루키 지음, 김진욱 옮김, 문학사상, 2002

펀트래블, 일본근대문학기행

설국을 가다

초판인쇄 2025년 10월 15일
초판발행 2025년 10월 15일

지 은 이 양기화
펴 낸 이 채종준
펴 낸 곳 한국학술정보(주)
주   소 경기도 파주시 회동길 230(문발동)
전   화 031-908-3181(대표)
팩   스 031-908-3189
투고문의 ksibook1@kstudy.com
등   록 제일산-115호(2000. 6. 19)

ISBN   979-11-7457-204-2 03800

이담북스는 한국학술정보(주)의 학술/학습도서 출판 브랜드입니다.
이 시대 꼭 필요한 것만 담아 독자와 함께 공유한다는 의미를 나타냈습니다.
다양한 분야 전문가의 지식과 경험을 고스란히 전해 배움의 즐거움을 선물하는 책을 만들고자 합니다.